ANNA LEVIN

Das Korallenhaus

Buch

Die achtundzwanzigjährige Biologin und Tiefseetaucherin Nina Michaelis erhält einen Forschungsauftrag. Sie soll bei La Palma das Vorkommen vom Aussterben bedrohter Korallenarten studieren. Diese Reise kommt ihr nach der Trennung von ihrem Verlobten gerade recht. Dort angekommen, ist sie sofort von dem Zauber und der Einzigartigkeit der Insel gefangen. Auf der Suche nach einer geeigneten Unterkunft stößt sie auf ein altes, malerisch am Meer gelegenes Haus mit einer angrenzenden Hütte bei Tazacorte. Da es günstig angeboten wird, mietet Nina es. Auf La Palma werden ihr von der Wissenschaftlichen Fakultät der Einheimische Fabio Guantes sowie zwei Mitarbeiter einer Naturschutzorganisation zur Seite gestellt. Fabio ist Apnoetaucher und kennt das Meer rund um die Insel wie seine Westentasche. Doch der wortkarge und attraktive Mann ist ihr unsympathisch.

Autorin

Anna Levin schreibt Geschichten, seit sie denken kann. Bevor sie ihre Leidenschaft zum Beruf machte, war sie im medizinischen Bereich tätig. Seit vielen Jahren treibt sie ihre Neugier und Sehnsucht immer wieder in ferne Länder, wo sie sich besonders für andere Kulturen und deren prähistorische Vergangenheit interessiert. Außerdem schreibt sie unter einem anderen Pseudonym erfolgreich historische Romane. Sie lebt mit ihrer Familie im Norden Deutschlands.

Weitere Romane der Autorin sind bei Blanvalet in Planung.

Anna Levin

Das Korallenhaus

Roman

blanvalet

MIX
Papier aus verantwortungsvollen Quellen
FSC® C014496

Verlagsgruppe Random House FSC® N001967
Das FSC®-zertifizierte Papier *Holmen Book Cream*
für dieses Buch liefert Holmen Paper, Hallstavik, Schweden.

2. Auflage
Deutsche Originalausgabe Januar 2014 bei Blanvalet,
einem Unternehmen der Verlagsgruppe
Random House GmbH, München.

Umschlaggestaltung: www.buerosued.de
Umschlagmotiv: Mauritius Images/René Mattes;
Plainpicture/Julia Wagner
Redaktion: Angela Troni
ED Herstellung: sam
Satz: Buch-Werkstatt GmbH, Bad Aibling
Druck und Einband: GGP Media GmbH, Pößneck
Printed in Germany
ISBN: 978-3-442-38096-1

www.blanvalet.de

Es war neun Uhr abends, und an der U-Bahn-Station wimmelte es von Menschen. Eine Gruppe Teenager strebte dem Ausgang zu, um sich ins Schwabinger Nachtleben zu stürzen, und Geschäftsleute in teuren Mänteln waren nach einem langen Arbeitstag auf dem Weg nach Hause.

Meine Gedanken kreisten um die Neuigkeiten, die mir Professor Dr. Steinbrinck soeben bei dem gemeinsamen Essen in einem italienischen Restaurant eröffnet hatte. Er war der Leiter der Fakultät für Biologie, Abteilung Aquatische Ökologie, und ich seine freie Mitarbeiterin. Für ein Langzeitprojekt, das im vergangenen Jahr begonnen hatte und auf weitere vier Jahre angelegt war, wurde ein Meeresbiologe gesucht. Es gehe um die Bewertung der roten Gorgonie und schwarzen Koralle vor La Palma im Hinblick auf die Folgen des Klimawandels, hatte Steinbrinck mir vor knapp zwei Stunden bei einem Teller Antipasti verraten.

Ich horchte auf, denn Korallen hatten von jeher eine große Faszination auf mich ausgeübt. »La Palma? Das ist doch eine von den Kanarischen Inseln, nicht wahr?«

»Richtig, Doktor Michaelis. Das Projekt findet jeweils zwischen März und September statt«, erklärte er mir.

Die Zeit für die Forschung war erfreulicherweise groß-

zügig bemessen und ließ sogar Raum für Hilfsmaßnahmen, soweit es den Teammitgliedern möglich wäre.

Ich schloss mich dem Strom der Masse an. Mein Atem hinterließ kleine Dampfwölkchen in der eisigen Luft, während ich die Treppen erklomm und an das Gespräch zurückdachte. Direkt neben mir lief mit schnellen Schritten ein junger Mann meines Alters im Nikolauskostüm, wahrscheinlich war er auf dem Weg zu einer der zahlreichen Weihnachtsfeiern. Oben angekommen, empfing mich der Duft von Bratäpfeln, die eine Frau mit einem Bauchladen anbot. Die Bezahlung war fair. Himmel, sechs Monate pro Jahr und das vier Jahre lang. Jan würde davon sicher nicht begeistert sein. Mein Verlobter arbeitete in der Werbebranche, und wir hatten ohnehin kaum Zeit füreinander. Dieser Auftrag war nicht nur eine einmalige Chance, er würde auch mein Auskommen für die nächsten Jahre sichern. Ich hatte Professor Steinbrinck um Bedenkzeit gebeten, damit ich das mit Jan besprechen konnte. Wir hatten uns die ganze Woche über nicht gesehen, denn seine Firma hatte einen lukrativen Auftrag an Land gezogen, und da waren Überstunden zur Selbstverständlichkeit geworden. Zudem schickte sein Chef ihn immer öfter auf Dienstreise. Aber durfte ich deshalb diese Chance an mir vorüberziehen lassen? Schließlich würde ich mich nicht zum ersten Mal im Ausland aufhalten, nur hatte es sich bisher stets auf wenige Wochen beschränkt.

Mir schwirrte der Kopf. Wenn sich Jans erster Schreck gelegt hatte, würde er sich bestimmt für mich freuen. Ich lächelte, und die Lichter der weihnachtlich geschmückten Straßen hüllten mich für einen Moment warm ein.

Jan rechnete eigentlich erst morgen mit mir, doch so

lange konnte ich die Neuigkeiten nicht für mich behalten. Deshalb lenkte ich meine Schritte in Richtung Kaiserstraße, wo er eine gemütliche Wohnung besaß. Eigentlich mochte er keine Überraschungsbesuche, aber diesmal setzte ich mich darüber hinweg. Meine Stiefelabsätze klapperten auf dem Asphalt, aus den Bars und Restaurants drangen gedämpfte Musik und Lachen zu mir herüber. Bald darauf blieb ich vor der Gründerzeitvilla stehen, in der er den zweiten Stock bewohnte. Da wir nicht verabredet waren, hatte ich seine Schlüssel nicht eingesteckt. Deshalb klingelte ich, wartete. Als der Summer stumm blieb, kramte ich mein Handy aus der Tasche und wählte seine Nummer. »Der Teilnehmer ist derzeit nicht erreichbar«, ertönte nur die Stimme vom Band.

Ernüchtert ging ich die Kaiserstraße zurück, meine Wohnung lag nur wenige Minuten Fußweg entfernt in der Georgenstraße. Der Wind frischte auf, ich fröstelte und zog den Wollmantel enger um mich. Schneeflocken fielen träge vom Himmel. Ich passierte gerade eine Bar, als ich vor mir eine Frau kichern hörte, und blickte vorsichtig um die Ecke. Da entdeckte ich zwei Gestalten, die sich eng an eine Häuserwand drückten. Im spärlichen Schein der Laterne war kaum mehr als ihre Silhouetten auszumachen. Die beiden Figuren schienen zu einer zu verschmelzen. Schmunzelnd wollte ich meinen Weg fortsetzen. Genau diese Begrüßung hatte ich mir für diesen Abend gewünscht. Vielleicht sollte ich noch mal umkehren und auf Jan warten. Die Vorstellung war verlockend.

Das Paar redete leise miteinander. Die Frau seufzte.

»Ich muss nächste Woche für ein paar Tage nach London. Warum kommst du nicht mit?«, hörte ich den Mann sagen.

Etwas im Klang der Stimme ließ mich innehalten, und ich schob mich in einen Hauseingang. Die beiden waren jetzt nur noch wenige Schritte von mir entfernt. Für einen Moment beleuchtete der Lichtkegel der Laterne das Paar. Die Form seiner Schultern, diese besitzergreifende Geste, mit der der Mann den Arm um die Taille der langbeinigen Brünetten legte. Sein Gang.

»Das geht doch nicht, Liebling«, antwortete eine helle Frauenstimme. »Was willst du ihr sagen?«

»Wie sollte sie es bemerken? Sie weiß, dass ich nach London fliege. Lass mich nur machen.« Seine Stimme wurde einschmeichelnd. »Lädst du mich noch auf einen Drink zu dir ein?«

Die Frau kicherte. »Wie könnte ich zu einer so verführerischen Aussicht nein sagen?«

Sie küssten sich. Ich presste eine Hand auf den Mund, damit mein entsetztes Keuchen mich nicht verriet. Kurz entschlossen folgte ich den beiden. Mein Innerstes krampfte sich bei dem Anblick des Pärchens zusammen. Wie vertraut sie wirkten. Die Frau blieb stehen und küsste ihn erneut. Er lachte, öffnete ihren Mantel und ließ die Hand unter ihren Pullover wandern, woraufhin die Brünette sich unter seiner Berührung räkelte. Bald darauf entzog sie sich ihm, schloss den Mantel, und die beiden bogen eng umschlungen um eine Ecke.

Ich schnappte nach Luft, weil mir auf einmal die Kehle eng wurde. Ich muss mich täuschen, ich muss mich täuschen, wiederholte ich im Geist ein ums andere Mal. Vor einem weiß getünchten Neubau blieb das Paar stehen. Er sah sich um.

Unsere Blicke begegneten sich.

Für den Bruchteil einer Sekunde weiteten sich sei-

ne Augen. Ein Hitzeschwall jagte durch meinen Körper. Jan. Er war es wirklich. Mein Herz machte einen schmerzhaften Satz, und ich wandte mich ruckartig ab.

»Nina, bleib stehen! Verflixt, bleib stehen!«, rief er mir nach, aber ich rannte und rannte, bis die Laute der belebten Straße seine Stimme verschluckt hatten.

Ich lief nach Hause. Schwer atmend schloss ich die Wohnungstür und lehnte mich müde dagegen. Alles, was ich wahrnehmen konnte, war das Gefühl, wie etwas in mir brach. Wie aus weiter Ferne hörte ich das Telefon klingeln, nach dem fünften Anruf zog ich den Stecker. Ich fühlte mich wie eine Marionette, während ich mit steifen Gliedern auf das Schlafzimmer zusteuerte und mich aufs Bett sinken ließ. Alles in mir schrie vor Schmerz. Die vielen Überstunden, die Geschäftsreisen. Jans letzter flüchtiger Kuss, als ich mich am Montagmorgen von ihm verabschiedet hatte. Seine Miene, als er mich vorhin erkannt hatte.

Erinnerungen und bruchstückhafte Szenen unserer zweijährigen Beziehung huschten durch meinen Geist. Wie dumm ich gewesen war, ich hätte längst die Zeichen deuten können. Aber ich hatte ihm vertraut. Der Schmerz in mir wurde unerträglich. Während ich mir in dieser Nacht schwor, dass es niemandem je wieder gelingen sollte, mich zu verletzen, und an die Decke starrte, begrub ich meine Träume, meine Sehnsüchte, mein bisheriges Leben. Meine Vergangenheit war nicht mehr von Bedeutung.

Am nächsten Morgen stand mein Entschluss fest. Noch vor dem Frühstück schickte ich Professor Steinbrinck eine Nachricht und teilte ihm mit, dass ich den Auftrag annehmen wolle.

KAPITEL 1

Es gab Turbulenzen, das hatte ihr gerade noch gefehlt. Nina Michaelis befolgte die Ansage des Piloten und ließ den Gurt einschnappen. Die Linienmaschine der Iberia befand sich im Landeanflug auf Santa Cruz de La Palma. Der starke Westwind rüttelte an dem Flugzeug, ließ es hüpfen und taumeln, als wäre es ein Kinderdrachen, hilflos den Naturgewalten ausgesetzt. Mit feuchten Händen lehnte sie sich zurück. Jetzt nur nicht aus dem Fenster blicken.

Während der Airbus 320 in den Sinkflug überging, sprach ihre Nachbarin, deren ausladende Hüften nur knapp in den Sitz passten, sie im besten Oxford Englisch an. Nina antwortete ihr, während sie versuchte, das flaue Gefühl im Magen und den leichten Schmerz in den Ohren zu ignorieren.

Der Forschungsauftrag kam einer Flucht gleich. Sie hatte die Wochen und schließlich die Tage bis zum Abflug gezählt. Zeit genug, um Abstand zu gewinnen. Abstand von Jan und ihrem bisherigen Leben.

Kurze Zeit später setzte die Maschine unsanft auf, rollte über die Landebahn und kam endlich zum Stehen. Die Fluggäste, hauptsächlich Rucksackreisende und Senioren, drängten dem Ausgang zu. Nina ließ ihnen gern den Vortritt. So blieb ihr Gelegenheit, sich zu sammeln und abzuwarten, bis ihre gummiweichen Beine ihren Dienst wieder aufzunehmen bereit waren. Die Engländerin neben ihr verabschiedete sich mit einem steifen Nicken und wuchtete ihren massigen Körper aus dem Sitz. Nina sah auf ihre Armbanduhr. Trotz der Turbulenzen war die Maschine mit nur wenig Verspätung gelandet. Sie griff nach ihrer Umhängetasche, kramte den Handspiegel hervor, den sie in ein Fach neben ihrem Laptop gelegt hatte, und schnitt ihrem Spiegelbild eine Grimasse.

Eine weitere Stunde verging, bis sie ihr Gepäck vom Laufband nehmen konnte. Die große Tasche mit ihrer Tauchausrüstung hatte sie bereits vor einer Woche aufgegeben. Suchend blickte sie sich um. Am Ausgang des Terminals entdeckte sie einen untersetzten, kaum einen Meter sechzig großen Mann, der ein Schild mit ihrem Namen schwenkte. Mit einem scheuen Lächeln im sonnengebräunten Gesicht trat er ihr entgegen.

»Nina Michaelis? Herzlich willkommen auf La Palma«, begrüßte der junge Mann sie in gebrochenem Englisch. »Pepe Morales. Ich habe den Auftrag, Ihnen beim Dokumentieren der Forschungsergebnisse behilflich zu sein. Aber zunächst bringe ich Sie in die Pension, wenn es Ihnen recht ist.«

Nina lächelte und reichte ihm die Hand, die er mit festem Händedruck ergriff. »Vielen Dank, das ist nett. Ich bin übrigens Nina, wir können gerne Du sagen.«

»Pepe«, wiederholte er seinen Namen, wobei es ihm nicht gelang, seine geröteten Wangen zu verbergen.

Die Züge des Spaniers trugen noch die Weichheit der Jugend, doch der schüttere Haarkranz ließ ihn um Jahre älter erscheinen. Aus ihrer Tasche zog sie eine Schirmmütze hervor und setzte sie auf ihre kurze blonde Fransenfrisur.

»Offen gesagt bin ich ziemlich erleichtert, wieder festen Boden unter den Füßen zu spüren. Wie weit ist es bis zur Unterkunft?«

Er nahm ihr den Koffer ab und wies mit zerknirschter Miene auf einen roten Fiat, der seine besten Tage längst hinter sich hatte und auf dem angrenzenden Parkplatz stand. »In spätestens zwei Stunden sollten wir in Tazacorte sein. Wir sind alle in der Pension Catalina untergekommen. Nichts Besonderes, aber die Küche soll gut sein, und die Zimmer sind sauber.«

Nina nickte und nahm auf dem Beifahrersitz Platz. Ihr Begleiter lenkte den Wagen auf eine Landstraße, die unweit des Flughafens in Richtung Norden abzweigte, einem Örtchen namens Breña Alta zu. Freimütig erzählte der junge Mann, dass er aus Barcelona sei und an der dortigen Universität Meeresbiologie studiere. Im nächsten Jahr wolle er promovieren und sich für die Fachrichtung Fischereibiologie entscheiden. Mit unüberhörbarem Stolz in der Stimme berichtete er, dass man ihn gemeinsam mit einem Kommilitonen für dieses Forschungsprojekt ausgewählt habe. Nina lächelte leicht und gratulierte ihm. Sie wusste, wie sehr sich die Studenten um Jobs wie diesen rissen. Als Pepe leise zu summen begann, ließ sie den Blick schweifen. Malerisch schmiegte sich der Ort in eine üppige, von sattem Grün geprägte Vegetation. Auf einem Hügel thronte ein schlossartiges Gebäude, dessen karminrotes Dach sich majestätisch in den mit dichten Regenwolken bedeckten Himmel erhob.

»Da staunst du, wie?«, grinste Pepe, der sie offenbar beobachtet hatte. »Herrenhäuser wie dieses wirst du auf

La Palma noch einige entdecken. Die stammen von den spanischen Eroberern, die sich hier vor einigen Jahrhunderten niedergelassen und ihre Prunkbauten errichtet haben. Die Insel liegt strategisch günstig.«

Die Märzsonne wärmte ihr Gesicht. Nina schaute aus dem Fenster. In München war es bei ihrer Abreise bitterkalt gewesen, am Morgen hatte Raureif auf den Dächern der Stadt gelegen. Sie schlüpfte aus ihrem Parka, ohne den Blick von der Landschaft abzuwenden. Ausgedehnte, ordentlich bestellte Felder breiteten sich um den Hügel rund um das Herrenhaus aus.

»Diese Plantagen dort drüben, was ist das? So etwas habe ich noch nie gesehen.«

»Tabak«, erklärte Pepe. »Er gedeiht in dieser Region besonders gut.«

Der Fiat quälte sich röchelnd die erste Serpentine hinauf, in der Zwischenzeit versorgte Ninas Fahrer sie mit allen nötigen Informationen. Am nächsten Morgen um zehn sollten sich alle Teammitglieder im Büro einfinden, das sich ebenfalls in der Pension befand. Gemeinsam wollten sie dann die weitere Vorgehensweise besprechen und die verschiedenen Arbeitsbereiche zuteilen.

Rechts und links der kurvenreichen Straße ragten die zerklüfteten Felsen eines Bergrückens vor ihnen auf, Lorbeerwälder säumten ihn so weit das Auge reichte. Zusammen mit den tief hängenden Wolken, die jeden Sonnenstrahl schluckten, bot sich Nina ein beinahe dramatisch anmutendes, düsteres Bild.

»Nicht erschrecken«, riss Pepe sie aus den Beobachtungen. »Gleich fahren wir durch einen Tunnel, um auf die Westseite der Insel zu gelangen. Man hat ihn in den Felsen gegraben, an manchen Stellen Hunderte von Metern tief. Von dort aus ist es dann nicht mehr weit bis Tazacorte.«

Fast im selben Moment konnte die junge Biologin die Hinweisschilder ausmachen. Kaum hatten sie die Tunneleinfahrt erreicht, war es schlagartig stockfinster. Kurz darauf wurde ein heller, sich rasch vergrößernder Punkt sichtbar. Nina schloss die Augen, als gleißendes Sonnenlicht sie am Ende des Tunnels begrüßte. Sie starrte in den wolkenlosen Himmel. Wo war der Passatwind geblieben, wo waren die bedrohlich dunklen Wolken, die von Regen kündeten?

Es kam ihr so vor, als befänden sie sich plötzlich in einer völlig anderen Landschaft. Die Lorbeerwälder waren hoch aufragenden Kakteen gewichen, die der kargen, wüstenähnlichen Flora trotzten und ihre langen Finger gen Himmel reckten. Der Boden war mit einem Teppich aus Wandelröschen bedeckt. Die Luft, die durch das geöffnete Fenster hereindrang, strich ihr warm übers Gesicht.

Der Bergrücken musste der Grund für die Klimaänderung sein. Natürlich kannte Nina das Phänomen der Wetterscheiden, so drastisch jedoch hatte sie bisher keine erlebt. Nach etwa einer halben Stunde Fahrt wandelte sich die Vegetation erneut. Je mehr sie sich der Küste näherten, umso grüner und fruchtbarer wurde das Land. Palmen tanzten in der salzigen Meeresbrise, und terrassenförmig angelegte Bananenplantagen erstreckten sich kilometerweit in der von Vulkanen geprägten Region.

»Beeindruckend, oder?«, meinte Pepe.

»Allerdings«, erwiderte Nina, ohne den Blick von den Vulkanhügeln abwenden zu können, die sich vor ihnen aufbauten.

Während der Fahrt wusste sie oft nicht, wohin sie zuerst schauen sollte. La Palma schien viele Überraschungen zu bergen. Endlich hatten sie den Fischerort Tazacorte erreicht, und Nina blinzelte in das farbenprächtige Bild, das einem fast kitschig schönen Postkartenmotiv glich. Fröhlich bunt getünchte Häuser, zumeist Pensionen, Restaurants und Bars, schmiegten sich auf der Rückseite an steile, bewachsene Felsen, in denen unterschiedlich große Höhlen auszumachen waren. Das Rauschen des Atlantiks und die fröhlichen Stimmen der Menschen, die sich im Sonnenschein auf dem schwarzen Sandstrand ausstreckten oder auf der Promenade spazieren gingen, drangen an ihre Ohren. Vor einem gelben Steinhaus, auf dem der Schriftzug *Pension Catalina* prangte, hielten sie an. Die Wirtin, Señora Diaz, begrüßte sie herzlich und wies der Biologin ihr Zimmer zu.

»Vielen Dank, Pepe. Wir sehen uns«, verabschiedete sich Nina.

»War mir ein Vergnügen. Bis morgen.«

Nina ließ die Tür ihres Zimmers geräuschlos ins Schloss fallen und stellte den Koffer samt der Umhängetasche ab. Die Tasche mit ihren Tauchutensilien hatte die Pensionswirtin schon aufs Zimmer bringen lassen. Die Holzmöbel wirkten abgenutzt, machten jedoch einen robusten Eindruck. Als sie in der angrenzenden Kochnische eine Kaffeemaschine sowie eine angebrochene Packung Kaffee entdeckte, entfuhr ihr ein wohliger Seufzer. Ohne einen Becher des schwarzen Gebräus am Morgen war sie nicht zu gebrauchen. Nina gähnte, sie fühlte sich wie erschlagen.

In der vergangenen Nacht war sie kaum zur Ruhe gekommen, ihre Gedanken waren um die Ereignisse der letzten Wochen gekreist. Nina trat auf den winzigen Balkon hinaus, von wo aus sie einen hübschen Blick auf die Promenade hatte. Palmen wiegten sich im sanften Wind. In der Ferne lagen Fischerboote still im Meer, ihre Masten ragten in den azurblauen Himmel. Kinder spielten ausgelassen im Wasser, das in der Spätnachmittagssonne wie mit Diamantstaub benetzt glitzerte. Von irgendwoher erklang Musik. Nina setzte sich auf einen Klappstuhl, streckte die Beine von sich und beobachtete, wie die Vorboten der Dämmerung den Ozean in weiches Licht zu tauchen begannen.

Trotz aller Erschöpfung hatte sie das erste Mal seit Langem das Gefühl, wieder freier atmen zu können. Was sicherlich auch dem vierstündigen Flug anzurechnen war, der sie von München trennte. Nina schauderte bei der Erinnerung an den Abend vor einigen Monaten, an dem sie Jan mit dieser anderen Frau begegnet war. Niemals hätte sie ihm zugetraut, dass er sie so hintergehen könnte. Wie lange hatte er um sie kämpfen müssen, bis sie schließlich ein Paar geworden waren? Mit ihm war eine gemeinsame Zukunft durchaus vorstellbar gewesen. Bis ihr die Augen schmerzlich geöffnet worden waren und alles, woran sie geglaubt hatte, in Trümmern vor ihr gelegen hatte. Kurz darauf war sie mit ihrer Mutter aneinandergeraten. Ob sie Jan nicht wenigstens eine Chance geben wollte, sich zu erklären, hatte Mama gefragt. Aber was gab es noch zu sagen, wenn ihn seine neue Flamme sogar auf einer Geschäftsreise begleiten sollte?

Bis zu ihrer Abreise nach La Palma hatte sie Jans Telefonanrufe ignoriert und ihm den Verlobungsring zurückgeschickt. Vermutlich war er nicht zum ersten Mal fremdgegangen, sie war nur zu gutgläubig gewesen, ihm seine unzähligen Überstunden und Geschäftsreisen abzukaufen. Aber das war nun endgültig vorbei, und das Forschungsprojekt verschaffte ihr die Möglichkeit, wieder zu sich selbst zu finden.

Nina machte sich einen Kaffee, setzte sich hinaus und nahm den Geruch des wogenden Atlantiks in sich auf. Sie beobachtete die Urlauber am Strand, wie sie Ball spielten oder sich in der Sonne räkelten. Als sie Hunger bekam, ging sie ins Restaurant. Pepe war nicht zu entdecken, nur eine Handvoll Gäste hatten sich dort eingefunden. Nach dem Essen zog sie sich zurück und verbrachte den Rest des Abends damit, zuzusehen, wie eine Laterne nach der anderen Tazacorte in gelbliches Licht tauchte.

Nina erwachte früh, jedes noch so kleine Geräusch aus den Nebenräumen war zu ihr durchgedrungen und hatte sie mehrfach aus dem Schlaf gerissen. Sie brühte sich einen Kaffee auf und öffnete ein Fenster. Vogelgezwitscher empfing sie. Bei ihrer Ankunft hatte sie entdeckt, dass direkt an der Rückseite der Pension ein Wanderweg hügelaufwärts verlief. Bis zum Treffen mit den Kollegen blieb ihr noch reichlich Zeit. Also schlüpfte sie in T-Shirt und Sporthose und trat auf den Sandweg, um ein paar Runden zu drehen.

Ein Vogelschwarm zog über den blassblauen Himmel hinweg, während sie in einen leichten Laufschritt fiel. Ginsterbüsche und Kakteen klammerten sich ans felsige Gestein, warfen Schatten, unter denen Flechten wuchsen. Nina beschleunigte das Tempo. Der Sand knirschte unter ihren Laufschuhen, und ihre innere Anspannung löste sich allmählich. Über den Vulkanhügeln hingen dichte Nebelschwaden. Nach einem Blick auf ihre Armbanduhr machte sie kehrt. Als die gelb getünchte Fassade der Pension in ihr Sichtfeld geriet, kam ihr ein Jogger entgegen, dessen hellblondes Haar ihr schon von weitem auffiel. Er maß sie von oben bis unten und zwinkerte ihr zu. Nina nickte zum Gruß. Zurück auf dem Zimmer duschte sie heiß, schlüpfte in Jeans, Baumwollshirt und Sandalen.

Im Restaurant traf sie auf Pepe, der allein am Tisch saß. »Hast du Lust, dich zu mir zu setzen?«, fragte der junge Spanier. »Der andere Student ist inzwischen auch eingetroffen. Ich bin ihm vorhin kurz begegnet, er heißt Jesper. Keine Ahnung, wo er steckt. Trinkst du Tee oder Kaffee?«

»Kaffee, bitte.« Auf Pepes einladende Geste hin nahm Nina an seinem Tisch Platz.

»Bleibst du in der Pension?«, fragte er.

»Vorerst ja, aber in den nächsten Tagen suche ich mir etwas anderes«, gestand Nina. »Das Zimmer ist ganz nett, allerdings schwebt mir eher eine kleine Ferienwohnung vor. Und du?«

»Ich werde bleiben. Mir gefällt mein Zimmer, außerdem liegt die Pension sehr zentral, was praktisch ist, da ich kein Auto besitze.«

Pünktlich betrat Nina eine Dreiviertelstunde später den Raum, der zum Büro umfunktioniert worden war. Arnulf Ingvison, der Leiter der Naturschutzorganisation, begrüßte sie. Der Isländer hatte prachtvolles silbriges Haar. Wenn Pepe ihr nicht erzählt hätte, dass der Professor bald in Ruhestand ging, hätte sie es nicht geglaubt, denn seine eisblauen Augen strahlten die Lebhaftigkeit der Jugend aus. Als Nina aufsah, um den jungen Mann zu begrüßen, der neben Pepe stand, stutzte sie. Es war der sportliche Typ, der ihr beim Joggen begegnet war. Sein Grinsen verbreiterte sich, als er sich als Jesper Vikström vorstellte. Seine blonde Mähne lag akkurat gegelt um den schmalen Kopf.

»Nina Michaelis. Hallo, Jesper.«

»Freut mich sehr, dich kennenzulernen. Ich habe schon viel von dir gehört«, gab er ihr zu verstehen und hielt ihre Hand einen Moment länger als nötig in der seinen.

Das bezweifelte Nina, dennoch murmelte sie einen Dank und entzog sich ihm.

In diesem Moment betrat ein dunkelhaariger Mann den Raum.

»Fabio, wie schön, dich im Team zu haben!« Mit diesen Worten trat Arnulf Ingvison auf den Ankömmling zu und klopfte ihm auf die Schultern.

»Ich freue mich auch, dass es wieder geklappt hat«, erwiderte dieser.

Obwohl sich die beiden, wie es in internationalen Teams üblich war, auf Englisch unterhielten, meinte Nina bei dem Dunkelhaarigen den melodiösen Akzent eines Spaniers wahrzunehmen.

Ingvison nahm den jungen Mann am Arm und schob ihn auf die Biologin zu. An dem Neuankömmling schien alles dunkel zu sein. Seine Haut war von einem tiefen Olivton, das dunkelbraune Haar beinahe schulterlang. Die Augen waren in dem fein geschnittenen Gesicht das Ungewöhnlichste, denn sie besaßen die Farbe des Meeres, ein tiefes, strahlendes Blaugrün. Nina wandte den Blick ab.

»Doktor Michaelis? Das hier ist Fabio Guantes, ein ausgezeichneter Unterwasserfotograf. Er wird uns bei unserer Arbeit unterstützen«, stellte der Isländer sie einander lächelnd vor. »Nina Michaelis aus Deutschland. Die Fakultät in München hat sie uns aufs Wärmste empfohlen.«

Fabio Guantes, der sie mindestens um einen Kopf überragte, ergriff ihre ausgestreckte Hand, seine Miene blieb jedoch unbeteiligt.

»Auf eine gute Zusammenarbeit, Doktor«, erwiderte er, nur um ihr im nächsten Moment den Rücken zuzudrehen und eine Frage Pepes zu beantworten.

Ingvison bat die Anwesenden, Platz zu nehmen, und klatschte in die Hände. »Zunächst möchte ich Sie alle herzlich auf La Palma willkommen heißen. Mein Name ist Professor Doktor Arnulf Ingvison, und ich bin Direktor einer Fakultät in Island. Als Leiter unseres Langzeitprojekts stehe ich Ihnen bis September mit Rat und Tat zur Seite. Unsere Aufgabe besteht darin, die Korallengärten und die zunehmende Problematik, der sie weltweit ausgesetzt sind, zu erforschen und damit einen Beitrag zu ihrem Fortbestand zu leisten. Die Mitarbeiter werden bei diesem Forschungsprojekt übrigens jeweils nur für einen Sommer verpflichtet. Sollte jemand von Ihnen auch im Folgejahr dabei sein wollen, richten Sie Ihre Bewerbung bitte direkt an mich. So, das wär's fürs Erste von meiner Seite.«

Damit erteilte er dem vierundzwanzigjährigen Schweden aus Malmö das Wort, der wie der etwas jüngere Pepe in Barcelona Meeresbiologie studierte.

»Wie Sie wissen«, begann Jesper Vikström eifrig, »sind Korallen der Lebensraum für ungefähr ein Drittel aller Arten von Lebewesen der Ozeane. Auch für uns Menschen sind die Korallenriffe von großem Nutzen, ob für die Fischerei, den Tourismus oder den Küstenschutz. Die globale Erwärmung und die zunehmende Versauerung der Meere stellen jedoch eine erhebliche Gefahr für sie dar.«

Der Isländer nickte und blickte in die Runde. »Möchten Sie fortfahren, Herr Morales?«

»Gern«, freute sich der junge Spanier. »Im Zuge der Erwärmung steigt auch die Wassertemperatur. Als Blumentiere leben die Korallen mit der Algenart Zooxanthellen in Symbiose. Sie produzieren bei Wärmestress Giftstoffe, weshalb sie zunehmend unter der Korallenbleiche leiden.«

Jesper hob die Hand. »Und diese Krankheit sorgt dafür, dass die Blumentiere absterben. Durch den Anstieg der Meerestemperatur verringert sich außerdem ihre Fortpflanzungsfähigkeit, und die Korallen können sich nicht mehr schnell genug erholen. Deshalb haben sie es in größeren Tiefen schwer, ihre Stoffwechselprozesse aufrechtzuerhalten, und sterben ab«, erläuterte der Schwede. »Ein Teufelskreis.« Hinter Jespers Stirn arbeitete es. »Derzeit nutzt man vermehrt Schiffswracks für die Ansiedelung von Blumentieren, um ihnen und allen Arten, die von ihnen profitieren, neue Lebensräume zu schaffen.«

»Ganz richtig, Herr Vikström«, antwortete Ingvison. »Auch auf den Kanarischen Inseln wird immer wieder darüber diskutiert. Noch stehen die Entscheidungen aber aus.«

Pepe beugte sich vor. »Das Aussterben der Korallenriffe bedeutet eine ähnliche Katastrophe wie die Abholzung der Regenwälder. Das war meine Motivation, mich zu engagieren und Meeresbiologie zu studieren.«

Ingvison nickte. »Wir benötigen jeden einzelnen Biologen, denn wir stehen vor großen Herausforderungen. Nicht nur die Verschmutzung des Atlantiks durch Fäkalien bereitet uns Sorge, auch der Beifang, die Übernutzung und die Tiefseefischerei tragen zur Gefährdung dieser Arten bei.«

»Unsere größten Probleme sind allerdings die fehlenden Forschungsgelder … und die Zeit«, ergänzte Nina. »Die Schäden an den Riffen schreiten schneller voran, als die Korallen nachwachsen können.«

»Danke, Doktor Michaelis«, fuhr der Isländer fort. »Deshalb erkläre ich Ihnen jetzt die Verteilung der Aufgaben, damit wir schnellstens mit der Arbeit beginnen können.«

Guantes und Nina sollten anhand der Computeraufzeichnungen des letzten Jahres die Fundorte der Korallen abtauchen, um neue Erkenntnisse über Vermehrung, Ausdehnung und Zustand der Riffe zu sammeln. Fabio bediente die Unterwasserkamera, während Nina für die Beschaffung von Proben zuständig war. Pepe Morales sollte die neuen Daten dokumentieren, Jesper Vikström für einen reibungslosen technischen Ablauf sorgen. Gemeinsam wollten sie in einem Nebenraum des Büros ein Labor einrichten, in dem der Professor mit Nina die Proben untersuchen und die gewonnenen Ergebnisse mit dem Team sowie einigen Vertretern der Naturschutzorganisation vor Ort auswerten wollte. Bei den abendlichen Besprechungen würden sie dann auf Grundlage ihrer Erkenntnisse Schutzprogramme für bedrohte Arten entwickeln.

»Den ersten Tauchgang habe ich für Montag geplant. Ich schlage vor, wir nutzen den Samstag, um das Labor einzurichten und erste Informationen zu sammeln.«

Kurz zuvor war die Ausstattung des Laboratoriums eingetroffen. Die Pensionswirtin stellte den Wissenschaftlern einen Abstellraum zur Verfügung, in dem sie die Kisten, Kartons und Wasserbecken unterstellen konnten, bis sie alles eingerichtet hatten. Sie machten sich sofort an die Arbeit, indem sie zunächst zwei lange Tische in das zukünftige Labor brachten, auf denen sie unterschiedlich große Wasserbecken, zwei Mikroskope, Mikrosensoren und einen Laptop stellten. Jesper kümmerte sich um die technischen Installationen, während Pepe für mehrere Lichtquellen sorgte. Nina und Fabio brachten Bürostühle, die Tauchausrüstungen und Gerätschaften herein, die sie für ihre Forschungen benötigten. Ingvison richtete mit Jespers Hilfe eine Internetverbindung ein, damit die zuständige Fakultät auf ihre Daten Zugriff hatte und sie jederzeit mit den Kollegen in Verbindung treten konnten.

Bis zum Abend war alles an seinem Platz, und Jesper hatte einen zweiten Laptop auf einem Tisch in einer Nische des Büros angeschlossen. Gemeinsam sahen sich Ingvison und seine vier Mitarbeiter die Unterwasserbilder an. Dem Team vom vergangenen Jahr waren einige beeindruckende Filmaufnahmen von Gorgonien sowie roten und schwarzen Korallen geglückt, die Nina mit Fabio Guantes eingehend betrachtete.

Dann ließ sich die Biologin von Pepe die Zahlen vom vergangenen Jahr zeigen. Während sie dem Isländer konkrete Fragen zu den Computerlisten stellte, studierte der Fotograf die Filmaufnahmen und machte sich dabei immer wieder Notizen. Zwischen seine Augenbrauen grub sich eine schmale Falte. Er spürte, dass er beobachtet wurde, und hob den Kopf. Sein Mund verzog sich spöttisch. Ninas Bedürfnis nach Distanz, das sie ihm gegenüber gleich bei der ersten Begegnung empfunden hatte, wuchs. Etwas an ihm, das sie noch nicht benennen konnte, erinnerte sie an Jan und mahnte sie zur Vorsicht.

Guantes schien ihre innere Abwehr zu erwidern. Sei's drum, dachte Nina. Sie waren einander zugeteilt und mussten zusammenarbeiten. Schließlich war sie Profi genug, um sich von einem derart herablassenden Typen nicht aus dem Konzept bringen zu lassen. Jesper überprüfte in der Zwischenzeit die Kamera und ließ keine Gelegenheit aus, auf sich aufmerksam zu machen. Pepe war aus ganz anderem Holz geschnitzt, er hielt sich stets im Hintergrund. Nina merkte ihm an, wie er begierig jede Information aufsaugte, und lächelte ihm zu. Am besten jedoch gefiel ihr der isländische Projektleiter. Er wirkte kompetent und verlor dabei nie das schelmische Funkeln in den Augen.

Da Nina keine Lust auf Gesellschaft verspürte, hatte sie sich bald zurückgezogen, um es sich auf ihrem Zimmer gemütlich zu machen. Aber selbst der Thriller, der sie anfangs so begeistert hatte, konnte sie nicht fesseln. Ob Jan den Abend mit seiner Neuen verbrachte? Ob er sie in eines der Nobelrestaurants einlud, in die er auch Nina anfangs ausgeführt hatte? Zum Nachtisch gab es dann sicher seinen Adoniskörper zum Vernaschen. Wie hatte sie bloß auf ihn hereinfallen und sich sogar mit ihm verloben können? Nie hätte sie geglaubt, dass ein Mann je in der Lage sein könnte, sie derart zu täuschen. Sie, die toughe Frau, die weder finanziell noch emotional auf einen Partner angewiesen war. Ihr Job als freie Meeresbiologin war aufregend genug, denn immer wieder hatten Aufträge sie für mehrere Wochen in die Ferne geführt. Nina reiste für ihr Leben gern, und sie liebte ihre Arbeit weit mehr, als ihr Freundschaften oder Beziehungen je bedeuten konnten. Endlich befand sie sich in der glücklichen Lage, auf nichts und niemanden Rücksicht nehmen zu müssen.

Der Kakao fiel ihr ein, der sich noch neben einer Tüte Chips im Koffer befand. Sie holte beides heraus und bereitete sich einen heißen Kakao zu. Nachdem sie daran genippt hatte, vertiefte sie sich in die Broschüre einer weltweit operierenden Naturschutzorganisation. Verschiedene Korallenarten, unter anderem die blaue und schwarze Koralle, waren inzwischen per Gesetz geschützt, weshalb die Einfuhr nur mit bestimmten Papieren zulässig war, während die rote Koralle zu den meistbedrohten Tierarten der Welt gehörte. Und das alles nur, um die gierigen Hälse von Damen auf dem ganzen Planeten zu schmücken.

Seufzend legte sie ihre Lektüre beiseite und widmete sich den Flyern mit Ferienwohnungen, die Señora Diaz ihr ausgehändigt hatte. Die meisten Wohnungen, die für sie in Frage kamen, befanden sich in Ferienanlagen, und danach stand ihr überhaupt nicht der Sinn.

»Sollten Sie bei den Angeboten nicht fündig werden, erkunden Sie ruhig die nähere Umgebung, auf die Art werden Sie bestimmt das Passende entdecken«, hatte ihr Señora Diaz geraten.

Da der freie Sonntag vor ihr lag, beschloss Nina, genau das zu tun.

KAPITEL 2

Nach einigen Telefonanrufen stieß Nina in Tazacorte auf einen Autovermieter, der bereit war, ihr auch am Sonntag einen Wagen zur Verfügung zu stellen. Langsam fuhr sie durch umliegende Ortschaften und hielt nach freien Mietwohnungen Ausschau. Aber weder eine Wohnanlage noch ein kleines Apartment weckten ihr Interesse. Nach einer Weile lenkte sie das Fahrzeug daher aus dem Fischerort hinaus und folgte einer geschwungenen, kurvenreichen Straße. Zu ihrer Rechten entdeckte sie meterhohe Bananenpflanzen, zu ihren Füßen erstreckte sich das malerische Aridanetal. Die Stadt Los Llanos breitete sich wie ein heller Teppich unter ihr aus, gesäumt von einem Kratergrund der Caldera. Gab es etwas Befreienderes, als allein zu sein?

Nina genoss, wie der Wind sich während der Fahrt in ihren Haaren fing. Das Spiel von Licht und Schatten war berauschend. Gelang es der Sonne, die Wolken zu verdrängen, dann verwandelte sie das Tal unter ihr in schimmerndes Gold. Siegten jedoch die grauen Schatten am Himmel, wirkte es geheimnisvoll, und die Felsen sahen schroffer aus.

Bald tauchte zu ihrer Linken eine weiß getünchte Kirche auf, und sie folgte der von Mandel- und Avocadobäumen gesäumten Straße, bis der Weg schließlich vor einem versteckt gelegenen Sandplatz endete. Sie wollte bereits wenden und zurückfahren, da entdeckte sie zwischen den hellgrünen Blättern der Bananenpflanzen die weiße Fassade eines Gebäudes. Nina schirmte die Augen gegen das Sonnenlicht ab und trat näher. Das Haus lag auf einer Anhöhe und war nur durch eine gewundene Holztreppe erreichbar. Hastig sah sie sich um, sie fühlte sich wie ein Kind, das im Begriff war, etwas Verbotenes zu tun. Andererseits, was war schon dabei?

Die Holzstufen knarrten bedenklich bei jedem ihrer Schritte. Kurz darauf hatte sie das Haus erreicht, dessen Anblick ihr schier den Atem raubte. Klein war es, windschief, und es wirkte auf sie wie ein Relikt aus einer längst vergessenen Zeit. Beim genaueren Hinsehen erkannte sie, dass die steinernen Wände nicht wie üblich mit Zement, sondern mit einem fremden Werkstoff verputzt worden waren. Es war bezaubernd. Eine feine Sandschicht bedeckte die Butzenscheiben, und auf den von Moos bewachsenen Fensterbänken standen Pflanzkästen mit vertrockneten Überresten sommerblühender Blumen.

Der kleine Garten an der Hinterseite des Hauses, den drei mannshohe Drachenbäume säumten, war zwischen dem wild wuchernden Unkraut nur noch zu erahnen. Still sog Nina die Eindrücke in sich auf. Sie hätte schwören können, über dieser Behausung liege ein alter Zauber. Eine Magie von jener Sorte, die nur sie allein zu ergründen imstande war. Erinnerungen an vergessen geglaubte Märchen und Legenden ihrer Kindheit kamen ihr wieder in den Sinn. Ninas Lippen hoben sich zu einem Lächeln. Sie pustete sich eine Haarsträhne aus der Stirn. Verrückte Gedanken, die ihr da durch den Kopf schossen, sie war einfach hoffnungslos romantisch veranlagt. Aber hieß es nicht, dass die Mauern eines alten Hauses alle Freude und alles Leid speicherten, weshalb beides selbst nach vielen Jahren noch spürbar war?

Die junge Meeresbiologin streckte die Hand nach einer steinernen Wand mit dem weißen, ungewöhnlichen Putz aus. Sie schloss die Augen und malte sich bis ins letzte Detail aus, wie das Haus früher ausgesehen haben musste. Wie der Wind durch die Fensterläden pfiff und das Lachen und Weinen der einstigen Bewohner bis in den Garten hinüberdrang, um sich mit dem Meeresrauschen zu verbinden. Was waren das für Menschen gewesen, die hier in der Abgeschiedenheit gelebt hatten? Waren Kinder lärmend um das Haus gelaufen, hatten sie gespielt, gesungen und gestritten, immer unter den wachsamen Augen der Mutter? Bestimmt war der Hausherr am Abend nach einem langen Arbeitstag heimgekehrt, um sich im Garten niederzulassen, eine Pfeife zu stopfen und zu beobachten, wie die Sonne sich allmählich verfärbte und unterging. Oder das Zauberhaus hatte einst einer wohlhabenden Diva gehört, die sich in der Einsamkeit erholte und zuweilen kleine erlesene Empfänge gab. Nun geht die Fantasie endgültig mit mir durch, dachte Nina.

Ob es im Inneren noch Überreste einer offenen Feuerstelle gab, über denen die Insulaner ihr Essen zubereitet hatten? Immerhin hatte das Haus einen Schornstein, demzufolge war es also nicht allzu lange unbewohnt. Nina trat an eins der Fenster und spähte hinein. Es schien sich um den Wohnraum zu handeln. Die spärlichen Möbelstücke waren mit hellem Stoff abgedeckt, aber sie meinte, anhand der Umrisse nahe dem Fenster eine Art Sofa mit hölzernen Lehnen zu erkennen.

Die Eingangstür befand sich auf der anderen Seite. Da alles still blieb, schlich sie um das Haus herum. Vor der dunkel gestrichenen Tür blieb sie wie angewurzelt stehen. Ein weißes Schild mit schwarzen Lettern hing gut sichtbar am Türgriff. Sie kniff die Augen zusammen, der Text war in englischer Sprache verfasst.

To rent. For information please call John Campbell.

Darunter stand die Nummer eines Mobilfunktelefons.

Mit angehaltenem Atem starrte Nina auf das Schild. Einem Impuls folgend, kramte sie aus einer Innentasche ihres Parkas ihr Handy hervor und wählte die angegebene Nummer.

John Campbell, der sich sofort meldete, hatte zwar noch einiges zu erledigen, konnte aber in einer knappen Stunde vor Ort sein, um sie durch das Haus zu führen. Der Mann hatte Englisch mit einem schottischen Akzent gesprochen.

Mr. Campbell hielt Wort. Pünktlich stieg der kleine Mann mit dem von vielen Falten gezeichneten Gesicht aus einem Geländewagen und kam lächelnd auf sie zu. Sie begrüßten einander mit Handschlag und einigten sich, ihre Unterhaltung auch weiterhin auf Englisch zu führen. Mr. Campbell lebte seit dreißig Jahren auf der Insel und beherrschte Spanisch beinahe ebenso gut wie seine Muttersprache. Für Nina kein Problem, sie konnte sich ebenfalls in beiden Sprachen fließend unterhalten.

Sie schilderte ihm, wie sie das Haus zufällig entdeckt und dass es sie gleich in seinen Bann gezogen hatte. »Als ich das Schild hier gelesen habe, musste ich Sie einfach anrufen«, schloss sie ihren Bericht.

»Das war mal ein recht schönes Häuschen«, erwiderte er mit leichtem Bedauern in der Stimme. »Es hat meiner Tante Abigail gehört, deren Vorfahren im achtzehnten Jahrhundert aus England eingewandert sind und es als sogenannte Zuckerbarone zu einem beträchtlichen Vermögen gebracht haben. Seit sie vor einigen Jahren in eine Seniorenresidenz in Santa Cruz gezogen ist, ist es so gut wie unbewohnt. Den meisten Leuten, ob Touristen oder Einheimische, ist es zu abgelegen, außerdem fehlt es ihnen am üblichen Komfort. Sie wissen schon, Klimaanlage, Mikrowelle und all das Zeug.« Er musterte sie aus dunklen Brillengläsern. »Entschuldigen Sie, wenn ich so offen frage, aber was bringt eine junge Frau wie Sie dazu, sich für dieses Haus zu interessieren?«

Nina erklärte ihm die Lage. »Unser Auftraggeber hat uns eine Pension in Tazacorte zur Verfügung gestellt, allerdings dürfen wir uns auch eine andere Unterkunft suchen.«

»Ich verstehe. Aber vielleicht sehen Sie sich das Haus zunächst mal an, Miss Michaelis?« Seiner Jackentasche entnahm er einen Schlüsselbund und wählte ein besonders schönes Exemplar mit einem verschnörkelten Griff.

Ninas Schritte knarrten auf dem Dielenboden. Der Flur war winzig und führte direkt in den Wohnraum. Staubkörner wurden bei ihren Bewegungen in der abgestandenen Luft aufgewirbelt. Mr. Campbell öffnete ein Fenster, dessen dunkel gestrichene Läden ein wenig schief in den Angeln hingen.

»Sie mögen nicht so aussehen, sind aber stabil und halten den Wind fern«, meinte der ältere Herr mit einem entschuldigenden Achselzucken.

Nina nickte abwesend. Der Raum war hell verputzt und machte einen gepflegten Eindruck. In einer Ecke entdeckte sie einen altmodischen Ofen, dessen Kacheln mit hübschen Meeresmotiven verziert waren. Dann wurde ihr Blick von mattem Sonnenlicht angezogen, das durch eine Glastür fiel und Muster auf die Holzdielen warf.

»Eine Terrasse?«, entfuhr es ihr.

»Ja, hier hat sich meine Tante am liebsten aufgehalten. Wenn Sie mir bitte folgen wollen?« Mr. Campbell machte eine einladende Handbewegung.

»Oh, wie schön.« Nina wurde das Herz weit, als sie die aus Naturstein gemauerte Terrasse betrat.

Vor ihr glitzerte der Atlantik in der Sonne, weiter draußen konnte sie eins der typischen Fischerboote Tazacortes ausmachen, das auf den Wellen hin- und herschaukelte. Unterhalb des Hauses wiegten sich Bananenpflanzen im aufbrausenden Wind, und zu ihrer Rechten entdeckte sie einen kargen, zerklüfteten Krater.

»Ein Ausläufer des *Caldera de Taburiente,* unseres Nationalparks«, erklärte er.

Konnte etwas so schön sein, dass es beinahe schmerzte? So jedenfalls empfand es Nina, während sie das Bild auf sich wirken ließ. Sie setzte sich auf die einfache Holzbank, das einzige Mobiliar der Terrasse, und Mr. Campbell nahm neben ihr Platz. Er erzählte ihr, wie seine Tante frühmorgens ihren Tee an diesem Ort getrunken hatte, ebenso von den Kindern und Enkeln und den vielen Festen, die sie hier gefeiert hatten. Doch die Worte rauschten wie durch Watte gedämpft an ihr vorüber.

»Wie hoch ist die Miete?«, sprudelte es schließlich aus ihr heraus, nachdem er geendet hatte. »Ich möchte es haben.«

Der Schotte schob die Hände in die Hosentaschen. Gemeinsam sahen sie dem Fischerboot zu, das auf die Küste zusteuerte.

»Wenn Stürme über die Küste hinwegfegen … Sie sehen ja, das kommt gelegentlich vor …, fällt der Strom manchmal aus.«

»Ich liebe Kerzenlicht, Mister Campbell.«

Sie lächelten einander an.

»Einen Luxus möchte ich Ihnen allerdings nicht verschweigen«, sagte er, erhob sich und lehnte sich gegen die steinerne Brüstung. »Wir haben vor Jahren einen Internetzugang legen lassen, um jederzeit für Tante Abigail erreichbar zu sein. Sie hat für ihr Leben gern online Poker gespielt.« Er bot ihr seinen Arm. »Bevor wir uns über den Preis unterhalten, will ich Ihnen gern noch den Rest zeigen.«

Die Küche war klein und zweckmäßig ausgestattet, ebenso der Schlafraum, wo über einem alten Holzbett eine Madonnenfigur hing. Das Badezimmer hielt eine Überraschung für Nina bereit, denn es besaß eine klauenfüßige Wanne und war neuwertig gefliest. Mr. Campbell und seine Frau, die als Rentner und private Ferienhausvermieter auf La Palma lebten, hatten es nach dem Auszug der alten Dame erneuert, in der Hoffnung, das Haus so besser an Feriengäste vermieten zu können.

»Wann kann ich einziehen, Mister Campbell?«

Der Schotte verschränkte die Arme vor der Brust. »In drei Tagen, am Donnerstag könnte es bezugsfertig sein.« Er nannte ihr noch einen Mietpreis, den sie mehr als fair fand.

»Wunderbar!«, entfuhr es ihr.

Als die beiden schließlich das Haus verließen, trat Nina beschwingten Schrittes den Rückweg an.

KAPITEL 3

Gleich am Montagmorgen erzählte Nina dem Forschungsleiter im Büro von ihrem bevorstehenden Auszug und notierte ihm ihre neue Adresse.

»Via Internet bin ich ebenfalls zu erreichen, und ich werde mich auch nach einem Auto umsehen. Ich habe mich auf den ersten Blick in das Haus verliebt. Ein absoluter Glücksfall, dass es zu vermieten war«, fügte sie hinzu.

Ingvison tätschelte ihre Schulter. »Freut mich, dass Sie das Passende gefunden haben. Ich werde mit unseren Studenten hier in der Pension bleiben. Fabio wird Ihnen sicher gern zeigen, wo Sie alles bekommen, was Sie im Alltag benötigen.«

Als der Isländer ihre Überraschung bemerkte, legte er den Kopf schief. »Er ist auf La Palma geboren, lebt hier im Ort und kennt die Insel wie seine Westentasche. Wussten Sie das nicht?«

»Nein, aber vielen Dank, das wäre nett.«

Gemeinsam erstellte das Team einen Zeitplan für die anstehenden Tauchgänge und die sich anschließenden Laboruntersuchungen, die zum Teil direkt unter Wasser vorgenommen werden sollten.

»Hatten Sie bereits die Gelegenheit, mit Unterwassermikrosensoren zu arbeiten, Doktor Michaelis?«, fragte der Professor.

»Nein, bei meinen bisherigen Projekten hatten wir keine derart modernen Apparaturen zur Verfügung.«

Der Isländer nickte. »Das leidige Thema mit den Forschungsgeldern, ich verstehe.«

»Mithilfe von Mikrosensoren misst man die Sauerstoffproduktion der Korallen, oder?«, fragte Nina.

»Richtig, und natürlich ihre Atmung. Auf diese Weise können wir selbst kleinste Veränderungen in ihrem Stoffwechsel nachweisen.« Ingvison sah die beiden Studenten an. »Haben Sie bei so einer Messung schon einmal zugesehen, meine Herren?«

»Nein, aber ich würde es gern ausprobieren«, erwiderte Pepe. »Ich besitze zwar einen Tauchschein, aber leider fehlen mir noch einige Stunden Erfahrung, damit ich Sie unter Wasser begleiten darf.«

»Dasselbe gilt für mich«, räumte Jesper ein.

»Kein Problem«, winkte der Professor ab. »Ein Tauchschein ist für Ihren Studiengang nicht zwingend notwendig. Der Großteil Ihrer späteren Tätigkeit spielt sich ohnehin im Labor ab. Im Laufe der Monate werden Sie ausreichend Gelegenheit haben, mir bei den Messungen zu assistieren.«

Danach unterwies er Nina und die Studenten in der Handhabung der technischen Geräte.

»Da die See heute verhältnismäßig ruhig ist, beginnen wir wie geplant bei La Bombilla.« Der Isländer zeigte Nina und Fabio die Karte vom vergangenen Jahr. »Gorgonien findet ihr nahe dem Torbogen hier.« Er wies auf eine dunkle Fläche. »Die Antipatharia, die schwarze Koralle, haben wir im Außenriff in dreißig bis vierzig Meter Meerestiefe, circa sieben bis acht Meter vom Einstieg entfernt gefunden.«

Nina sollte mit einem Spezialwerkzeug Korallenfragmente der Mutterkolonie entnehmen und sie in eigens dafür vorgesehenen Unterwassergestellen aufbewahren, damit sie an Ort und Stelle untersucht werden konnten. Fabio Guantes machte einen konzentrierten Eindruck und vertiefte sich in die Karten. Eine Haarsträhne fiel ihm in die Stirn. Er hatte schöne, volle Lippen, wie geschaffen dafür, geküsst zu werden. Nina wendete sich schnell wieder den Unterlagen zu.

Kurz darauf machten sie sich zu fünft auf den Weg nach La Bombilla. Der Küstenort lag nördlich von Tazacorte und nur etwa einen Kilometer von ihrem ersten Ziel Puerto Naos entfernt. Gemeinsam schleppten sie die Ausrüstungen samt Pressluftflaschen und dem technischen Equipment mit dem Gerätewagen ans Ufer. Die beiden Taucher zogen ihre Neoprenanzüge an. Sie würden direkt vom Anlegeplatz aus starten, Nina trug das Unterwassergestell, das Werkzeug und den Mikrosensor bei sich, Fabio die Kamera.

Nebeneinander wateten die beiden die ersten Meter ins Wasser, wobei Guantes sie kaum eines Blickes würdigte. Wie er so dastand mit dem hautengen Anzug, unter dem sich seine muskulösen Arme und Beine abzeichneten, bot er ein wirklich anziehendes Bild. Am besten, sie hielt sich von ihm fern.

Ein letztes Mal kontrollierten sie den Sitz der Masken, dann nickten sie einander zu und tauchten ein, unter ihnen nur der schwarze Lavasand. Wieder spürte Nina diese besondere Atmosphäre, die sie sofort einhüllte und seit Jugendtagen faszinierte. Da kaum Seegang herrschte, erreichten sie rasch die Entfernung von acht Metern bis zum Saumriff, wo die roten Gorgonien zu finden waren. Hier verschlechterte sich die Sicht, eine leichte Strömung kam auf, und es wurde zunehmend dunkler. Allmählich gewöhnten sich die beiden Taucher an die veränderten Druckverhältnisse, jetzt beherrschte nur noch die Stille den Ozean.

Nina liebte diesen Moment, der für die meisten Menschen wahrscheinlich der bedrückendste unter Wasser war, da man sich nur noch auf wenige Sinneseindrücke verlassen konnte. Mit einer geschickten Bewegung schaltete sie die Lampe ein, die sie an der Stirn trug. Sie blinzelte ins Halbdunkel und orientierte sich an den langen Schwimmflossen ihres Begleiters, während kleine bunte Neonfische an ihr vorbeizogen. Mittlerweile zeigte der Unterwassercomputer, den sie am Handgelenk trug, knapp zwanzig Meter Meerestiefe an. Sie spähte in den Lichtkegel ihrer Lampe, um den Anschluss an den Kollegen nicht zu verlieren. Da zog die Silhouette eines größeren Meeresbewohners, der direkt auf sie zuschwamm, ihre Aufmerksamkeit auf sich. Seine Umrisse entpuppten sich als die einer Schildkröte, die Nina beim Näherkommen ihren schwarz-weiß gefleckten Kopf und den hellen Bauch präsentierte. Währenddessen glitt das ungefähr dreißig Zentimeter große Tier unbeirrt und träge im Wasser dahin. Die Biologin streckte die Hand nach dem grazilen gepanzerten Wesen aus, verfehlte es jedoch um Haaresbreite.

Fabio gab ihr ein Zeichen, ihm zu folgen, und sie tauchten tiefer. Zerklüftete Canyons gerieten in ihr Sichtfeld. Beim näheren Hinsehen konnte sie in den Spalten Gespensterkrabben ausmachen. Tief unter ihnen befand sich jener Felsen, den Ingvison Torbogen genannt hatte.

Dann fiel ihr Blick auf die feuerrot leuchtenden Arme der Fächerkoralle, die in kleinen Gruppen auf dem Meeresboden siedelte, während sich eine weitere Kolonie an die Wände des Riffs klammerte, als wollte sie jedem Widerstand trotzen. Nina schwamm darauf zu und beobachtete, wie die Arme und Polypen der Koralle sich sachte bewegten. An Land hatte sie kaum je eine so intensive Rotfärbung bei einem Tier entdeckt, weshalb ihr diese hier beinahe aufreizend vorkam. Bestimmt wussten die *guanches,* die Ureinwohner von La Palma, zahlreiche Geschichten darüber zu erzählen, wie die Gorgonien zu ihren Farben gekommen waren.

Nina lächelte, Sauerstoffbläschen umgaben sie mit einem leise blubbernden Geräusch. Mit geübten Handgriffen befestigte sie ein Unterwassergestell am Riff. Dem Gürtel um ihre Taille entnahm sie eine kleine Axt, während Fabio, der sich nun neben ihr befand, mit den Aufnahmen begann. Es erforderte einiges an Kraft und Geschick, Fragmente aus dem Korallenstock zu schlagen. Als es ihr schließlich gelang, führte sie die Messungen durch, ehe sie die Korallenteilchen in Behälter füllte und mit einem Astronautenstift beschriftete. Die Ergebnisse notierte sie auf einer Unterwasser-Schreibtafel. Dieselbe Prozedur wiederholte sie bei den Gorgonien auf dem Meeresboden. Ein Seestern hatte sich auf einen der Fächer gelegt und zog sich eilig zurück. Die beiden Taucher vermaßen den Fundort mit einem speziellen Maßband und stellten für einige Minuten einen Quadranten auf, um den Fischbestand zu zählen.

Zeit zum Auftauchen. Also machten sie sich allmählich auf den Rückweg und führten den Druckausgleich durch. Am Anlegeplatz angekommen, empfingen Pepe und Jesper sie mit Getränken. Nina reichte Ingvison die gewonnenen Proben samt der Tafel und fasste kurz ihre Erlebnisse zusammen. Die Foto- und Filmaufnahmen wollten sie später begutachten. Ihnen blieb eine halbe Stunde Pause, dann sollte es abermals in die Tiefe gehen, zu den Gärten der schwarzen Koralle. Diesmal brachte Ingvison sie mit dem Boot bis zur Fundstelle, damit sie die Probeentnahmen und die Untersuchungen noch vor Sonnenuntergang durchführen konnten.

Als die erste Kolonie der Antipatharia in vierzig Metern Tiefe in Ninas Blickfeld geriet, hielt sie einen Moment inne. Feingliedrige, buschig wirkende Korallenstöcke hatten die Felswände einer Lavaformation erobert und bildeten einen dichten Teppich rund um das Außenriff. Sanft wogten die Blumentiere in der Strömung, und der Lichtkegel von Ninas Lampe ließ sie in verschiedenen Farbschattierungen schimmern. Die nahezu durchsichtigen Korallen mit ihren Zweigen, Polypen und Tentakeln erschienen ihr wie ein Kunstwerk. Sie tastete nach einem der filigranen Äste, und das Blumentier reagierte prompt, indem sich seine Polypen ruckartig schlossen. Nina fühlte, wie die Berührung etwas in ihr zum Klingen brachte. So zerbrechlich die schwarze Koralle auch aussehen mochte, so fest umklammerte sie den Untergrund und entzog sich wieder und wieder ihren Fingern. Das dunkle Skelett der ansonsten erdfarbenen Koralle wirkte wie eine Ader, die Blut durch die Verästelungen jagte, um sie am Leben zu erhalten.

Wie gebannt starrte die junge Biologin auf das farbenprächtige Bild. Zwischen den Zweigen entdeckte sie ein Seepferdchen, das sich dort offenbar bis zum Anbruch der Nacht versteckte. Bewegungslos verharrte das Tier, das nur mit geschulten Augen auszumachen war. Nina riss sich von dem Anblick los und nahm eine erste Probe. Hinter sich spürte sie die Gegenwart Fabios, der mit seiner Kamera jede ihrer Bewegungen dokumentierte.

Aus einem schmalen Felsvorsprung, geschützt durch die Korallen, musterten sie die Augen einer Muräne, die gleich darauf in ihre sichere Höhle zurückschnellte. Unweit der Fundstelle entdeckten die Taucher ein weitaus größeres Riff, das zwischen Lavabögen gelegen war. Nina schickte sich an, eine weitere Probe zu nehmen, als sie dem Blick Fabios begegnete, auch er hatte es also bemerkt. Die Blumentiere hatten die dunkle Färbung ihres Gerüstes am oberen Ende eines Felsens eingebüßt. Korallenbleiche, schoss es ihr durch den Kopf. Ihre Finger zitterten, während sie mit der kleinen Axt einige Stücke der Verästelungen abschlug. Sie wiederholten die Messungen, dann beendeten sie den Tauchgang.

Im Büro begutachteten sie kurz darauf die Filmaufnahmen. Als sie den Mitschnitt der erkrankten schwarzen Korallen betrachteten, wurden die Mienen der Teammitglieder ernst.

»Die Gorgonien haben hingegen einen gesunden Eindruck gemacht. Die Untersuchung des Stoffwechselprozesses war ohne Befund«, erläuterte Nina. Ihr fiel es schwer, sich auf die wissenschaftliche Arbeit zu konzentrieren. Noch immer gefangen in den Eindrücken der vergangenen Stunden, war sie froh, sich bald darauf zurückziehen zu können.

Die nächsten Tage waren ausgefüllt mit Laborarbeiten. Die Technik bereitete ihnen immer wieder Schwierigkeiten. Jesper und Pepe arbeiteten mit Hochdruck daran, am Mittwoch funktionierte dann endlich alles wieder einwandfrei.

Als Nina am Donnerstag den Geländewagen startete, den sie zu einem guten Preis erstanden hatte, fühlte sie sich wie ein Kind vor der Bescherung. Frühmorgens hatte sie ihre Habe im Kofferraum verstaut, mehrfach kontrolliert, ob sie auch nichts in der Pension vergessen hatte, und alle notwendigen Einkäufe erledigt. Es war später Nachmittag, der Feierabend lag vor ihr und damit auch das Treffen mit Mr. Campbell. Der Gedanke, den Schlüssel zu dem Zauberhaus bald in den Händen zu halten, war berauschend, und sie sang den Reggae, der aus ihrem neuen CD-Player tönte, lauthals mit.

Die Sonne strahlte vom Himmel, gerade so als wollte sie ihr den Weg weisen. Dabei war das überhaupt nicht nötig, denn das Auto fand, begleitet von Bob Marleys Stimme, wie von selbst die Route die Serpentinen hinauf bis zum Hügel, der *El Time* genannt wurde. Am Parkplatz angekommen, griff Nina nach ihrer Umhängetasche und schlug die Tür schwungvoll zu. Sie versuchte, einen gelassenen Eindruck zu erwecken, das nervöse Wippen ihrer Stiefelspitzen auf dem Natursteinboden drohte sie jedoch zu verraten. In diesem Moment bog Mr. Campbells Wagen um die Ecke.

»Wie ich sehe, werde ich bereits erwartet«, begrüßte er sie. »Außerdem bringen Sie den Sonnenschein mit. Wenn das kein gutes Omen ist, Miss Michaelis!«

»Wie recht Sie haben.«

Der Schotte lächelte. »Kommen Sie.« Er nahm sie am Arm und reichte ihr den Schlüssel. »Herzlich willkommen in der Casa *La Roca Verde,* wie es meine Frau meist nennt. Bei den Einheimischen hatte das Haus aber von Beginn an einen anderen Namen.«

»Welchen denn?«, fragte Nina und nahm den Bund entgegen.

»Wir nennen es das Korallenhaus.«

Nina stutzte.

»Wissen Sie, das Haus ist damals mit versteinerten Korallen verputzt worden und als einziges auf der gesamten Insel noch erhalten. Daher dachte ich, wir erwecken es, da es endlich wieder für eine Weile bewohnt sein wird, mit dem alten Namen erneut zum Leben.«

»Eine schöne Idee«, sagte Nina und nickte.

Die Tücher waren von den Möbeln entfernt worden. Altmodisch und an den Armlehnen etwas verschlissen, machten sie dennoch einen behaglichen Eindruck. Auch sonst hatten die Campbells alles getan, damit sich ihre neue Mieterin wohlfühlte. Das Bett war mit gestreifter Wäsche bezogen, im Badezimmer lag ein Stapel Handtücher, und auf dem Tisch befand sich eine größere Anzahl Kerzen mit Zündhölzern.

»Hinter dem Haus habe ich Ihnen ein paar Holzscheite gestapelt, ich hoffe, das ist in Ihrem Sinn? Nur für alle Fälle.«

Nina bedankte sich herzlich.

»Ach herrje, beinahe hätte ich es vergessen«, entfuhr es dem Vermieter kopfschüttelnd. »Ich habe Ihnen den Schuppen noch gar nicht gezeigt. Na ja, eigentlich ist es eher eine Hütte.«

Neugierig folgte sie ihm ins Freie. Er führte sie in den Garten und wies auf ein Gebäude, das auf dieselbe Weise erbaut worden war wie das Haupthaus, allerdings im Begriff war, von Efeuranken erobert zu werden.

»Zu meiner Schande muss ich gestehen, dass es inzwischen ziemlich heruntergekommen aussieht. Früher haben wir es regelmäßig instand setzen lassen und die morschen Holzbohlen an der Tür ausgetauscht, aber seit einiger Zeit haben wir kaum noch Hand an den Schuppen gelegt. Meine Frau hatte sich außerdem vorgenommen, im Garten noch Ordnung zu schaffen. Aber das Rheuma plagt sie, wissen Sie?«

Nina winkte ab.

Der Schuppen maß ungefähr vier mal vier Meter und hätte ihrer Tauchausrüstung ausreichend Platz bieten können, beherbergte er nicht ein buntes Sammelsurium seiner einstigen Besitzerin. In einer Ecke standen Gartengeräte, leicht angerostet und wahrscheinlich nicht mehr funktionstüchtig, sowie einige Kisten. Nina entdeckte ein hölzernes Schaukelpferd, auf dem Spinnen kunstvolle Netze hinterlassen hatten. Einer jener alten Feueröfen, die in guten Antiquitätenläden zu bekommen waren, sprach von längst vergangenen Zeiten. Zwischen diesen Hinterlassenschaften wirkte die nagelneue Heckenschere völlig fehl am Platz.

»Der ganze Plunder kann weg. Ich übernehme gern die Entsorgung«, bot sich der Schotte an.

»Danke, Mister Campbell, aber das erledige ich schon selbst.«

»Dann bleibt mir nur, Ihnen eine gute Zeit auf La Palma zu wünschen. Sollte es Probleme geben, können Sie sich jederzeit an mich wenden.«

Der Vermieter machte Anstalten, ihr beim Ausladen des Wagens behilflich zu sein, was sie jedoch dankend ablehnte.

Nachdem das Motorengeräusch seines Autos verklungen war und nur der Schrei eines Seevogels die Stille durchschnitt, verharrte sie, und ein breites Lächeln stahl sich in ihre Mundwinkel.

Später setzte sich Nina auf die Terrasse. Der böige Wind bauschte ihr weites Sweatshirt, Mücken tanzten in der milden Abendluft. Nachdenklich blickte sie auf den Ozean, beobachtete, wie die Fischer ihre Netze einholten und kurz darauf ein Schwarm Möwen kreischend aufs Wasser hinabstürzte. Von Kindesbeinen an hatte sie davon geträumt, eines Tages in einem Haus am Meer zu leben. Aber abseits aller romantischen Vorstellungen hatte es stets wichtige Argumente gegeben, nahe der Fakultät und verkehrsgünstig zu wohnen. Ein Bett zum Schlafen, genügend Platz für die Massen an Büchern, die sie besaß, sowie eine Dusche und eine Kaffeemaschine, damit hatte sie sich bisher begnügt. Wann immer Ninas Familie sie daran erinnerte, dass sie sich durchaus etwas Schickeres leisten konnte, hatte sie nur abgewinkt.

Von diesem windschiefen Häuschen aus zuzusehen, wie die Sonne das Meer in schimmernde Wogen verwandelte, erschien ihr weit wertvoller als jede Wohnung in Citynähe. Was waren schon die bunten, blinkenden Leuchtreklamen und das pulsierende Nachtleben gegen die Farben und Gerüche des schäumenden Atlantiks, wenn sich das Licht in ihm brach?

Ihre Gedanken wanderten zu den vergangenen Tagen und den ersten wissenschaftlichen Beobachtungen. Über die letzten Jahrhunderte hinweg waren die Korallenriffe regelrecht geplündert worden. Es hieß, nicht wenige Eltern hätten ihre Kinder darauf trainiert, ohne Hilfsmittel zu tauchen, da nur kleine, schmächtige Menschen in der Lage waren, die engen Höhlen und Schluchten zu überwinden, um an die Kostbarkeiten des Meeres zu gelangen. Es schüttelte Nina bei der Vorstellung, wie viele Kinder bei der Korallensuche einen frühen Tod gefunden hatten.

Wie sie aus einschlägigen Berichten und Magazinen wusste, gab es die jugendlichen Korallenpiraten nach wie vor in den afrikanischen Ländern, illegal natürlich, aber was nützten den Kindern Gesetze, wenn die Erwachsenen sie übertraten? Was waren das damals für Menschen, was trieb sie heute noch dazu, dies zuzulassen? Zu allen Zeiten ging es offenbar nur um den Profit. Die Auswirkungen der Räubereien, die bis zum heutigen Tage andauerten, waren nicht zu übersehen. Deshalb forschten Wissenschaftler an einem Ort wie diesem, wo der Ozean so zauberhaft war, dass ihr angesichts der Bilder, die sich ihr bei den Tauchgängen geboten hatten, noch immer Tränen in die Augen schossen. Die Ergriffenheit, die Nina empfunden hatte, als sie die schwarzen Korallen betrachten durfte, war auch jetzt, Tage später, nicht verblasst.

Für die Schmuckverarbeitung benötigte man nur das bräunliche oder schwarze Skelett dieser in Kolonien lebenden Tiere. Nina hatte die Korallen berührt, ihre Zerbrechlichkeit ertastet. Um das dunkle Gerüst mit der hornartigen Konsistenz zu ernten, die dem Blumentier seinen Namen gegeben hatte, musste man die komplette Koralle herausreißen. Meist zerstörte man dabei selbst das letzte Stöckchen, die letzte fächerartige Koralle durch Netze oder löste sie mit Äxten vom Untergrund. Was angesichts der derzeitigen Lage besonders tragisch war: Diese Lebewesen benötigten Jahrzehnte, um nachzuwachsen. Dazu kam, dass viele wichtige Informationen über sie noch im Dunkeln lagen, niemand wusste sicher, wie diese Lebensform sich in Zukunft entwickelte. Wenn sie bis dahin überhaupt noch existierten, denn ein Viertel aller Korallenriffe war bereits zerstört. Die rote Koralle stand längst auf der Liste der meistbedrohten Tierarten der Welt. Man musste kein Prophet sein, um zu erkennen, wie gefährlich dicht auch die anderen Korallenarten vor der Ausrottung standen. Wenn die Korallenriffe starben, würden viele Fischarten ihre Nahrung, das Versteck, ja sogar die Kinderstube für ihre Nachkommen verlieren.

Mit einem Seufzen versuchte Nina, ihre Gedanken in eine neue Richtung zu lenken. Sie hatte in den letzten Jahren an verschiedenen Aufträgen mitgewirkt und Verhaltensforschung an bestimmten Fischarten sowie anderen Lebensformen der Unterwasserwelt betrieben. Die Korallen allerdings rührten sie auf besondere Weise. Sogar Guantes hatte mit Bestürzung auf die mit Korallenbleiche befallenen Stöcke reagiert.

Fürs Erste hatte sie in dem kleinen Haus alles, was sie benötigte. Den Abend beabsichtigte sie mit einem guten Buch zu verbringen, dazu vielleicht etwas leise Musik aus ihrem tragbaren CD-Player.

Nach einer Weile klingelte das Telefon. »Guten Abend, Doktor Michaelis«, ertönte eine männliche Stimme.

»Hallo, Professor Ingvison. Was kann ich für Sie tun?«

»Ich habe eine Überraschung für das Team. Könnten Sie morgen früh bitte schon um acht am Hafen von Tazacorte sein?«

»Natürlich«, freute sie sich. »Ich bin sehr gespannt.«

»Wunderbar, wir sehen uns dann am Bootsanlegeplatz. Einen schönen Abend noch.«

KAPITEL 4

Als sich Nina dem Bootsanlegeplatz von Tazacorte näherte, war der Hafen mit seinen vielen Booten in das weiche Licht der Morgensonne getaucht. Sie war früh dran, da sie es nicht erwarten konnte, von den Plänen des Isländers zu erfahren. Schon von weitem erkannte sie die drahtige Figur und das silbrige Haar des Professors. Neben ihm stand ein junger Mann in Jeans und Segeljacke, mit dem er sich angeregt unterhielt. Ingvison lächelte und winkte ihr zu.

»Guten Morgen. Darf ich vorstellen, Doktor Michaelis? Das ist Florian Reuter vom Wal- und Delfinschutzverein auf La Gomera. Wir hatten schon mehrfach miteinander zu tun. Er wird uns heute einen Überblick über das Archipel und seine Lebewesen verschaffen.«

Reuter und Nina begrüßten sich mit Handschlag. »Das ist ja mal eine schöne Überraschung, Professor Ingvison«, wandte sie sich an den Teamleiter. »Nett von Ihnen, dass Sie sich Zeit für uns nehmen, Herr Reuter.«

»Gern geschehen. Unser kleiner Ausflug hat einen besonderen Anlass, aber dazu später mehr«, erklärte der junge Biologe und wies auf drei Gestalten, die auf sie zusteuerten. »Da kommen Ihre Kollegen.«

Nachdem Fabio, Jesper und Pepe zu ihnen gestoßen waren, stiegen sie in ein ehemaliges Fischerboot und fuhren hinaus aufs Meer. Das Boot schaukelte leicht, und die Geräusche, die vom Hafen herüberdrangen, wurden vom Wind verschluckt.

Florian Reuter begann sogleich mit seinen Ausführungen. »Gerade zwischen La Palma und La Gomera haben wir eine einzigartige Vielfalt an Meeressäugetieren zu verzeichnen. Durch die Fülle an Lebewesen, die in den Korallenriffen und Schluchten zu Hause sind, finden sie reichlich Nahrung. Darum wünschen wir uns natürlich, dass der gesamte Archipel eines Tages zum Walschutzgebiet erklärt wird.«

»Wie viele Wal- und Delfinarten leben denn hier?«, fragte Jesper und setzte sich eine Kappe gegen den stürmischen Wind auf.

»Ganze neunundzwanzig, das ist eine enorme Zahl. Deshalb erforschen wir die Meeressäuger hier vor Ort sowie den Einfluss des Menschen auf deren Lebensraum.«

Nina fing einen Blick von Pepe auf, in dessen Augen an diesem Morgen ein besonderer Glanz lag. Er schien jede Information in sich aufzusaugen.

»Wie steht es mit dem Bestand der Wale und Delfine im Atlantik?«, fragte der Student.

»Es gibt ein stetiges Auf und Ab bei den Sichtungen der Tiere«, erwiderte Reuter geduldig. »Wir betreiben derzeit eine Langzeitstudie auf La Gomera, deshalb lässt sich dazu noch nichts Abschließendes sagen. Erfreulicherweise haben wir in diesem Jahr viele Jungtiere gezählt. Unseren Beobachtungen zufolge passen sich die Delfine und Wale ihrer Umwelt an und ziehen weiter, wenn sie sich durch Schiffsverkehr, Lärm oder auch die zunehmende Erwärmung der Wasseroberfläche gestört fühlen.« Der Biologe zwinkerte ihnen zu. »Vielleicht gelingt es mir heute, Ihnen etwas ganz Besonderes zu zeigen. Gestern haben wir einen riesigen Schwarm Sardinen gesichtet, der auf die Westküste von La Palma zutreibt. Vermutlich sind die Tiere auf dem Weg nach Portugal, zu einem ihrer Laichplätze. Im letzten Jahr haben sie aber auch hier ihre Eier abgelegt.« Er wies in Richtung Steuerbord. »Sehen Sie die vielen Tölpel und anderen Seevögel dort drüben? Sie warten auf den Schwarm.«

Nina nickte. Sie wusste, mit dem Schwarm würden sich auch die großen Fressfeinde der Sardinen einfinden, besonders Thunfische und Delfine, während die Wale auf ihren Laich aus waren.

Der Biologe setzte erneut an. »Wir vermuten den Schwarm ungefähr in der Höhe von Las Indias im Südwesten. Dorthin sind wir jetzt unterwegs. Allerdings brauchen wir ein bisschen Zeit und Geduld.«

Der Isländer klopfte ihm auf die Schulter. »Das Schauspiel lassen wir uns ganz sicher nicht entgehen, Herr Reuter. Ich danke Ihnen, dass Sie mich gleich verständigt haben.«

»Keine Ursache.«

Bald darauf geriet in der Ferne die Küste in ihr Sichtfeld. Florian Reuter hielt ständig Kontakt zu seinen Kollegen, die versuchten, dem Sardinenschwarm mit dem Hubschrauber zu folgen. Währenddessen versorgte der Bootsführer sie mit Erfrischungen. Nina gesellte sich zu Reuter und unterhielt sich mit ihm und dem Professor über die natürlichen Verhaltensweisen der Delfine. Jesper und Pepe hörten aufmerksam zu oder stellten Fragen, während Fabio mit dem Fernglas unbeirrt nach den großen Meeressäugern Ausschau hielt. Die Stunden verstrichen, es wurde später Vormittag, und Ninas Erregung wuchs.

Dann war es endlich so weit, und Florian Reuter bekam über Funk Nachricht.

»Sie sind keine acht Meilen von hier entfernt«, sagte er und gab die genaue Position dem Skipper durch, der das Fischerboot sofort beschleunigte.

Dass sie sich dem Schwarm näherten, war unüberhörbar, die Schreie der Seevögel, die ungeduldig über dem Ozean kreisten, wiesen ihnen den Weg. Wenige Minuten später nahmen die erregten Rufe der Tölpel zu, und Ninas Herz machte einen Satz. Plötzlich tauchten von allen Seiten die eleganten Leiber von Delfinen auf.

»Große Tümmler, mindestens dreißig Tiere«, stieß sie hervor.

»Rauzahndelfine hinter uns!«, rief Reuter.

»Meine Güte«, drang die Stimme von Fabio, der neben ihr stand, zu ihr herüber. »Vier Buckelwale!« Er zückte seine Kamera.

»Ja, sie sind mindestens fünfzehn Meter lang«, erwiderte Nina und beobachtete, wie die Riesensäuger einen Kreis bildeten. Die Delfine formierten sich um sie.

»Die Thunfische müssen sich direkt unterhalb des Schwarmes befinden«, erklärte Reuter. »Sie warten auf ein Zeichen der Wale, dann schlagen sie zu. Die Thunfische jagen die Sardinen von unten und die Vögel aus der Luft.«

Kurz darauf konnten sie erkennen, wie die Wale Netze aus Luftblasen webten. Einem Vorhang gleich erschienen sie an der Wasseroberfläche, während die Buckelwale ihre Beute einkreisten. Nur einen Wimpernschlag später stießen unzählige Vögel kreischend herab. Schwarze

Schwanzflossen tauchten vor ihnen auf und platschten wieder ins Wasser. Riesige Kiefer schlugen zu. Fischleiber glänzten an der Wasseroberfläche. Das große Fressen hatte begonnen.

Nina starrte auf das faszinierende und zugleich grausame Schauspiel, das vor ihren Augen dargeboten wurde. Mit Kraft und Schnelligkeit jagten die Wale und Delfine im Team ihre Beute, unter Wasser begleitet von den Thunfischen. Als die Tiere ihre Mägen gefüllt hatten, wurde es wieder still. Die Vögel verschwanden, die Meeressäuger lösten ihre Gruppen auf und tauchten in die Tiefe ab.

Die Rückfahrt nach Tazacorte verlief schweigsam, was Nina beruhigte, denn sie war noch viel zu aufgewühlt, um über das Erlebte reden zu können. Den beiden Studenten schien es ähnlich zu ergehen, denn auch sie machten keine Anstalten, irgendwen in eine Konversation zu verwickeln. Fabio beschäftigte sich mit seiner Kamera, und Ingvison stand bei Reuter, der ihre Sichtungen notierte. Die beiden Männer sahen auf, der Biologe lächelte, als er Ninas Blick bemerkte.

»Ich weiß sehr genau, was in Ihnen vorgeht, Doktor Michaelis. Ein atemberaubendes Schauspiel, das man erst mal auf sich wirken lassen muss. Für den Fall, dass sich für Sie oder das Team noch Fragen ergeben, melden Sie sich einfach. Ich habe Professor Ingvison meine Visitenkarte gegeben.«

»Vielen Dank für das Erlebnis, Herr Reuter. Das werde ich mein Leben lang nicht vergessen.«

»Wie gut, dass Ihr Kollege alles gefilmt hat, nicht wahr?«

»Oh ja. Nochmals herzlichen Dank, Herr Reuter.«

Inzwischen legte das Boot am Hafen von Tazacorte an, und während sich das Team von dem Biologen verabschiedete und zur Pension Catalina zurückkehrte, ließ Nina die Eindrücke noch einmal Revue passieren.

»Unser nächster Tauchgang am Montagmorgen wird im Südwesten der Insel stattfinden. Es handelt sich um einen ausgedehnten Fundort in etwa vierzig bis fünfzig Meter Tiefe. Ihre einzelnen Aufgaben werden wir anhand der Karten und Aufzeichnungen noch eingehend besprechen. Auch hier tauchen Sie mit Fabios Unterstützung die roten Gorgonien sowie die Antipatharia ab. Im vergangenen Jahr haben wir an dieser Stelle erfreulicherweise eine Ausbreitung der schwarzen Koralle um knapp zehn Prozent festgestellt. Derzeit wissen wir leider weder, womit das relativ gute Wachstum begründet werden kann, noch ob der Zustand der Korallenstöcke stabil bleibt. Durch Ihre Probenahmen und Beobachtungen erhoffen wir uns neue Erkenntnisse. So weit alles klar?«

Nina nickte, und die fünf nahmen um einen Tisch in dem kleinen Restaurant ihrer Pension Platz, um die geologischen Details sowie die Ausdehnung der Korallenriffe rund um den nächsten Fundort zu studieren. Pepe Morales saß zu Ninas Rechten, völlig versunken in die Tabellen und Berichte. Eine Haarsträhne fiel ihm in die hohe Denkerstirn. Er lächelte und zeigte dabei eine Reihe makelloser Zähne. Geduldig erläuterte er ihr die verschiedenen, auf den ersten Blick sehr verwirrenden Kalkulationen.

»Mit deinem Fachwissen wirst du hier noch alle überraschen, Pepe«, staunte Nina.

»Ach, ich hoffe einfach, noch viel mehr lernen zu dürfen. Die Meeresbiologie ist ein ungemein interessantes

Feld, finde ich.« Der junge Spanier gestikulierte lebhaft, während er redete.

Er erinnerte die Biologin an einen ehemaligen Kommilitonen, einer jener farblosen Menschen, die man leicht übersah, die aber bei ihrer Arbeit aufblühten und erst so ihre wahre Natur offenbarten. Ob er eine Freundin hatte?

»Schau mal, Nina«, riss Pepe sie aus ihren Überlegungen. »Das sind die Bilder, die man im vergangenen Jahr von dem Riff aufgenommen hat. Ihr werdet exakt dieselben Plätze abtauchen, damit wir die Daten gut vergleichen können.«

Als die junge Biologin die Fotos betrachtete, war da wieder dieses Drängen in ihr. Ihre Fingerspitzen kribbelten, am liebsten wäre sie auf der Stelle losgetaucht, um die zarte Schönheit der schwarzen Koralle abermals zu fühlen. Sie wollte beobachten, wenn sich die wie von Meisterhand erschaffenen Blumentiere zu einer für sie unhörbaren Melodie in der Strömung bewegten. Drangen Wissenschaftler wie sie nicht auch in jene empfindsame Welt ein und störten allein durch ihre Anwesenheit das fragile Gleichgewicht? Während ihres Studiums hatte sie des Öfteren mit Korallen zu tun gehabt und hitzige Diskussionen mit ihren Kommilitonen geführt, inwieweit sich die Unterwasserwelt verändern würde, sollte es die Blumentiere eines Tages nicht mehr geben. Genau genommen war der Wunsch, sich für den Naturschutz zu engagieren, ihre Triebfeder für das Studium der Meeresbiologie gewesen. Schon als kleines Mädchen hatte sie ihre Familie an den Rand der Verzweiflung getrieben, wenn sie verletztes Getier nach Hause gebracht hatte, um es gesund zu pflegen.

Nachdem sich Nina die aktuellen Bilder auf dem Computer angesehen hatte, ging sie mit dem Professor hinüber ins Labor. Dort füllten sie die Becken mit Meerwasser und schlossen sie an die Pumpen an, über die sich die Sauerstoffzufuhr regeln ließ.

»Unsere Aufgabe besteht unter anderem darin, die Temperatur und die CO_2-Konzentration in den Becken zu variieren«, skizzierte Ingvison kurz, was zu tun war.

»Verstehe«, erwiderte Nina, »so können wir beobachten, wie die Blumentiere aller Voraussicht nach auf Wärme und Übersäuerung reagieren.«

Gemeinsam machten sie sich an die Arbeit, um alles Nötige für ihre Forschungen vorzubereiten. Als die Vorkehrungen getroffen waren und die bereits gewonnenen Fragmente in unterschiedlichen Becken ruhten, hatten auch die anderen Teammitglieder die ersten Beobachtungen abgeschlossen. Die Studenten verabschiedeten sich. Guantes und Nina brachen auf. Der Palmero hielt ihr beim Hinausgehen die Tür auf. Sie murmelte einen Dank und blickte ihm nach, wie er mit in den Taschen seiner Jacke vergrabenen Händen die Pension verließ.

KAPITEL 5

Nina öffnete die Lider. An der gegenüberliegenden Wand konnte sie gerade noch erkennen, wie ein kleines, urzeitliches Wesen in einem Mauerriss verschwand. Sie setzte sich auf und blinzelte ins Morgenlicht. Es musste ein Gecko gewesen sein, der in ihrem Haus des Nachts auf Insektenjagd ging und sich tagsüber verkroch. Nina schwang die Beine aus dem Bett. Bald darauf saß sie frisch geduscht und in ihren flauschigen Bademantel gehüllt auf der Terrasse und schlürfte Kaffee, um ihre Lebensgeister zu wecken. Kleine Schaumkronen tanzten auf den seichten Wellen, und trotz der frühen Stunde war es schon wunderbar warm.

Nina füllte ihre Lungen mit der salzigen Meeresbrise. Wann hatte sie sich in den letzten Monaten so lebendig gefühlt, so voller Tatendrang wie in diesem Moment? Sie schloss die Lider und lauschte. Das helle Zirren einer Bergdohle war zu hören, Tauben gurrten irgendwo in der Nähe, und der Wind brachte den würzigen Duft von Pinien mit sich.

Eine Weile genoss sie noch den Ausblick. Danach ging sie ins Schlafzimmer, kramte ihren alten Jogginganzug aus einer der Taschen und streifte ein Paar Arbeitshandschuhe über, die Campbells Handwerker liegen gelassen hatten. Kurz darauf stand sie vor dem Schuppen und blickte sich um. Am besten stapelte sie den Müll vorerst auf der Rückseite des überwucherten Gebäudes. Nina öffnete die Tür, an der sich bereits einzelne Bretter von den verrosteten Schrauben lösten. Der Geruch von Moder und altem Staub empfing sie. Energisch griff sie nach dem bunt bemalten Schaukelpferd, schüttelte die Spinnweben von den Handschuhen und stellte das alte Kinderspielzeug ins Freie. Die Gartengeräte folgten eins nach dem anderen. Mit aufeinandergepressten Lippen wuchtete Nina den gusseisernen Herd aus der Ecke und fluchte, denn er ließ sich nur zentimeterweise verrücken.

Als das Relikt aus dem letzten Jahrhundert endlich hinter dem Schuppen seinen Platz gefunden hatte, wischte sich Nina den Schweiß von der Stirn. Es war fast Mittagszeit, und sie beschloss, sich eine Pause zu gönnen. Sie rief ihre Mutter an und versicherte ihr, dass alles in bester Ordnung sei. Ihre sechs Jahre jüngere Schwester Madleen kommentierte Ninas Bericht von dem Korallenhaus nur mit einem lang gezogenen »Coool«. Nina musste lächeln bei der Vorstellung, wie die Zweiundzwanzigjährige mit den Rastalocken große Augen von ihren ersten Erlebnisberichten bekam, denn Madleen war äußerst lebenslustig. Sehnsüchtig wartete die junge Frau auf den Tag, an dem ihre Lehrzeit beendet war, um als Au-pair ins Ausland zu gehen. Nina versprach, sich demnächst wieder zu melden, stürzte noch ein Glas Fruchtsaft hinunter und setzte die Aufräumarbeiten fort.

Bald waren nur noch drei Kisten übrig, die ihr allerdings zu schwer waren und daher erst ausgeräumt werden mussten. Sie rümpfte die Nase ob des Schimmelgeruchs, der ihr beim Öffnen entgegenschlug. In den Holzbehältnissen befanden sich allerlei aufwendig gearbeitete Keramikschalen und -töpfe, außerdem Silberbesteck, ein eiserner Schürhaken, tönerne Teller sowie ein kupferner, leicht verbeulter Kessel. *Der ganze Plunder kann weg,* waren Mr. Campbells Worte gewesen. Mit spitzen Fingern fischte sie die Töpfe und Schalen heraus, betrachtete sie bewundernd und brachte sie in die Küche, ehe sie den Rest in einem Abfallsack verstaute. Die erste Holzkiste wanderte hinaus und gleich darauf auch die zweite.

Mittlerweile war es Nachmittag geworden, und der Jogginganzug klebte ihr am Leib. Als Nina die letzte Kiste anhob, stutzte sie, denn dort, wo eben noch die Holzkiste gestanden hatte, waren Teile der Bodenbretter herausgesägt und, um das Loch zu verbergen, anschließend wieder sauber eingefügt worden. Die Sägestellen an den etwa einen Meter mal einen Meter großen Brettern waren nur bei genauerem Hinsehen zu erkennen. Nina trug die Kiste zu den anderen, kehrte zum Schuppen zurück und hockte sich vor das zurechtgesägte Quadrat. Erinnerungen an Abenteuergeschichten, in denen Truhen voll kostbarem Gold auf einen Finder warteten, drängten sich ihr unvermittelt auf und brachten sie zum Lächeln.

Warum hatte sich jemand die Mühe gemacht, einen Schacht frei zu sägen, wenn er nicht etwas besaß, das vor neugierigen Blicken wie dem ihren bewahrt werden sollte? Sie ging in die Knie und entfernte die Bretter. Eine dicke Schicht Stroh diente als Füllmaterial, und darunter ertastete Nina ein kühles, unebenes Material, das sich an manchen Stellen anfühlte, als wäre es bearbeitet worden. Ungeduldig entfernte sie das Stroh, bis eine ungefähr vierzig Zentimeter große Truhe vor ihr lag. Die durch die Schuppentür dringenden Sonnenstrahlen ließen eine in Dunkelgrün bis Schokoladenbraun schimmernde Schicht erkennen, die das Fundstück komplett bedeckte. Patina. Kupfer.

Nina riss die Augen auf, nahm die Truhe heraus und stellte sie behutsam auf dem Boden ab. Jäh erinnerte sich die junge Biologin daran, in der Küche eine Taschenlampe gesehen zu haben, also lief sie ins Haus und kehrte kurz darauf mit dem Gesuchten zurück. Bäuchlings leuchtete sie jeden Winkel des Schachts aus und betrachtete das Schloss, doch von dem dazugehörigen Schlüssel fehlte jede Spur. In Gedanken ging Nina den Inhalt ihrer Küchenschubladen durch, als sie die Truhe vorsichtig zum Wohnzimmertisch trug. Sie war verhältnismäßig leicht, selbst ein zaghaftes Schütteln ließ keinen Hinweis darauf zu, was das Fundstück enthalten mochte. Zart strich Nina über die raue Oberfläche des Deckels.

Im Laufe des Tages ertappte sie sich immer wieder dabei, wie sie zu der Truhe hinüberschielte. Patina dieser Güte bildete sich nicht innerhalb kurzer Zeit, dazu waren Jahrzehnte, vielleicht sogar Jahrhunderte nötig. Sie versuchte sich abzulenken, indem sie endlich ihre Kleidung in den Schrank räumte und den Laptop mit dem Internet verband. Es war still im Wohnzimmer, nur das allgegenwärtige Rauschen des Ozeans drang durch die geöffneten Fenster. Allerdings schien das Brausen der Brandung noch ein weiteres Geräusch mit sich zu tragen. Wie ein Flüstern klang es, weit fort und kaum vernehmbar. Nina lachte über sich selbst, aber die Gänsehaut, die ihr bei diesen Lauten über die Arme kroch, wollte nicht weichen. Nachdenklich betrachtete sie ihr Fundstück, das in einem satten Meergrün schimmerte.

Plötzlich hatte sie es eilig und fuhr hinunter in die Stadt. Gleich im ersten Supermarkt wurde sie fündig und erstand Schraubendreher in verschiedenen Größen, einen Hammer sowie ein Brecheisen. Im Knacken von Schlössern war sie geübt, denn als Teenager hatte sie jede Spardose frühzeitig mit Nachdruck geöffnet. Sie parkte den Wagen auf dem Sandplatz vor dem Haus und nahm das Werkzeug an sich, um auf ihr neues Heim zuzusteuern. Der Wind strich über ihre erhitzten Wangen. Kam es ihr nur so vor, oder war das Rauschen des Meeres heute intensiver und die Luft von einem besonders süßen Duft erfüllt?

Nina setzte sich aufs Sofa und wunderte sich abermals, wie wenig die Truhe auf ihrem Schoß wog. Kritisch beäugte sie das Behältnis und griff nach einem großen Schraubendreher. Nach einigen erfolglosen Versuchen schnappte das Schloss endlich mit einem leisen Knacken auf.

Der Inhalt der Truhe war mit einem grün gefärbten, an den Rändern ausgefransten Leinentuch bedeckt, das deutliche Spuren von Feuchtigkeitsschäden aufwies. Sie schlug es zurück.

»Oh, mein Gott«, entfuhr es ihr.

Ihre Hände zitterten, als sie ein in festes Leinen gebundenes Buch an sich nahm und auf den Tisch legte. Aber da war noch etwas, ein kleines, verschnürtes Stoffbündel, das sie erst bei genauerem Hinsehen bemerkte, da es in ein ähnlich gefärbtes Tuch gewickelt war. In ihren

Ohren war plötzlich ein Rauschen, und ohne zu wissen warum, beschlich sie das Gefühl, eine bedeutsame Entscheidung fällen zu müssen. Wenn sie dieses Bündel auswickelte, offenbarten sich ihr die Geheimnisse dieser Truhe, dann gab es kein Zurück. Sie verharrte in der Bewegung. Nur ihr Atem unterbrach die Stille des Zimmers.

Behutsam löste sie die Verschnürungen. Etwas entglitt ihren Fingern und fiel mit einem leisen, dumpfen Ton zu Boden. Nina beachtete es vorerst nicht, sondern richtete ihre Aufmerksamkeit auf das, was federleicht in ihren Händen lag. Ein überraschter Laut entwich ihrer Kehle beim Anblick der Handvoll fächerartiger Verästelungen. Das dunkle Skelett der Koralle weckte Erinnerungen an lebendiges, im Rhythmus des Herzschlags strömendes Blut. Sie betrachtete ihre Fundstücke, die im Lichtschein der Lampe in Regenbogenfarben schimmerten. Durch Ninas zarte Bewegungen lösten sich winzige Partikel, und sie hielt die Hand näher ans Licht. Polypen der Koralle, kaum größer als Stecknadelköpfe. Seit sie in diesem urwüchsigen Haus wohnte, begegnete ihr die Antipatharia überall. Um die Korallenstöcke nicht zu beschädigen, legte Nina sie an ihren angestammten Platz im Schutz der Truhe zurück.

Zu ihren Füßen fand sie eine nachtschwarze, auf ein Lederband aufgezogene Korallenkette. In deren Mitte befand sich ein scheibenförmiges Amulett, auf dem zwei ineinander verschlungene Spiralen zu erkennen waren. Wieder kribbelten ihre Fingerspitzen. Das Lederband der Korallenkette war an einigen Stellen vom Alter porös. Sie drehte den Anhänger um und las das eingravierte Wort: Mateo. Nachdenklich drehte Nina das Schmuckstück zwischen den Fingern. Jeder einzelne Stein wies eine individuelle Form auf, manche waren fast rund, andere uneben und stumpf. Lediglich die harten Kanten waren einst sorgfältig abgeschliffen worden. Die Kette mit dem Amulett war liebevoll von Hand gearbeitet und bestach durch ihren ursprünglichen Reiz. Nina ließ die Finger über die Steine gleiten. Wenn Korallen sprechen könnten, was würden sie ihr erzählen?

Nachdem sie alles wieder in der Truhe verstaut hatte, nahm sie das Buch zur Hand und schlug es auf. Das Papier war fleckig und roch modrig. Auf der ersten Seite stand ein Name: Serena. Nina klappte es zu, als hätte sie sich verbrannt. Ihr wurde heiß und kalt. Bereits als Kind hatte sie es verabscheut, wenn jemand ein fremdes Tagebuch las.

Nachdenklich ging sie hinüber in die Küche und öffnete eine Flasche Rioja. Wenn sie schon ihre Grundsätze über Bord warf, dann wenigstens mit Stil. Mit einem Weinglas in der Hand betrat sie das Wohnzimmer und knipste die Stehlampe neben dem Sofa an. Gedankenverloren kostete sie den Wein. Auf die unzähligen Theorien über die Macht der Sterne und deren angebliche Einflüsse auf das menschliche Unterbewusstsein hatte sie nie etwas gegeben, Esoterik und Mystik ließen sie höchstens müde lächeln. Doch dies alles erschien ihr überaus seltsam, so als führte jeder einzelne Schritt sie bis zu diesem Moment, an dem sie die Truhe geöffnet hatte.

Nina griff nach dem Buch. Der Text war in einem altmodischen Spanisch verfasst, die Seiten waren eng beschrieben. Mühsam und mit angehaltenem Atem begann sie zu lesen.

18. März 1848
Auf den Spitzen der Caldera liegt Schnee an diesem windigen und kalten Morgen. Heute ist mein siebzehnter Geburtstag. Vor mir huschen Eidechsen durch das Laub. In Madres Wollumhang sitze ich vor der Hütte, er trägt noch immer ihren Geruch. Ich vergrabe das Gesicht oft in der groben blauen Wolle. Sie kratzt am Hals, aber das ist mir gleich. Wenn ich den Umhang trage, ist Madre wieder ganz nah bei mir. Carla schläft, während ich zusehe, wie die Sonnenscheibe über dem Ozean aufgeht.

Der Anbruch eines neuen Tages bedeutet so viel für mich, dann vergesse ich alles, was mich nachts wach hält. Carla sagt immer, ich träume und grüble zu viel. Sie ist ganz anders als ich, sie gleicht der Sonne. Sie wärmt einen, wenn sie lacht. Vorhin habe ich meine Finger ein bisschen massiert, sie tun von der Arbeit weh. Mein Rücken auch. Seit mir vor ein paar Tagen eins der Talglichter heruntergefallen und zerbrochen ist, muss ich mich anstrengen, um genug sehen zu können. Es wird noch immer recht früh dunkel, deshalb brauche ich mehr Licht.

Später wollen wir fischen gehen, keinen Tag länger sollen unsere Mägen leer bleiben. Der Himmel ist klar, und ich frage mich, warum ich all das überhaupt niederschreibe. Es ist lange her, seit ich zuletzt eine Feder in der Hand gehalten habe. Genau genommen war es lange vor Madres Tod. Sie hat mich das Schreiben gelehrt, wie ihre Mutter es ihr einst beigebracht hat. Heimlich natürlich, denn Vater hat nie verstanden, wozu ein Mädchen wie ich das braucht. Carla kann es nicht, dafür rechnet sie schneller als ich.

Angestrengt starrte Nina ins Kerzenlicht. Geschrieben 1848. Serena, siebzehn Jahre alt. Himmel. Hatte die Truhe tatsächlich all die Jahre unter den Holzbrettern im Schuppen gelegen? Wieso ausgerechnet dort? Auch Nina war als junges Mädchen im Besitz eines Tagebuchs gewesen, dem sie unter anderem ihren ersten Liebeskummer anvertraut hatte. Ein kleines Schloss hatte es vor neugierigen Blicken geschützt. Seine geheimsten Gedanken im Boden eines Schuppens zu verstecken erschien ihr jedoch ungewöhnlich. Das Datum des ersten Eintrages lautete auf den 18. März, also im selben Monat, fast auf den Tag genau, nur eben – Nina zog die Stirn kraus – einhundertdreiundsechzig Jahre zuvor.

Die schroffen, dicht bewachsenen Felsen lagen im Schatten. Auf dem höchsten Punkt war keinerlei Schnee zu erkennen, aber kurz nach ihrer Ankunft auf der Insel hatte es einen Schneeeinbruch auf den höher gelegenen Ebenen gegeben. Wo hatte Serena gelebt, wo gesessen, während sie die ersten Zeilen ihrem Tagebuch anvertraute? Sie musste hier in der Nähe gewesen sein, immerhin hatte auch sie die Caldera sehen können. Vielleicht hatte ihr das Zwielicht des anbrechenden Morgens Mühe bereitet, und der Wind hatte mit den Seiten des Büchleins gespielt.

Nina beugte sich wieder über ihre Lektüre.

Hätte ich doch nur Carlas tiefen Schlaf! Nicht mal, wenn der Wind an der Tür rüttelt und durch die Ritzen pfeift, wird sie wach. Sie ist zwei Jahre jünger als ich. Bis vor einigen Monaten haben wir alle unten im Tal gewohnt. Die Nachbarn haben immer zu Vater aufgesehen, weil er ein schöner und starker Mann ist. Was wissen sie schon von den Dämonen, die in ihm wohnen? Als Korallenfischer verbringt er die meiste Zeit mit den anderen Männern auf See. Meist ist er betrunken heimgekommen, und wenn der Tag nicht gut war, mussten wir uns vor seinen Wutausbrüchen in Acht nehmen. Madre hat oft geweint. Der Wein macht dich zu einem Fremden, hat sie zu ihm gesagt, aber er hat nicht auf sie gehört. Dann wurde sie krank und mit jedem Tag schwächer, wie ein Licht, das langsam erlischt. Sie wusste, dass ihr Ende naht, und hat uns zu sich gerufen.

Meine lieben Töchter, hat sie geflüstert, wenn ich nicht mehr bin, denkt immer an das starke Band zwischen euch, vergesst das nie. Haltet ganz fest zusammen, ich kann euch leider nicht mehr beschützen.

Eines Nachts hat sie einfach aufgehört zu atmen. Sie ist an einem gebrochenen Herzen gestorben. Stundenlang habe ich sie einfach nur angesehen, konnte es nicht begreifen. Ihr sanftes Gesicht war friedlich, sie sah aus wie eine Puppe. Als man sie abgeholt hat, haben Carla und ich uns aneinandergeklammert und geweint. Nach Madres Tod wurde es noch schlimmer mit Vater. Eines Abends hat ihm das Essen nicht geschmeckt, das Carla und ich gekocht haben. Da hat er uns geschlagen. Carlas Lippe war aufgeplatzt. In der Nacht haben wir unsere Sachen gepackt und sind weggelaufen. Bei Vater wollten wir nicht bleiben. Es hat ihn kaum geküm-

mert, nur wenige Wochen später hat er sich eine neue Frau ins Bett geholt. Das weiß ich von Diego. Unser Cousin sagt, er hätte Vater mit diesem Weib erwischt. In der Hölle soll er schmoren, der alte Lüstling!

Durch Zufall haben Carla und ich die Hütte auf dem Hügel entdeckt. Sie stand leer, in einer Ecke lagen noch verkohlte Überreste einer Feuerstelle. Ganz eigenartig hat es da gerochen, wohl weil sich allerlei Getier eingenistet hat. Ich habe im selben Moment gewusst, dass dies unser Zuhause werden muss. Es ist so friedlich hier. Uns geht es gut, wir haben alles, was wir brauchen.

Wer mag vor uns hier gewesen sein?

Gestern Abend haben wir lange darüber nachgedacht. Das war lustig. Bestimmt Piraten, habe ich gesagt. Früher gab es bei uns viele Seeräuber, die sich in den Hügeln versteckten. Von dort aus konnten sie nämlich die ganze Bucht überblicken. Wir kicherten, obwohl mir bei dem Gedanken nicht ganz wohl war. Ich sah sie vor mir, Piraten mit wehenden Haaren und Augenklappen, die in unserer Hütte Rum tranken, derbe Lieder sangen und hinaus aufs Meer spähten, um nach Beute Ausschau zu halten. Mit offenen Augen musste ich an die Decke starren, weil mich die Vorstellung geschaudert hat.

Wenn es endlich wärmer ist, wollen wir das Dach mit neuem Stroh ausbessern und ein paar Holzbretter an der Tür ersetzen. Die Bank, auf der ich sitze, hat Diego uns aus Pinienholz gebaut. Ich friere ein bisschen. Gleich wird Carla in der Tür stehen, herzhaft gähnen und mich wie fast jeden Tag fra-

gen, was ich zu dieser frühen Stunde hier draußen zu suchen habe. Ja, was suche ich eigentlich an diesem Ort? Ich bin gern für mich und lasse meine Gedanken fliegen, wie Vögel es tun. Ich mag Vögel. Am liebsten mag ich die Falken, sie sind wunderschön. Ich beobachte sie oft, wie sie hoch am Himmel ihre Kreise ziehen.

Carla glaubt, dass Vater uns bald verheiraten will. Das könnte stimmen, denn in den Augen der anderen ist es nicht recht, wenn zwei Mädchen hier oben allein leben. Es wird hell. Ich gehe jetzt Carla wecken.

Nina legte das Buch auf den Tisch, konnte jedoch den Blick nicht von den kindlich wirkenden Schriftzügen abwenden. Ein warmer Luftzug wehte herein und blätterte einige Buchseiten um. Die schlichten Sätze sowie die Art, wie Serena sich ausdrückte, ließen auf einen Menschen einfacher Herkunft schließen. Dem widersprach allerdings die Tatsache, dass das Mädchen schreiben konnte – was im neunzehnten Jahrhundert ihres Wissens nach dem Adel, dem Klerus und dem gut situierten Bürgertum vorbehalten war.

Etwas an der Art, wie Serena erzählte, nahm Nina bis ins Innerste gefangen und rührte einen unbekannten Punkt in ihr an. Unvermittelt tauchte vor ihrem inneren Auge das Bild ihres Vaters auf, wie er still und wächsern nach dem Unfall dagelegen hatte, aufgebahrt zwischen Blumenkränzen und silbernen Kerzenleuchtern. Hans Michaelis war Inhaber eines Unternehmens, das sich auf Tauch- und Bergungsarbeiten spezialisiert hatte. Eines Morgens hatte er auf dem Weg zur Arbeit auf der

Autobahn einen Herzinfarkt erlitten und einen anderen Pkw gerammt. Er war noch an der Unfallstelle gestorben.

Nina wusste genau, was Serena gemeint hatte, auch ihr Vater hatte damals einer lebensgroßen Puppe geglichen. Obwohl sein Tod inzwischen acht Jahre zurücklag, verging kein Tag, an dem sie nicht an ihn dachte. Es hatte lange gedauert, bis sie den Anblick seines Leichnams verdrängen konnte, und jetzt kehrte die Trauer abermals zurück. Sie ließ es geschehen. Irgendwann seufzte sie und rief sich zur Ordnung. Seit sie in diesem Haus lebte, neigte sie dazu, jegliches Zeitgefühl zu verlieren. Dabei war es längst Nachmittag geworden. Nina zog sich ein bequemes T-Shirt an und trat ins Freie.

Die Luft war wie Samt und von dem Gesang verschiedener Vogelarten erfüllt, die hoch in den Bäumen oder in den steilen Klippen ihre Nester bauten. Wolken zogen träge am Himmel dahin. Lustlos nahm Nina den Besen zur Hand, der noch immer an der Holzwand lehnte, und machte sich an die Arbeit. Als sie die hintere Ecke von Staub und unzähligen kleinen Steinen befreien wollte, blieb sie wie angewurzelt stehen. Das … das waren gar keine Steine! Behutsam nahm sie einige der winzigen Fundstücke auf und strich mit einem Finger über die scharfkantigen Oberflächen. Es waren zerbrochene Muschelschalen, die sie in Händen hielt, sowie Bestandteile von sandfarbenen und bläulich schimmernden Korallen. Nina ging in die Hocke. Bei genauerem Hinsehen wirkte eine der Ecken im Schuppen dunkler, wie von Ruß geschwärzt. Warum war ihr das nicht früher aufgefallen? Sie war so sehr mit dem Entrümpeln beschäftigt gewesen, dass sie auf die vielen kleinen Details nicht geachtet hatte.

Plötzlich kamen ihr die Zeilen Serenas wieder in den Sinn. *Durch Zufall haben Carla und ich die Hütte auf dem Hügel entdeckt … Uns geht es gut, wir haben alles, was wir brauchen….* Die beiden Mädchen hatten hier gelebt, in diesem alten, halb verfallenen Schuppen. Alles fügte sich zusammen – Serenas Beschreibungen von der Hütte auf dem Hügel, die rußgeschwärzte Ecke, in der sich die offene Feuerstelle befunden haben musste, und nicht zuletzt die Muscheln und Korallen. Hatten sie den Schwestern einst als Verzierung der Herdstelle gedient? Sogar das Versteck für das Tagebuch ergab auf einmal einen Sinn. Ihre ersten Zeilen hatte das Mädchen vermutlich vor der Hütte auf einer Bank geschrieben, mit Blick auf die Caldera und den Atlantik.

In Ninas Fantasie trug die junge Frau einen wadenlangen Rock, ein Strohhut verbarg nur knapp das dunkle Haar. Die einstige Hütte bot ausreichend Platz für ein bescheidenes Leben mit einem Schlafplatz, einem schmalen Tisch sowie einer Truhe für die Kleider. Als sich die Biologin eine Weile später erhob, waren ihre Glieder steif und die Füße eingeschlafen. Die Muschelschalen und Korallenreste fegte sie säuberlich zusammen. Alberner, sentimentaler Unsinn zweifellos, aber sie konnte sich nicht dazu durchringen, sie wegzuwerfen. Zum Abschluss schlug sie noch einige Haken in eine Wand und trat aus dem Schuppen. Kurz darauf kehrte sie zurück, die Arme mit ihrer Tauchausrüstung voll beladen, und hängte alles auf. Die anderen Utensilien stellte sie auf den Boden.

Sie schloss die Schuppentür und ging ins Haus. Um sich abzulenken, startete sie ihren Laptop. Wie von selbst tippten ihre Finger Befehle in die Suchmaschine. La Palma im neunzehnten Jahrhundert, Wikipedia berichtete: *Das einfache Volk auf dem Lande profitierte von dem auf La Palma erwirtschafteten Reichtum kaum. Noch im neunzehnten Jahrhundert lebten die meisten Inselbewohner in strohgedeckten Holzhütten, selbst wohlhabende Landbewohner konnten sich nur niedrige Bruchsteinhäuser leisten. Probleme bereitete oft die Versorgung mit Lebensmitteln.*

Keinen Tag länger sollen unsere Mägen leer bleiben, waren Serenas Worte gewesen.

Die spärlichen Informationen, die Nina aus dem Internet herausfilterte, bestätigten die Worte des Mädchens und weckten ihre Neugier. Deshalb beschloss die junge Biologin spontan, den Sonntag im Archäologischen Museum von Los Llanos zu verbringen, um mehr über die Lebensgewohnheiten der Palmeros im neunzehnten Jahrhundert zu erfahren. Staunend betrachtete sie wenig später die Fundstücke, die die handwerklichen Fähigkeiten der Ureinwohner demonstrierten. Sie bewunderte die Überreste von Alltagskeramik der letzten tausend Jahre und stand schaudernd vor einigen gut erhaltenen Mumien. Als sie aber die sterblichen Überreste eines Kleinkindes entdeckte, wandte sie sich ab und fuhr ins Korallenhaus zurück.

KAPITEL 6

Nina fand den Leiter des Forschungsteams am Montag allein im Büro vor.

»Haben Sie sich inzwischen in Ihrer neuen Bleibe eingelebt?«, fragte Ingvison und bot ihr einen Platz ihm gegenüber an. »Ich habe den Eindruck, dass ein gewisser junger Mann Sie hier vermisst.«

»Ach ja?«

»Vikström.« Die Falten um seine Augen vertieften sich.

»Herrje, ist das Ihr Ernst?«

Ingvison schmunzelte. »Ja. Mir scheint, Sie haben da eine Eroberung gemacht. Aber ich sehe schon, der Ärmste stößt auf wenig Gegenliebe. Dabei ist es nicht ungewöhnlich, wenn Menschen mit ähnlichen Zielen zueinanderfinden, oder?«

»Das ist richtig, Herr Ingvison, aber der Junge ist doch noch grün hinter den Ohren!« Sie lächelte.

Sein Blick glitt warm in ihren. »Ich denke, Sie sind eine Bereicherung für das Team. Wissen Sie, ich habe meine Frau Stine während eines Forschungsprojektes kennengelernt.«

»Tatsächlich? Ist sie ebenfalls Wissenschaftlerin?« Aufmerksam studierte sie sein Gesicht, die durchtrainierte Gestalt. Der Mann war immer noch eine angenehme Erscheinung, die Lachfalten und das silbrige Haar verliehen ihm das gewisse Etwas, das Frauen anziehend finden.

Er lachte. »Wissenschaftlerin? Nein, Stine war damals noch Schülerin und kam als Touristin nach Deutschland, ich habe dort während meiner Studienzeit gejobbt.«

Der Isländer vertiefte sich in die Betrachtung des Monitors. Insgeheim fragte Nina sich, wie es einem Paar, das aufgrund seines Berufes oft monatelang voneinander getrennt war, wohl gelang, eine gute Ehe zu führen. Da kam Guantes herein.

»Hallo, Fabio. Tritt näher, und sieh dir das an«, winkte Ingvison ihn zu sich und wies auf den Monitor.

»Was gibt's?«, fragte Nina und blickte von einem zum anderen.

»Der Wind steht ungünstig, Doktor Michaelis. Sie müssen mit stärkeren Strömungen aus westlicher Richtung rechnen«, erklärte der Isländer ruhig.

Nina und Fabio wechselten einen raschen Blick, ehe der Palmero das Wort ergriff. »Keine Sorge, Arnulf. Wir sind erfahrene Taucher und wissen, was wir tun, nicht wahr, Nina?«

»Allerdings.«

»Okay, aber Sie tauchen heute vorerst nur die roten Gorgonien ab, verstanden? Dann sehen wir weiter, ich möchte kein Risiko eingehen.«

Knapp zwei Stunden später tauchten Nina und Fabio ab. Ihr Ziel war eine Untiefe zwischen zwei Felsen, die aus dem Sandgrund aufragte. Dort, am äußeren Rand einer Höhle, sollte sich eine Kolonie der roten Gorgonien befinden.

Die Sicht konnte kaum schlechter sein, denn die Strömung wirbelte den Ozean kräftig auf. Nina überließ sich Fabios Führung. Seine bis auf ein Minimum reduzierten und dennoch kraftvollen Bewegungen weckten den Eindruck, der Fotograf habe den Großteil seines Lebens im Meer verbracht. Wahrscheinlich ist er mit Schwimmflossen auf die Welt gekommen, dachte sie flüchtig. Mit der Lampe leuchtete sie den Boden ab, bis die gesuchte Höhle in ihr Sichtfeld geriet. Wie der Schlund eines Höllenwesens wirkte sie, selbst das spärliche Licht ihrer Lampen wurde am Eingang verschluckt und hinterließ nur finsterste Nacht. Bis auf die Atemgeräusche und das Blubbern der Sauerstoffbläschen erschien Nina die Unterwasserwelt heute besonders still.

Fabio gab ihr ein Zeichen, ihm zu folgen. Auf der anderen Seite eines mit Anemonen üppig bewachsenen Felsens entdeckte sie das Korallenriff, das sich eng an den rückwärtigen Eingang der Höhle schmiegte. Einen kurzen Moment ließ die junge Biologin die Farbenpracht und die Schönheit der Blumentiere auf sich wirken. Gleich darauf wurde ihre Aufmerksamkeit auf einen Papageienfisch gelenkt, der mit den Zähnen seines schnabelähnlichen Kiefers feinste Algenpartikel von den Korallenstöcken pickte und sie so von Unrat befreite. Nina hielt in der Bewegung inne, staunend, ehrfürchtig, und sah dem grün und blau gefärbten Fisch zu, wie er in aller Seelenruhe von Koralle zu Koralle schwamm.

Da durchzuckte ein jäher Schmerz ihre linke Schläfe, grelle Blitze tanzten vor ihren Augen. Instinktiv griff sich Nina an den Kopf. Schon verschwammen die klaren Farben zu einem trüben Braun, und in ihren Ohren entstand ein Rauschen, das stetig zunahm. Ein hastiger Atemzug, dann umfing sie gnädige Schwärze, die all ihre Empfindungen auslöschte.

Als Nina wieder zu sich kam, spürte sie einen festen Druck um ihre Taille und hatte das Gefühl, emporgetragen zu werden. Sie sah direkt in Fabios Gesicht, der ihr ein Zeichen gab, sich still zu verhalten. Langsam stieg er mit ihr höher. Als sie versuchte, sich zu wehren, verstärkte er seinen Griff und warf ihr durch die Taucher-maske einen strengen Blick zu. Resignierend überließ sie sich ihm. In ihrer Schläfe pochte der Schmerz, und die Benommenheit hielt an. Wie eine kleine Ewigkeit kam es ihr vor, bis sie endlich die Wasseroberfläche erreichten. Kurz darauf hob jemand sie ins Boot, begleitet von Fabios leisem Bericht, was geschehen war. Hände griffen nach ihrer Maske und entfernten sie vorsichtig, und sie nahm einen tiefen Atemzug.

»Zieh den Anzug aus, Nina. Geht's oder soll ich helfen?«, vernahm sie Pepes mitfühlende Stimme.

Widerstandslos ließ sie sich entkleiden, bis sie nur noch ihren Badeanzug am Leib trug. Ihre Zähne klapperten aufeinander.

Ingvison schlang sie in eine Wolldecke und tätschelte ihr die Wange. »Sie haben einen Schlag auf den Kopf erhalten. Ein Arzt ist bereits unterwegs. Wie fühlen Sie sich?« Er hielt ihr eine Wasserflasche an die Lippen.

Sie murmelte einen Dank und nahm einen vorsichtigen Schluck. »Es geht schon wieder«, schwindelte sie und bemühte sich, ihre Stimme fest klingen zu lassen. »Was … was ist passiert?«

Fabio nahm sich einen Hocker, setzte sich zu ihr und betrachtete sie eingehend. »Du siehst schrecklich aus, wenn ich das mal so sagen darf.«

In einem anderen Moment hätte sie sich für das liebenswürdige Kompliment bedankt, doch jetzt verzog sie nur das Gesicht.

»Von dem Fels, an dem du gearbeitet hast, hat sich ein Stück Lavastein gelöst und ist dir auf den Kopf gefallen«, beantwortete er ihre Frage. »Dich trifft keine Schuld.«

Im nächsten Augenblick erhob er sich und verschwand aus ihrem Blickfeld. Nina sah seiner schlanken Gestalt nach und schloss gequält die Augen.

Sie hatte Glück gehabt, bis auf eine Prellung an der Schläfe war sie unverletzt geblieben. Der Arzt verordnete ihr mindestens einen Tag Ruhe und gab ihr seine Visitenkarte für den Fall, dass weitere Beschwerden auftraten. Ingvison fuhr sie zu ihrem Haus und bat sie eindringlich, sich an die Anweisungen des Arztes zu halten. Nina versprach es und wankte ins Bett. Sie erwachte eine Stunde später.

Es war wolkig, ein lauer Wind strich über die Drachenbäume im Garten. Nina ließ die Ereignisse vom Morgen noch mal an sich vorüberziehen. Sie hatte sich gerade eine Tasse Kaffee gekocht, da klingelte ihr Handy. Die Campbells kündigten sich für den Abend an, um ihr Möbel für die Terrasse zu bringen. Das Pochen in Ninas Schläfe reduzierte sich auf ein erträgliches Maß. Vorsichtig tastete sie nach der Wölbung an ihrer Schläfe und verzog bei der Berührung das Gesicht. Dieser Unfall, alles war so schnell gegangen. Einzig der plötzliche Schmerz und der Moment, bevor sie die Besinnung verloren hatte, waren ihr im Gedächtnis haften geblieben. Dann der energische Griff um ihre Taille, mit dem

Fabio sie an die Wasseroberfläche zurückgebracht hatte. Seinem Eingreifen war es zu verdanken, dass ihr nichts Schlimmeres zugestoßen war.

Sie hatte Ingvison versprochen, sich heute noch zu schonen. Nina seufzte. Fabios konzentrierte, strenge Miene tauchte wieder vor ihr auf, als er ihr zu verstehen gegeben hatte, dass sie sich nicht wehren solle. Der Palmero war schwer einzuschätzen, aber eines stand fest: Er wusste genau, was er tat, jede seiner Bewegungen vermittelte Sicherheit. Just dieses Gefühl hatte ihr Jan damals auch vermittelt. Ein trügerischer Eindruck, wie sich später auf unschöne Weise herausgestellt hatte. Dennoch konnte sie den Moment, als Fabio sie mit fester Hand an die Wasseroberfläche geführt hatte, nicht vergessen.

Ninas Blick fiel auf den Laptop, der noch immer auf dem Wohnzimmertisch stand. Serenas Kiste hatte sie sicherheitshalber unter einen Sessel gestellt und mit einem Handtuch verhüllt. Insgeheim musste Nina über sich selbst lächeln. Wer sollte sich in dieser Einsamkeit für eine von Patina bedeckte Truhe interessieren! Sie fuhr den Computer hoch. Einem Impuls folgend, gab sie Fabios Namen in die Suchmaschine ein. Wäre doch gelacht, wenn sie nichts Näheres über diesen Mann, der sich allzu gern mit einer Aura des Unnahbaren umgab, herausfinden könnte. Gleich auf der ersten Seite entdeckte sie diverse Einträge und Videobeiträge des Unterwasserfotografen. Sie zeigten ihn in der Karibik, am Great Barrier Reef und gemeinsam mit Wissenschaftlern aus aller Welt nach einem Projekt zum Schutz von Buckelwalen in den Patagonischen Fjorden. Sie klickte sich weiter bis zur dritten Seite und traute ihren Augen kaum, als sie auf einen Artikel stieß, in dem ein junger Mann in einem Tauchanzug und mit einer Medaille um den muskulösen Hals zu erkennen war. Sein Lächeln wirkte siegessicher, die Züge etwas jünger und weicher, aber es war ganz unverkennbar Fabio Guantes.

Palmero verteidigt erfolgreich den Europameistertitel im Apnoetauchen. Die Meldung trug ein Datum aus dem Jahre 2006. Wenn er lächelt, wirkt er richtig sympathisch, dachte sie. Also war er ein Extremsportler, das erklärte einiges. Sie scrollte zurück auf die vorherigen Seiten, die sich mit dem Naturfotografen Guantes befassten. Offenbar hatte er vor einigen Jahren seine Fähigkeiten Organisationen zur Verfügung gestellt, die sich für den Erhalt der Meere und deren Bewohner einsetzten. Ob er noch als Apnoetaucher tätig war? Nina wusste, wie hoch die Arbeit dieser Männer einzuschätzen war. Oft gelang es nur ihnen, das natürliche Verhalten der Meeresbewohner einzufangen, denn sie kamen ohne Pressluftflaschen und die damit verbundenen störenden Geräusche aus. Dadurch ließen sich realistische Erkenntnisse sammeln, die für die Wissenschaftler aus aller Welt von großer Bedeutung waren. Nina bewunderte diese Sportler, die ohne Hilfsmittel minutenlang und lautlos wie Fische unter Wasser dahinglitten.

Sie fuhr den Computer herunter. Kurz entschlossen schlüpfte sie in ihre Sandalen, schnappte sich den Schlüsselbund vom Tisch und verließ das Haus, um sich auf den Weg nach Los Llanos zu begeben.

Zahlreiche Pflanzen, Blumenerde und Kübel landeten im Kofferraum ihres Geländewagens. Sie stand auf dem Parkplatz vor dem Gartencenter und sah sich um. Es wäre fatal, wenn ihr jetzt jemand aus dem Team begegnete, eine Standpauke wäre ihr sicher. Ninas Mundwinkel hoben sich. Auf dem Hügel angekommen, entlud sie ihre Schätze und machte sich sofort an die Arbeit. Der Wind frischte auf, und die Sonne versteckte sich hinter einem diesigen Himmel. Als sie fertig war, begutachtete sie zufrieden ihr Werk. Die Blumenkästen hatte sie mit einjährigen Sommerblumen bepflanzt, während mehrere Kübel mit verschwenderisch in allen Rottönen blühenden Bougainvilleen die Terrasse schmückten, zwei weitere Kästen mit langblättrigen Kakteen komplettierten ihre Arbeit. Kaum hatte sie alle Spuren ihrer Spontanaktion beseitigt, die Kübel hübsch angeordnet und sich umgezogen, als sie auch schon Autotüren klappen hörte. Mr. und Mrs. Campbell winkten ihr zu und hatten einen kleinen Holztisch, einen Stuhl sowie eine Liege dabei.

»Sie sind zwar nicht mehr die Jüngsten, aber viel bequemer als die üblichen Plastikmöbel«, erklärte Mrs. Campbell, die mit ihrer kleinen, üppigen Statur und dem dunklen Haar eher dem Klischee einer Spanierin als dem einer Schottin entsprach.

»Ich danke Ihnen sehr«, entgegnete Nina warm. »Kann ich Ihnen etwas anbieten? Kaffee oder Tee vielleicht?«

»Tee, bitte«, lächelte Mr. Campbell.

Kurze Zeit später kehrte die Biologin mit dem Gewünschten zurück. Mit Verblüffung registrierte sie, wie ihre Vermieterin eine kleine Flasche mit bräunlichem Inhalt aus der Jackentasche beförderte und einen großzügigen Schluck in ihr Teeglas schüttete.

Mrs. Campbell, die Ninas Blick bemerkt hatte, hob die Schultern. »Für mich muss ein guter Tropfen Whisky in den Tee. Mein Mann zieht mich auch immer damit auf, aber ich kann meine Heimat eben nicht verleugnen.«

Bald darauf machten sich die Campbells wieder auf den Heimweg.

Kaum alleine, holte Nina die Truhe aus dem Versteck hervor und fuhr mit den Fingern über die vom Alter geprägte Oberfläche des Deckels. Carla und Serena hatten dieselbe Luft geatmet, hatten wie sie den Morgennebel auf den Spitzen der Caldera im Frühling gesehen und den stürmischen Wind, der den betörenden Duft der Pinienwälder mit sich trug, auf der Haut gespürt. Ihre Füße mussten denselben Boden berührt haben, und die beiden lauschten damals im Schutz ihrer Behausung bestimmt ebenso wie sie jetzt den Geräuschen der anbrechenden Nacht. An kühlen Abenden hatten sie vermutlich am Herdplatz ein Feuer entzündet und ihre kalten Füße den züngelnden Flammen entgegengestreckt, um sich zu wärmen. Womit hatten die Schwestern ihren Lebensunterhalt verdient, wovon heimlich nachts geträumt?

Behutsam nahm Nina das Büchlein aus der Truhe, blickte auf die Spuren, die die Zeit darauf hinterlassen hatte, und schlug es auf.

Es ist einige Tage her, seit ich zuletzt geschrieben habe. Gestern waren Carla und ich unten im Tal und haben für Javier cochenille gesammelt. Die meisten der kleinen Tierchen saßen auf den Innenseiten der Kakteen. Der Lohn war erbärmlich, obwohl wir bis Sonnenuntergang gearbeitet haben. Aber für die nächsten zwei oder drei Tage wird es genügen. Von Juan haben wir Fett gekauft, er hat ein altes Schaf geschlachtet. Carla will neuen Talg daraus machen.

Auf dem Markt habe ich diesmal kaum Schmuck verkauft, die anderen Marktfrauen reden mit ihren Kunden schlecht über mich. Für sie bin ich eine Sünderin, weil ich die Glücksbringer unserer Vorfahren anfertige. Sie nennen mich eine Heidin oder auch Hexe.

Gestern war es besonders schlimm. Da kamen zwei fremde Männer, die aus Lava Schmuck herstellen, und eröffneten einen Stand. Sie haben mit den Frauen geredet und sogar mit dem Finger auf mich gezeigt. Dabei wollen sie mich nur vertreiben, weil sie Angst haben, ich könnte ihnen die Kunden wegschnappen. Mehreren gut gekleideten Herren haben meine Schmuckstücke gefallen, aber nachdem sie das Gerede mitbekommen haben, sind sie schnell weitergegangen. Carla hat mich getröstet, ich soll mir keine Sorgen machen wegen der dummen Menschen. Ich will sie nicht beunruhigen, deshalb habe ich nichts mehr gesagt. Nur was passiert, wenn keiner mehr meinen Schmuck kauft?

Seit gestern Abend habe ich einen heimlichen Besucher, einen Hund mit dunklem Fell. Ich habe ihn nicht gleich bemerkt, weil er sich so lautlos bewegt hat wie ein Geist. Aber dann lugte sein Kopf zwischen Sträuchern hervor. Immerzu schleicht er in der Nähe unserer Hütte herum, Carla hat ihn trotzdem noch nicht gesehen. Er fixiert mich mit hängender Zunge. Doch sobald ich mich ihm nähere, nimmt er Reißaus.

Heute früh war er wieder da. Der Hund sieht trau-

rig und hungrig aus. Er erinnert mich an eine von den Legenden, die Madre uns früher erzählt hat. Sie handelt von einem geheimnisvollen Pilger, der auf dem Weg zu einem heiligen Pinienhain auf El Hierro war und vor dem Haus einer armen Familie Einlass begehrte. Zerlumpt soll er gewesen sein, aber mit klugen Augen. Die Siedler waren in großer Sorge, weil ihre geliebte Tochter verschwunden war. Dennoch baten sie den Pilger herein, teilten ihr Essen mit ihm, erzählten ihm von ihrem Kummer und gaben ihm ein weiches Lager für die Nacht. Am nächsten Morgen war der Greis fort. Als sie eines Abends gerade das Licht löschen wollten, stand der Pilger wieder vor ihrer Tür und führte sie zu ihrer Tochter, die schlafend auf einer Anhöhe lag. Der alte Mann hatte den Eltern ihr Kind zurückgebracht. Es hieß, der Pilger bleibt immer nur so lange, bis er den guten Leuten ihre Hilfe vergolten hat.

Ich brauche dringend mehr Korallen für neue Amulette und Ketten. Sie bringen Glück, beschützen Haus und Hof und bewahren vor Unheil. Die caballeros schenken sie gern ihren Frauen und Geliebten, wenn sie beim Glücksspiel zu viel Geld verloren haben und ihre Gattinnen deshalb wütend sind. Mit dem Schmuck versuchen sie, die aufgebrachten Damen zu besänftigen oder sie zurück auf ihr Lager zu ziehen. Ich will niemals heiraten.

Die See ist laut heute, ein tiefer, dunkler Ton wohnt in ihr. Für mich klingt es wie der Schrei eines Ungeheuers. Es will aus den Tiefen auftauchen und uns Angst machen. Carla lacht immer, wenn ich so etwas sage. Später hat der Wind nachgelassen, und

Carla und ich sind tauchen gegangen. Wir wissen, wo wir die stärksten und schönsten Korallenstöcke finden. Am großen Felsen, von wo aus wir immer ins Wasser springen, haben wir unsere Kleider abgelegt. Die Schlucht ist da unten ganz eng, wir passen gerade so hindurch. Gleich dahinter fangen die Höhlen an. Ein Fischschwarm hat uns begleitet, und über uns waren Delfine. Die hübschen grauen Tiere wollten die Fische jagen. Da sind wir schnell weitergeschwommen.

Die corales an den Höhlenwänden sind wunderschön. Ich habe die Hand nach ihnen ausgestreckt, ich muss sie jedes Mal berühren. Die Äste bewegen sich in der Strömung, sie sehen aus wie tanzende Arme. Das Meer spielt mit meinen langen braunen Haaren, die sich wie glänzende Spinnfäden im Wasser wiegen und mich an Hals und Ohren kitzeln. Carla hat mir geholfen, ein paar dickere Korallenstöcke zu ernten. Die roten Korallen sind noch zu jung an dieser Stelle. Wir warten, bis sie groß genug sind. Carla hat mich angestupst und mir Zeichen gegeben. Wir müssen auftauchen, jetzt! Gut, dass sie bei mir ist. Im Ozean vergesse ich immer die Zeit.

Als wir wieder auf unserem Hügel angekommen sind, war der Himmel wolkenlos. Deshalb habe ich meinen Werktisch hinausgestellt und die Äste vorsichtig vom Stock getrennt. Carla hat uns was gekocht. Heute vor einem halben Jahr ist Madre gestorben. Wir mussten weinen, als wir uns an den letzten Tag mit ihr erinnert haben. Ganz eng sind wir zusammengerückt und haben uns an den Händen gehalten. Zum Glück sind wir nicht allein, hat

Carla traurig gesagt, wir haben uns. Ja, habe ich ihr geantwortet und sie auf die Wange geküsst. Dafür danke ich den Göttern!

An diesem Abend haben wir uns lange unterhalten. Morgen gehen wir zu Vater. Wir müssen mit ihm reden, denn wir wollen nicht verheiratet werden, nur damit er uns los ist.

KAPITEL 7

Das Team wollte Fabio am Ufer des nächsten Tauchortes treffen, in Ajón de los Petos. Dort angekommen, konnte Nina schon von Weitem die hochgewachsene Gestalt des Palmeros ausmachen. Er hatte die Finger in den Taschen seiner Jeansshorts vergraben und spielte versonnen mit den Zehen im schwarzen Sand. Nachdem das Equipment entladen war, trat Nina auf Fabio zu, der einen fernen Punkt am Horizont zu betrachten schien.

»Ich möchte mich bei dir noch mal für dein schnelles Eingreifen bedanken. Wer weiß, was sonst geschehen wäre.«

Er nickte ernst und hielt ihren Blick fest. Die Intensität, mit der er sie betrachtete, löste ein Kribbeln in ihrem Inneren aus. Unvermittelt kam ihr ein Traum von letzter Nacht in den Sinn, in dem sie die Finger in seinem Haar vergraben und sich an ihn geschmiegt hatte. Daraufhin hatte er amüsiert gelacht und sich in Luft aufgelöst. Wie gut, dass es nur Trugbilder waren.

»Wir sind Partner, und da ist jeder für den anderen verantwortlich. Steht auch so im Regelwerk«, riss er sie aus ihren Überlegungen und wandte sich von ihr ab.

Beim Tauchgang lief alles wie am Schnürchen. Die Sicht war hervorragend, und sie erreichten bald den dokumentierten Fundort, eine Schlucht, die wie aus dem Nichts in knapp dreißig Meter Meerestiefe vor ihnen aufragte. Wie geblendet ließ Nina den Anblick auf sich wirken.

Das Riff der Antipatharia ergoss sich kaskadengleich über das uralte Gestein, verschiedene Korallenarten wie die leuchtend gelben Goldschwämme, bunte Anemonen sowie unzählige andere Lebensformen hatten sich darauf angesiedelt und das Riff in ein Meer aus Farben verwandelt. Überall saßen grüne und bläuliche Federsterne auf den Blumentieren. Zwischen einigen Seegrasbüscheln entdeckte Nina einen regungslos verharrenden, senkrecht aufgerichteten Trompetenfisch, der seine Bewegungen vollkommen denen des Seegrases anpasste, weshalb er kaum zu erkennen war. Auch zu Füßen des Gesteins konnte sie die schwarzen Korallen ausmachen, die sich in den Boden gruben und neue Kolonien bildeten.

Die junge Wissenschaftlerin schaute auf die Uhr, sie lagen gut in der Zeit. Fabio, der sich direkt neben ihr befand, machte die ersten Filmaufnahmen. Sie wich vor ihm zurück. Am Rand einer Felsspalte wurde sie fündig. Der Korallenstock war ungewöhnlich stark und voller Verästelungen, die sich wie Tannenzweige nach oben hin verjüngten. Nina entfernte einen der kleineren Äste, führte die üblichen Untersuchungen durch und verstaute ihn sicher in einem der Behälter. Nachdem sie das Gefäß beschriftet hatte, wiederholte sie die Prozedur an einigen weiteren Stellen. Erleichtert befestigte sie ihr Werkzeug wieder am Gürtel und streckte die Hand nach einem besonders filigranen Korallenstock aus, dessen Polypen sich ihr sanft entgegenreckten, als sehnten sie eine Berührung herbei.

Da war es ihr, als würde die Zeit stillstehen. Einen

winzigen Moment lang spürte sie weder den Neoprenanzug, der sich wie eine zweite Haut an ihren schlanken Körper schmiegte, noch die Maske, die ihr halbes Gesicht umschloss. Tastend fuhr Nina über das Geäst mit dem dunklen, adergleichen Skelett. Sie schloss die Augen. Als sie die Lider wieder öffnete, erblickte sie ihre Finger, die sich nach den Korallen ausstreckten. Serenas Worte hallten in ihr nach. *Ich muss sie jedes Mal berühren. Die Äste bewegen sich in der Strömung, sie sehen aus wie tanzende Arme. Das Meer spielt mit meinen langen braunen Haaren, die sich wie glänzende Spinnfäden im Wasser wiegen und mich an Hals und Ohren kitzeln. Wir müssen auftauchen, jetzt.*

Ein Ruck ging durch Ninas Körper. Mit dem nächsten gierigen Atemzug wich die eigentümliche Benommenheit von ihr. Ein rascher Seitenblick zu Fabio, aber der filmte konzentriert und schien ihre kurze Abwesenheit nicht bemerkt zu haben.

Nachdem sie aufgetaucht waren, machten sich die Taucher gemeinsam mit dem Rest des Teams auf den Weg zurück in die Pension. Dort schilderten sie ihre Eindrücke und begutachteten Fabios Aufnahmen, während das Erlebnis noch in Nina nachklang. Auch Serena hatte die Schönheit der Korallen bewundert. Wie muss es für das Mädchen gewesen sein, sie dennoch ernten zu müssen, um zu überleben?

»Ich schlage vor, wir lassen es für heute gut sein«, sagte Ingvison, griff nach seinem *café con leche* und leerte die Tasse. »Um vier treffe ich mich mit der ortsansässigen Naturschutzbehörde sowie einer Delegation aus La Gomera und Teneriffa. Herrn Reuter kennen Sie ja bereits. Wir wollen Beobachtungen über die Fischerei austauschen. Außerdem kann es nicht schaden, wenn Doktor Michaelis es heute noch etwas ruhiger angehen lässt.«

Den Rest der Konversation erlebte Nina gedämpft, wie durch einen Nebelschleier. Als sie endlich aus der Tür ins Freie trat und die salzige Meeresluft über ihre Wangen strich, atmete sie auf. Sie lehnte sich gegen die gelb getünchte Wand der Pension. Himmel und Erde leuchteten an diesem Morgen gleichermaßen in einem sanften Licht.

Jesper Vikström trat neben sie und warf ihr einen nachdenklichen Blick zu. »Ist dir kalt, Nina?«

»Alles in Ordnung«, schwindelte sie und schlang die Jacke enger um ihren Körper.

Seine Stimme nahm einen besorgten Klang an. Wie zufällig streifte er mit der Hand ihren Arm. »Ruh dich lieber noch ein bisschen aus. Du machst einen leicht geschwächten Eindruck.« Er trat ein wenig näher.

»Mag sein, Jesper.«

»Ich denke, wir können beide einen kleinen Strandspaziergang und Seeluft gebrauchen. Hast du Lust, mir Gesellschaft zu leisten?«

Unversehens drängte sich ihr ein feines Lächeln auf, als sie das erwartungsvolle Blitzen in seinen Augen sah. »Sag mal, flirtest du mit mir, Jesper?«

Er wich ihrem Blick nicht aus. »Klar. Du bist eine attraktive und kluge Frau und wie es aussieht ungebunden. Da dachte ich, ich könnte mein Glück ja mal versuchen.«

Nina lachte. »Das ehrt mich natürlich, und du bist wirklich ein netter Kerl. Ich wette, du hast jede Menge Verehrerinnen. Aber ich bin gerade nicht auf der Suche nach einem Freund, okay?«

Damit war es ihr gelungen, den Studenten sprachlos

zu machen. Die Stirn über seinen akkurat gezupften Augenbrauen umwölkte sich. Offensichtlich war er es nicht gewohnt, eine Abfuhr zu kassieren.

»Tut mir leid, falls ich dich gekränkt haben sollte«, setzte sie erneut an. »Lass uns bitte einfach nur gute Kollegen sein.«

Er schwieg, die Hände vor der Brust verschränkt, und folgte ihrem Blick zu einem bunt bemalten Fischerboot, das auf den Wellen zu tanzen schien. Dann grinste er verlegen. »Schon gut, Nina, schade. Aber einen Versuch war es allemal wert. Einen schönen Tag noch.«

Die Biologin ging auf ihren Wagen zu, den sie unweit der Pension in einer Seitengasse geparkt hatte, und suchte in ihrer Umhängetasche nach dem Schlüssel. Da hörte sie hinter sich Schritte.

Fabio betrachtete sie ruhig. »Hättest du vielleicht noch etwas Zeit? Ich lade dich auch auf einen Kaffee ein … oder was immer du möchtest.« Er sprach wie jemand, der sich jedes einzelne Wort gut überlegt hatte, höflich, aber mit einer gewissen Härte in der Stimme.

Nina ließ sich ihre Überraschung nicht anmerken. »Sicher, warum nicht?«

Er machte eine einladende Handbewegung. Nur wenige Meter von der Pension entfernt befand sich eine etwas versteckt gelegene Tapas-Bar, die direkt in das felsige Gestein gehauen war. Sie traten ein und nahmen an einem Nischentisch Platz. Der Duft von Knoblauch und gebratenem Fisch stieg Nina verlockend in die Nase.

Guantes bestellte zweimal *café con leche,* Nina orderte noch eine Extraportion Sahne.

»Hör zu, ich möchte gern noch mal auf unseren heutigen Tauchgang zu sprechen kommen.«

Im schummerigen Licht der Bar wirkte sein Gesicht noch dunkler, und die grünblauen Augen stellten einen geradezu unverschämten Kontrast dazu dar. Nina wollte seinem eindringlichen Blick ausweichen, es gelang ihr nicht.

»Nur zu«, erwiderte sie. »Was gibt's?«

Die Kellnerin stellte die Getränke mit einem Lächeln vor ihnen ab, und Fabio wartete, bis sie sich entfernt hatte. Nina gab einen Löffel Schlagrahm auf ihren Milchkaffee und nippte vorsichtig daran.

»Nicht, dass mich deine Privatangelegenheiten etwas angehen, aber ich finde, du solltest darüber nachdenken, ob du dich unserer Aufgabe tatsächlich gewachsen fühlst.«

»Wie bitte?«

»Als wir uns unten bei der Antipatharia aufgehalten haben, warst du eine ganze Weile abgelenkt. Hast du geglaubt, ich bemerke es nicht? Wie gesagt, persönlich ist es mir gleichgültig, was du treibst, aber wenn wir arbeiten, erwarte ich deine uneingeschränkte Aufmerksamkeit.«

Nina schnappte nach Luft. »Du willst mir hoffentlich keine Unprofessionalität unterstellen, Fabio?«

Der Taucher seufzte. »Reg dich nicht gleich auf, und hör mir lieber zu. Ich bin nicht dein Feind! Man hat uns diesen Job zugewiesen, und wir werden ihn so gut wie möglich gemeinsam erledigen. Als dein Partner darf ich dir sicher die Frage stellen, was da unten los war, oder?«

Nina trank, um Zeit zu gewinnen. Genüsslich leckte sie sich den Schaum von der Oberlippe, während sie spürte, wie ihr Gegenüber sie beobachtete. »Ja, natürlich. Na schön, es stimmt, ich war für einen Moment abgelenkt. Es tut mir leid, okay? Ich habe nicht gut geschlafen und …«

Er winkte ab. »Wie gesagt, es ist deine Sache. Ich vermute allerdings, dass es noch mit dem Unfall zu tun hat. Liege ich da richtig?« Fabios Stimme klang nun weicher, versöhnlicher. Verbunden mit dem melodiösen spanischen Akzent ergab dies eine Mischung, die bestimmt so manches Frauenherz höher schlagen ließ.

»Mag sein, jedenfalls … ich entschuldige mich hiermit, es wird nicht wieder vorkommen. Gibt es sonst noch etwas?« Hastig leerte Nina ihre Tasse und nestelte in ihrer Tasche nach der Geldbörse.

Da fasste er sie am Arm. Sein Griff war sanft und trotzdem unmissverständlich. »Ich halte dich für eine fähige, verantwortungsbewusste Wissenschaftlerin, Nina.«

»Na, das freut mich jetzt aber«, zischte sie.

Er lockerte seinen Griff, hielt ihren Blick jedoch ungerührt fest. »Ich weiß, was dir die Arbeit an dem Projekt bedeutet und mit wie viel Herzblut du bei der Sache bist.« Auf einmal wirkten seine Augen so grün wie der Atlantik, und in ihnen entdeckte Nina ein Feuer, das sie verblüffte. »Wir haben weit mehr gemeinsam, als du möglicherweise glaubst. Wir teilen die Liebe zu den Geschöpfen dort unten, tief im Ozean.« Für einen kurzen Moment verlor sich sein Blick in der Ferne. »Da unten ist alles von einer schlichten, fast archaischen Schönheit. Zwar tauchen wir immer nur kurz in diese andere Welt ein, aber sie wird uns niemals wieder loslassen. Weil sie uns berührt und verändert.«

Einmal mehr erinnerte sie sich an ihre verwirrende Empfindung am Riff.

Er ließ sie los. Seine Hände waren feingliedrig, aber

stark, und Nina konnte nicht anders, als sie zu betrachten. Sie wirkten empfindsam, und die Wärme, die sie auf ihrem Arm hinterlassen hatten, strahlte bis in ihr Inneres. Wer war dieser Mann wirklich? Seine Anwesenheit löste jedes Mal den Drang zu fliehen und zugleich den Wunsch in ihr aus, sich in seinen Augen und seiner Nähe zu verlieren.

»Wenn du meinen Rat willst«, unterbrach Fabio das Schweigen zwischen ihnen. »Sorge dafür, dass weder deine Privatangelegenheiten noch die Faszination für die Korallen unsere Arbeit behindern. Das Meer birgt viele Geheimnisse, in denen man sich allzu leicht verlieren kann.«

Um Fassung bemüht starrte Nina ihn an, während seine Worte dumpf in ihr nachhallten. Entschieden schob sie den Stuhl zurück und stand auf. »Nett von dir, aber ich brauche deine Ratschläge nicht. Einen schönen Tag noch.« Damit warf sie ein paar Münzen auf den Tisch, klemmte sich ihre Tasche unter den Arm und rauschte an ihm vorbei.

Mit langen Schritten erreichte sie ihren Wagen. Was hatte Fabio mit seinen Andeutungen gemeint? Dachte er etwa, sie wäre verrückt geworden? Sie schnitt ihrem Bild im Rückspiegel eine Grimasse.

Erst nachdem Nina die Promenade hinter sich gelassen hatte, wurde sie etwas ruhiger. Das Unerträglichste an der Sache war: Fabio hatte in allen Punkten recht, da halfen weder Ausflüchte noch bissige Kommentare. Ihre Augen wurden feucht, und sie blinzelte die Tränen fort. Einen leichtsinnigen Augenblick lang hatte sie überlegt, dem Palmero von den Tagebüchern und dem Erlebnis bei den Korallen zu erzählen, doch dem Himmel sei Dank war sie rechtzeitig zur Besinnung gekommen. Und dies alles nur, weil er freundlich zu ihr gewesen war, weit zugänglicher als sie selbst. Nina stellte das Autoradio lauter, aber die Worte ihres Kollegen und der Klang seiner Stimme wollten ihr nicht aus dem Kopf gehen. So schroff Fabio anfangs zu ihr gewesen war, so besorgt und freundlich wirkte er, bevor sie sich verabschiedet hatte – mit dem ihr eigenen Zynismus, um sich in unangenehmen Momenten aus der Affäre zu ziehen.

Im Korallenhaus angekommen, warf sie die Tür ins Schloss und atmete auf.

Wir haben am Nachmittag vor der Hütte gesessen, und weil das Licht um diese Zeit besonders schön ist, habe ich den Werktisch wieder ins Freie gebracht. Ich wollte Löcher in die Korallenperlen bohren, die ich gestern mit der alten Schleifscheibe geglättet und poliert habe. Daraus mache ich Rosenkränze. Das Kloster San Miguel de las Victorias hat am letzten Markttag ein ganzes Dutzend bei mir in Auftrag gegeben. Darüber haben wir uns riesig gefreut!

Diego hat mir im letzten Jahr einen neuen Bohrer in einer Ecke der Mulde am Werktisch angebracht. Einen ganzen Korb voll Perlen musste ich heute bohren. Carla hat auf der Bank gesessen und gesungen, während sie unsere Kleider ausbesserte. Diesmal möchte ich in die restlichen Ketten Muscheln einarbeiten, vielleicht auch die schwarz schimmernden Lavasteine, die unsere Berge zusammen mit dem Feuer ausspucken, wenn sie beben. Hoffentlich wachse ich nicht mehr. Nur kleine und zierliche

Hände sind zum Herstellen von Schmuck geeignet. Aber ich möchte niemals etwas anderes tun.

Der Hund lag die ganze Zeit über zwischen knospenden Büschen, den Kopf auf die Pfoten gelegt. Seine Augen sind so dunkel und rund wie Murmeln. Ich habe mich gefragt, wann Carla ihn wohl bemerkt, aber sie hat völlig versunken meinen Rock gestopft. Meine Schwester wäre keine gute Wache, sie bekommt nie etwas mit. Genau wie unser Vater, der oft abwesend ist und erschrickt, wenn wir ihn ansprechen.

Ich glaube, er mag die Señora, die bei ihm ist, wirklich. Warum sonst war er so freundlich, als wir bei ihm waren? Er hätte nicht vor, uns zu verheiraten, jedenfalls nicht vor dem nächsten Jahr. Genau so hat er es gesagt und dabei ausgesehen, als ob er auf eine Zitrone beißt. Vater wird es nicht leicht haben, einen Ehemann für mich zu finden. Wer will schon jemanden wie mich? Carla ist hübsch, in allen Dingen geschickt und von sanftem Gemüt. Aber sie möchte nicht heiraten. Ich schon gar nicht.

Madre meinte, für Mädchen wie mich sei es gefährlich, klug zu sein und Fragen zu stellen, und ihr Gesicht wurde ganz traurig dabei. Sie hat Angst um uns gehabt, ihr hat es nie gefallen, dass wir so tief tauchen. Aber mein Schmuck ist der schönste auf der ganzen Insel. Ich frage mich oft, ob die corales nur deshalb im Schoß des Ozeans wachsen, um sich vor Menschen wie uns zu verstecken.

Der Ostwind brachte den würzigen Duft der Nadelwälder mit ins Haus, wo er sich mit der salzigen Meeresbrise vermischte. Nina hob den Kopf von ihrer Lektüre, schloss die Augen und atmete ihn ein. Auch Serena und Carla mussten diesen erdigen, urwüchsigen Duft der Piniennadeln gekannt haben. Sie schmunzelte, denn vor ihrem inneren Auge entstand ein Bild der Geschwister, wie sie einträchtig vor der Hütte saßen und ihren Beschäftigungen nachgingen, während der Hund sie beobachtete. Die Szene hatte für Nina trotz Serenas nachdenklicher Zeilen etwas Friedliches. Was für sie erstaunlich war, da Armut und Sorgen das Leben der beiden Mädchen geprägt hatten.

Ich frage mich oft, ob die corales nur deshalb im Schoß des Ozeans wachsen, um sich vor Menschen wie uns zu verstecken.

Aus Serenas Bekenntnis war eine fast kindliche Naivität, aber auch so etwas wie Bedauern herauszulesen. Oder sogar ein Hauch von Reue? Reue, weil ihr bewusst war, dass sie den Korallenstöcken Schaden zugefügt hatte? Wenn Nina sich die Arbeitsweise ausmalte, mit der Serena aus den Blumentieren Schmuck herstellte, musste sie ihr Respekt zollen, schien ihr das Verfahren doch sehr mühsam zu sein.

Die junge Frau pustete sich eine Haarsträhne aus der Stirn. Was wussten die Palmeros im neunzehnten Jahrhundert schon von Natur- und Meeresschutz?, dachte Nina und betastete ihre Schläfe. Die Prellung war kaum noch zu fühlen und bereitete ihr keinerlei Schmerzen mehr. Dafür machte sich nun Erschöpfung in ihr breit. Die letzten Nächte hatte sie schlecht geschlafen, Träume von Fabio, die ihr gar nicht gefielen, hatten sie begleitet.

Entschlossen verstaute sie das Tagebuch und verbannte die Truhe wieder unter den Sessel.

KAPITEL 8

Jesper Vikström saß am Bürotisch, als Nina eintraf. Zwischen seine Brauen hatte sich eine steile Falte gegraben, was den weichen Gesichtszügen einen verwegenen Anstrich gab. Die blonden Haare fielen ihm in die Stirn. Einmal mehr stellte sie fest, dass die eine oder andere Falte an der richtigen Stelle oder eine winzige Nachlässigkeit einem Menschen erst Charakter verlieh. Wie bei Fabio, murmelte eine Stimme in ihr.

»Hallo, Jesper. Welche Laus ist dir denn über die Leber gelaufen?«, begrüßte sie den Studenten.

Er hob den Kopf von dem Gewirr aus Kabeln und Adaptern, um sie unverwandt zu mustern. »Hallo. Ach, vergiss es! Technik ist nur dann eine Perle des Fortschritts, wenn sie funktioniert. Kaum bläst der Wind auf der Insel ein bisschen stärker, brechen die Internetverbindungen zusammen, oder der Server stürzt ab, wie gerade eben.«

»Du schaffst das schon, Jesper.«

Nina sank auf einen der Stühle. Ein feines Lächeln stahl sich in ihre Mundwinkel, während der Schwede leise fluchte oder mit angespannter Miene auf die Tastatur des Laptops einhieb. Er mochte ein hormongesteuerter Jungspund sein, der immer einen lockeren Spruch auf den Lippen hatte, aber in puncto Technik konnte ihm niemand aus dem Team das Wasser reichen.

Keine zehn Minuten später hellte sich seine Miene auf. »Bingo! Alles okay und obendrein keine Daten verloren. Ich glaub, ich brauche jetzt erst mal eine Zigarette.« Jesper fuhr sich mit gespreizten Fingern durchs Haar, griff nach einer Schachtel, die in seiner Hosentasche steckte, und zwinkerte. »Begleitest du mich, Nina? Ich gebe eine aus.«

Sie dachte an die kleine Abfuhr, die sie ihm erteilt hatte, strich ihm über den Arm und zwinkerte. »Warum nicht?«

Galant hielt er ihr die Tür auf, reichte ihr die Schachtel und gab ihr Feuer.

»Wie gefällt es dir in deinem Ferienhaus?«, wollte er nach einem Moment des Schweigens wissen. »Ich habe gehört, dass der Hügel von jeher ein Rückzugsort für Leute war, die etwas zu verbergen hatten oder unglücklich waren. Ist es dir nicht zu einsam dort?«

Nina hielt in der Bewegung inne. »Keineswegs, Jesper. Ich fühle mich sehr wohl da oben.« Sie nahm einen letzten Zug von der Zigarette und drückte sie in einem Aschenbecher aus. »Von wem hast du das gehört?«

Der Student kratzte sich am Hinterkopf, er wirkte verlegen. »Ich kann mich nicht mehr erinnern, sorry. Ist ja auch nicht so wichtig. Alles nur alte Geschichten, wer weiß, ob da überhaupt was Wahres dran ist.« Er drückte ebenfalls seine Zigarette aus.

Warum nur hatte Nina das Gefühl, dass ihm dieses Gespräch unangenehm war? Und was hatte der Hinweis zu bedeuten? In Serenas Tagebuch war von Piraten die Rede gewesen, die einst in der Hütte gehaust haben sollten.

Das Motorengeräusch eines sich nähernden Wagens

holte die Biologin in die Wirklichkeit zurück. Der Isländer parkte sein Auto, und Jesper hatte es eilig, ihn zu begrüßen.

An diesem Tag führten Fabio und Nina weitere Tauchgänge an ausgewiesenen Fundorten durch. Danach berichtete Ingvison ihnen im Restaurant der Pension von seinem Treffen mit der Delegation aus La Gomera, Teneriffa und der Naturschutzbehörde von La Palma, das mehr als aufschlussreich verlaufen war. Seit geraumer Zeit wurden außerhalb der Schutzzone Reserva Marina wieder vermehrt Fischerboote beobachtet, die mit Schleppnetzen arbeiteten – eine profitable und zeitsparende Methode des Fischfangs, da man so gleich mehrere Fliegen mit einer Klappe schlug. Auf diese Weise ließen sich auch Muscheln, unter Artenschutz stehende Meeresschildkröten sowie kleine, selten gewordene Riffhaie fangen, die auf den Schwarzmärkten reißenden Absatz fanden. Da sich die Schleppnetze nicht nur am Meeresboden, sondern auch an Gestein verfingen, vernichtete man beim Einholen der Netze weite Flächen der Korallenriffe. Innerhalb der Schutzzone im Südwesten der Insel war diese Fangmethode unter harte Strafen gestellt, außerhalb der Reserva Marina konnten die Fischer jedoch unbehelligt ihre Netze auswerfen. Ein ewiger, zerstörerischer Kreislauf.

»Leider ist das nur ein Teil der Problematik«, sagte Ingvison. »Wie man mir mitgeteilt hat, stellen die Schnellfähren ebenfalls eine große Gefahr für die Unterwasserwelt dar. Immer wieder kommt es zu Kollisionen und in der Folge davon zum Tod von Meerestieren. Besonders gefährdet sind die an den Kanaren vorbeiziehenden Pottwale. Natürlich wollen die Fährbesitzer den

Tieren nicht bewusst schaden, aber sie leben nun mal vom Tourismus.«

»Verständlich«, warf Pepe betrübt ein. »Viele Palmeros kämpfen um ihre Existenz. Sie brauchen den Tourismus. Freunde von mir, die auf dem Festland leben, haben vor Kurzem die Fischerei aufgegeben, weil es sich für sie nicht mehr rentiert hat, und sind in die Stadt gezogen.«

Ähnliche Aussagen hatte Nina schon unzählige Male gehört. Sie sah aus dem Fenster. In Situationen wie dieser fühlte sie sich oft machtlos. Jede Partei hatte ihre ureigenen Interessen. Wie sollte es ihrem kleinen Team aus Wissenschaftlern und Naturschützern nur gelingen, eine Brücke zu bauen, um mit allen gemeinsam einen Weg zu finden, der beiden Parteien gerecht wurde?

»Deshalb«, unterbrach der Professor ihre Überlegungen, »habe ich mit den Leuten vom Naturschutz erwogen, im Sommer eine Aufklärungskampagne zu starten. Kann ich in der Sache auf Ihre Hilfe zählen?«

»Wenn ich dich kurz unterbrechen dürfte, Arnulf.«

Fabio nahm sich eins der Küchlein, die auf einem Tablett neben dem Computer lagen. Seine Miene wirkte grimmig, und Nina fragte sich abermals verblüfft, wie viele Seiten es an dem Mann noch zu entdecken gab.

»Die Fischer und alle, die mit dem Meer oder von ihm leben, halten uns doch für ausgemachte Spinner!«, fuhr er fort und wischte sich den Mund an einer Serviette ab. »Du weißt, ich kenne die meisten Einheimischen. Sie haben schon eine Menge Zugeständnisse gemacht, was die Fischfangquoten, die Fangtechniken und die Einrichtung der Meeresschutzzone Reserva Marina betrifft, in der nur mit spezieller Genehmigung gefischt werden darf. Wir können nicht einfach drohend den Zeigefinger heben und ihnen Vorschriften machen, wie sie ihren Job zu erledigen haben. Außerdem weiß niemand, ob es sich um einheimische Schleppnetzfischer handelt, die außerhalb der Schutzzone operieren. Wer will das kontrollieren, wenn die Ausbeutung erst später durch die Spuren der Verwüstung, die sie im Meer hinterlassen, zutage tritt? Und was die Fährbetreiber angeht, hilft nur Geduld.«

Ingvison begann, unruhig im Speiseraum auf und ab zu gehen. »Das ist mir durchaus bewusst, Fabio. Natürlich können wir nur mit Feingefühl auf Dauer etwas ausrichten. Ich dachte daher an Vorträge, in denen wir ihnen Kurzfilme über die Veränderungen der Riffe und Videos von verendeten Walen nach Kollisionen präsentieren.«

Fabio hob die Hände. »Entschuldige, aber das wäre genau der erhobene Zeigefinger.«

»Ich finde den Vorschlag gar nicht so schlecht«, wandte Nina ein. »Nur wer für die Natur Empathie empfindet, ist auch bereit, etwas zu verändern, um sie zu schützen.«

Der Taucher nickte anerkennend. »Das ist richtig. Aber glaubst du, die Fischer hätten nicht längst mitbekommen, was wir hier treiben? Wenn wir wirklich etwas bewirken wollen, müssen wir mit ihnen gemeinsam nach Lösungen suchen, sie einbeziehen.«

Der Isländer murmelte eine Zustimmung.

Pepe und Jesper machten sich währenddessen mit konzentrierter Miene am Computer zu schaffen. Gemeinsam mit Pepe betrachtete Nina die letzten Filmaufnahmen und verglich sie mit den neuesten Ergebnissen. Bei den ersten Tauchorten, an denen sie am Quadranten die Anzahl der Fische gezählt hatten, war das Vorkommen der Meeresbewohner im Vergleich zum vergangenen Jahr leicht rückläufig, der Bestand der schwarzen Koralle jedoch konstant. Den ersten Analysen zufolge war ein Zuwachs der Blumentiere um acht Prozent zu verzeichnen, was Nina ein Lächeln ins Gesicht zauberte.

»Vermutlich können wir die Fischer nur überzeugen, wenn sie echte Vorteile in Aussicht gestellt bekommen«, gab Jesper zu bedenken.

»Ein guter Ansatz, Herr Vikström«, erwiderte Ingvison. »Schon eine konkrete Idee?«

»Leider nicht.«

»Vorteile, Vorteile!«, stieß Nina heftig hervor und hätte bei ihrem wilden Gestikulieren beinahe ihre Kaffeetasse umgeworfen. »Ist es denn nur möglich, Vorteile in Dollar, Pfund oder Euro abzuwägen, um sich Gehör zu verschaffen? Wenn sie die Riffe weiterhin zerstören, verlieren sie mit der Zeit ihre natürlichen Schutzbarrieren. Im Falle eines Vulkanausbruchs, beispielsweise auf El Hierro oder Teneguía, könnten Tsunamiwellen ausgelöst werden, die ohne den Schutz der Korallenriffe ungebremst auf die Insel zurollen. Eines Tages könnte es also um das blanke Überleben der Inselbewohner gehen.«

»Du weißt ebenso wie ich, dass die Theorie von nahenden Tsunamis um La Palma längst widerlegt ist. Alles Panikmache der Medien, die immer zum Jahreswechsel dieses Horrorszenario heraufbeschwören. Willst du etwa mit der Angst der Menschen spielen, Nina?«, entgegnete Guantes betont ruhig.

Hitze schoss ihr bei seinen Worten durch die Adern. »Spielen?«, schnaubte sie. »Das ist kein Spiel! Oder willst du ernsthaft behaupten, Tsunamis wären reine Hirngespinste einzelner Wissenschaftler?«

Nina hielt Fabios Blick stand.

»Statt den Menschen Angst einzuflößen, sollten wir sie besser informieren und aufklären, meinst du nicht auch?«, hielt der Taucher dagegen.

»Tsunamis entstehen doch überall auf der Welt, und sie hinterlassen nichts als Schlammwüsten und Berge von Leichen. Wollen wir diese Gefahren weiter herunterspielen?«

»Aber, aber, meine Lieben, ruhig Blut«, mischte sich Ingvison ein und nahm mit seinem gewinnenden Lächeln dem Gespräch ein wenig von seiner Schärfe. »Lasst uns bitte nicht vergessen, dass wir alle dasselbe wollen. Daher schlage ich vor, wir kommen noch mal auf die Ausgangsfrage zurück. Wer hat Vorschläge, was unsere Aufklärungskampagne angeht?«

Pepe hob den Kopf von der Tastatur. »Bevor wir die Leute zu Vorträgen einladen, wäre es womöglich klug, mit Fabios Hilfe zunächst das Gespräch mit den Einheimischen zu suchen. Ich meine, wenn sie jemandem vertrauen, dann dir.«

»Denkst du nicht, ich hätte schon längst die Fühler ausgestreckt?«, erwiderte Guantes. »Weißt du, wie die Einheimischen mit mir verfahren?« Er schnitt eine Grimasse. »Sie klopfen mir auf die Schulter, laden mich auf einen Rum ein und schenken schneller nach, als ich protestieren kann. Dabei geben sie nicht eher Ruhe, bis ich sturzbetrunken bin und keine dummen Fragen mehr stellen kann.«

Nina senkte den Kopf, um das breite Grinsen, das sich ihr aufdrängen wollte, zu verbergen. Im Geheimen versuchte sie sich auszumalen, wie die stolzen Gesichtszüge des Palmeros allmählich erschlafften, wie sein Blick glasig wurde. Unter halb gesenkten Lidern hervor beobachtete sie ihn unauffällig.

»Das glaub ich dir gern«, lachte der Isländer und zeigte dabei eine Reihe ebenmäßiger Zähne. »Also planen wir eine Kampagne kurz vor Ende unserer Mission. Das wäre deshalb günstig, weil wir den Fischern dann die aktuellen Daten präsentieren können. Die Einzelheiten werden wir kurz vorher besprechen«, schloss Ingvison das Thema ab.

Danach ging das Team geschlossen ins Labor, um die nächsten Proben in die Wasserbecken zu legen.

»Ich möchte gern, dass Sie, Herr Vikström, und auch Sie, Herr Morales, stündlich die Messwerte in den Computer einspeisen. Dafür werden Sie morgen früh selbstständig einen Dienstplan erstellen, der täglich von acht bis achtzehn Uhr gültig ist. Für den Fall, dass ich Sie außerhalb des Labors brauche, müssen Sie den Computer entsprechend einstellen, damit die Ergebnisse automatisch aufgezeichnet werden. Wie Sie das technisch bewerkstelligen, überlasse ich Ihnen. Gibt es noch Fragen Ihrerseits?«, wollte der Professor wissen.

Die Studenten verneinten. Damit stürzten sich alle schweigend in die Arbeit.

Als Nina aus der Pension trat, beschloss sie kurzerhand, in der Tapas-Bar nebenan zu Mittag zu essen. Sie war der einzige Gast, und da es wunderbar warm war, setzte sie sich an einen Tisch im Freien, von wo aus sie einen schönen Blick auf den Atlantik hatte. Sie bestellte Steak, dazu *papas arrugadas,* die inseltypischen runzeligen Pellkartoffeln mit Salzkruste, außerdem Salat und Mineralwasser. Sie machte sich keinerlei Illusionen: Fabio beobachtete sie, daher durfte sie sich keine weitere

Unachtsamkeit leisten. Darüber konnten auch ein höfliches Wort oder ein anerkennender Blick nicht hinwegtäuschen. Außerdem ging ihr Jespers Andeutung nicht aus dem Kopf. *Ich habe gehört, dass der Hügel von jeher ein Rückzugsort für Leute war, die etwas zu verbergen hatten oder unglücklich waren*, hatte er gesagt. Die Palmeros liebten alte Geschichten, hatten sie sich schon früher gern am Feuer erzählt, wenn Hunger oder Nöte sie nicht schlafen ließen.

Die Bedienung kam mit dem Essen und riss Nina aus ihren Gedanken. Ein junges Pärchen nahm an einem Nebentisch Platz. Die Art, wie die beiden sich ansahen, versetzte Nina einen Stich. Rasch lenkte sie ihre Gedanken in eine andere Richtung.

Ihre Großmutter Maria war als zweite Frau ihres Großvaters in die Familie gekommen. Eine waschechte Spanierin aus der Gegend um Barcelona, die Leben und Lachen in Großvaters Haus gebracht hatte. Maria und ihr Mann lernten sich im Urlaub kennen, kurz darauf gab die resolute Dame in den Vierzigern ihren Friseursalon auf und brach alle Zelte ab, um ihm nach Deutschland zu folgen. »Nina«, hatte ihre Großmutter Maria später in gebrochenem Deutsch zu ihr gesagt, »ab sofort werde ich nur noch auf Spanisch mit dir und deiner Schwester reden. Ich möchte, dass du diese Sprache eines Tages beherrschst.« Natürlich hatte sie als Sechsjährige damals versucht, die neue Frau ihres Großvaters umzustimmen, aber die Spanierin war ebenso fröhlich wie stur. Heute war die Meeresbiologin ihrer *abuela* dafür dankbar, und sie nahm sich vor, sie in den nächsten Tagen anzurufen.

Beim Essen schmiedete Nina Pläne fürs kommende

Wochenende. Seit sie auf La Palma lebte, hatte sie kaum mehr von der Landschaft zu sehen bekommen als die Pension, die Tauchorte und ihr Haus. Just als sie im Begriff war, um die Rechnung zu bitten, steuerte eine vertraute untersetzte Gestalt auf sie zu. Der Atem des Mannes ging stoßweise.

»Pepe! Was suchst du denn hier?«

Vor ihrem Tisch blieb er stehen und stützte sich mühsam gegen einen der Holzstühle. Er starrte sie mit einem Ausdruck in den Augen an, der nichts Gutes verhieß.

»Setz dich, bevor du umkippst.« Nina wies auf den Platz ihr gegenüber, und er ließ sich wortlos nieder. »Was ist los? Nun rede schon!«

Als der Student nichts entgegnete, bestellte sie ein Mineralwasser und einen Schnaps. Neugierig suchte sie Pepes ruhelosen Blick.

»Trink, und dann will ich hören, was vorgefallen ist. Hattest du einen Unfall?«

Gehorsam stürzte Morales den Hochprozentigen hinunter, nur um sich gleich darauf zu schütteln. »Nein, kein Unfall. Danke, aber eigentlich hasse ich Schnaps«, stammelte er. »Nina, ich muss dich dringend sprechen. Allein. Es ist wichtig, bitte.«

Was hatte den Mann mit dem ausgeglichenen Gemüt derart aus der Fassung gebracht? »Schieß los.«

Pepe schüttelte heftig den Kopf. »Nein, nein, du verstehst mich nicht. Ganz allein.«

Nina stutzte und rang einen Moment mit sich. »Also schön, ich wollte sowieso gerade aufbrechen«, seufzte sie. »Wir fahren zu mir. Dort sind wir ungestört.«

Der Student atmete hörbar aus. »Danke. Ich ... ich habe nämlich dein Auto gesehen und ...«

»Das erzählst du mir alles gleich, okay? Warte, ich muss nur noch schnell zahlen.«

Als Nina kurz darauf zurückkehrte, saß er noch immer in derselben steifen Haltung da wie zuvor. Wortlos nahm sie ihn am Arm, führte ihn zu ihrem Geländewagen und schob ihn auf den Beifahrersitz.

Während der Fahrt beobachtete sie ihn von der Seite. Am liebsten hätte sie ihn sofort ausgefragt, aber seine verkrampfte Körperhaltung und sein beharrliches Schweigen zeigten allzu deutlich, was er davon hielt.

Bald darauf parkte sie den Wagen auf dem Sandweg und bedeutete ihm auszusteigen. Pepes Schritte wirkten unsicher. Nina öffnete die Beifahrertür, und er ließ sich widerstandslos zur Terrasse führen, wo sie ihn auf einen der Stühle niederdrückte. Aus der Küche holte sie eine Karaffe mit Fruchtsaft und zwei Gläser und stellte alles auf dem Tisch mit der fröhlich bunten Decke ab, die sie im Supermarkt erstanden hatte.

»So, Pepe, soll ich dir jedes Wort einzeln aus der Nase ziehen, oder redest du freiwillig?«

Der junge Mann rieb sich übers Gesicht, als wäre er eben erwacht und müsse die Nebel des Schlafes vertreiben. Aus einer Innentasche seiner leichten Sommerjacke zog er ein weißes Kuvert hervor.

Der Briefumschlag trug die Adresse der Pension und war an die Mitglieder des Projektes gerichtet.

Nina wog ihn in der Hand. »Von wem ist der?«

»Mach ihn auf.«

Der Umschlag war säuberlich am oberen Ende geöffnet worden. »Ziemlich mutig von dir, ihn aufzumachen, Pepe. Wäre das nicht die Aufgabe von Professor Ingvison gewesen?«

Pepe hob die Schultern. »Ist doch an das Team gerichtet.«

Sie zog ein zusammengefaltetes Blatt heraus, und ein Laut des Entsetzens entfuhr ihr. Auf dem Papier waren Buchstaben aus Zeitschriften ausgeschnitten und aufgeklebt worden, die einen einzigen Satz bildeten:

Verschwindet, solange ihr noch könnt!

»Verstehst du jetzt?«, vernahm sie Pepes Stimme, die sich in ihren Ohren plötzlich merkwürdig gedämpft anhörte.

Die grell bunten Lettern schienen sie zu verhöhnen. Abermals flogen ihre Augen über den Satz, nur um sich zu vergewissern, dass sie nicht völlig verrückt war.

»Eine Drohung?«, flüsterte sie, nachdem sie glaubte, ihre Stimme wieder in der Gewalt zu haben. »Hat Ingvison den Brief schon gelesen?«

»Nein, ich war zufällig da, als der Briefträger in die Pension kam. Bisher hat niemand etwas mitbekommen.«

Nina starrte auf das Schreiben in ihrer Hand und warf es auf den Tisch. Dann nahm sie die Karaffe mit dem Fruchtsaft und schenkte ihnen ein. Er stürzte den Saft hinunter.

»Wir müssen es ihm heute noch sagen, möglichst ohne dass die anderen davon Wind bekommen, Pepe.«

Als er nicht antwortete, rüttelte sie ihn leicht am Jackenärmel.

Der Student erwachte aus seiner Erstarrung und winkte ab. »Bitte entschuldige, Nina. Ich frage mich nur die ganze Zeit, was das zu bedeuten hat. Ich meine, wem treten wir hier so auf die Füße, dass er uns bedroht?«

»Das frage ich mich auch, zumal mir der Nachhall nicht aus dem Sinn geht: solange ihr noch könnt.« Sie trank einen Schluck. »Das hört sich nach einem schlechten Krimi an, findest du nicht auch? Wir sind doch nicht auf La Palma, um jemandem Schaden zuzufügen, im Gegenteil.«

Die beiden versanken in Schweigen.

Die Kübel mit Bougainvilleen waren eine einzige rote und violette Blütenpracht. Ein Schmetterling saß auf einem der Kelche und flatterte mit seinen farbenprächtigen Flügeln. Inmitten dieser Idylle, unter dem Gezwitscher der Vögel, das schöner war als jede Hintergrundmusik, darüber nachdenken zu müssen, wer dem Forschungsteam drohen und ihm möglicherweise schaden wollte, kam ihr völlig unwirklich vor. Nina überlief ein Kälteschauer.

»Vielleicht ist es nur ein Lausbubenstreich«, wandte Pepe matt ein und wischte sich den Schweiß von der Stirn.

Sie atmete tief die Luft ein, die nach Frühling und Meer duftete. »Hast du eine Ahnung, wo sich Professor Ingvison in seiner Freizeit aufhält?«

»Keine Ahnung. Ich bin bisher nicht privat mit ihm zusammengetroffen.«

Nina stellte das Glas auf den Tisch. »Dann müssen wir ihn eben suchen.«

»Gehen wir.« Pepe erhob sich und fegte dabei sein Glas vom Tisch, das mit einem hellen Ton auf dem Steinboden zerbrach. »Himmel! Auch das noch!«

Nina steckte den Brief in ihre Umhängetasche und ergriff seinen Arm. »Kein Problem. Ich kümmere mich nachher darum.«

Eine Viertelstunde später betraten sie die stille Pension und sahen sich suchend um. Schließlich fanden sie

Señora Diaz beim Gläserpolieren an der Bar. Sie hatte sich ein Tuch um die Hüften gebunden und erzählte begeistert von den frischen Meeresfrüchten, die man ihr soeben geliefert hatte. Nina hatte Mühe, sich ihre Ungeduld nicht anmerken zu lassen. Sie dankte der Wirtin und fragte die Frau mit den schwarzen, zu einem Knoten zusammengebundenen Haaren und den roten Wangen, ob sie wisse, wo der Professor sei.

»Er hat ungefähr vor einer halben Stunde die Pension verlassen, Señora. Zum Abendessen wollte er zurück sein.«

Nina hob die Hand und stoppte damit den nächsten Redeschwall der Palmera. »Wissen Sie, wo er hin ist?«

»Leider nein. Weit kann er nicht sein, es ist immerhin schon Nachmittag. Tut mir leid, wenn ich Ihnen nicht weiterhelfen kann, Señora.«

Pepe und Nina wendeten sich ab. Vor dem Eingang blieben sie stehen. Die Biologin beobachtete eine junge Frau mit einem kleinen Kind an der Hand, die durch das seichte Wasser des Atlantiks watete. Die Sonne, die in diesem Moment durch die träge dahinziehenden Wolken brach, warf einen goldenen Schimmer über die Küste und auf die vereinzelten Touristen, die sich am Strand aufhielten.

»Am besten gehen wir die Promenade entlang«, schlug Pepe vor. »Von dort aus können wir die Bars und Cafés gut überblicken.«

KAPITEL 9

Schweigend schlenderten sie zum Strand hinunter. Das schwarze vulkanische Gestein, das der Ozean im Laufe von Jahrtausenden zu feinem Sand zerkleinert und geschliffen hatte, knirschte bei jedem Schritt unter ihren Sandalen. Die Umhängetasche fühlte sich mit jedem Schritt schwerer an. Nina ahnte, welchen Aufruhr die anonyme Nachricht unter den Teammitgliedern auslösen würde. Was, wenn sie den Drohbrief einfach zerriss und in den nächsten Mülleimer warf? Im nächsten Augenblick wischte sie jedoch den Gedanken beiseite.

Endlich entdeckten sie den Isländer. Lässig gegen einen Stehtisch gelehnt, unterhielt er sich mit einem kahlköpfigen Mann südländischen Aussehens an einer der Strandbars und schlürfte dabei einen Cocktail. Entschlossen steuerte Nina auf ihn zu, Pepe folgte ihr mit einigen Schritten Abstand.

»Wie nett, Doktor Michaelis!«, begrüßte sie der Forschungsleiter wie immer charmant. »Darf ich vorstellen? Mein alter Freund Henri Monnier. Wir kennen uns seit einer halben Ewigkeit. Das hier ist Doktor Nina Michaelis, eine Wissenschaftlerin aus Deutschland, die meinem Team angehört.«

Nina nickte zum Gruß. »Professor Ingvison, bitte entschuldigen Sie die Störung. Wir müssen Sie kurz sprechen, es ist dringend.«

Der Isländer musterte seine beiden Mitarbeiter eindringlich und wollte gerade etwas entgegnen, als sein Freund ihm zuvorkam. »Kein Problem, Arnulf. Ich habe sowieso noch etwas vor. Denk an unsere Verabredung am kommenden Samstag, wir erwarten dich so gegen sieben Uhr am Abend.«

»Ja, natürlich.«

Kurz darauf waren sie unter sich.

»Ich fürchte, wir haben ein Problem.« Nina öffnete ihre Tasche und reichte ihm den Umschlag.

»Ein Brief?« Der Isländer betrachtete das Kuvert, drehte es um. »Er hat keinen Absender.«

»Richtig. Lesen Sie ihn, Professor Ingvison«, warf Pepe ein wenig schüchtern ein.

Nina verfolgte gespannt, wie der Forschungsleiter das Blatt aus dem Umschlag zog und seine Miene erstarrte.

»Das ist ja ungeheuerlich! Woher haben Sie das?«, brachte er gepresst hervor.

Daraufhin erklärte ihm die Biologin leise, wie Pepe an das Schreiben gekommen war.

Für eine kleine Weile schien die raue, ungestüme Schönheit des Küstenabschnitts von Tazacorte vor ihren Augen zu verblassen. Die Luft kam ihr auf einmal schwer und drückend vor.

Ingvison nahm sein Handy aus der Jeanshose und tippte eine Nummer ein. »Fabio, hier Arnulf. In einer halben Stunde im Büro. Wie? Das ist mir egal, und wenn du … Alles klar, bis gleich.«

Pepe und Nina wechselten einen vielsagenden Blick. Das war definitiv nicht die Tonart, die sie von dem Forschungsleiter gewohnt waren. Gleich im Anschluss forderte er Jesper Vikström ähnlich nachdrücklich auf, im Büro zu erscheinen. Nachdem Ingvison das Telefonat beendet und den Brief eingesteckt hatte, schlug Nina vor: »Wir sollten Anzeige bei der Polizei erstatten.«

»Sicher, das werden wir«, antwortete der Isländer lakonisch. »Nur wird es vermutlich wenig Sinn ergeben. Was haben wir schon gegen den anonymen Absender in der Hand, außer ein paar Zeitungsschnipsel, die eine vage Drohung enthalten?«

»Obendrein werden wir es mit der spanischen Polizei zu tun bekommen, nicht mit der sprichwörtlichen Systematik der deutschen«, ergänzte Pepe. Sein Gesicht wies die ungesunde Rötung eines Menschen auf, der unter Bluthochdruck litt.

»Mir fällt nur eine Gruppe ein, die ein nachvollziehbares Interesse daran haben könnte, dass wir unsere Forschungen einstellen«, sprach Ingvison aus, was Nina durch den Kopf ging, seit sie die eine Zeile gelesen hatte.

Pepe nickte gedankenverloren. »Die Fischer. Aber auch das ist wenig schlüssig. Die Schleppnetzfischerei ist nur innerhalb der Schutzzone verboten, warum sollten sie zusätzlich auf ihre Machenschaften aufmerksam machen?«

»Richtig«, pflichtete ihm der Professor bei. »Allerdings wäre es für sie das Einfachste, wenn wir nicht mehr in ihren Revieren herumschnüffeln und alles verkomplizieren würden.«

Nina klopfte mit den Fingerspitzen auf den Tisch. Ihre Erregung wuchs, je länger sie über die Angelegenheit nachdachte. »Verdammt, wir versuchen doch nur ihren Lebensraum zu erhalten! Oder wovon wollen diese Leute leben, wenn die Meere abgefischt sind?«

Ingvison nahm sie am Arm. Die Heiterkeit, die sonst über seinen Zügen lag und ihm einen Hauch von Jugendlichkeit verlieh, war wie weggeblasen. Die winzigen Linien auf seiner Stirn wurden sichtbar und offenbarten sein wahres Alter.

Vor der Pension trafen sie mit Fabio zusammen, der eben aus einem Taxi stieg. Zu einem grauen Anzug trug er ein weißes Hemd, das seine gebräunte Haut gut zur Geltung brachte. Einen kurzen Moment ruhten seine Augen auf Nina, während er sich mit langen Schritten der Gruppe näherte. Sie blinzelte nervös. Dieser Fabio Guantes brachte etwas in ihr zum Schwingen. Unglücklicherweise war er genau der Typ Mann, der sie anzog. Als er neben sie trat, rückte sie ein Stück von ihm ab.

»Was ist los, Arnulf?«, kam der Palmero ohne Umschweife zur Sache. »War gar nicht so einfach, sich unauffällig aus dem Staub zu machen. Hast du eine Ahnung, was ich mir von meiner Mutter anhören darf, wenn …«

»Komm«, unterbrach Ingvison ihn ungewohnt rüde und zog den Taucher ins Innere der Pension.

Pepe und Nina folgten den beiden, als Jesper ihnen entgegenkam. Er trug noch seine Laufhose und Turnschuhe. Das blonde Haar hing ihm in die Stirn.

»Hallo, da bin ich. Was gibt's?«

Zielstrebig steuerte Ingvison auf das Büro zu und bat alle, Platz zu nehmen. »Zunächst einmal danke, dass Sie alle gekommen sind. Mir ist bewusst, dass ich Ihren verdienten Feierabend störe, doch leider duldet die Angelegenheit keinen Aufschub«, begann er mit ernster Miene. Daraufhin schilderte er, was geschehen war, und legte das anonyme Schreiben auf den Tisch.

Fabios Kieferknochen mahlten, während er las. Gleich darauf warf er das Schreiben angewidert auf den Tisch zurück. Als Nächstes überflog Jesper die Zeile, und auch seine Miene verdüsterte sich.

Fabio fuhr sich durch das schwarze, lockige Haar. »Wenn du meine Meinung hören willst, Arnulf, mach dir keine Sorgen. Mal ehrlich, was soll dieser Satz bedeuten? ›Solange ihr noch könnt.‹ Ich denke nicht, dass wir die Nachricht allzu ernst nehmen sollten. Was sagst du dazu, Nina?«

»Bei allem Respekt«, platzte es aus ihr heraus. »Findest du deinen Vorschlag nicht etwas leichtfertig? Wie gut kennst du die einheimischen Fischer? Kannst du wirklich für all diese Leute die Hand ins Feuer legen? Oder was gibt dir das Recht, die Drohung einfach abzutun?«

Er hielt ihren Blick fest. War da ein Hauch Verblüffung auf seiner Miene zu erkennen? Ein grüblerischer Zug legte sich um seine Lippen. »Für wen kann man sich heutzutage überhaupt noch verwenden? Die Fischer sind einfache, bescheidene Leute, die meisten tiefgläubig, denen ich eine derartige Tat nicht zutraue.« Fabio stockte. Sein Blick wanderte aus dem Fenster, kehrte aber gleich wieder zu ihr zurück. »Vielleicht ist es tatsächlich ein wenig gutgläubig von mir. Trotzdem ist die Möglichkeit, einer dieser Menschen könnte uns drohen, absolut unvorstellbar für mich.«

Ihr stockte kurz der Atem, denn mit seiner schonungslosen Ehrlichkeit hatte sie nicht gerechnet. Pepe und Jesper sahen betreten zu Boden. Der Isländer, der neben dem Taucher saß, klopfte dem Jüngeren auf die Schulter.

»Verständlich, mein Freund. Aber da ich nichts von

Spekulationen zu diesem frühen Zeitpunkt halte, schlage ich vor, wir überlegen gemeinsam, was wir als Nächstes tun. Einverstanden?«

Die beiden Studenten nickten.

»Wir müssen davon ausgehen, dass die Einheimischen uns beobachten«, gab Nina zu bedenken. Und möglicherweise sogar belauschen, fügte sie in Gedanken hinzu.

Fabio und sie wechselten einen bedeutsamen Blick. Er schien etwas Ähnliches überlegt zu haben.

»Ich wüsste nicht, was wir tun können, außer die Polizei zu verständigen und die Augen offen zu halten«, sagte der Palmero dann. »Wir werden unsere Arbeit wie geplant fortsetzen. Wobei ich mich frage, ob es nicht sicherer wäre, wenn du vorübergehend wieder in die Pension umziehst, Nina.«

»Gute Idee.« Ingvison nickte in Ninas Richtung, und auf einmal waren alle Augen abwartend auf sie gerichtet. »Wir bleiben am besten zusammen. Ich werde mit der Wirtin sprechen, damit sie Ihnen ein Zimmer zur Verfügung stellt.«

Die Truhe. Serena, schoss es Nina durch den Kopf.

Sie schüttelte den Kopf. »Nein, ich bleibe in meinem Haus«, erwiderte sie mit Nachdruck. »Aber danke für Ihre Besorgnis, ich weiß das zu schätzen.«

»Wie Sie meinen«, versetzte der Isländer steif. »Sollten Sie Ihre Meinung ändern, geben Sie mir bitte Bescheid.«

»Das werde ich. Ich danke Ihnen«, erwiderte sie und war erleichtert, nicht auf mehr Gegenwehr gestoßen zu sein.

Kurz darauf brach das Team auf. Fabio und Ingvison wollten zur örtlichen Polizei fahren, um Anzeige zu erstatten, während die anderen für den Tag entlassen waren. Vor der Pension verabschiedeten sie sich.

»Pass gut auf dich auf, Nina. Falls es dir doch zu einsam werden sollte dort oben oder du dich fürchtest …«, sagte Jesper mit breitem Grinsen und zwinkerte verschwörerisch.

»Dann weiß ich, bei wem ich mich melden kann«, ergänzte sie und lächelte. »Vielen Dank.«

Fabios Händedruck war warm. »Ich werde auf einer Familienfeier erwartet. Meine Mutter feiert ihren sechzigsten Geburtstag. Sie wird schon nach mir suchen.«

»Alles klar, bis Montagmorgen.« Sie entzog ihm ihre Hand, doch er machte keine Anstalten zu gehen.

»Hast du morgen schon etwas vor? Ich möchte dir etwas zeigen.«

»Zeigen? Was … denn?«

Sein Lachen klang tief und verunsicherte sie noch mehr. »Um elf drüben an der Bootsanlegestelle?«, antwortete er, ohne auf ihr Stammeln einzugehen. »Ach ja, nimm deine Tauchausrüstung und festes Schuhwerk mit.«

Nina war viel zu verwirrt, um Fragen zu stellen, und nickte daher bloß.

»Okay, dann bis morgen. Arnulf wird schnell ungeduldig, wenn man ihn warten lässt.«

Der Taucher wendete sich ab, während sie wie festgewachsen auf der Stelle verharrte und auf seine sich entfernenden Schritte lauschte. Ihre Betäubung hielt an, obwohl inzwischen auch die Motorengeräusche von Ingvisons Wagen verstummt waren. Träumte sie, oder hatte sich Guantes gerade mit ihr verabredet? Himmel, sie hätte ablehnen sollen! Mit weichen Knien steuerte Nina auf ihren Geländewagen zu. Dunkle Wolken zogen über den vorher so klaren Himmel, und die Luft wurde feuchter.

Sie fuhr ins Korallenhaus und schlüpfte in Sportanzug und Turnschuhe. Auf einmal hatte sie es eilig, und nur wenige Augenblicke später stieg sie wieder in ihren Wagen und schlug den Weg zur Küste ein. Dort angekommen, stellte sie den Wagen ab und stieg aus. Das Brausen des Meeres schluckte alle anderen Geräusche, und ihr wurde etwas leichter ums Herz. Sie fiel in einen leichten Laufschritt. Wie erwartet war der Strand wie leer gefegt, denn die Touristen suchten bei den ersten Anzeichen von Regen oder Sturm das Weite.

Schwer atmend blieb Nina stehen. Der Anblick, der sich ihr bot, war geradezu dramatisch schön. Über den Ausläufern der Caldera, die sich eng an die fröhlich bunten Häuser, Restaurants und Bars schmiegten, war der Himmel pechschwarz. Möwen zogen kreischend über das schäumende Meer. Eine heftige Windbö erfasste sie jäh, und Nina stemmte sich ihr entgegen. Der aufkommende Sturm trieb feine Salzkristalle mit sich. Nina lächelte, als der Wind an ihren Haaren zerrte. Weit draußen auf dem Atlantik schlugen die Wellen höher und brachen sich mit Macht an der felsigen, nur von Wellenbrechern gezähmten Küste. Eilig räumten die Mitarbeiter der Bars und Cafés Tische und Stühle zusammen, ein Elternpaar zog seinem höchstens dreijährigen Kind eine Regenjacke über und machte sich auf den Rückweg.

Wo waren all die bezaubernden Farben geblieben, an denen sie sich sonst kaum sattsehen konnte? Die Welt um Nina herum wirkte, als würde jeder neue, heftige Windstoß das Türkis des Ozeans, die bunten Fassaden der Häuser und Boote sowie das Grün der Palmen und

Bananenpflanzen mehr und mehr in sich aufsaugen. Die Wellen schleuderten die Gischt ans Ufer, das Wasser war nun von einem dunklen Grau. Fasziniert betrachtete sie das Schauspiel und bekam eine Ahnung davon, wie mächtig die Naturgewalten mit dieser Insel zu spielen vermochten. Nina fröstelte. Als die ersten Tropfen fielen, beschloss sie umzukehren.

Es wurde Abend, und ganz allmählich fand sie zu ihrem inneren Gleichgewicht zurück. Wenngleich sie zugeben musste, dass die Verabredung mit Fabio sie fast ebenso beunruhigte wie der seltsame Drohbrief. So wenig sie begriff, was der anonyme Schreiber bezweckte, so wenig verstand sie, warum der Taucher sich mit ihr treffen wollte. Wenn doch nur das Kribbeln nachließe, das sie jedes Mal überfiel, wenn sie an den folgenden Morgen dachte.

Um sich abzulenken, holte Nina Serenas Tagebuch hervor und begann zu lesen.

Der Hund hat den Fisch mit einem Bissen heruntergeschlungen. Wie lange ich den streunenden Kerl schon durchfüttere, hat Carla mich gefragt. Aber als ich ihr alles erklärt habe, tat ihr der Bardino auch leid. Ich sagte, eigentlich geht es ihm wie uns. Ich habe ihm heute früh eine Schale mit Wasser hingestellt und ein kleines Stück Wurst dazugelegt.

An dieser Stelle hielt Nina inne und legte das Buch auf ihren Schoß. Vor ihrem geistigen Auge spielte sich die kleine Szene ab, als wäre sie in einem Kino. Sie schmunzelte, mit wie viel Zartheit das Mädchen und der Hund versuchten, sich miteinander anzufreunden.

Gestern habe ich gearbeitet, bis es dunkel geworden ist. In meinem Weidenkorb lagen nur noch ein paar kleinere Korallensträucher, aus denen ich Armbänder machen möchte. Zum Zergliedern der Sträucher braucht man viel Kraft und Fingerspitzengefühl. Weil ich wenig geschlafen habe und so müde war, ist es mir besonders schwergefallen, die Äste in die große Zange einzuspannen. Wenn sie dabei brechen, sind sie unbrauchbar, und die ganze Mühsal ist umsonst. Danach habe ich mit Carlas Hilfe die Perlen für die Rosenkränze aufgefädelt. Wenn die Götter mir wohlgesinnt sind, schenken sie mir später Töchter. Denen werde ich alles beibringen, was ich von meiner Mutter gelernt habe … und sie von ihrer.

In den Anhänger für das Amulett habe ich mit einem feinen Stichel ein viereckiges Schutzsymbol graviert und es Achamán geweiht, dem Gott des Himmels. Es ist ein mächtiges Symbol, aber leider verstehen viele Palmeros die Sprache unserer Ahnen nicht mehr. Mutter hat immer gesagt, ich hätte die Gesichtszüge wie eine aus dem alten Volk, außerdem ist meine Haut heller als die der meisten anderen. Ich weiß nicht, ob das stimmt, jedenfalls verehren Carla und ich unsere Vorfahren sehr. Weil sie freundlich und zufrieden waren mit dem, was der Boden und die Tiere ihnen geschenkt haben. Weil sie kaum Feindschaft kannten, zumindest bis die Conquistadore kamen.

Wenn ich darüber nachdenke, was die fremden Männer mit ihnen gemacht haben, werde ich traurig. Deshalb bedanken wir uns jeden Abend bei

Achamán für den Himmel, die Sonne und unser Leben. Außerdem flehen wir Iruene an, uns nicht das Grollen der Erde zu schicken. Ich finde die Symbole unserer Ahnen viel schöner, aber die meisten Kunden verlangen Amulette mit dem Bild der Madonna. Mir soll es recht sein, solange es unseren Geldbeutel füllt. Das Armband mit den corales rojos ist hübsch geworden.

Zwischen den Zeilen war die Verbundenheit des Mädchens zu seinen Ahnen förmlich mit den Händen zu greifen. Nina vermutete, dass die alten Mythologien und Lebensweisen der Guanchen in einigen Teilen der Insel noch greifbarer und bedeutungsvoller für die einfache Bevölkerung waren als der christliche Glaube.

Vater wird von vielen Leuten bewundert, weil er ein coralero ist. Mit einem Gerät, das aus einem schweren Kreuz mit vierunddreißig Netzen besteht, fährt er mit elf anderen Männern über die Bänke, um die Korallen zu ernten. Die Arbeit ist reine Plackerei, nur die Kräftigsten können das. Deshalb haben wir schon als kleine Kinder gelernt, tief zu tauchen. Carla und ich brauchen Vater und die Netze nicht.

Der Hund benimmt sich, als ob er uns bewachen will. An seinem Rücken fehlt ein Stück Fell, auf der kahlen Haut kann ich eine verschorfte Wunde erkennen. Carla meinte, mit etwas Glück könnten wir nach dem Essen noch einen Tauchgang machen. Ich habe mich gefreut, im Ozean ist es schön, dort fühle ich mich immer ganz leicht.

Ninas Blick wanderte zum Himmel, wo ein Greifvogel im Aufwind seine Kreise zog und blitzartig hinabschoss, um sich auf seine quiekende Beute zu stürzen. Als die jämmerlichen Laute verklangen, richtete die Biologin ihre Aufmerksamkeit wieder auf das Büchlein. Sie empfand das Gleiche wie Serena. In den Tiefen des Ozeans fühlte sie dieselbe Leichtigkeit – und einen Zauber, dem sie sich nicht zu entziehen vermochte. Wie Fabio.

Serena war sicher ein erstaunliches Mädchen gewesen, denn trotz der schlichten Sprache hatten ihre Gedanken etwas Tiefsinniges. Nina hatte sich schon als Fünfjährige einen Hund gewünscht. Einen kleinen Freund und Begleiter, für den sie sorgen und den sie lieb haben durfte. Aber in der Wohnung ihrer Eltern war Tierhaltung verboten. Später hatte sie ihren Wunsch schweren Herzens begraben. Meeresbiologen waren überall in der Welt gefragt, da blieb kein Platz für ein Haustier. Sie schüttelte die Erinnerungen ab und erhob sich. Die Sonne stand schon tief, und es wurde Zeit, sich um ihren vernachlässigten Haushalt zu kümmern.

KAPITEL 10

Während Nina die schmale, gewundene Serpentine zum Hafen nahm, ging ihr Fabios eigentümliches Verhalten nicht aus dem Sinn. Dieser Mann war so wechselhaft wie das Wetter und die Vegetationen seiner Heimat. Mal freundlich und warm, dann wieder abweisend und düster. Leider war eben genau das das Faszinierende an ihm und obendrein der Grund, warum sie auf seine Einladung eingegangen war. Da die Sonne schien und das Thermometer am Haus schon auf siebzehn Grad geklettert war, hatte sie sich für Shorts, eine Baumwollbluse und eine leichte Strickjacke entschieden, darunter trug sie einen Badeanzug.

Als sie am Bootsliegeplatz eintraf, sah sie Fabio auf sich zukommen. Auch er trug Shorts, dazu ein schlichtes Shirt und Sandalen. Er winkte.

»Hallo! Ich freue mich, dass du gekommen bist. Mein Gepäck habe ich schon bei Luis deponiert.«

»Luis?«

»Der Besitzer dieses Bootes dort.« Er wies auf ein schnittiges Sportboot, auf dessen Bug ein junger Mann saß, der die Beine baumeln ließ. »Ein alter Freund. Wo hast du deine Tauchsachen?«

»Im Auto.«

Gemeinsam trugen sie Ninas Ausrüstung und ihren

Rucksack ins Boot und stellten sie neben seiner Reise- und einer Kühltasche ab. Er hatte ebenfalls einen Rucksack dabei. Wozu brauchte er so viel Gepäck? Sie musterte ihn von der Seite, doch seiner Miene war nichts abzulesen.

Der junge Mann warf ihr ein fröhliches *»Buenos días«* zu, und sie erwiderte den Gruß.

»Wohin fahren wir?«, konnte sie ihre Neugier schließlich nicht länger bezähmen.

Ein Blick aus meergrünen Augen traf sie. »Lass dich überraschen.« Ohne ein weiteres Wort stieg er ins Boot und half ihr beim Einsteigen.

»He, das ist keine Antwort«, warf sie ihm entgegen und spürte, wie sich ihr Puls beschleunigte, als er grinste. »Willst du mir nicht verraten, was du vorhast? Findest du das fair?«

»Du bist doch ins Boot gestiegen, oder etwa nicht?«

Ihr ablehnendes Verhalten schien ihm nicht das Geringste auszumachen, denn er hob spielerisch beide Hände. »Keine Sorge, ich werde dich nicht entführen oder dir anderweitig etwas tun. Ich möchte dir wirklich nur etwas zeigen, okay?«

Sein Freund Luis schien sich über ihren Wortwechsel zu amüsieren, aber das war Nina gleichgültig.

»Wohin?«, beharrte sie.

Der Palmero rollte mit den Augen. »Zu einem besonderen Tauchplatz, einem Ort, den die wenigsten kennen. Zufrieden?«

Ninas Blick schweifte zu den Tauchsachen zu ihren Füßen. »Ja, in Ordnung.«

Fabio machte sich an seinem Rucksack zu schaffen und förderte eine Thermoskanne und zwei Becher zutage. »Kaffee gefällig?«

Ninas Augen weiteten sich. »Sehr gern.« Verwundert nahm sie den dampfenden, himmlisch duftenden Becher entgegen.

»Ich hatte vor einigen Jahren an der Nordsee zu tun und habe dort zu schätzen gelernt, wie man deutschen Kaffee aufbrüht«, erwiderte er leichthin. Er wandte sich um und wies auf Luis. »Mein Freund zieht mich deshalb gern auf. Er meint, echte Palmeros trinken nur *café con leche.*«

In diesem Moment startete Luis den Motor. Der Fahrtwind zerrte an Ninas Kleidung, während das Boot an Geschwindigkeit gewann und sich allmählich in nördlicher Richtung von der Küste entfernte. Ganz still stand sie da und nahm den Anblick des dunklen, felsigen Strandes von Tazacorte in sich auf. Am letzten Abend hatte sich ihr ein völlig anderes Bild geboten. Wie dieser Küstenabschnitt wohl zu Serenas Zeit ausgesehen hatte, als es noch keinen kommerziellen Tourismus gab? Der Atlantik, auf dem sie jetzt dahinglitten, musste einst eine bunte, beeindruckende Fülle an Lebensformen beherbergt haben.

Sie trank einen Schluck Kaffee. Zu ihrer Rechten tauchte der El Time auf, doch aus dieser Perspektive war lediglich die steinerne Brüstung ihres Zauberhauses zu erkennen, die vom üppigen Grün der Bananenpflanzen umschlossen wurde. Vom Boot aus betrachtet, hätte die Brüstung ebenso zum Felsen gehören können. Nina blickte dem Hügel nach, bis auch er sich ihrem Sichtfeld entzog. Sie schielte zu Fabio hinüber, der ihr den Rücken zugewandt hatte und sich mit Luis unterhielt.

Hoch aufragende Vulkanfelsen, auf denen die Evolution verschiedene Farbschattierungen hinterlassen hatte, zogen an ihnen vorüber. In der Ferne konnte Nina Menschen ausmachen, die am Strand saßen und anderen beim Schwimmen zusahen. Bald darauf tauchten vor ihnen Höhlen auf, manche so klein, dass man höchstens mit einem winzigen Boot hindurchfahren konnte, andere breit genug für einen Katamaran. Dann hielt Luis auf eine winzige Höhle zu, die sich ungefähr drei Meter oberhalb des Meeresspiegels und dicht neben einer weitaus größeren befand.

»Was ist denn das?«, entfuhr es Nina, die auf den breiten, torähnlichen Eingang wies.

Fabio, der sich zu ihr gesellte, lächelte. »Eine der cuevas bonitas, der schönen Höhlen. Gleich daneben liegt unser Picknickplatz, wenn wir unseren Tauchgang beendet haben.«

»Du willst mit mir picknicken?« Sie forschte in seinem fein geschnittenen, gebräunten Gesicht.

Der Seewind hatte ihm die Haare zerzaust.

»Natürlich nur, wenn du Lust hast, *doctora«,* antwortete er.

»Warum nicht?« Ihre Stimme zitterte leicht.

Jetzt war es ohnehin nicht mehr möglich, einen Rückzieher zu machen. Inzwischen hatte Luis den Motor abgestellt und den Anker über Bord geworfen, nun sprang er auf den höchstens drei Meter breiten Vorsprung vor dem Eingang der kleineren Höhle. Er entlud das Gepäck, die beiden Taucher folgten ihm, und Nina fand sich auf einem winzigen, mit alten, von Wind und Wasser glatt geschliffenen Steinen bedeckten Platz wieder. Sie legte den Kopf in den Nacken und schaute hoch. Das wie ein Sonnensegel geformte Lavagestein über ihnen spendete wohltuenden Schatten. Sie konnte nicht anders, sie musste das graue, von der Sonne erwärmte Gestein einfach berühren.

»Beeindruckend, oder? Die Höhlen sind vor Millionen von Jahren entstanden, die Feuer speienden Vulkane haben sie förmlich ausgespuckt, und unsere Vorfahren haben sie lange Zeit bewohnt. In den Sommermonaten entfalten sie ihre ganze Schönheit. Wer weiß, vielleicht kann ich sie dir dann zeigen«, warf Fabio ein.

Nina konnte sich nur schwer von dem Zauber des idyllischen Versteckes lösen. »Es ist fantastisch hier, fast schon irreal.«

Sie kannte die Vulkanhöhlen von anderen Forschungen, allerdings nur aus der Ferne, denn sie hatte bisher nie die Gelegenheit gehabt, sie zu betreten. Glatt fühlte sich das Gestein an – und uralt.

»Niemand weiß, wie lange dieser Platz schon existiert«, erklärte er, der ihrem Blick gefolgt war. »Aber die Steine am Boden sind sicher älter als zweihundert Jahre. Ich vermute, dass Fischer diesen Ort in der jüngsten Vergangenheit genutzt haben, vielleicht auch der eine oder andere Einsiedler.«

Fabio trat auf seinen Freund zu. »Kannst du uns so gegen vier wieder abholen, Luis?«, hörte Nina ihn in weichem Spanisch fragen.

»Ja, kein Problem«, erwiderte dieser. »Sei nett zu der Blondine. Sie ist heiß.«

Nina drehte den Männern den Rücken zu, um das Grinsen zu verbergen, das um ihre Mundwinkel zuckte. Als sie sich wieder gefasst hatte, streckte auch sie Luis die Hand entgegen und dankte ihm. Wenig später sahen Fabio und sie zu, wie der junge Mann den Motor startete und das Boot sich allmählich vom Ufer entfernte.

Nur das leiser werdende Motorengeräusch durchschnitt die einsetzende Stille zwischen ihnen.

»Weshalb bin ich wirklich hier, Herr Kollege?«

Er zuckte mit keiner Wimper. »Du bist eine verdammt harte Nuss, *doctora*. Hat dir das schon mal jemand gesagt?« Er wich nicht zurück, verschränkte aber die Arme vor der Brust.

»Unzählige Male«, erwiderte sie ungerührt. »Also?«

»Na schön«, gab er sich geschlagen, holte eine Decke und zwei Kissen aus der Reisetasche, legte alles auf den Boden und machte eine einladende Handbewegung. »Mach es dir bequem.«

Nachdem sie Platz genommen hatten, setzte er eine zerknirschte Miene auf. »Ich wollte dir meinen Lieblingsplatz und später einen ganz besonderen Tauchort zeigen und gemütlich mit dir essen, bevor ich dir private Fragen stelle, die mir eigentlich nicht zustehen.«

Nina konnte nicht umhin – ihr gefiel das kleine Spielchen zwischen ihnen. Sie setzte sich in den Schneidersitz und richtete den Blick aufs Meer. »Versuche es ruhig.«

»Jesper hat mir verraten, wo du wohnst. Ich habe ihn natürlich aus reiner Neugier gefragt.«

»Ja, und?« Sie wandte sich ihm zu.

»Um dieses Haus ranken sich eine Menge Geschichten. Alte Geschichten, um es genauer zu sagen.«

Sie erstarrte mitten in der Bewegung. »Tatsächlich?«

Guantes nahm die Becher, die er neben der Decke abgestellt hatte, füllte sie erneut und reichte ihr den Kaffee.

»Dieses Haus umgibt eine ganz besondere Aura, heißt es. Die Einheimischen unten im Ort haben uns Kindern oft davon berichtet. In der Nähe des Hauses sollen einst

Piraten gelebt haben. Wilde Kerle, die sich dort vor ihren Feinden versteckten, ihre blutigen Siegestrophäen auf Stöcke steckten, mit Herzen, die von Habgier und Kaltblütigkeit erfüllt waren. Das muss gut dreihundert Jahre her sein. Seither, so erzählen es die Legenden, beschert dieser Hügel allen Bewohnern nur Unglück.«

In ihrer Fantasie formte sich das Bild eines Mädchens, das vor einer Hütte saß und im trüben Morgenlicht in ein Büchlein schrieb. Nina lachte heiser. »So ein Blödsinn! Du gibst hoffentlich nichts auf diesen Aberglauben?« Hart stellte sie ihren Becher auf dem Boden ab. Als er nicht antwortete, musterte sie ihn. Schmale Lichtstreifen fielen durch den Eingang und warfen helle Muster auf sein Gesicht. »Fabio? Das ist nicht dein Ernst, oder?«

»Doch«, erwiderte er, und in diesem Moment wirkte er beinahe verlegen. »Außerdem wirst du in meiner Heimat niemanden finden, der diese Berichte für Unfug hält.« Seine Miene nahm einen abwesenden Ausdruck an, und in seiner Stimme schwang etwas mit, das ein Kribbeln auf ihrer Haut verursachte. »Unsere Vorfahren und die Mächte der Natur auf unserer Insel lehren uns täglich aufs Neue, wie wenig wir über ihre Geheimnisse wissen.«

Plötzlich beugte sich Fabio zu ihr herüber und hob ihr Kinn. Kleine goldene Punkte schimmerten in seiner Iris, und der herbe Duft seines Aftershaves umwehte ihre Nase. Sie wollte von ihm abrücken, ihm entgegenschleudern, dass er sich in allem irrte. Aber sie konnte es nicht, obwohl sich die alten Steine schmerzhaft in ihre Haut bohrten und er ihr viel zu nahe war. Wie festgewachsen kam sie sich vor, während sie seine Worte auf sich wirken ließ. »Was hat das bitte schön mit mir zu tun? Willst du mich etwa vor dem Haus warnen?«

»Genau genommen, ja.«

Als sie ihm ins Wort fallen wollte, hob er eine Hand. »Alles klar. Wir sind Wissenschaftler und wollen immer für alles eine Erklärung finden. Ich bitte dich bloß, vorsichtig zu sein. Nur für den Fall, dass an den Geschichten doch etwas dran ist.«

»Machst du dir etwa Sorgen um mich?«, flüchtete sie sich in den altbewährten Spott. »Das soll ich dir abnehmen? Warum bist du auf einmal so freundlich zu mir? Was hat diesen Sinneswandel verursacht, wo du vorher keine Gelegenheit ausgelassen hast, mich herablassend zu behandeln?«

Seine Lippen verzogen sich zu einer schmalen Linie. Er umfasste ihre Schultern und zwang sie, ihn anzusehen. »Ich könnte dir dieselbe Frage stellen. Wie kann jemand so bissig und gleichzeitig so empfindsam sein, sich von der Schönheit meiner Heimat verzaubern zu lassen und dabei zuweilen sogar die Arbeit zu vergessen?«

Erschüttert starrte Nina ihn an.

Guantes lachte leise, ohne sie loszulassen. »Hat es dir die Sprache verschlagen? Siehst du, auch das ist ein neuer Zug an dir. Wo ist deine Schlagfertigkeit geblieben?«

Auf einmal lag seine Hand an ihrer Wange. Ganz zart und nur einen Herzschlag lang, dann zog er sie wieder zurück. Die Wärme seiner Finger spürte sie jedoch immer noch auf der Haut.

»Wahrscheinlich ist es die Arbeit, die mich verändert. Außerdem macht mir die Sache mit dem Drohbrief nach wie vor zu schaffen«, antwortete sie ausweichend und wandte ihr Gesicht dem Ozean zu.

Kleine Schaumkronen tanzten auf den Wellen und umspülten das Felsufer im immer selben Rhythmus.

»Ach, komm schon!«, riss Fabio sie aus ihren Betrachtungen. »Damit kann es nur bedingt zu tun haben, denn das ist eine neue, wenn auch bedenkliche Entwicklung. Wir haben den Vorfall der Polizei gemeldet, und sie haben uns zugesichert, sich darum zu kümmern. Jetzt können wir nur abwarten. Es muss noch mehr geben, was dich beschäftigt.«

Nina horchte auf seine Stimme, in der zunächst eine gewisse Härte mitschwang, ehe sie weicher wurde, und sie streckte den Rücken durch. Sie konnte sehen, wie es in seinem Gesicht arbeitete. Sein Blick senkte sich in ihren.

»Ob du es glaubst oder nicht, ich mache mir tatsächlich Gedanken um dich. Versprichst du mir, vorsichtig zu sein? Ansonsten stehe ich demnächst vor deiner Tür und hole dich eigenhändig ab, um dich zurück in die Pension zu bringen.«

Der Mann war unverschämt, anmaßend und über alle Maßen verwirrend. Dennoch tat ihr seine offensichtliche Besorgnis gut.

»Okay, ich passe auf, versprochen. Aber wolltest du mir nicht noch diesen besonderen Tauchplatz zeigen, oder hast du es dir anders überlegt?«

»Keineswegs. Ziehen wir uns um.«

KAPITEL 11

Die beiden Taucher zogen ihre Neoprenanzüge an und schnallten die Pressluftflaschen auf den Rücken. Dieses Mal hatte Fabio seine Kameraausrüstung nicht dabei. Auf Ninas fragenden Blick hin wies er abwärts. »Wir können direkt von der Höhle hier springen. Wir schwimmen ungefähr sieben oder acht Meter nördlich, dort tauchen wir dann ab. Mach dich auf einiges gefasst.«

Nina nickte und sprang ihm nach kurzem Zögern hinterher, bis sie die betreffende Stelle erreichten und die Tauchermasken aufsetzten. Er gab ihr ein Zeichen, dicht hinter ihm zu bleiben, sie nickte und tauchte ab in die Tiefe.

Dieser Ort schien nicht ungefährlich zu sein, denn die Sicht war extrem trüb, und es konnten jederzeit scharfkantige Formationen aus Lavagestein vor ihnen aufragen. Fünfzehn Meter Meerestiefe zeigte Ninas Messgerät an, als Fabio ihr zuwinkte. Gleich darauf sah auch sie es, zu ihrer Linken, keine zehn Meter von ihnen entfernt. Bei dem Anblick glaubte sie plötzlich, das Herz müsse ihr stehen bleiben. Sie befand sich direkt vor einem Korallenfriedhof. An den Ausläufern mächtiger Felsen streckten leblose Stöcke von Blumentieren ihre dürren, abgebrochenen Äste in die seichte Strömung. Der Boden war mit Überresten unzähliger Korallen übersät. Nicht ein einziges Hälmchen des buschigen Seegrases war zu erkennen, nicht der Hauch einer Bewegung in der Strömung. Keine Fische, kein Leben.

An dieser Stelle wirkte der Meeresboden, als wäre eine Walze darüber hinweggefahren, um alles, selbst den letzten Rest Leben im Keim zu ersticken. Stattdessen entdeckte Nina beim Näherkommen eine Ansammlung von skurrilen menschlichen Hinterlassenschaften. Zwischen den Überresten der Korallen lagen mehrere zerbeulte Benzinkanister, Glasflaschen in allen Größen, ein Stiefel sowie das verrostete Gestell eines Klappstuhls. Nina und Fabio wechselten einen bedeutungsvollen Blick. Ein kalter Schauer überlief sie, während sie den Müll mit spitzen Fingern beiseiteschob. Eine kleine Gruppe Napfschnecken kam zum Vorschein, die sich vermutlich vor räuberischen Wellhornschnecken versteckten.

Nina tastete nach einigen Resten von skelettartigen Verästelungen verschiedener Korallenarten und Seeanemonen. Mein Gott, dachte sie und spürte, wie ihr das Entsetzen in die Glieder kroch. Die kümmerlichen Überbleibsel genügten, damit sie sich ein Bild davon machen konnte, wie wundervoll farbenfroh und voller Leben es hier unten einst ausgesehen haben musste. Fabio stieß sie sanft an, nahm ihre Hand und zog sie von dem Ort des Schreckens fort. Nur wenige Meter weiter, nachdem sie eine Schlucht umrundet hatten, tat sich ihnen eine andere Welt auf, zeigte der Ozean seine lebendige, pulsierende Fülle.

Fabio wies nach oben. In Nina wurde es augenblicklich still, Ehrfurcht ergriff sie. Über ihnen schwamm eine ungefähr zwanzig Individuen zählende Gruppe von Rauzahndelfinen, darunter einige Halbwüchsige, die mit den ausgewachsenen Tieren ausgelassen herumtollten und dabei offensichtlich das Jagen von den Alten erlernten. Gab es etwas Ergreifenderes, als diese verspielten und freundlichen Wesen zu beobachten? Ninas Herz wurde weit, sie konnte den Blick nicht von den Delfinen abwenden. Das jüngste Tier schätzte sie auf ein knappes Jahr, und es war bereits wieder Paarungszeit. Bald würden sich die Delfinkühe von der Gruppe absondern, um sich von den Männchen umgarnen und ausgiebig liebkosen zu lassen.

Lebhaft erinnerte sich Nina an ein Praktikum, das sie in einem renommierten Tierpark mit Spezialisierung auf die Zucht von Delfinen absolviert hatte. Die Bilder von damals zogen an ihrem inneren Auge vorbei. Spürten die Tiere die Verbundenheit, die sie zu den Meeresbewohnern empfand? Jedenfalls schien eins der ausgewachsenen Weibchen die beiden Taucher bemerkt zu haben und schwamm neugierig mit zur Seite geneigtem Kopf auf die Biologin zu. Die dunklen Augen der Delfindame drangen in ihre, fixierten sie. Dann begann das Tier, sie zu umkreisen.

Unwillkürlich tastete Nina nach Fabios Hand. Die Zeit stand still, schien wie die Taucher den Atem anzuhalten. In der jungen Wissenschaftlerin breitete sich Freude aus, und sie ließ die ausgiebige Musterung der Delfindame geduldig über sich ergehen. Damals im Praktikum hatte sie Verhaltensforschung an den Meeressäugern betrieben, berührt hatte sie die Tiere jedoch nie, was sie oft bedauerte. Wie sich die Haut der Delfinkuh wohl anfühlte? War sie warm und zart oder glatt und kühl? Sie streckte die Hand nach dem eleganten Tier aus, aber schon im nächsten Augenblick machte die Delfindame kehrt und schwamm zu ihren Artgenossen zurück. Nina sah der Gruppe noch eine Weile zu und riss sich nur widerwillig von dem friedlichen Anblick los. Es wurde Zeit zum Auftauchen, der Sauerstoff ging allmählich zur Neige.

Bis die Taucher die Felsenhöhle erreichten, war mehr als eine halbe Stunde vergangen. Ohne ein Wort entledigten sie sich ihrer Ausrüstung und schlüpften in Shorts und Shirts. Alles in Nina war in Aufruhr, und ihr gelang es kaum, die Fülle an Eindrücken und Empfindungen zu ordnen, während sie sich die Haare trocknete. Dann legten sie sich nebeneinander auf die Decke und hingen ihren Gedanken nach. Die Arme unter dem Kopf verschränkt, schloss Nina die Augen und lauschte auf das Meeresbrausen und den Wind, der singend am Eingang der Höhle widerhallte.

Serenas Tagebuch mit all seinen Geheimnissen, der Drohbrief, der tief in ihr eine nie gekannte Furcht auslöste, das leblose Fleckchen Felsen, der mit Müll übersäte Meeresboden und nicht zuletzt das Erlebnis mit den Delfinen, verbunden mit dem verwirrenden Gefühl von Fabios Hand in ihrer. Wie sollte sie sich da noch auskennen? Unauffällig wischte sich Nina über die feuchten Wangen.

Es war zu spät, Fabio hatte ihre Tränen längst bemerkt und stützte den Ellenbogen auf.

»Das war es, was ich dir zeigen wollte, *doctora.* Der Tod und das Leben, beides eng miteinander verknüpft. Es gibt das eine nicht ohne das andere. Alles, was geboren wird, muss eines Tages vergehen. Wo derzeit noch Fülle, Licht und Leben herrschen, können im nächsten Moment Sandwüsten entstehen.«

Nina blinzelte. »Aus dir wird eines Tages noch ein

richtiger Philosoph, Herr Kollege«, gab sie ein wenig heiser zurück. »Wozu schüttest du diese Weisheiten über mir aus?«

Er rückte näher. »Was du dort unten gesehen hast, ist ein gutes Beispiel für diese Gesetzmäßigkeiten. Auf der einen Seite der von Schleppnetzen zerstörte und verdreckte Meeresboden und ganz in der Nähe das pure Leben. Wie schön, dass die Delfine uns Gesellschaft geleistet haben, nicht wahr?«

»Es war bezaubernd«, sagte sie und setzte sich auf.

Er umfasste ihre Schultern. »Nicht nur das! Das ist der Grund, warum ich tue, was ich tun muss. Weil es Hoffnung gibt, verstehst du?« Seine Stimme nahm einen beschwörenden Klang an. »Obwohl die Schäden und die Verschmutzung der Meere drastisch zunehmen, hat die Natur bisher jedes Mal einen Weg gefunden, um sich anzupassen und zu regenerieren. Sie kämpft, wie auch wir kämpfen müssen!« Er verstärkte seinen Griff. »Wenn wir kämpfen wollen, dürfen wir uns nicht verunsichern lassen. Auch nicht von ein paar Verrückten, die uns Angst einjagen möchten. Es ist verdammt schwer, die eigene Wut oder Ohnmacht im Zaum zu halten, während wir arbeiten. Aber diese Gefühle beeinflussen unsere Urteilskraft. Sie lassen uns zögern und am Erfolg unserer Forschungen zweifeln. Zweifelst du, Nina?«

»Nein, natürlich nicht! Wäre ich sonst hier?« Sie atmete tief ein und vermied es, ihn anzusehen.

»Ja, du bist hier«, flüsterte Fabio und strich ihr kaum spürbar über das noch immer feuchte Haar. Diese winzige Berührung, so zart, brach etwas in ihr auf, und erneut verschwamm die Sicht vor ihren Augen. »Und ich bin froh darüber«, fügte er hinzu.

Sie wusste nicht, was sie darauf entgegnen sollte. Damit er nicht bemerkte, wie sehr seine Zärtlichkeit sie aufwühlte, richtete sie ihre Aufmerksamkeit auf eine Eidechse, die zwischen einigen größeren Felsbrocken umherlief und gleich darauf in einem Spalt verschwand.

»Was ich mit alldem sagen wollte«, nahm Fabio den Gesprächsfaden nach einer Weile wieder auf, »wir brauchen deine Hilfe. Ich brauche deine Hilfe. Deshalb wollte ich dich treffen, um dir diesen Platz hier zu zeigen.« Irgendwie wirkte er auf einmal verlegen. »Zugegebenermaßen habe ich auch nach einer Gelegenheit gesucht, um ungestört mit dir reden zu können. Ach, das überrascht dich jetzt, stimmt's?«

»Ja, ich frage mich, was das alles soll. Wozu der Aufwand? Ich meine, du hättest mir das alles auch neulich in der Bar …«

»… erzählen können?«, vervollständigte er ihren Satz. »Nein, du wärst mir bloß ausgewichen.« In Fabios Augen trat ein Funkeln. »Hier kannst du es jedoch nicht, Bella.«

Nina knirschte mit den Zähnen. »Was willst du von mir hören?«

»Ich möchte wissen, warum sich eine hübsche Frau wie du vom Team absondert und in der Einsamkeit vergräbt.«

Sie beobachtete einen kleinen Singvogel, der unmittelbar vor ihren Füßen zwischen den spärlichen Halmen und Pflänzchen im Gestein nach Insekten suchte, und befeuchtete ihre Lippen. »Hattest du mir nicht ein Picknick versprochen?«

»Das hätte ich mir denken können«, sagte der Taucher. »Frau Doktor hüllt sich weiterhin in Schweigen.

Na schön, ich gebe zu, dass ich auch allmählich Hunger bekomme.«

Er stand auf, ging zu der Reisetasche, holte eine säuberlich gefaltete Tischdecke hervor und breitete sie vor ihnen aus. Aus der Kühltasche kramte er kaltes, himmlisch nach Kräutern und Knoblauch duftendes Hühnerfleisch, in Stücke geschnittene Brotfladen sowie einen kleinen Behälter mit Tomaten, Oliven und Plastikgeschirr hervor. Zuletzt förderte er noch eine Flasche Fruchtsaft und zwei Gläser zutage.

»Das hast alles *du* vorbereitet?«, wollte Nina staunend wissen.

»Na ja, bis auf das Fleisch«, räumte er mit einem entschuldigenden Lächeln ein. »Das habe ich heute früh von Señora Diaz erbettelt, nachdem ich mich mit Arnulf zum Frühstück getroffen habe. Sie ist eine Schulfreundin meiner Mutter und kennt mich von Kindesbeinen an.«

Nina konnte sich ein Schnauben kaum verkneifen. Die Pensionswirtin hatte eine Schwäche für den Taucher, das war ihr im Laufe der letzten Wochen schon mehrmals aufgefallen. Welche Frau lockte er nicht wie eine Spinne in sein Netz? Nur zu gut konnte sie sich vorstellen, wie die Szene zwischen Fabio und der Wirtin abgelaufen war. So ungern sie es sich auch eingestand, es war gar nicht so einfach, seiner Ausstrahlung und dem Lächeln zu widerstehen, das, wenn er sich Mühe gab, selbst Eis zum Schmelzen brachte. Nina nahm einen Teller entgegen, füllte ihn großzügig und begann zu essen.

Als sie fertig waren, lauschten sie den Geräuschen der Natur. Der Wind strich wärmend über Ninas Haut, und kleine Wolken zogen träge über den Himmel. Über ihnen drang der unverwechselbare Laut sich nähernder Flügelschwingen an ihr Ohr, und sie legte den Kopf in den Nacken. Auf einem mächtigen, vom Meer umspülten Felsen ließ sich ein Berberfalke nieder und putzte ausgiebig sein helles Federkleid mit den gräulichen Flügeln.

»Bis vor zwei Jahren war ich neben meinem Job noch Leistungssportler und habe als Apnoetaucher bei internationalen Meisterschaften mitgewirkt … ziemlich erfolgreich sogar«, unterbrach Fabio ihre Beobachtungen.

Nina lugte zu ihm hinüber. »Tatsächlich?«, tat sie verblüfft. Schließlich musste er nicht erfahren, dass sie das längst wusste.

»Oh ja, ich war völlig besessen von diesem Rausch, mich und meine eigenen Grenzen auszutesten. Immer tiefer, immer weiter, immer schneller. Von einem zum nächsten Wettbewerb bin ich gehetzt, habe trainiert wie ein Verrückter. Ich wollte um jeden Preis eines Tages den verdammten Weltrekord brechen. Ruhe habe ich mir nur selten gegönnt, und wenn doch, bin ich hierhergekommen. An diesem Platz fühle ich mich dem Himmel und dem Meer am nächsten.«

»Ist es dir gelungen? Hast du den Rekord gebrochen?«

»Nein, ich hatte einen Unfall, keine fünf Meilen von hier.«

»Was ist passiert?«

Fabio schenkte ihnen Saft nach. »Ich war unvorsichtig.«

»Du?«, entgegnete Nina entgeistert. »Das kann ich nicht glauben! Du bist doch die Ausgeburt der Vernunft, wenn es ums Tauchen geht!«

Er lachte. »Mag sein. Nur wenn es um das eigene Ego geht, pfeift man schneller auf alle Vorsichtsmaßnahmen, als du dir vorstellen kannst.« Sein Blick verlor sich in der Ferne, an einem Punkt irgendwo am Horizont. Licht und Schatten spielten auf seinem Gesicht, verstärkten noch den Eindruck von Düsterheit, gepaart mit einem Hauch von Sensibilität. »Du hast bestimmt schon mal von diesem Rausch gehört, dem besonderen Kick, von dem vor allem Marathonläufer oft berichten, oder? Trotz aller Anstrengungen gerät man in eine Art Glückstaumel.« Er verzog spöttisch den Mund. »Wissenschaftlich betrachtet wird er natürlich nur durch den Ausstoß von Adrenalin ausgelöst.«

Nina nickte, denn sie kannte dieses Gefühl von ihrem Lauftraining.

»Bei mir hat es sich allerdings nicht auf einen dieser üblichen Kicks beschränkt. Wenn ich da unten war … wurde ich manchmal eins mit dem Meer. Ich fühlte mich wie ein lebendiger Teil einer unwirklichen, zauberhaften Welt, in der es weder Zeit noch Raum oder Grenzen gab. Anders lässt es sich nicht beschreiben.« Fabio grinste schief. »Ist es verständlich, was ich erzähle, oder erklärst du mich jetzt für verrückt?«

»Das entscheide ich später«, erwiderte Nina trocken, während die Bilder von Serenas Tauchgang wieder vor ihr abliefen.

»Na schön. Eines Morgens war ich mit meinem Kumpel Joe hier vor Ort, um gemeinsam für die anstehenden Meisterschaften zu trainieren«, fuhr er fort. »Ich konnte es kaum erwarten, wieder abzutauchen. Ich ging tiefer, immer tiefer. Joe warnte mich, aber ich ignorierte es, denn meine Sucht nach diesen besonderen Momenten, in denen ich jene Einheit verspürte, beherrschte längst mein ganzes Denken. Plötzlich stellte sich der Rausch ein, intensiver als je zuvor. Ich sah und erlebte Dinge … Dinge, für die es keine Worte gibt, um sie auch nur annähernd zu beschreiben.«

Völlig gefangen von Fabios Bericht, schlug Ninas Herz schneller. Sie tastete nach ihrem Rucksack, den sie gegen die Wand aus Lavastein gelehnt hatte, und entnahm ihm eine große Tafel Schokolade mit ganzen Nüssen. Sie öffnete die Verpackung und reichte sie ihm wortlos. Der Palmero betrachtete die süße Versuchung und bediente sich.

Nina wischte sich mit einem Tuch über die Lippen. »Welche Dinge meinst du?«

Er hustete und tastete nach einem weiteren Schokoladenstück. »Meereslebewesen, die längst nicht mehr im Atlantik leben. Ein Geräusch, das einem tiefen, gleichmäßigen Herzschlag gleichkam und überall im Ozean zu hören war. Felsformationen wie diese hier, die mit roten Zeichen und Symbolen bemalt waren. Kleine Gestalten, die wie ich tief in der See schwammen. Ich konnte sie nur schemenhaft erkennen, aber sie waren da!« Er legte sich auf den Rücken, streckte die langen Beine von sich und starrte in den Himmel. »Halluzinationen. Phantome. Wie auch immer du es bezeichnen willst. Es dauerte alles nur wenige Augenblicke, aber …«

Plötzlich war sie selbst wieder unten im Meer. Kleine braune Arme, die sich an einem Korallenstock zu schaffen machten. Nackt und ohne Scham.

»Dennoch ist es dir real vorgekommen, nicht wahr?«, flüsterte sie.

»Ja«, erklärte er schlicht. »Obwohl es komplett verrückt klingt. Ich bin wohl zu weit gegangen und habe kurz das Bewusstsein verloren. Gottlob hat Joe es sofort bemerkt und mich an Land gebracht. Er tobte vor Wut, immerhin habe ich mit meinem Leichtsinn auch sein Leben aufs Spiel gesetzt. Noch lange Zeit danach hat er nicht ein einziges Wort mehr mit mir gewechselt. Inzwischen sind wir wieder Freunde.«

Nina schwieg. Was hätte sie auch erwidern sollen? Schließlich wusste Fabio selbst, wie unverantwortlich sein Verhalten gewesen war.

Eine ganze Weile hingen die beiden ihren Gedanken nach. Als Nina die Lider öffnete, erschrak sie, denn Fabio hatte sich aufgesetzt und musterte sie aufmerksam.

»Wie … wie lange starrst du mich schon an?«

»Oh, ein wenig. Jedenfalls lange genug, um dein Mienenspiel zu beobachten. Ehrlich gesagt warte ich auf deinen vehementen Protest. Auf eine rationale Erklärung, welche Botenstoffe nicht rechtzeitig zum Hirn transportiert wurden und dadurch diese Erscheinungen in mir ausgelöst haben.«

Nina wandte den Kopf und griff nach ihrem Saftglas, um ihre Finger zu beschäftigen.

»Sieh mich an, *doctora*! So ist es recht! Ich warte darauf, dass du mir sagst, dass ich ein hirnverbrannter, leichtfertiger Idiot bin. Doch du bleibst stumm, was dir überhaupt nicht ähnelt.« Er rückte näher, so nahe, dass sie die hellen Punkte in seinen Augen sehen konnte. »Jetzt will ich wissen, warum!«

Nina wollte ihm ausweichen, aber er hielt sie fest. Sie öffnete schon den Mund, als sie das Motorengeräusch eines Bootes hörte. Nie zuvor hatte sie sich so sehr über Lärm gefreut wie in diesem Moment. Fabio, der seinen Blick noch immer in ihren gesenkt hielt, murmelte kaum hörbar einen rüden spanischen Fluch.

»Das scheint dich wohl zu freuen. Aber glaub mir, Nina, früher oder später komme ich hinter dein Geheimnis.«

Inzwischen rief Fabios Freund ihnen einen fröhlichen Gruß entgegen und warf den Anker.

»Wie selbstsicher du bist, Herr Kollege«, spottete Nina und ließ ihn stehen, um mit Luis, der soeben an Land ging, ein paar Worte zu wechseln.

Ihre Sachen waren schnell verstaut, auch der Müll war im Nu beseitigt. Währenddessen verstrickte Luis sie in eine unverfängliche Unterhaltung über das Wetter und die neuesten Meldungen über die vulkanischen Aktivitäten auf El Hierro.

Bald darauf hatten sie den Hafen von Tazacorte erreicht. Die beiden Taucher bedankten sich bei ihrem Bootsführer und entluden das Gepäck. Auf Fabios Frage, ob er ihr beim Beladen des Wagens behilflich sein könne, verneinte sie. Als er sie kurz an sich zog, hielt Nina ganz still. Sie sollte sich wehren, konnte es jedoch nicht, zu verlockend war es, seine Arme um die Taille zu spüren. Als er sie freigab, atmete sie hastig und reichte ihm die Hand.

»Vielen Dank für den interessanten Tag und das gute Essen, Fabio. Bis Montag dann.«

Sie spürte seinen Blick im Rücken, als sie sich umdrehte und auf den Parkplatz zusteuerte. Sie setzte sich ins Auto und machte sich mit einem Lächeln in den Mundwinkeln auf den Weg nach Hause.

Wie, fragte sich Nina, sollte sie in fünf Monaten ihr altes Leben in München wieder aufnehmen, ohne dieses Bild zu vermissen? Quellwolken zogen über den Himmel, sammelten sich über den schroffen Felsen der Caldera und vertrieben jenes reine, intensive Blau, das sich auch an der schäumenden Wasseroberfläche des Atlantiks wiederfand. Und wie sollte sie es ertragen, Fabio nie wieder so nah sein zu können?

Ihre Gedanken kehrten zu den Enthüllungen des Palmeros und dem gemeinsam verbrachten Tag zurück. Wenn sie seine Erzählungen richtig deutete, musste es sich bei den Felsmalereien, die er gesehen haben wollte, um die der Guanchen gehandelt haben. Ob die Gestalten, von denen Fabio gesprochen hatte, auch in jene ferne Zeit gehörten? War es möglich, im Rauschzustand so etwas wie einen Blick in die Vergangenheit zu werfen? Nina schüttelte den Kopf. Der Gedanke war absurd, aber hatte nicht auch sie ähnliche Erfahrungen gemacht?

Die Schreie der Seevögel vermischten sich mit den heiseren Rufen von Krähen. Um welche Beute die Tiere auch stritten, sie taten es unerbittlich. Nina hatte nie verstehen können, wie die Geräusche der Natur, und seien sie noch so lautstark, anderen Menschen auf die Nerven fallen konnten. Für sie gab es kaum etwas Schöneres als einen freien Sonntagvormittag, an dem sie Muße hatte, auf den Wind und die Laute der Tiere zu lauschen. Aber in den Blumenkästen spross Unkraut, außerdem wollte sie am Abend eine gemütliche Stunde in der Badewanne verbringen.

Kaum war sie in ihre Sandalen geschlüpft, hörte sie ihr Handy klingeln. Offensichtlich hatte sie es am Tag zuvor im Rucksack gelassen. Sie öffnete den Reißverschluss, schüttelte den Inhalt auf den Boden und griff zum Telefon.

Es war Mrs. Campbell, die sich nach ihrem Befinden erkundigte. Ob sie noch etwas brauche und mit der Einsamkeit zurechtkomme. Nina versicherte ihr daraufhin, dass sie sich in ihrem Heim wohlfühlte. Während die Vermieterin ihr von dem Plan berichtete, das Haus technisch auf den neuesten Stand zu bringen, betrachtete sie die vielen weiblichen Utensilien auf dem Boden und stutzte. Dazwischen lag eine in dezentem Grün gehaltene Visitenkarte. Nina bückte sich und hob sie auf.

»Ja, ich würde mich freuen, Misses Campbell«, murmelte sie ins Telefon. »Nächste Woche? Gern, aber bitte erst nach siebzehn Uhr … Wunderbar … Vielen Dank für Ihren Anruf, auf Wiederhören.«

Es klickte. Ungläubig starrte Nina, das Handy noch immer in der Hand, auf den nüchternen Schriftzug der Visitenkarte. Fabio Guantes, stand da in klaren, schnörkellosen Lettern und darunter eine Adresse. Calle Trasera 8, Tazacorte, eine Zeile tiefer eine örtliche Telefonnummer. Er musste ihr die Karte auf dem Boot in den Rucksack gesteckt haben. Mit einem Lächeln auf den Lippen legte Nina sie in ihr Portemonnaie. Wenn er glaubte, sie würde die Karte je benutzen, irrte er. Gut gelaunt machte sich Nina ans Werk.

Zwei Stunden später war das Unkraut beseitigt, und Nina betrachtete hochzufrieden ihre Arbeit. Auf den Bougainvilleen saß ein Schmetterling und trank Blütennektar. Träge geworden, gönnte sie sich eine Stunde im Liegestuhl und döste in der Mittagssonne. Bald darauf schlug sie Serenas Tagebuch auf. Wie zart die Schrift des Mädchens war.

In mir ist Nacht. Alles um mich herum ist schwarz wie Tinte, die Hütte, das Gras und das Meer. Ich hasse das Meer, und ich hasse mich. Carla ist tot.

Nina erstarrte. Das Tagebuch fiel ihr aus der Hand und landete zu ihren Füßen. Sie beugte sich hinunter und hob es auf, um den letzten Satz abermals zu lesen. Mit fliegenden Fingern blätterte sie um. Verdammt, wo hatte sie nur ihre Lupe gelassen? Fluchend lief Nina durch die Räume, bis sie das Lesegerät schließlich im Koffer fand, und eilte auf die Terrasse zurück. Während ihr Blick über die nächsten Zeilen flog, schienen alle Laute um sie herum zu verstummen.

Steif und kalt liegt sie in dem Sarg. Vier Tage ist es schon her, aber ich konnte es vorher nicht aufschreiben. Ich dachte, wenn ich es tue, wird es auf einmal wahr und bleibt kein böser Traum. Und ich will nicht, dass es wahr ist.

Nie werde ich ihre Augen vergessen. Ganz weit aufgerissen waren sie. Carla hatte Angst, als sie gestorben ist. Ich bin zu spät gekommen.

Himmel! Ninas Kehle war plötzlich wie ausgedörrt, aber ihr fehlte die Kraft aufzustehen, um sich etwas zu trinken zu holen. Beinahe körperlich war der Schmerz, der sie ergriff. Ihr Herz hämmerte im gleichen Takt, wie Serenas es einst getan haben musste.

Wir sind getaucht. Carla wollte am Eingang von der cueva, die wir Drachenschlund nennen, ein paar von den roten Schönheiten holen. Sie sagte, sie wären besonders stark und gut geeignet, um Ketten daraus zu machen. Ich bin tiefer getaucht als sie, weil ich am Fuß einer Schlucht meine Lieblinge entdeckt habe, die belleza negra. Aber sie waren zu klein. Ich bin aufgestiegen, um meiner Schwester zu helfen. Ich konnte es nicht glauben! Ihre schönen langen Haare hatten sich in dem Lavagestein verfangen. Sie sahen aus wie Fäden, Carla hing daran und hat wild gezappelt, als wäre sie eine Marionette. Mit aller Kraft habe ich an ihren Haaren gezerrt.

Ihr Blick, oh weh, ihr Blick. Ich konnte sie nicht befreien und musste ihre Haare mit meinem Messer abschneiden. Dann habe ich ihr einen Arm um die Taille gelegt und bin mit ihr hoch. So schnell, dass mir ganz schwindelig wurde. Ich kann mich bis heute nicht erinnern, wie wir an Land gekommen sind. Als ich wach geworden bin, juckte die Haut an meinen Händen und Beinen, und alle Knochen taten mir weh.

Carla. Bleich lag sie neben mir, die Augen zum Himmel gerichtet, als würde sie da etwas suchen. Ich habe ihren Namen gerufen, sie geschüttelt, geschrien. Immer wieder, bis ich heiser war. Ihre Lippen waren so blau, sie musste doch frieren. Deshalb habe ich sie mit meinem Körper gewärmt. Es hat nichts genützt. Irgendwann habe ich ihr eine Decke über den stillen Leib gelegt und bin ins Dorf gerannt.

Heute Morgen haben wir sie begraben. Vater hat geweint wie ein Kind. Ich kann es nicht, in mir ist alles leer.

An dieser Stelle brach der Eintrag ab, der nächste war auf eine Woche später datiert. Die Vorstellung, wie Serena an dem Leichnam ihrer Schwester rüttelte, schrie und ihn schließlich mit dem eigenen Körper wärmte, erschütterte Nina. Was war danach wohl aus dem Mädchen aus der Vergangenheit geworden? Bilder aus ihrer eigenen Erinnerung drängten mit Macht an die Oberfläche und holten den alten Schmerz zurück.

Serenas Zeilen erinnerten sie an eine Zeit der Starre, in die sie damals, als sie gerade das Abitur in der Tasche hatte, tief gefallen war. Vater, ihr starker und verlässlicher Vertrauter. Er hatte sich ihre kleinen und großen Probleme angehört, sie ernst genommen und getröstet. Er war es, der in ihr die Liebe zum Ozean geweckt hatte. Von ihm hatte sie das Tauchen gelernt. Wie oft in den Monaten nach seinem Tod hatte sich Nina nach einer Umarmung gesehnt, die mit ihrer Wärme die Starre in ihr vertrieb. Aber weder ihre Mutter noch ihre Schwester Madleen waren dazu in der Lage gewesen. Sie hatte jemanden vermisst, dem sie hätte sagen können, wie leer das Haus ohne Vaters Fröhlichkeit war. Oder der Moment, an dem sie Jan mit der anderen Frau erwischt hatte. Nina konnte auch jetzt noch den nagenden Schmerz spüren, als sie wie von Sinnen fortgelaufen war. Der Erinnerung an das Erschrecken auf Jans Zügen hatte sie allerdings nicht entfliehen können.

Nina vermochte die Gefühle, die sie beim Lesen ergriffen hatten, keinen Augenblick länger zu ertragen und klappte das Buch zu. Doch ihre Gedanken wanderten immer wieder zu Serena. Ob der Vater das Mädchen bald nach dem Unglück verheiratet hatte? Oder war es später in sein Elternhaus zurückgekehrt? Nina beobachtete, wie der Mond aufging und die schroffen Felsen der Vulkanberge erleuchtete, was ihre Wildheit zusätzlich unterstrich. Als es in ihr allmählich ruhiger wurde, wendete sie sich ab, denn ein Schwarm Mücken kreiste zunehmend aufdringlicher um ihren Kopf.

KAPITEL 12

Der Montag brachte Neuigkeiten. Laut Polizei waren auf dem Drohbrief keinerlei Fingerabdrücke gefunden worden. Die Papierschnipsel stammten aus örtlichen Zeitschriften. Der Text sei ohnehin viel zu vage, um eine berechtigte Hoffnung hegen zu dürfen, dass sie den oder die Täter bald schnappten. Insgesamt also ein niederschmetterndes Ergebnis der ersten vorläufigen Untersuchungen. Die Stimmung innerhalb des Teams war dementsprechend niedergeschlagen.

»Seit dem Wochenende kreuzt die Cornide de Saavedra vor den Gewässern von Tazacorte«, erläuterte Ingvison, der sich in seinem Bürosessel zurücklehnte. »Walforscher haben das Forschungsschiff des Instituto Español de Oceanografía gemietet, um im Rahmen eines Projektes Wasserproben aus zweihundert, vierhundertfünfzig und sechshundert Metern Meerestiefe zu entnehmen. Sie fischen nach kleinen Organismen, die einen Teil des Speiseplanes jener Walarten sind, die auf den Kanaren leben. Wir sind also mit unserem Kampf nicht allein. Die Kollegen werden noch einige Zeit für ihre Forschungen benötigen. Ich nehme mit den Leuten Kontakt auf und versuche sie für uns zu gewinnen. Vielleicht können wir zusammenarbeiten und gemeinsam etwas bewirken.«

»Wunderbar!«, sagte Nina. »Auf die ersten Erkenntnisse bin ich gespannt.«

»Das geht uns wohl allen so, verehrte Kollegin«, sagte der Isländer. »Damit wir ebenfalls weitere Ergebnisse vorzuweisen haben, bitte ich Sie und Fabio«, er warf einen prüfenden Blick auf seine Armbanduhr, »der heute leider auf sich warten lässt, den nächsten Tauchort in Angriff zu nehmen.«

»Gerne«, gab Nina zurück. »Wo soll es denn hingehen?«

»Nach La Caldera, das liegt im Osten der Insel. Es wird ein Bootstauchgang sein. Windstärke zwei, die Sicht sollte gut sein. Dort werden Sie einen ausgedehnten Korallengarten der Antipatharia in fünfzig Metern Tiefe sowie Gorgonien in fünfzehn Metern finden. Pepe hält eine detaillierte Beschreibung des Tauchortes für Sie bereit.«

Kaum hatte der Teamleiter zu Ende gesprochen, betrat Fabio das Büro.

»Buenos días«, sagte er etwas atemlos und wandte sich dem Isländer zu. »Entschuldige die Verspätung, Arnulf, ich … ich bin aufgehalten worden.«

Der Professor quittierte das Eintreffen des Tauchers mit gehobener Braue und wies ihn in den Tagesplan ein.

Nachdem sie Jespers Auto beladen hatten, stiegen Pepe, Nina und Fabio in Ingvisons Wagen, während der schwedische Student ihnen hinterherfuhr. Der Teamleiter lenkte den Wagen in südwestliche Richtung.

Anfangs bestimmten noch ausladende Palmen und blühende Büsche das Bild, doch bald tauchten zu beiden Seiten kantige Felsen auf, manchmal erhaschte Nina die Aussicht auf weite Bananenplantagen – und einen gähnenden Abgrund. Sie durchfuhren einen Kreisverkehr und erreichten Los Llanos. Von dort schlängelten sie sich durch enge, kurvenreiche Straßen in Richtung El Paso, wo sie üppig bewachsene und bunt getünchte Häuser und Geschäfte passierten. Von El Paso aus führte Ingvison sie in Richtung eines Wegweisers mit der Aufschrift *El Pilar.*

Nina hielt den Atem an. Weite Aschefelder breiteten sich vor ihr aus, auf denen Pinien ihre wie betupft wirkenden Nadeln der gleißenden Sonne entgegenreckten. Ein Pinienwald. Lavafelsen von unterschiedlicher Größe erregten ihre Aufmerksamkeit, meinte sie doch, in ihren Formen verschiedene Figuren ausmachen zu können, alles bedeckt von einem ockerfarbenen Teppich aus Tannennadeln. Ihr Herz wurde weit. Wo nur sollte sie zuerst hinsehen? Aber schon wenige Serpentinen später begrüßte sie eine Wand aus Wolken, die den Ort in ein mystisches Licht tauchte. Sie konnten kaum die Hand vor Augen sehen, weshalb der Isländer den Wagen im Schneckentempo dahinrollen ließ. Kurz war Nina versucht, den Professor, der sich – unbeeindruckt von der mangelnden Sicht – leise und angeregt mit den anderen unterhielt, zu bitten, einen Augenblick anzuhalten. Zu gern hätte sie die Wolken, die dicht über dem Boden hinwegkrochen und deren Feuchtigkeit durch das geöffnete Fenster hereindrängte, eine Weile beobachtet. Die Lavaberge, jetzt nur noch schemenhaft erkennbar, hatten die Form von Fingern, die sich ihr entgegenreckten. Der Wind sang und pfiff.

Dann, nur wenige Minuten später, lichtete sich auf einmal der Nebel, als wäre er nie da gewesen. Natürlich hatte die Biologin in den Alpen ähnliche Phänomene beobachtet, aber niemals war ihr das Spiel von Licht und Schatten drastischer erschienen als hier auf der Insel. Schließlich durchfuhren sie einen Tunnel, ließen mehrere Ortschaften hinter sich, während sie der Atlantik zu ihrer Linken mit seiner intensiven Blautönung in den Bann zog. Ingvison lenkte den Wagen in Richtung Los Cancajos, und bald hatten sie ihr Ziel erreicht, denn einige Badebuchten gerieten in ihr Sichtfeld. Nachdem sie gemeinsam Jespers Auto mithilfe eines Gerätewagens entladen hatten, begaben sie sich an Bord eines mit allen technischen Raffinessen ausgestatteten Bootes. Die Taucher zogen sich um. Pepe händigte Nina eine in wasserfeste Folie eingeschweißte Ortsbeschreibung aus.

»Heute werden Sie einen der schönsten und fischreichsten Tauchplätze kennenlernen, Doktor Michaelis«, wies Ingvison sie ein. »Fabio dürfte dieser Ort bekannt sein, nicht wahr?«

Der Palmero, der gerade die Ventile seiner Pressluftflasche kontrollierte, sah auf, nickte und nahm Pepes Ortsbeschreibung dankend entgegen.

Fabio und Nina tauchten oberhalb einer Felswand in Richtung Süden. Die Sicht war tatsächlich gut. Kurz blickte Nina nach oben, als sie meinte, einen Schatten über sich wahrgenommen zu haben. Eine kleine Schule von fünf Teufelsrochen zog wenige Meter über ihnen lautlos hinweg. Mit einer Länge von mindestens sechs Metern waren sie wahre Giganten. Wie die Tiere elegant mit den Flossen schlugen, erinnerte Nina das an die Flugbewegungen von Vögeln. Inzwischen hatte Fabio, der wie immer alles dokumentierte, die Rochen ebenfalls bemerkt, und seine Miene hellte sich auf, bevor er die Kamera auf die Tiere richtete. Beide wussten, wie viel Glück dazugehörte, diese mächtigen Meereslebewesen zu Gesicht zu bekommen.

Als die Teufelsrochen sich ihrem Sichtfeld entzogen, tauchten Fabio und Nina bis zu einer Meerestiefe von zwanzig Metern ab und überquerten den ersten Canyon. Der Palmero gab ihr zu verstehen, dass sie dicht hinter ihm bleiben sollte, bis sie auf fünfundzwanzig Metern angekommen waren und die Felsspitze eines zweiten Canyons vor ihnen in noch größerer Tiefe aufragte. In ungefähr vierzig Metern entdeckte Nina an der Kante eines Felsens den riesigen Korallengarten. So weit ihr Auge reichte, streckten die zarten und dennoch so starken Äste der Antipatharia ihre gelblichen Polypen in die seichte Strömung, als würden sie tanzen. Die schwarzen Korallen hatten aus den kargen, zerklüfteten Felsen einen Wald aus Leben erschaffen. Im Schein ihrer Lampe konnte die Biologin eine große Anzahl Moose, Schwämme, unzählige andere, in allen Regenbogenfarben schimmernde Korallenarten und Fische ausmachen, die sich dort angesiedelt hatten.

Ob Serena diesen Fundort ebenfalls gekannt hatte? Immerhin wäre das Mädchen zu Fuß sicher einen halben Tag bis nach La Caldera unterwegs gewesen. Ihre Fingerspitzen prickelten, als sie damit über die fragilen Polypen und das dunkle, aderartige Innere strich. Wie viele Mädchen und Jungen in Serenas und Carlas Alter waren einst in diesen farbenfrohen Garten Eden hinuntergetaucht, hatten Torbögen, Schluchten und Höhlen überwunden, um die Korallenstöcke zu räubern? Für ein paar Münzen hatten sie ihr Leben aufs Spiel gesetzt. Wie Carla, die den Kampf verloren hat, durchfuhr es sie.

Nina hielt in der Bewegung inne. Die schemenhaften Gestalten im Ozean, von denen Fabio gesprochen hatte, waren sie Korallentaucher wie die Geschwister gewesen? Der Palmero warf ihr einen aufmerksamen Blick zu. Er schwamm nah an sie heran, schnallte sich die Kamera um die Schultern und half ihr bei der Auswahl der Proben. Bald hatten sie genügend Material beisammen und machten sich auf den Rückweg. Während sie durch das Riff tauchten, bewunderte Nina eine Ansammlung von lichthungrigen Steinkorallen, die sich an den felsigen Untergrund klammerten und ihre Verästelungen den fernen Sonnenstrahlen entgegenreckten. Ein letztes Mal sah sie sich um. Auf dem Rückweg passierten sie erneut imposante Lavaformationen. Wie kraftvoll mussten die vulkanischen Eruptionen gewesen sein, um diese hoch aufragenden Gebilde zu erschaffen? Geradezu winzig kam sie sich in deren Gegenwart vor.

Ingvison half Nina beim Einsteigen ins Boot. In ihr war eine unbändige Freude, während sie den Teammitgliedern atemlos von der Vielfalt und Pracht des Korallengartens berichtete. Auch wenn es für ein Fazit zu früh war, wirkte dieser Fundort auf Nina gesund und von einer beeindruckend hohen Zahl an Meereslebewesen bewohnt. Wie ein kleines Stück vom Paradies, unbeeinflusst von Chaos und Zerstörung. Unvermittelt kamen ihr Fabios Worte vom Vortag wieder in den Sinn. *Das ist der Grund, warum ich tue, was ich tun muss. Weil es Hoffnung gibt.*

Als schien er zu spüren, was in ihr vorging, lächelte er und gab bei den Kollegen ihre Begegnung mit den Teufelsrochen zum Besten. Wärme durchflutete sie, denn auf seiner Miene zeichnete sich dieselbe Leidenschaft ab, die auch sie empfand. Ihre Blicke begegneten sich kurz, dann wandte sich Nina Pepe zu, der eine Frage an sie richtete, während Jesper die gewonnenen Filmaufnahmen in den Laptop einspeiste und Ingvison Fabio in eine Fachsimpelei verwickelte. Danach stärkten sich die Taucher mit Getränken und einem Vitaminsnack, um bald darauf erneut ins Wasser zu gleiten. In einer Meerestiefe von ungefähr zehn bis fünfzehn Metern sollten sie die roten Gorgonien abtauchen, damit auch diese Korallenart in die Dokumentationen einfließen konnte.

Als sie eine knappe Stunde später samt Proben und Fotoaufnahmen wieder an Bord gingen, war Nina noch immer geblendet von den leuchtenden Rottönen des Gorgonienriffs. Wie lange würde es diese Riffe noch zu bestaunen geben, zwanzig, fünfzig oder hundert Jahre? Die Erschöpfung kroch ihr in alle Glieder. Sie sah sich Fabios Aufnahmen an und beantwortete noch eine Frage von Pepe über die Artenvielfalt des Gorgonienriffs, doch dabei dröhnten ihr die Stimmen der Kollegen und das Motorengeräusch des Bootes unangenehm heftig in den Ohren.

Nina wollte zurück nach Hause. Aber dort war sie nichts weiter als ein Gast, eine verschwindend kurze Zeitspanne im Laufe der Jahrhunderte nur, die dieser bewohnte Hügel existierte. Dabei fühlte es sich an, als wäre es ihr Heim, ihr wahres und einziges Zuhause, von dem sie schon immer geträumt hatte. Dort könnte sie die Vergangenheit endlich hinter sich lassen, einen Neuanfang machen und jenen Frieden finden, nach dem sie sich so sehr sehnte. Das Korallenhaus war wie für sie gemacht, wären da nicht die Wände und Mauern, die auch von Serenas Freude, Leid und geheimen Ängsten flüsterten und Ninas mit Macht verdrängte Traurigkeit erneut an die Oberfläche spülten. Serenas Gefühle schienen wie feine Staubpartikel in der Luft des Hauses zu flirren. Die Einsamkeit des Mädchens, seine Sehnsucht nach Liebe, aber auch die Furcht, sie wieder zu verlieren, wurden dann wieder zu ihren eigenen.

Das Team fuhr zurück. In der Pension angekommen, kontrollierten sie, ob es Veränderungen der Korallenfragmente in den Meerwasserbecken bei unterschiedlichen pH-Werten und Temperaturen gab, und untersuchten winzige Partikel unter dem Mikroskop. Nachdenklich verabschiedete sich Nina von den Kollegen. Sie wusste nicht, was sie mehr erschreckte: die Betriebsamkeit auf den Straßen von Tazacorte mit all seinen Lauten oder die Abgeschiedenheit ihres Hauses. Schließlich öffnete sie den Kofferraum ihres Wagens, tauschte ihre Sandalen gegen ein paar bequeme Turnschuhe aus und schlug den Weg zum Strand ein.

KAPITEL 13

Die Nachmittagssonne ließ ihre sanften Strahlen auf Ninas Wangen und bloße Arme scheinen, und das Meeresrauschen dämpfte wohltuend die Geräusche der Passanten. Sie wich einer Familie mit zwei kleinen Kindern aus, die gemeinsam eine Sandburg bauten. Das ältere der beiden klatschte vor Begeisterung in die Hände und lachte. Nachdem sie die Touristen hinter sich gelassen hatte, schritt sie auf eine Felsformation zu. Hinter ihr schmiegte sich eine verschwiegene kleine Ecke an das vom Atlantik geschliffene Gestein, wenig besucht offenbar, weil sie abseits der Restaurants und Eiscafés lag. Die Biologin bahnte sich einen Weg durch den Sand, die Promenade zu ihrer Linken, und bewunderte einige mannshohe Kakteen und Büsche, deren Blätter vom Salz des Ozeans wie besprenkelt wirkten. Nahezu uneinsehbar, bot der Platz einen bezaubernden Blick auf die an dieser Stelle rau und wild wirkende Küste.

Aufatmend sank sie in den Sand, der an diesem späten Nachmittag glücklicherweise auf ein erträgliches Maß abgekühlt war. In der Mittagszeit heizte er sich auf beinahe fünfzig Grad auf und war dadurch unbetretbar. Den Rücken gegen einen Felsen gelehnt, streckte sie die Beine von sich. Mit geschlossenen Augen lauschte sie dem gleichmäßigen Brausen des Ozeans. Von ferne drangen die Geräusche der Zivilisation zu ihr herüber, glücklicherweise leise genug, um den Frieden des Augenblicks nicht zu stören.

Nina wusste nicht, wie lange sie dort gesessen und geträumt hatte, als ein Schatten jäh die Helligkeit vor ihren geschlossenen Lidern vertrieb.

Fabios hochgewachsene Gestalt hob sich dunkel gegen das Sonnenlicht ab. »Hallo, darf ich mich zu dir setzen?«

»Sicher.«

Was hätte Nina auch antworten sollen? Dass sie jetzt lieber allein wäre, um einen klaren Kopf zu bekommen? Dass er ihr schon gefährlich nahegekommen war und ihr Wunsch, sich an ihn zu schmiegen und ihm ihre Gedanken anzuvertrauen, von Tag zu Tag stärker wurde?

Wortlos ließ er sich neben sie in den warmen Sand sinken.

Den Blick auf die felsige Küste gerichtet, beobachtete sie, wie mit jeder neuen Woge Seetang und Muscheln angespült wurden. Die vom Wasser glatt geschliffenen Steine schimmerten, als wären sie mit Sternenstaub bedeckt. In die tiefen Töne des Ozeans mischten sich die Laute des Windes, der heulend und pfeifend auf den weit ins Meer ragenden Felsen traf, während sie in der geschützten Mulde saß und lauschte. Nina schielte zu Fabio hinüber, aber der lag keine zwei Meter von ihr entfernt mit geschlossenen Augen rücklings im Sand und hatte den Kopf auf sein Shirt gebettet. Seine gebräunte, muskulöse Brust hob und senkte sich gleichmäßig. War er eingeschlafen?

Während die Anspannung nach und nach aus ihren Gliedern wich, spürte sie Fabios Anwesenheit dicht bei sich. Er schien nicht an einem Gespräch interessiert zu sein. Nina verschränkte die Arme vor der Brust und schloss ebenfalls die Lider, um alle Eindrücke auszublenden. Vielleicht konnte sie auf diese Weise endlich Ordnung in das Chaos ihrer Empfindungen bringen. Doch das genaue Gegenteil war der Fall – je länger die Gedanken in ihrem Kopf schwirrten wie verirrte Insekten in einem Glas, desto fahriger wurde sie. Nina öffnete die Augen, nahm einen handtellergroßen Stein auf und schleuderte ihn ins Wasser, wo er mit einem leisen Platschen landete und versank. Fabio wandte ihr den Kopf zu und bedachte sie mit einem vom Schlaf verschleierten Blick, der aber im nächsten Moment klar wurde. Er beobachtete jede ihrer Regungen, mit einem Ausdruck, der ihr Herz schneller schlagen ließ.

Nina stand auf und setzte sich zu ihm. »Was würdest du sagen, wenn ich unten im Meer Ähnliches erlebt hätte wie du?«

Fabio stützte sich auf die Ellenbogen, seine Brauen zogen sich zu einer schmalen Linie zusammen. »Ähnliches wie … meine Erlebnisse im Tiefenrausch?«

»Genau.« Mit dem Finger zeichnete sie Muster in den Lavasand, damit sie den Palmero nicht ansehen musste. »Das war der Grund, warum ich neulich bei der Probenahme für kurze Zeit abwesend gewirkt und diesen dämlichen Stein auf den Kopf bekommen habe.«

Nun setzte sich der Taucher vollends auf. Wer ihn besser kannte, war imstande, die winzigen Zeichen zu deuten, die seine Gefühle verrieten. Wenn Fabio erregt war, wurde eine dünne Linie an seiner Nasenwurzel sichtbar.

»Was hast du gesehen, Nina?«

»Nennen wir es eher ein Gefühl. Es war, als wäre ich

für einen kurzen Augenblick jemand anderes, kleiner und mit gebräunter Haut«, antwortete sie stockend. »Ich habe nach einem der Korallenstöcke gegriffen und mich an etwas erinnert, das ich gelesen habe. Ich fühlte mich … wie in eine ferne Zeit zurückversetzt, in der das Leben im Meer vielfältiger war. Der Eindruck war so real, Fabio.«

Ihre Augen begegneten sich fragend, bis Nina das atemlose Schweigen zwischen ihnen unterbrach.

»Eine junge Stimme hat mich ermahnt, wieder aufzusteigen, wie in meiner Lektüre. Im nächsten Moment habe ich den Schlag gegen die Schläfe verspürt.« Nina füllte eine Hand mit Sand und ließ ihn durch ihre Finger gleiten.

Ich war nackt, die Strömung spielte mit meinen langen, dunklen Haaren. Ich gehörte dem Ozean. Ich war Serena.

Nina sah auf. »Total verrückt, oder?«

»Mag sein, aber ich glaube dir, was wohl nicht weniger durchgeknallt ist.«

Sie lachte herzhaft.

»Alles in Ordnung, Nina?«, fragte er und kratzte sich am Nacken. »Was ist an meiner Antwort denn so lustig?«

»Entschuldige.« Sie stand auf, trat an die Küste und starrte auf eine Gruppe Seevögel, die im Begriff war, sich auf einem der Felsen niederzulassen, um ihr Gefieder zu trocknen. »Findest du das Ganze nicht auch ein wenig, ähm … seltsam?«

Auf einmal stand er vor ihr und umfasste ihr Gesicht. »Nein.«

Es war, als zöge sein Blick sie mit in die Tiefe, bis sie nichts mehr wahrnahm außer der Wärme seiner

Haut und den Mund, der sich auf ihren presste. Verblüfft registrierte sie, wie weich seine Lippen waren, die nach Sonnenschein und unterdrückten Sehnsüchten schmeckten. Mit einem leisen Seufzen schlang sie die Arme um ihn und zog ihn näher an sich, um den Kuss zu erwidern. Seine Finger vergruben sich in ihrem Haar und wanderten zu den feinen Härchen in ihrem Nacken. Sie wollte sich an ihn schmiegen, in der Umarmung verharren, da gab er sie unvermittelt frei.

Wie betäubt stand sie da, seinen Geschmack noch auf den Lippen, und beobachtete fassungslos, wie Fabio sich wieder in den Sand setzte. Bis ins Innerste erschüttert, wartete sie darauf, dass dieses eigentümliche Gefühl von Entrücktheit endlich nachließ und aus dem naiven, staunenden Mädchen wieder Nina wurde, die rational denkende Frau. Okay, sie hatte sich zu Zärtlichkeiten mit Fabio hinreißen lassen, das war ein gefährliches Spiel, das sie in der Vergangenheit oft genug bereut hatte. Aber verflixt noch mal – er küsste fantastisch, und obendrein war es lange her, seit ein Mann sie zuletzt berührt hatte. Sie atmete tief durch und setzte sich wieder zu ihm. Die Luft zwischen ihnen schien zu knistern. Nina traute sich kaum, Fabio anzusehen, während sich Schweigen über sie senkte. Auch er mied ihren Blick. Bereute er den Kuss bereits, oder hatte dieser magische Moment denselben Sturm in ihm ausgelöst wie bei ihr?

Lange Zeit saßen sie beieinander und beobachteten das Spiel der Wellen.

»Wir sind nichts weiter als gute Kollegen, habe ich recht?«

»Definitiv«, krächzte Nina mit der ganzen Überzeugungskraft, derer sie nach seiner Attacke noch fähig war.

Sie meinte, weit draußen im Atlantik einige dunkle, schlanke Delfinleiber entdeckt zu haben, die in Formation zu schwimmen schienen.

»Es muss etwas zu bedeuten haben«, führte er das Gespräch fort.

Sie wandte sich ihm zu. »Wovon redest du?«

»Von unseren Erlebnissen im Ozean. Die *benhoaritas.*«

»Bena… was?«

»*Benhoaritas.* So nennen wir Palmeros die Ureinwohner, die auf Teneriffa *guanches* heißen. Es müssen ihre Felszeichnungen gewesen sein. Diese kleinen Gestalten, die wir beide gesehen haben, könnten zu dem alten Volk gehören. Hast du eine Ahnung, wie oft ich ohne derartige Empfindungen getaucht bin, und plötzlich erschien mir alles anders, wie Brillengläser, die man aufsetzt und die einem eine völlig neue Sicht auf die Welt bescheren. Seitdem erinnere ich mich wieder an die alten Sagen und Legenden, die meine Eltern mir so oft erzählt haben.« Seine Stimme klang undeutlich wie bei jemandem, der eben aus einem Traum gerissen worden war.

Nina vergrub die Zehen im warmen Sand. »Ja, das geht mir ähnlich.«

Zaghaft rutschte sie näher und widerstand nur mühsam der Verlockung, ihm durchs Haar zu fahren. Wie hatte es geschehen können, dass aus ihrer ersten Abneigung Fabio gegenüber diese unwiderstehliche Anziehungskraft gewachsen war? Wie sollte sie es ertragen, in seiner Nähe zu sein, ohne an diesen besonderen Kuss zu denken? Dabei hatte sie sich geschworen, nie wieder einem Mann so viel von ihren Gefühlen preiszugeben. Nie wieder jemanden so gefährlich dicht an ihr Herz heranzulassen und zu riskieren, dass es erneut brach. Schon gar nicht einen Mann wie Fabio, der viel zu attraktiv war, um ihn für sich allein zu haben. Nina rückte ein Stück von ihm ab, denn sie musste sich auf das Gespräch konzentrieren. Dann spielte sich das Erlebnis unter Wasser erneut vor ihr ab.

»Willst du wissen, in wen ich mich da kurz hineinversetzt habe?«, entfuhr es ihr.

Fabio fuhr hoch, sein Gesicht war nur noch wenige Zentimeter von ihrem entfernt. So nah, dass sie die feinen Bartstoppeln auf seinem Kinn erkennen konnte.

»Wer?«

Seine verständnislose Miene reizte sie zum Lächeln. »Ein Mädchen aus dem neunzehnten Jahrhundert. Sie heißt … Pardon, sie hieß Serena.«

»Serena«, echote Fabio kopfschüttelnd. »Neunzehntes Jahrhundert. Wäre es möglich, dass du dich etwas klarer ausdrückst?«

»Ich will es versuchen.« Nina sah auf die sanften Wogen des Ozeans und beobachtete, wie die Fischer ihre Netze einholten. Leise fing sie an zu erzählen, von dem Korallenhaus, dem Schuppen, in dem sie die kupferne Truhe gefunden hatte – und von Serenas Tagebuch.

»Dir ist schon bekannt«, unterbrach Fabio sie sanft, »wie wertvoll Serenas Dokument für die Insel und die Altertumsforscher wäre?«

»Klar«, erwiderte sie mit unüberhörbarer Ironie. »Die würden sich darum reißen, die geheimsten Gedanken des Mädchens publik zu machen! Nein, vielen Dank. Es fühlt sich für mich nicht richtig an. Ich bin mir sicher, sie hätte das nicht gewollt.«

»Schon gut«, wehrte er ab. »Erzähl weiter.«

Einmal mehr war sie von Fabios Reaktion verblüfft, immerhin hatte sie damit gerechnet, von ihm belächelt zu werden. Sie spürte ja selbst, dass sie von Serena sprach, als wäre sie eine gute Freundin, mit der sie gern einen ausgelassenen Frauenabend verbracht hätte. Nina fuhr fort.

»Ich kenne die Storys der Korallentaucher von La Palma auch und habe schon verschiedene Artikel darüber gelesen«, antwortete Fabio. »Allerdings dachte ich immer, sie hätten die Korallen nur von Booten aus geerntet.«

Bitterkeit stieg in ihr auf. »Leider nicht.«

Er suchte ihren Blick. »Die Korallen sind dann wohl euer Bindeglied.«

Nina schielte auf seine kräftigen Hände, die nur eine halbe Armlänge von ihr entfernt mit dem Sand spielten. »Ich wohne an dem Ort, an dem sie einst gewohnt hat. Ich tauche wahrscheinlich dort, wo sie damals schon getaucht ist. Es ist …«, sie suchte nach einer passenden Beschreibung, »als würde ich ihre Welt betreten, verstehst du?«

Fabio nickte nachdenklich. »Wenn also die Korallen euer Bindeglied darstellen, welches ist dann unseres, *doctora*?«

Nina schnappte nach Luft. Daran hatte sie bisher keinen Gedanken verschwendet, aber es stimmte.

Er lächelte. »Zwischen uns gibt es mehr Gemeinsamkeiten, als wir erwartet haben. Und es sind nicht nur die ähnlichen Meereserlebnisse, Nina. Wir beide kämpfen um den Erhalt der Korallenriffe, du als Biologin, ich als Fotograf. Du bist Gast auf dieser Insel, ich hingegen bin hier geboren.«

Nicht nur das, dachte sie unvermittelt, du gehörst hierher wie die Drachenbäume, die Vulkane und das Meer.

»Warum siehst du mich so eigenartig an?«, fragte Fabio.

»Ach, nicht so wichtig. Was du aufgelistet hast, mag alles richtig sein. Aber ist das nicht ein wenig weit hergeholt? Ich meine, dann habe ich auch mit Ingvison, Pepe und Jesper eine Verbindung, oder?«

»Da ist sie wieder, unsere Analytikerin«, grinste er. »Wie geht die Geschichte mit Serena denn nun weiter?«

Nina zog die Beine an und erzählte weiter. Obwohl sie den Blick in die Ferne gerichtet hielt, spürte sie Fabios Anspannung, seine Neugier.

»Es war zu spät«, schloss sie endlich und fühlte wieder dieselbe Trauer wie beim Lesen des Tagebuches. »Carla ist ertrunken, und ich frage mich, wie Serena ganz allein zurechtkommen konnte.« Nina schluckte. »Sie hat sich die Schuld am Tod der Schwester gegeben.«

»Verstehe.« Seine Miene spiegelte Betroffenheit wider. »Ich danke dir für dein Vertrauen. Mir ist jedenfalls einiges klar geworden.«

Nina strich sich eine Haarsträhne aus dem Gesicht. »Was zum Beispiel?«

»Dass du mit deiner manchmal etwas abweisenden Art nur Verletzlichkeit versteckst. Dass du wie Serena eine Menge Trauer und Einsamkeit durchlitten hast.«

Sie schwieg. Er musste nicht spüren, wie betroffen seine Worte sie machten. Dabei hatte sie immer geglaubt, ihre Gefühle gut verbergen zu können.

»Du sagtest, dass du ungefähr bei der Hälfte angelangt bist. Was willst du mit dem Buch anfangen, wenn du es ausgelesen hast?«, fragte er schließlich. »Wirst du es mit nach Deutschland nehmen, wenn unsere gemeinsame Zeit hier vorbei ist?«

Sie schüttelte den Kopf. »Nein, das steht mir nicht zu. Ich glaube, ich werde es dorthin zurücklegen, wo Serena es einst versteckt hat.«

»Nur ist es dann für die Nachwelt verloren!«

»Wäre ihm nicht dasselbe widerfahren, wenn ich es nie gefunden hätte?«, konterte Nina.

»Aber du *hast* es gefunden«, hakte Fabio lebhaft gestikulierend nach. »Ist es jetzt nicht deine Verantwortung, das Tagebuch vor dem Vergessen zu bewahren?« Er zog sie näher, bis sie seinen warmen Atem auf ihrem Haar spürte. »Bitte denk noch mal darüber nach, okay?«

»Das mache ich, aber ich glaube nicht, dass ich meine Meinung ändere.«

Einträchtig beobachteten sie, wie ihre Schatten allmählich länger wurden. Nina betrachtete Fabios Profil.

»Hast du eigentlich schon weitere Aufträge, wenn unser Projekt hier beendet ist?«

»Im Oktober oder November werde ich mit einem Tierfilmer auf den Galapagosinseln an einer Dokumentation fürs Fernsehen arbeiten. Fürs kommende Jahr gibt es einige Anfragen, aber ich habe mich noch nicht entschieden. Wieso willst du das wissen?«

»Reine Neugier«, wich sie aus. »Vielen Dank für den schönen Nachmittag.« Sie erhob sich und ergriff seine Hand. »Auf mich wartet noch eine spannende Lektüre.«

»Serena«, nickte er und ließ sie widerstrebend los. »Wirst du mir das Buch eines Tages zeigen?«

»Mal sehen«, erklärte sie ausweichend und erhob sich.

»Ich begleite dich noch bis zum Wagen.«

Wortlos ergriff er ihre Hand, sie verließen den Strand

und steuerten auf den Parkplatz an der Promenade zu. Regungslos blieb sie vor ihm stehen. Er trat näher und strich ihr übers Haar.

»Bis morgen, Fabio.«

Als sie ins Auto steigen wollte, wartete die nächste Überraschung auf sie. An den beiden linken Reifen war die Luft entwichen. Nina ging in die Hocke und begutachtete das Malheur. Kurz war sie versucht, Fabio hinterherzurufen, doch er war nicht mehr zu sehen. Sie fluchte leise, denn sie hatte weder Ersatzreifen, noch das nötige Werkzeug im Kofferraum.

Frustriert legte sie die wenigen Schritte bis zur Pension zurück. Dort angekommen, ließ sie sich von der Wirtin die Telefonnummer einer nahe gelegenen Autowerkstatt geben und war heilfroh, währenddessen keinem Teammitglied zu begegnen. Bis endlich ein Mechaniker ihren Geländewagen inspiziert, ihn in die Werkstatt transportiert und sie die Schlüssel für einen Ersatzwagen ausgehändigt bekommen hatte, waren gute zwei Stunden vergangen. Dies sei das einzige Auto, das so kurzfristig zur Verfügung stehe, hieß es.

In ihrem Haus auf dem Hügel angekommen, setzte sie sich auf die Terrasse. Es war erstaunlich, wie rasch es dunkel wurde, so ganz anders als in München, denn es vergingen keine zehn Minuten, und sie konnte kaum noch die Hand vor Augen sehen. Nina ging ins Haus und schloss die Tür.

Wie hatte sie sich nur dazu hinreißen lassen können, Fabio zu küssen? Jetzt war es zu spät für Reue, und die Weichheit, mit der seine Lippen die ihren berührt hatten, ging ihr nicht mehr aus dem Sinn. Mit diesem einen Kuss hatte er eine ganze Gefühlslawine in ihr ins

Rollen gebracht. Zum ersten Mal seit Monaten fühlte sie wieder dieses seltsame Ziehen in der Brust, das mit dem Wunsch einherging, geliebt und begehrt zu werden. Zu lieben, sich hinzugeben und anzuvertrauen. Küssen, berühren, spüren, drängen und ihn so lange zu reizen, bis er diesen Zug um die Lippen verlor, der sie immer verunsicherte. Wie dämlich, kaum glaubte sie, die letzte gescheiterte Beziehung einigermaßen verkraftet zu haben, schon drohte das nächste Chaos, ihr Leben zu belasten.

Nina holte die Truhe unter dem Sessel hervor und knipste die Stehlampe an. Mitten in der Bewegung hielt sie inne. Aus Serenas letzten Worten hatte eine so unendlich tiefe Trauer gesprochen und die Weigerung zu begreifen, dass der wichtigste Mensch in ihrem Leben von ihr gegangen war. Die Vorstellung, von Carla bliebe nichts weiter zurück als ein leb- und seelenloses Stück Fleisch, das sie begraben musste, schien Serenas Hauptgedanke gewesen zu sein. Nina blickte auf, spürte das Gewicht der Truhe und fuhr mit den Fingern die Verzierungen und Ornamente des Deckels entlang.

Vorsichtig nahm sie das Tagebuch zur Hand, in das sie ein Lesezeichen gelegt hatte, und schlug es auf.

Wenn es Achamán gibt, der über uns wacht, warum dann ausgerechnet Carla? Warum nicht ich? Ich friere, obwohl der Tag sehr warm war. Hab mich vor die Hütte gesetzt. Vater möchte mich heimholen, aber ich will nicht. Lieber bleib ich hier. Wenn ich lang genug nichts esse und trinke, bin ich bald bei Carla. Sie ist allein, dort, wo sie jetzt ist, und ich bin es auch. Das Meer ist heute ein wütender Geselle. Es ist so laut, spuckt Gischt und hohe Wellen, die mit einem Grollen an die Felsen geschleudert werden. Ich bin schuld, meinetwegen ist das Meer wütend, und Carla liegt in einem Sarg. Mehrmals habe ich vor dem Abgrund gestanden und wollte springen. Ein Feigling bin ich. Ich kann nicht springen, aber auch nicht leben. Nicht ohne Carlas Lachen zu hören. Ob ich es höre, wenn ich tauche? Wenn es einen Ort gibt, an dem ich sie finden kann, dann dort unten.

KAPITEL 14

Gedankenverloren blickte Nina in die Nacht. Dennoch glaubte sie aus der Ferne, irgendwo jenseits ihres Vorstellungsvermögens, zorniges Meeresbrausen wahrzunehmen. Es schien sich ihr zu nähern, wurde lauter, donnernder. Sie schüttelte über sich selbst den Kopf, aber die Eindrücke blieben. Sie war gefangen in den Gefühlen einer Anderen, längst Verstorbenen. Längere Zeit stand Nina einfach nur da und blickte in den wolkenlosen Nachthimmel, an dem sich die ersten Sterne zeigten.

Der Hund liegt zwischen zwei Ginsterbüschen. Dino hat bestimmt Hunger, aber ich habe keine Lust, angeln zu gehen. Auch keine Kraft. Als ich vorhin die Perlen für die Kette mit dem Amulett auffädeln wollte, sind sie mir immer wieder runtergefallen. Es hat keinen Sinn, ich mache an einem anderen Tag damit weiter.

Dino rührt sich nicht vom Fleck, wedelt nur ab und zu mit dem Schwanz. Warum geht er nicht? Er sollte sich andere Menschen suchen, die sich um ihn kümmern. Ich habe nichts, was ihn glücklich macht. Als ich eben von meinem Tagebuch hochgeschaut habe, hat er den Kopf schief gelegt. Jetzt winselt er. Nein, eigentlich ist es eher ein Fiepen. Ganz leise und jämmerlich, als ob er mich um etwas bitten will. Ich schreibe später weiter.

Sollte es dem Hund tatsächlich gelingen, Serena für eine Weile von ihrem Kummer abzulenken? In Momenten wie diesem verspürte Nina den Wunsch, Augenzeugin der beschriebenen Szene zu sein, sich neben das Mädchen zu setzen und zu beobachten, wie die beiden ohne Worte miteinander Kontakt aufnahmen. Sie würde den Arm um Serenas Schultern legen, um ihr zu zeigen, dass sie nicht allein war.

Zu dem Zeitpunkt, als ihr Vater verunglückt war, hatte sich Nina gerade an der Universität eingeschrieben und geglaubt, eine glückliche und sorgenfreie Zukunft liege nun vor ihr. Aber dann hatte sein Tod die Familie in einen Zustand gerissen, der sich am ehesten mit dumpfer Betäubung beschreiben ließ. Damals war Ninas Unbekümmertheit für immer mit dem Leichnam ihres Vaters begraben worden. Seitdem hatte sie eine unsichtbare Mauer um sich errichtet, und nur selten gelang es der einen oder anderen Person, einige Steine niederzureißen, um zu ihr durchzudringen. Allerdings sorgte Nina jedes Mal dafür, die Mauer schnell wieder zu schließen, wie sie es zuletzt bei Jan getan hatte. Deshalb konnte sie sich so gut in Serena hineinversetzen.

Mit angehaltenem Atem las sie weiter.

Dino liegt still auf meinen Füßen. Sein Fell ist ganz weich, obwohl es struppig aussieht. Seine Bauchhaare kitzeln mich am Fuß. Zwischendurch hebt er den großen Kopf mit den hellen Flecken um die Schnauze, die man erst sieht, wenn er dicht vor ei-

nem steht. Er wärmt mir die Beine, es ist nämlich kühl heute Abend. Wenn ich ein bisschen mit den Zehen wackle, spüre ich seine Rippen direkt unter der Haut. Ich bin unendlich müde und werde jetzt schlafen gehen.

Seit der Hund zu mir gekommen ist, sind zwei Tage vergangen. In der Nacht hat er sich einfach neben mein Bett gelegt. Ich habe nicht gehört, wie er sich hereingeschlichen hat. Mir macht es nichts aus, nichts zu essen. Das Einzige, was ich spüre, ist meine Trauer. Dino wird immer schwächer. Sein Anblick tut mir weh, wenigstens trinkt er das Wasser, das ich ihm hinstelle.

Es ist drückend warm heute Morgen. Er stupst mich laufend an und setzt sich auf die Hinterbeine. Ich muss ihm einen Fisch angeln, vielleicht isst er was, wenn ich ihm gut zurede.

Zwei Fische habe ich gefangen, aber er mag sie wohl nicht roh. Schimpfen musste ich mit ihm. Ein Streuner wie er sollte froh sein, überhaupt etwas zu fressen zu bekommen, ich habe ihn stur genannt. Er liegt nur da, mit diesem bettelnden Murmelaugenblick. Wenn er nicht so treu gucken würde, könnte ich richtig böse auf ihn sein. Ich glaube, er möchte, dass ich den Fisch auf dem Rost brate.

In diesem Moment durchbrach ein eigenartiger Ton die beklemmend wirkende Stille des Wohnzimmers. Es dauerte eine Weile, bis Nina begriff, dass es ihr Handy war, das unangenehm schrillte. Sie nahm den Anruf entgegen, und Fabios tiefe Stimme erklang am anderen Ende.

»*Hola,* Nina, bitte entschuldige die späte Störung.«

Sie versuchte, sich zu sammeln, doch sie bekam keinen einzigen Ton heraus. Seine Stimme gerade jetzt zu hören brachte ihre Fassung zusätzlich ins Wanken.

»Was ist los? Alles okay bei dir?«

»Ähm, ja«, krächzte sie nach einer kurzen Pause ins Telefon.

»Ich wollte dir nur mitteilen, dass die Wettervorhersage einen Calima für die frühen Morgenstunden angekündigt hat. Du hast sicher schon von dem Wetterphänomen gehört?«

»Du meinst den Sandwind aus der Sahara«, brachte sie hervor.

»Genau. Ich soll dir von Arnulf Grüße ausrichten, für die nächsten beiden Tage werden alle Tauchgänge bis auf Weiteres verschoben.« Fabio hielt inne. »Ist etwas passiert, Nina? Wenn du magst, dann setzen wir uns irgendwo hin und reden.«

»Nein, nicht nötig«, wehrte sie ab. »Aber danke für das Angebot, wir … wir sehen uns.« Nina beendete die Verbindung, warf das Telefon aufs Sofa und starrte in den Nachthimmel.

Es war so still, geradezu erdrückend still. Nicht das leiseste Geräusch war im Wohnzimmer vernehmbar, nicht einmal ihr Atem, der in kleinen, hastigen Zügen ging. Fabios Gesicht tauchte vor ihr auf. Sie sah, wie er, eine Hand in seinen Shorts vergraben, mit ihr telefonierte – die lässig dahingeworfene Einladung auf den Lippen.

Ihre Armbanduhr zeigte halb zehn. Schon im Gehen schnappte sie sich den Rucksack und die Schlüssel, die auf dem Tisch lagen, und lief aus dem Haus. Vor der Tür angekommen, blieb sie abrupt stehen. Aber ihr Körper schien taub zu sein für jede Form von Vernunft, ihre Füße setzten Schritt um Schritt. Nina war es, als wäre sie an eine unsichtbare Schnur gebunden, ferngesteuert, wehrlos, während sie auf den Wagen zuging.

Mit schlafwandlerischer Sicherheit lenkte sie das Auto den Sandweg hinunter auf die von nur wenigen Laternen erleuchtete Küstenstraße zu. Aus den Häusern, an denen sie vorüberfuhr, erklangen lateinamerikanische Musik sowie eine Vielzahl von Stimmen. Hunde bellten aufgeregt. Sicher saßen die Palmeros beim Essen oder schauten fern. Es war nicht nötig, sich die gesuchte Adresse noch einmal anzusehen, sie hatte sie längst in ihrem Gedächtnis abgespeichert.

Wenige Minuten später fand sie einen Parkplatz in der Calle Trasera, direkt gegenüber von Haus Nummer 8. Als sie vor dem gelb getünchten Gebäude mit dem typischen, von Kletterpflanzen umrankten kanarischen Holzbalkon stehen blieb, schob sie die Unterlippe vor und läutete. Ihr Puls raste.

Die Tür öffnete sich einen Spalt breit, dann stand Fabio in Shorts und einem ärmellosen Hemd vor ihr und rieb sich die Augen, als hätte er einen Geist gesehen.

»Hallo«, murmelte sie und versuchte ein Lächeln.

Im nächsten Moment zog er sie ins Innere. Aufmerksam ließ er seinen Blick über ihre Gestalt wandern und wollte zu einer Erwiderung ansetzen. Die schmale Falte zwischen seinen Brauen, das Blinzeln, wenn er verblüfft war, waren ihr so vertraut, als würde sie ihn seit Ewigkeiten kennen.

Auf einmal erschien alles so einfach. Leichten Herzens überwand sie die wenigen Schritte, die sie noch von ihm trennten, schlang ihm die Arme um den Hals und zog ihn zu sich herab, um seinen sinnlichen, vollen Mund endlich zu küssen. Sein typischer Duft stieg ihr in die Nase.

Er entzog sich ihr. »Aber hallo«, entschlüpfte es ihm. Er hielt sie bis auf Armeslänge von sich.

Dessen ungeachtet war Nina nicht bereit, es bei einer Umarmung zu belassen. Erneut trat sie näher und vergrub ihre Finger in seinem Haar. Nächtelang hatte sie genau davon geträumt und sich gefragt, wie sich seine Locken wohl anfühlen mochten. Nina lächelte. Sie waren stark und weicher, als sie es sich vorgestellt hatte.

Dann legte sich sein Mund auf ihren. Aber nicht mit der ungezügelten Leidenschaft, die sie ersehnte und die ihr für eine Weile Vergessen schenken konnte, sondern mit einer leisen, fast scheuen Zärtlichkeit. Mit geschlossenen Augen ergab sie sich diesem unerwarteten Gefühl, obwohl etwas in ihr nach mehr schrie, nach viel mehr. Eng presste sie sich an Fabios schlanken Körper, spürte sein Herz schneller schlagen. Da löste er sich von ihr und strich ihr über das zerzauste Haar.

»Doctora.« Fabio fuhr sich über das Gesicht, als brauchte er einen Moment, um sich von ihrem Angriff zu erholen.

»Ich habe mir die ganze Zeit über vorgemacht, dich nur als Kollegen betrachten zu können, Fabio. Aber das funktioniert nicht. Ich musste einfach herkommen, zu dir.«

Seine sonst so melodische Stimme verlor auf einmal jede Weichheit. »Es mag dich vielleicht überraschen, aber in meinem Leben gibt es schon seit Langem keine halben Sachen mehr. Wenn du hierbleibst …«

»Sei einfach mal still«, flüsterte sie und trat wieder so nahe an ihn heran, dass sie die Wärme seiner Haut durch das Hemd spürte. Sein Atem streifte ihren Nacken, und alle Haare auf ihrem Körper stellten sich auf. In ihr loderte ein Feuer, sie sehnte sich mit jeder Faser danach, ihn zu berühren, seine Hände auf ihrer nackten Haut zu spüren. Fabio stand da wie festgewachsen. Bis Leben in ihn kam und er sie mit einem leisen Stöhnen gegen eine Wand des Flures presste. Endlich konnte sie ihn umarmen, ihre Finger wandern lassen, um die Linien seines Gesichtes zu erkunden. Sein muskulöser Körper roch nach Meer und einem Hauch Aftershave.

Fabios erste Verblüffung legte sich schnell, und er vertiefte den Kuss, bis ihre Knie weich wurden und sie glaubte, das Herz müsste ihr vor Freude und Sehnsucht zerspringen.

Abrupt ließ er sie los.

Nina musterte sein Gesicht, dessen Züge sich im Halbdunkel des Flures scharf abzeichneten und jede Regung vor ihr verbargen. »Was ist?«

»Nichts. Bis auf die Tatsache, dass ich es nicht gewohnt bin, abends von einer schönen Frau überrascht zu werden, die möglicherweise nicht weiß, worauf sie sich einlässt.«

Statt ihm zu antworten, trat sie zurück und erwiderte seinen Blick so ruhig, wie es ihr angesichts der Situation möglich war. Nina nestelte an ihrer Bluse, löste einen Knopf nach dem anderen und ließ sie zu Boden gleiten. Unter Komplexen hatte sie nie gelitten, aber als sie beinahe nackt vor ihm stand und seine Fassungslosigkeit bemerkte, wusste sie kaum, wohin sie sehen sollte. Im nächsten Moment schienen seine Finger auf einmal überall zu sein, sie fuhren mit den Fingerspitzen die Konturen ihres Büstenhalters entlang, wanderten tiefer zu ihrer Wirbelsäule, um die zarte Haut ihres Rückens bis hinunter zur Taille zu ertasten …

Nina fühlte sich, als wäre ihr Innerstes nach außen gekehrt worden. Ein seltsames, beängstigendes Gefühl. Ihr Kopf ruhte auf Fabios Brust, und sie horchte auf seinen Herzschlag, der ebenso raste wie ihrer. Sie schloss die Augen und ließ die Finger über seine glatten, verschwitzten Schultern und die feinen Härchen an seinen Armen gleiten. Es war verdammt lange her, seit sie das letzte Mal neben einem Mann gelegen hatte. Atemlos wartete sie auf den Moment, an dem ihr Verstand wieder zu arbeiten imstande war, indem er analysierte und die Risiken ihrer Handlung abwog. Es war zwecklos, Nina fühlte sich wie ein Matrose in Seenot, der verzweifelt darauf wartete, aus den tosenden Wellen gerettet zu werden.

Gab es wirklich eine Rettung? Zart küsste sie Fabios Haut, vernahm seinen hastigen Atem und lächelte. Wie und wann sie in seinem Bett gelandet waren, wusste sie später nicht mehr. Durch das geöffnete Schlafzimmerfenster trug der Wind den salzigen Geruch des Ozeans herein. Auf der Straße war es still, und von irgendwoher vernahm sie das Knurren eines Hundes, während sich Fabio spielerisch eine ihrer hellen Haarsträhnen um den Finger wickelte. Träge überließ sie sich seinen Liebkosungen und schlief ein.

Lautes Klappern und ein Heulen wie aus Tierkehlen weckten Nina. Sie lag noch immer an Fabios Brust, selbst im Schlaf hatte er noch den Arm um sie gelegt. Sein leicht geöffneter Mund und die entspannten Züge brachten sie zum Schmunzeln. Vorsichtig bewegte sie sich und lugte auf ihre Armbanduhr. Es war noch früher Morgen. Ein starker Wind war aufgekommen und rüttelte an den Holzläden.

Geräuschlos schlüpfte Nina aus dem Bett und schlang sich die dünne Decke um ihren nackten Körper. Auf Zehenspitzen trat sie ans Fenster und löste den Riegel der Läden. Verblüfft rieb sie sich die Augen, denn die Welt um sie herum schien über Nacht mit einem rötlich gelben Schleier überzogen worden zu sein. Beim näheren Hinsehen erkannte sie, dass der Wind feine Sandpartikel umhertrieb, die sich gleich einem dünnen Film über alles legten. Schnell schloss sie wieder die Fenster. Einen winzigen Moment lang überlegte sie, sich noch einmal an Fabio zu kuscheln und zu warten, bis er allmählich erwachte. So verlockend der Gedanke auch war, Nina wusste genau, wie viel Überwindung es sie später kosten würde, sich von ihm zu lösen und nach Hause zu fahren. Daher schlich sie aus dem Schlafzimmer und machte sich auf die Suche nach einer Kaffeemaschine.

Eine halbe Stunde später saß sie, in Fabios Morgenmantel gehüllt und mit einem Becher dampfenden Kaffees in den Händen, in seiner winzigen Küche mit den zugezogenen Vorhängen. Gerade überlegte Nina, ob sie sich unbemerkt aus dem Staub machen sollte, als sie leise Schritte aus dem Schlafzimmer vernahm. Bald darauf betrat Fabio, nur mit Shorts bekleidet, den Raum. Die Haare lagen ihm wirr um den Kopf, aber in seinen Augen blitzte es schon schelmisch.

Nina hielt ihm einen Kaffee entgegen. »Guten Morgen, Herr Kollege.«

Dankend ergriff er den Becher. »Ebenso, *doctora.* Gut geschlafen?«, fragte er und beugte sich zu ihr herunter, um sie zu küssen, wobei es ihr gelang, seinem Mund auszuweichen, sodass der Kuss nur ihre Wange traf.

»Danke, ja«, log sie, denn in der kurzen nächtlichen Pause, in der sie sich nicht geliebt hatten, war sie kaum zur Ruhe gekommen.

In seinen Augen entdeckte sie noch einen Hauch von Leidenschaft. Nina schluckte. Pass auf dein Herz auf, ermahnte sie sich.

»Die Nacht mit dir war wundervoll, Fabio. Aber … sie darf sich nicht auf unsere gemeinsame Arbeit auswirken.«

»Natürlich nicht.« Er wurde ernst. »Bereust du, dass du heute Nacht bei mir geblieben bist?«

»Nein, nicht eine Sekunde.« Himmel, wie sollte sie nur ausdrücken, was sie empfand?

»Du bist hier, das ist alles, was zählt.« Er strich ihr übers Haar, um seine Mundwinkel zuckte es. »Wobei … wenn ich es mir recht überlege, hast du gestern einen äußerst entschlossenen Eindruck gemacht, wie du mir so nach und nach alle Kleidungsstücke ausgezogen hast.«

Nina biss sich auf die Lippen. Wie sollte sie Fabio auch begreiflich machen, dass es mit jedem Augenblick, den sie mit ihm verbrachte, schwerer wurde, sich von ihm zu verabschieden?

Er lachte. »Keine Sorge, *doctora,* ich habe es genossen.« Daraufhin schob er die Vorhänge beiseite und wies aus dem Fenster. Die Sicht war trübe, und die Sandkörner im Wind waren mit bloßem Auge erkennbar.

»Der Saharasand ist nicht nur heiß und reizt die Schleimhäute, er schmerzt auch, wenn der Wind wie an diesem Morgen besonders heftig bläst«, erklärte er und sah sie an. »Sag mal, hast du ein neues Auto?«

Mit wenigen Worten berichtete sie ihm, was vorgefallen war. Er antwortete nur mit einem Stirnrunzeln.

Ihr Ersatzwagen war ebenso wie das Kopfsteinpflaster mit einer dünnen Sandschicht bedeckt. Zwei Männer eilten mit Mundschutz und Schirmmützen, die sie tief ins Gesicht gezogen hatten, an Fabios Haus vorbei. Nina machte Anstalten, das Fenster zu öffnen, doch er hielt sie zurück.

»Wir müssen sie geschlossen halten. Glaub mir, der feine Sand dringt selbst durch die kleinste Ritze. Viele Menschen leiden in dieser Zeit unter Atemnot und Husten. Die Arztpraxen sind jedes Mal hoffnungslos überfüllt. Also sei ausnahmsweise mal ein liebes Mädchen und tu, was Onkel Fabio dir sagt.«

»Ich brauche eine Dusche, danach möchte ich nach Hause und mich umziehen«, widersprach Nina lahm.

Er grinste und legte ihr die Arme um die Taille. Schneller als sie protestieren konnte, hatte er den Stoffgürtel des Bademantels gelöst und ließ ihn, ohne die Augen von ihr zu lassen, zu Boden fallen. »Wozu brauchst du überhaupt frische Kleidung? Ich finde dich auch ohne ziemlich sexy.«

Nina wollte sich ihm entziehen, da lagen auch schon seine Lippen warm und lockend auf ihren, und sein Bademantel rutschte ihr über die Schultern. Was soll's, durchfuhr es sie, während sich ihr Körper, als führe er ein Eigenleben, an seinen presste.

Viel später, es war inzwischen Nachmittag, saßen sie in der Küche. Aus dem Nebenhaus erklangen Musik und Kinderlachen. Ninas Haare waren noch feucht vom Duschen, und sie trug ein Hemd von Fabio, das ihr viel zu groß war. Beide schwiegen. Ob aus Unvermögen, über die Leidenschaft zu sprechen, die sie wie Wellen überrollt hatte, oder aus dem unbestimmten Gefühl zwischen ihnen, wusste sie nicht zu deuten.

Fabio schenkte ihnen Kaffee nach. »Musst du wirklich schon nach Hause?«

Sie hätte sich bei der direkten Frage beinahe die Zunge an dem heißen Getränk verbrüht und stellte die Tasse ab. Ihr Blick wanderte über Fabios nackte, vom heißen Wasser noch gerötete Haut. An seiner Wange entdeckte sie eine Liegefalte vom Schlaf, der sie nach dem Liebesspiel übermannt hatte, und ertappte sich dabei, wie sie wünschte, die Stelle jetzt zu berühren. Der Wind hatte merklich nachgelassen. Sie nickte.

»Alles klar«, wehrte Fabio leichthin ab. »Aber halt die Scheiben im Auto geschlossen. Ich hole dich dann heute Abend ab. Ist dir sieben Uhr recht?«

Nina holte tief Luft. »Nein, nicht heute Abend, okay?«

»Gut. Was hältst du davon, wenn ich dich übermorgen nach Feierabend zum Essen einlade?«, nahm er zwinkernd einen weiteren Anlauf. »Mein Lieblingsrestaurant in Las Manchas ist berühmt für seine Steaks. Allerdings wäre es wohl besser, wenn ich die Finger von dir lasse, bis wir wieder allein sind. Zugegebenermaßen eine schwere Übung. Na, was meinst du?«

»Ich weiß noch nicht, ich ruf dich an.«

Fabio hielt mitten in der Bewegung inne und musterte sie. »Du wirst nicht anrufen, hab ich recht? Weder heute noch morgen.« Seine Stimme wurde hart. »Klar, in ein paar Tagen vielleicht, wenn du Lust auf ein bisschen Sex hast, einsam bist oder dich langweilst, meldest du dich wieder. Ist es nicht so?«

Nina schloss gequält die Augen.

Fabio beugte sich über den Küchentisch. Er griff nach ihren Händen, aber in der Berührung lag nicht mehr dieselbe Zärtlichkeit wie in der Nacht zuvor. »Was willst du, Nina Michaelis? Einen One-Night-Stand oder mehr?« Bei den Worten hielt er ihren Blick unnachgiebig fest.

Abrupt stand sie auf und konnte gerade noch verhindern, dass ihr Teller zu Boden fiel. »In ein paar Monaten trennen sich unsere Wege, Fabio. Du wirst auf den Galapagosinseln sein, ich vielleicht in Island oder irgendwo im Mittelmeerraum. Damit erübrigt sich doch jede Diskussion über meine Wünsche und Gedanken, oder etwa nicht? Bis übermorgen zur gewohnten Zeit im Büro.«

Damit eilte sie ins Schlafzimmer, um sich anzuziehen. Zurück in der Küche griff sie nach dem Rucksack, der neben ihrem Platz gelegen hatte, und stürzte zur Tür hinaus.

Mit zitternden Händen stieg sie in den Wagen. Sie brauchte Zeit, um sich zu sammeln, bevor sie in der Lage war, klaren Verstandes zu ihrem Haus zu fahren. Sie starrte durch die Windschutzscheibe. Warum nur erschien es ihr unmöglich, die Zeit bis zum Ende des Forschungsprojektes einfach ohne Reue zu genießen, sich dem Knistern, dem Taumel zwischen ihnen hinzugeben? Wenn es dann vorbei war, könnten sie Freunde bleiben. Die Kollegen müssten nichts von ihrer Affäre erfahren, den anderen konnte ihr Privatleben gleichgültig sein. Verflucht.

Das wilde Herzklopfen jedoch blieb, selbst nachdem sie den Wagen gestartet und die Scheibenwischer eingeschaltet hatte. Im Schneckentempo lenkte sie das Auto aus der Gasse heraus und schlug den Weg zu ihrem Haus ein. Als sie beinahe eine Stunde später die Haustür aufschloss, waren ihre Nerven bis zum Zerreißen gespannt. Sie wusch sich die feine Sandschicht aus den Haaren und vom Gesicht und zog sich ihren Jogginganzug an. Nachdem sie die Stehlampe im Wohnzimmer angeknipst hatte, fiel ihr Blick auf den Tisch, auf dem noch eine Rotweinflasche stand, und sie goss sich ein Glas ein. Nina nahm einen tiefen Schluck Rioja. Im nächsten Moment sprang sie auf, eilte in die Küche und kam kurz darauf mit einem Eisbecher zurück. Vanille mit Amarenakirschen und Schokoraspeln. Der Wein schmeckte wunderbar, weshalb sie sich gleich das nächste Glas einschenkte, dabei genüsslich einen Löffel Eis nach dem anderen in den Mund schob und spürte, wie ihr beim Gedanken an Fabio der Hals eng wurde.

Auch vor ihm hatte es den einen oder anderen Mann gegeben, der ihr das Gefühl vermittelt hatte, liebens- und begehrenswert zu sein – nur um sie bald darauf gegen eine andere Frau auszutauschen oder anderweitig ihr Vertrauen zu missbrauchen. Sie hatte genug von Träumereien und Liebesschwüren, die jedes Mal wie Seifenblasen im Alltag zerplatzten. Der Rioja rann ihr durch die Kehle und löste einen leichten, wohltuenden Schwindel in ihr aus. Der Abend war aufgrund des Calimas ungewöhnlich heiß. Mit einem rüden Fluch auf den Lippen leerte Nina auch das zweite und schließlich das letzte Glas. Beim Aufstehen schwankte sie ein wenig, und ihre Augen füllten sich mit Tränen.

KAPITEL 15

Mit rasenden Kopfschmerzen stolperte Nina kurz nach Sonnenaufgang ins Bad und wusch sich mit kaltem Wasser das Gesicht. Ihre Laune war auf dem Tiefpunkt angelangt, als ihr die Ereignisse des vorletzten Abends wieder ins Gedächtnis gerieten. Sie hatte sich total lächerlich gemacht! Selbst wenn sie versuchte, die rein sachliche Wissenschaftlerin zu mimen, und nichts weiter als ein höfliches Lächeln für Fabio erübrigte, allein seine Nähe würde sie immer an die gemeinsam verbrachte Nacht und den darauffolgenden Streit erinnern. Regelrecht an den Hals geworfen hatte sie sich ihm, aus einer Laune und Einsamkeit heraus, ohne die Folgen zu bedenken. Grimmig betrachtete Nina sich im Badezimmerspiegel und beschloss, wieder schlafen zu gehen.

Als sie zwei Stunden später erwachte, glaubte sie, Fabios Körper neben sich zu spüren, seine Hände auf ihrer Haut, seinen tiefen Atem an ihrer Wange. Mühsam schälte sie sich aus dem Bett, schlüpfte in eine dünne Strickjacke und öffnete die Terrassentür. Obwohl die Sonne bereits hoch stand, war sie nur durch einen fahlen Lichtstrahl am gelblichen Himmel erkennbar. Von einem Ende des Calimas konnte noch keine Rede sein. Ihre Bougainvilleen machten einen traurigen Eindruck, einige der voll in Blüte stehenden Zweige waren abgebrochen, und der Steinfußboden war mit Blütenblättern aller Farbschattierungen übersät. Die Wetterprognose versprach jedoch erst zum nächsten oder übernächsten Tag Besserung, also musste diese Arbeit warten.

Nach einem ausgiebigen Bad schloss sie die Fensterläden, legte sich aufs Sofa und lauschte den sanften Klängen eines Violinkonzertes. Nina nahm die Truhe an sich, der Deckel sprang knarzend auf, und sie griff nach dem Tagebuch.

Dino ist ein richtiger Schwerenöter. Nacht für Nacht liegt er neben meinem Bett, und auch am Tag ist er nie weit weg. Aber heute habe ich ihn immer wieder verjagt. Er ist klug und wird sicher überleben.

Es war so einfach. Ich wusste, wo ich Carla finde. Unten, an der cueva. Am Höhleneingang, den wir Drachenschlund nennen, unserem Lieblingsplatz. Ich habe den Glücksbringer an mich genommen, den ich vor Jahren für meine Schwester gemacht hatte, und bin den Hügel hinab auf die Felsenküste zugegangen. Hier sind wir immer getaucht, hierher wollte ich zurückkehren. Ich bin ins Wasser gesprungen und ließ mich immer tiefer sinken.

Warm und ganz weich war das Meer. Carla wartet, dachte ich noch. Das Lederband mit dem Anhänger, der stets unter ihrem Kopfkissen lag, habe ich ganz festgehalten. Er sollte einen Platz finden, der die Ewigkeit überdauert. Mein letzter Gruß an Carla. Bald war ich unten. Noch einmal sah ich hoch, das Meer schimmerte an der Oberfläche. Dann erreichte ich den Drachenschlund. Ich küsste den Anhänger mit den belleza rojas und machte das Band zwi-

schen Felssteinen fest. In meiner Brust brannte es. Gleich wird es vorbei sein, habe ich mir gesagt, es dauert nicht mehr lange.

Das Nächste, was ich spürte, waren Hände, die mich umdrehten, bis ich auf der Seite lag. Ein Schwall Wasser schoss aus mir heraus, und ich musste husten. Da war eine Stimme, die von weit her zu mir sprach.

Dummes, dummes Mädchen. Mach die Augen auf.

Dann hat mich jemand auf die Wange geschlagen. Aber um mich herrschte noch immer Nebel. Ich lebte. Ich hatte versagt. Plötzlich spürte ich einen heftigen Schmerz, er war überall. Ich konnte gar nicht mehr richtig atmen. Etwas Nasses, Raues traf meine Waden. Gleich darauf kitzelte es an meinem Bein.

Mach schon die Augen auf, Mädchen, wiederholte die Stimme, diesmal lauter, und ich tat es.

Seine Augen hatten die Farbe des Himmels, kurz bevor es dunkel wird. Zornig blickten sie auf mich herab. Er war jung, kaum älter als ich, mit hellen Haaren, die sich im Nacken kringelten.

Muttergottes! Hast du mir einen Schrecken eingejagt! Geht es dir gut?

Nein, wollte ich antworten. Geh weg, lass mich allein. Aber ich konnte nicht sprechen, zu heftig war der Schmerz bei jedem Atemzug. Auf einmal spürte ich ein ungewohntes Gewicht an meinem Hals.

Geh weg, Hund, rügte der Fremde. Du bist zu schwer für sie.

Ich drehte den Kopf. Es war Dino, der seinen großen Schädel in meinen Nacken gelegt hatte. Mit seinen Murmelaugen sah er mich an. Ich weiß nicht, wieso, aber da musste ich weinen und konnte nicht mehr aufhören. Ich habe die Arme um Dinos Hals gelegt und ihn so lange festgehalten, bis sein Fell von meinen Tränen ganz nass war und ich ihm einen Schubs gegeben habe.

Erst nach mehreren Versuchen gelang es mir, mich aufzusetzen.

Der Fremde ging in die Hocke. Ich heiße übrigens Mateo. Mateo Campillo. Und du?

Serena Luengo. Warum ließ er mich nicht zufrieden?

Mateo! Nina sprang auf, griff mit fliegenden Fingern nach der Truhe, stellte sie sich auf den Schoß und warf einen Blick hinein. Die Korallenkette. Sie nahm das Schmuckstück an sich und wog es in der Hand. Mateo, nur das eine Wort war auf der Rückseite eingraviert. Ihre Finger schlossen sich um das Amulett.

Stattdessen setzte er sich neben mich. Ich kenne dich, weißt du? Habe euch manchmal gesehen, deine Schwester und dich. Er zog die hohe Stirn in Falten. Du warst leichtsinnig, so lange zu tauchen. Ich dachte erst, du bist tot!

Wäre ich es doch nur, habe ich mir da gewünscht.

Als ich nicht antwortete, machte er ein betretenes Gesicht. Du bist verletzt. Deine Arme sind voller Blasen, und du hast dir den Kopf gestoßen. Ich glaube, deine Rippen haben auch etwas abbekommen. Kannst du laufen? Wenn nicht, werde ich dich tragen, einverstanden?

So kam es, dass ich ein wenig später in meinem

Bett lag. Mein Kopf tat schrecklich weh. Mateo hatte mir aufgetragen, still liegen zu bleiben, bis er wieder da ist. Später kam er zurück. Ich hatte eine Wunde am Hinterkopf, meine Ellenbogen waren aufgeschrammt. Aber am schlimmsten fand ich die juckenden Stellen an den Armen und Beinen. Sie haben mich ganz verrückt gemacht. Er hat mir Salbe daraufgestrichen und etwas Suppe aufgewärmt, die er seiner Mutter stibitzt hat.

Nina blätterte die Seite um, während sie meinte, die Staubkörner in der Hütte im Sonnenlicht tanzen zu sehen. Die großen, fragenden Augen des Bardinos richteten sich auf ihre Gestalt, und von der Kochstelle her drang Klappern zu ihr herüber …

Ich wollte nicht mit Mateo reden, dafür plapperte er unaufhörlich. Er erzählte mir von seinem älteren Bruder, der den Hof mit den Eltern bewirtschaftet. Von seiner Bewunderung für Carlas und meinen Mut, hier oben ganz allein zu leben. Ich habe irgendwann einfach nicht mehr zugehört. Aber die Suppe war sehr lecker, sie war mit frischen Kräutern gewürzt. Als ich satt war, setzte er sich auf den Hocker und schlug die Beine übereinander.

Ich habe dich beobachtet, wie du ins Wasser gesprungen bist. Als du nicht wieder aufgetaucht bist, habe ich angefangen, mir Sorgen zu machen.

Danke, aber das war nicht nötig. Ich komme allein zurecht.

Das habe ich gemerkt, antwortete Mateo und streichelte Dino übers Fell. Tut mir leid wegen deiner

Schwester. Ich habe es von meiner Mutter gehört. Schrecklich!

Ich habe ihm den Rücken zugewandt, obwohl mir jede Bewegung wehgetan hat. Danke für alles. Aber ich möchte, dass du jetzt gehst.

Einen Moment blieb es still, dann wurde der Hocker weggeschoben.

Gut. Ich komme wieder, sagte er und wartete auf eine Antwort.

Als ich stumm blieb, verließ er die Hütte.

Es dauerte eine Weile, bevor Nina in die Wirklichkeit zurückfand. Auch nachdem sie die Aufzeichnungen wieder in der Truhe verstaut hatte, klangen Serenas Worte in ihr nach.

Ich lebte. Ich hatte versagt.

Nina hatte nie den Wunsch verspürt, sich das Leben zu nehmen. Gut, dass es diesem jungen Mann geglückt war, Serena aus ihrem nassen Grab zu retten. Ein bitteres Lächeln umspielte den Mund der Biologin. Die Träumereien von einem tapferen, starken Helden, der sie aus jeder scheinbar aussichtslosen Lage befreite, hatte sie glücklicherweise schon früh aufgegeben. Es lebte sich auch ohne ganz gut, immerhin führte sie ein selbstbestimmtes, abwechslungsreiches Leben. Womit ihre Gedanken wieder zu Fabio wanderten und der Frage, was er von ihrer Flucht aus seiner Wohnung – denn nichts anderes war es gewesen – wohl hielt.

Es wollte ihr einfach nicht gelingen, ihn einzuschätzen. Nur eines stand unwiderruflich fest: Mit ihrer Art, in schwierigen Situationen die Flucht zu ergreifen, hatte sie ihm jede Möglichkeit genommen zu reagieren. Das nahm er ihr bestimmt übel. Nur wie sollte sie ihm verständlich machen, dass sie bloß deshalb geflohen war, weil sie es nicht länger ausgehalten hätte, Fabio so nahe zu sein, ohne von etwas zu träumen, das sie nicht bekommen konnte?

Nina legte sich auf das Sofa und verschränkte die Arme hinter dem Kopf. Der Saharasand, der mit dem Wind umherschwirrte, nahm durch seine gelbliche Färbung ihrem Ausblick seine sonst so üppigen, fröhlichen Farben. Plötzlich verstummten die Violinen aus dem CD-Player. Nina griff nach dem Gerät auf dem Tisch, aber es reagierte auf keinen ihrer Befehle. Es musste defekt sein. Im Wohnzimmer war es still geworden.

Die Abenddämmerung setzte ein, in wenigen Minuten würde es dunkel sein. Sie stand auf, um den Lichtschalter zu betätigen. Nichts geschah. Nina versuchte es am Schalter der Stehlampe, doch auch der schien nicht zu funktionieren. Wo hatte sie noch mal den Sicherungskasten gesehen? Schließlich wurde sie in der Küche fündig, er befand sich in einem der Hängeschränke. Sie konnte allerdings nichts Ungewöhnliches feststellen, was einen Stromausfall hervorgerufen haben könnte. Nina eilte ins Wohnzimmer zurück und entzündete einige Kerzen, von denen sie zum Glück genügend vorrätig hatte. Sollte sie ihre Vermieter anrufen? Sie entschied sich dagegen, immerhin hatten die Campbells ihr bereits zum Einzug mitgeteilt, dass der Strom aufgrund von Wetterkapriolen öfter ausfiel, zumal der Calima seit der letzten Nacht sein Unwesen trieb. Warum also sollte sie die älteren Herrschaften an ihrem wohlverdienten Feierabend stören?

Ob noch mehr Ferienhäuser von dem Stromausfall betroffen waren? Das ließ sich mithilfe des Internets herausfinden, denn der Akku des Laptops müsste noch voll aufgeladen sein. Zunächst wollte sie jedoch in den anderen Räumen nachsehen, vielleicht gab es ja auch einen zweiten Stromkreis, der noch intakt war. Mittlerweile war es draußen dunkel. Im Kleiderschrank lag noch die Taschenlampe, die sie auf alle ihre Reisen mitzunehmen pflegte. Mit einer dickbauchigen Kerze in der Hand holte Nina sie heraus, knipste sie an und inspizierte die Räume. Das gesamte Haus schien ohne Strom zu sein. Gleich am nächsten Morgen wollte sie sich bei den Campbells melden, damit die Störung so schnell wie möglich behoben wurde.

Im Internet forschte sie nach Meldungen über Schäden, die der Calima ausgelöst hatte. Aber in den Nachrichten war nirgends davon die Rede. Nina fuhr den Computer herunter und löschte die Kerzen. Nach der vergangenen Nacht mit Fabio konnte es nicht schaden, wenn sie rechtzeitig ins Bett ging. Sie lächelte. Selbst wenn sie vergangene Nacht den größten Fehler ihres Lebens begangen haben sollte, niemals könnte sie auch nur einen einzigen Augenblick bereuen, denn mit Fabio hatte sie eine Nähe empfunden, die sie bisher nicht kannte. Trotz aller Unterschiede und Widersprüche existierte etwas zwischen ihnen, das über bloßes körperliches Verlangen hinausging.

Mehr als einmal in der letzten Nacht hatte sie das Empfinden gehabt, mit ihm eine andere Welt betreten zu haben, die nur ihnen beiden gehörte. Aber das ist wohl bloß die romantische Interpretation einer verliebten Frau, dachte sie und fühlte sich plötzlich so einsam wie nie zuvor.

KAPITEL 16

In der Nacht war der Calima weitergezogen, und Nina freute sich über den Anblick der sich sanft im Wind wiegenden Bananenpflanzen und der tanzenden Schmetterlinge. Die Campbells hatten ihr versichert, umgehend einen Elektriker vorbeizuschicken. Seitdem war kaum eine Stunde vergangen, als sie das Motorengeräusch eines sich nähernden Fahrzeuges hörte. Ein jüngerer Mann mit Vollbart stieg, einen Werkzeugkasten in der Hand, aus dem Auto. Von einem Stromausfall am vergangenen Abend wisse er nichts, er wolle sich aber gleich an die Ursachenforschung machen. Währenddessen ging Nina ins Wohnzimmer zurück und tippte die Erlebnisse des vergangenen Tages in ihre digitalen Reiseaufzeichnungen. Als sie kurz aufblickte, entdeckte sie den Handwerker vor einem der Fenster. Wenig später klopfte es.

»Seit wann sind Sie denn ohne Strom?«, kam er ohne Umschweife auf den Punkt.

Sie wies ins Wohnzimmer, aber er lehnte dankend ab.

»Ich habe es bemerkt, als es gestern dunkel wurde und ich das Licht einschalten wollte. Das muss so gegen neun Uhr abends gewesen sein. Warum fragen Sie?«

Er kratzte sich am Hinterkopf. »Die Hauptleitung, die sich außen auf der anderen Seite des Hauses befindet, wurde durchtrennt, Señora.«

Nina war es, als würde man ihr den Boden unter den Füßen wegziehen.

»Tut mir leid, Señora Michaelis. Da hat Ihnen jemand einen üblen Streich gespielt. Aber keine Sorge, das bekommen wir wieder hin. Ich habe das Material im Wagen.«

Sie nickte mechanisch und sah ihm nach, wie er mit einem gemurmelten *»Hola«* das Haus verließ. Warum um Himmels willen sollte jemand die Hauptstromleitung durchtrennen? Das ergab doch keinen Sinn!

Nina begann im Wohnraum auf und ab zu laufen. Sie könnte Fabio anrufen. Wie sie ihn kannte, würde er sie mit einem süffisanten Grinsen daran erinnern, dass er sie gewarnt hatte, allein auf dem Hügel zu bleiben. Wenn er das Gespräch überhaupt entgegennahm. Nein, besser nicht. Dasselbe galt für ihre Vermieter. Hastig öffnete Nina die Terrassentür und füllte ihre Lungen mit frischer Luft. Sosehr sie sich auch um Gelassenheit bemühte, fragte sie sich doch insgeheim, ob Fabio nicht recht gehabt hatte.

Sie war wahrlich keine ängstliche Frau, die beim leisesten ungewohnten Geräusch gleich aufschrie. Aber der Gedanke, Fremde könnten heimlich um ihr Haus schleichen, erschien ihr dann doch sehr befremdlich. Mit etwas Überredungskunst konnte sie den Elektriker vielleicht dazu bringen, die durchtrennte Hauptleitung in dem Reparaturauftrag nicht zu erwähnen, um die Nerven der Campbells zu schonen. Nachdenklich trat sie durch die Haustür und öffnete den Briefkasten. Ein Zettel fiel ihr in die Finger, auf dem in Druckbuchstaben nur wenige Worte geschrieben standen:

Letzte Warnung! Hau ab!

Nina starrte auf das weiße Papier, las die Nachricht erneut, schüttelte ungläubig den Kopf und warf den Zettel auf den Wohnzimmertisch. Das war komplett irre! Gegen die Hausmauer gelehnt, hörte sie den Gesang der Vögel und das Huschen einer Eidechse, die – von der Wärme erwacht – aus einer niedrigen Mauer herausgetreten war, um nach Insekten Ausschau zu halten. Der Wind spielte mit den Blättern der Bäume und pustete etwas von der dünnen Sandschicht davon, die der Calima hinterlassen hatte. Die Sonnenstrahlen malten goldene Schimmer auf den geschwungenen Weg, der zur Küste führte. Alles schien wie immer zu sein. Dabei beschlich sie das Gefühl, das farbenfrohe, sinnliche Gemälde vor ihren Augen hätte einen dünnen Riss bekommen. Einen, den nur sie wahrzunehmen imstande war, der aber dennoch vorhanden und nie wieder vollständig zu kitten war.

Sie hatte keine andere Wahl. Seufzend griff sie nach ihrem Handy und wählte Ingvisons Nummer.

Kurz darauf näherte sich der Wagen des Professors ihrem Haus, und die Mitglieder des Teams kamen geschlossen und mit ernster Miene auf sie zu. Der Handwerker entlud indes das Material und verschwand hinter dem Haus.

Ingvison streckte ihr seine Rechte entgegen. »Gut, dass Sie mich angerufen haben, Doktor Michaelis. Damit sind Sie mir zuvorgekommen.«

Nina musterte ihn. »Wieso?«

Aber der Professor war bereits eingetreten, als Jesper auf sie zukam und sie ungewohnt wortkarg begrüßte. Auf den Zügen von Pepe, der seinem Kommilitonen folgte, entdeckte sie deutliche Spuren von Übernächtigung. Sein Lächeln wirkte verkniffen, und das Hemd war derart zerknittert, dass Nina sich fragte, ob er darin geschlafen hatte.

Dann stand Fabio vor ihr und maß sie aus gesenkten Lidern. »*Hola,* Nina.«

Sie erwiderte seinen Gruß und ließ auch ihn eintreten. Im Wohnzimmer bat sie ihre Gäste, Platz zu nehmen, und stellte Erfrischungsgetränke, Gebäck und Gläser auf den Tisch. Nachdem sie nachgesehen hatte, ob der Elektriker außer Hörweite war, setzte sie sich in den Sessel.

»Vielen Dank fürs Kommen. Es gibt Neuigkeiten. Leider bin ich seit gestern ohne Strom. Jemand hat meine Hauptleitung gekappt, deshalb auch der Handwerker. Heute Morgen habe ich dann das hier im Briefkasten gefunden.« Nina griff nach dem Zettel auf dem Tisch und reichte ihn an den Forschungsleiter weiter.

»Sie also auch?«, brummte dieser.

Nina beugte sich vor. »Was soll das heißen, Professor Ingvison? Sagen Sie jetzt nicht, dass Sie auch …?«

Wortlos legte der Isländer eine identisch aussehende Nachricht neben ihre.

»Nicht nur das«, ergriff Fabio das Wort. »Arnulf und ich haben uns gestern Abend noch auf ein Bier in der Strandbar getroffen. Währenddessen hat jemand sein Zimmer durchsucht und verwüstet.« Seine Stimme klang gepresst, als ob er sich selbst zur Ruhe zwingen würde.

»Mein Zimmer sieht aus wie nach einem Erdbeben«, warf der Forschungsleiter ein und drehte gedankenverloren sein Glas in der Hand. »Ziehen Sie nicht so ein Gesicht, meine Liebe. Mir fehlt nichts. Dafür macht die Vorgehensweise der Vandalen den Eindruck, als hätten sie etwas gesucht und nicht gefunden. In ihrer Wut über diesen Missstand haben sie meine Privatsachen durchwühlt und teilweise zerstört. Das hier allerdings«, er hielt einen dunklen Gegenstand in die Höhe, »haben sie nicht gefunden, da ich es bei mir getragen habe.«

Nina erkannte sein iPad, das er als zweiten Computer benutzte. »Immerhin etwas, Professor Ingvison. Aber wem ist eine solche kriminelle Energie zuzutrauen?«

»Wenn wir das wüssten! Mein Zimmer wurde ebenfalls verwüstet. Außerdem hat man mir eine der externen Festplatten gestohlen, auf denen ich immer die neuesten Daten zwischenspeichere«, presste Jesper hervor. »Normalerweise trage ich sie bei mir, da die Pension über keine Safes verfügt. Ausgerechnet gestern jedoch …«

»… hat er sie in der Pension liegen lassen, weil er nur seine neueste Flamme im Kopf hatte und mit ihr ausgehen wollte«, fiel ihm Pepe ins Wort und klopfte ihm in einer gutmütigen Geste auf die Schulter. »Nichts für ungut, Kollege.«

»Verdammt noch mal, es tut mir leid, okay?«, platzte es aus Jesper heraus, dessen Wangen sich rot verfärbt hatten. »Wer rechnet denn mit so was?«

Nina, die neben ihm auf dem Sofa saß, nickte. »Die gesammelten Daten sind also verschwunden?«

»Nein. Insgesamt existieren drei Datenträger, auf denen ich unsere Ergebnisse speichere, plus der kleine Computer vom Chef.«

Nina atmete hörbar aus und spürte währenddessen Fabios Blick auf sich, der ein feines Kribbeln in ihrem Inneren auslöste. In diesem Moment wünschte sie sich weit fort, fort von ihren Gefühlen und fort von den jüngsten Ereignissen.

Sie wandte sich Ingvison zu. »Diese Leute wissen also über unsere Forschungen und Erkenntnisse Bescheid? Was erhoffen sie sich von den Tabellen, Listen und Berichten, dass sie sogar bereit sind, uns Schaden zuzufügen?«

Im Wohnzimmer setzte eine betretene Stille ein. Nina konnte sehen, wie es in den Mienen der anderen arbeitete.

»Seit wann sind Sie ohne Strom, Doktor Michaelis?«, unterbrach Ingvison schließlich das Schweigen.

Sie berichtete, wie sich der Abend zugetragen hatte.

»Bei uns war es zwischen zehn und halb elf. Gegen elf fand ich mein Zimmer verwüstet vor. Kurz darauf hat mir Herr Vikström mitgeteilt, dass er ebenfalls betroffen ist. Demnach haben die Täter erst Sie mit ihrem Besuch beehrt, Doktor Michaelis«, stellte der Isländer lakonisch fest. »Dieser Zettel ist übrigens eine Kopie. Das Original befindet sich zur Spurensicherung bei der örtlichen Polizeidienststelle.« Er blickte in die Gesichter seines Teams. »Ich schlage vor, wir fassen noch mal kurz zusammen. Wer auch immer dahintersteckt, kennt uns und unsere Aufenthaltsorte. Die Täter wussten sogar unsere Zimmernummern. Leider sind sie offensichtlich auch über Ihre Adresse informiert, Doktor Michaelis.«

Pepe räusperte sich. »Vermutlich beobachten sie uns. Was gleich die nächste Frage aufwirft: Wie konnten sie in die beiden Zimmer gelangen, ohne von Señora Diaz entdeckt zu werden? Die Wirtin sagte uns, sie hätte lange mit einem Stammgast geplaudert und dabei die Sportnachrichten im Fernsehen angesehen, schwört aber, niemanden hereingelassen zu haben.«

»Gibt es in der Pension einen Hintereingang?«, wollte Nina wissen.

»Einen Schuppen«, erwiderte Fabio. »Die Einheimischen schließen ihre Häuser selten ab. Natürlich sollte dies an Touristenorten anders gehandhabt werden. Wahrscheinlich hat Señora Diaz es schlicht vergessen.«

Nervös trommelte der Professor mit den Fingerspitzen auf den Tisch. »Die Drohungen nehmen an Intensität zu, damit wir unser Forschungsprojekt abbrechen. Die Gründe kennen wir nicht, aber die Polizei wird alle Hebel in Bewegung setzen, um die Täter dingfest zu machen. Die Zimmer sind derzeit gesperrt und werden gründlich auf verwertbare Spuren untersucht.« Sein Blick wurde eindringlich. »Wir hatten vergangene Nacht bereits Gelegenheit, uns zu beraten, wie wir weiter verfahren wollen. Wie denken Sie darüber, Doktor Michaelis?«

Nina nahm einen Schluck Orangensaft und stellte das Glas ab. »Warum haben Sie mich nicht sofort verständigt, Professor Ingvison?«

»Ich habe es versucht, aber Sie waren telefonisch nicht erreichbar. Jetzt erklärt sich natürlich auch, warum.«

Nina nickte. »Mein Telefon lag auf der Ladestation, aber dann ist der Strom ausgefallen. Doch zurück zu Ihrer Frage: Wir machen selbstverständlich weiter! Aufgeben wäre für mich keine Alternative, nur müssen wir in Zukunft eben vorsichtiger sein.«

»Womit wir beim nächsten Punkt wären.« Fabios Mundwinkel hoben sich zu einem feinen Lächeln. »Du möchtest vermutlich nicht aus deinem Haus ausziehen?«

Nina öffnete den Mund, um etwas zu entgegnen, da schnitt ihr der Palmero mit einer Handbewegung das Wort ab.

»Deshalb haben wir uns überlegt, dir männliche Gesellschaft zur Seite zu stellen.« In seinen Augen bemerkte sie ein amüsiertes Funkeln. Er lehnte sich im Stuhl zurück, ein Ausbund von Gleichmütigkeit. »Pepe hat sich angeboten, bei dir zu wohnen, bis die Polizei die Täter geschnappt hat.«

Das hatte ihr gerade noch gefehlt! Sosehr sie den Studenten schätzte, es bedeutete jedoch, dass sie das Tagebuch vor neugierigen Blicken würde verstecken müssen. Andererseits, räumte sie im Stillen ein, ist es die einzige Möglichkeit, das Korallenhaus vor diesen Verrückten zu beschützen.

»Na schön«, gab sie widerwillig nach. »Das ist lieb von dir, Pepe.«

»Keine Ursache«, winkte er ab. »Dein Haus ist weitaus schöner als mein Zimmer. Ich kann mich also nur verbessern. Wo darf ich schlafen?«

»Das klären wir später«, wich Nina aus.

»Gut, dann sind wir uns also einig und setzen unsere Arbeit wie geplant fort. Ich bitte alle um erhöhte Aufmerksamkeit, damit es nicht zu einem weiteren Datenverlust kommt«, beendete Ingvison das Gespräch und erhob sich.

Die anderen folgten seinem Beispiel.

»Das Wetter ist gut, wir fahren direkt in den Norden nach Puntagorda. Von dort aus starten wir mehrere Bootstauchgänge. Diesmal werdet ihr Kolonien der roten Gorgonien untersuchen. Doktor Michaelis, wir warten draußen, fahren Sie mir einfach hinterher.« Als der Isländer ihre besorgte Miene sah, lächelte er ihr aufmunternd zu. »Ganz ruhig. Die Polizei findet die Kerle sicher bald. Irgendwann werden sie einen Fehler begehen, glauben Sie mir.«

»Das hoffe ich sehr«, antwortete Nina.

Jesper und Fabio wendeten sich bereits zum Gehen. »Ruf mich an, falls dir der Typ hier«, der Schwede wies auf Morales, »auf die Nerven fallen sollte. Kommst du, Pepe? Oder soll ich deine Sachen allein hier reinschaffen?«

»Stopp!« Nina stemmte die Hände in die Hüften und sah von einem zum anderen. »Wollt ihr damit sagen, dass sich Pepes Gepäck längst im Kofferraum befindet und nur noch ausgeladen werden muss? Was hättet ihr getan, wenn ich mit seinem Einzug nicht einverstanden gewesen wäre?«

»Diese Möglichkeit haben wir natürlich ebenfalls in Betracht gezogen«, antwortete Fabio. »In dem Falle hätten wir deine Koffer gepackt und wären mit dir zur Pension gefahren. Keine Widerworte, *doctora*.« Ihre Entrüstung schien er nicht zu bemerken. »Sollte es Probleme geben, weißt du, wie du mich erreichst. Bis gleich.«

Pepe hob entschuldigend die Schultern, während Jesper übers ganze Gesicht grinste. Fassungslos beobachtete Nina, wie die drei das Haus verließen.

Währenddessen nahm sie die Truhe an sich und verstaute das Behältnis in ihrem Kleiderschrank unter einem Stapel Wäsche. Dabei fragte sie sich, warum es ihr so wichtig war, Serenas Tagebuch vor den Blicken anderer zu verstecken. Wahrscheinlich würde Pepe die Truhe gar nicht weiter beachten. Nur was, wenn doch? Etwas in ihrem Inneren sträubte sich gegen diese Vorstellung. Nina horchte in sich hinein, und als sie sich die Wahrheit eingestand, holte sie tief Luft. Weil Serenas Gedanken und Gefühle, die Augen, mit denen das Mädchen seine Welt betrachtet hatte, ihren eigenen glichen. Es wäre nur eine Frage der Zeit, bis Ninas Seele für den Leser offenbar wurde. Wer ihre wahren Empfindungen erkannte, war imstande, sie zu verletzen. Genau das durfte nicht geschehen.

Der Handwerker trat ihr entgegen. »Señora Michaelis, ich wäre dann fertig. Alles funktioniert wieder einwandfrei. Wenn Sie sich selbst davon überzeugen wollen?« Er betätigte verschiedene Lichtschalter, und auch der Kühlschrank summte wie gewohnt.

Kurz darauf las sie den Reparaturauftrag, auf dem er ihrem Wunsch gemäß lediglich eine defekte Stromleitung erwähnt hatte. Als sie ihre Unterschrift unter das Formular setzte, kam ihr Pepe mit einem Koffer und einer Reisetasche entgegen, die er im Flur abstellte. Daraufhin machte sich das Team gemeinsam auf den Weg nach Norden.

KAPITEL 17

Am Abend hatte Pepes Kleidung in einer von Ninas Kommoden Platz gefunden. Der Student bot ihr an, im Wohnzimmer zu übernachten, was sie dankbar annahm.

Sie wandte sich ihrem Gast zu. »Ich mag dich, Pepe. Aber ich habe mich ehrlich gesagt von der Entscheidung des Teams überrumpelt gefühlt.«

»Das verstehe ich gut«, erwiderte er. »Mir wäre es wohl nicht anders gegangen. Aber ich werde dich ganz bestimmt nicht stören. Bitte glaub mir, wir wollen dich nur beschützen.«

»Ich muss dich warnen: Ich bin ein schrecklicher Morgenmuffel und eine Einzelgängerin dazu.« Nina zwinkerte ihm zu. »Dennoch bin ich froh, dass du dich bereit erklärt hast und nicht …«

»Nicht Guantes oder Vikström, unsere beiden Testosteronwunder?« Pepe wies auf seinen wenig muskulösen Oberarmmuskel, während Nina in haltloses Lachen ausbrach.

Als sie sich wieder gefangen hatte, lächelte sie warm. »Herzlich willkommen in meiner *casa*!«

Pepe erwies sich als ein sympathischer Mitbewohner. Tatsächlich versuchte er sich so unauffällig wie möglich zu verhalten, was angesichts der Tatsache, dass er zur Tollpatschigkeit neigte, unmöglich erschien.

Nina war mit dem ersten Hahnenschrei aufgewacht, da hörte sie, wie im Wohnzimmer etwas mit einem dumpfen Geräusch zu Boden fiel, kurz darauf folgte ein heiserer Fluch. Wenig später hantierte der Student im Badezimmer. Die Meeresbiologin hatte eine unruhige Nacht hinter sich, in der sie abwechselnd von den leidenschaftlichen Stunden mit Fabio und von Einbrechern mit schwarzen Masken geträumt hatte. Auch die wachsende Nervosität, wenn sie daran dachte, in etwas mehr als zwei Stunden Fabio gegenüberzutreten, gefiel ihr gar nicht.

Den Kopf voller trübsinniger Gedanken, schlug sie endlich die Decke zurück, warf sich den Bademantel über und kochte eine große Kanne Kaffee. Nachdem sie für Pepe den Frühstückstisch im Wohnzimmer gedeckt hatte, setzte sie sich mit einer Schale Müsli und einem Becher Kaffee auf die Terrasse. Und hoffte, der Spanier möge nicht auf die Idee kommen, ihr Gesellschaft zu leisten. Als sie schließlich hörte, wie er in den Wohnraum trat, ihr ein fröhliches *»Buenos días«* zurief und am Tisch Platz nahm, atmete sie auf. Die Schaumkronen auf dem Meer sahen aus wie kleine Hauben aus Sahne.

Während Nina die Atmosphäre in sich aufsog, nahm ein Gedanke allmählich Gestalt in ihr an. Was hielt sie eigentlich davon ab, ihren Kindheitstraum von einem romantischen Haus, ihrem Korallenhaus am Meer, wahr werden zu lassen? Seit sie für die Fakultät als freie Mitarbeiterin tätig war, gab es keinen Anlass mehr, in München zu bleiben und sich weiterhin mit Tagträumen zufriedenzugeben. Die Idee jagte neue Energie durch ihre

Adern. Sie lächelte, schloss die Augen und spürte, wie sich ein Knoten in ihr auf einmal auflöste.

Pepe fing im Wohnzimmer an zu pfeifen und holte sie so in die Wirklichkeit zurück. Sie sollte sich die Erlebnisse und Resultate des letzten Tauchganges in Erinnerung rufen, doch kam es ihr vor, als wäre es eine Ewigkeit her, seit Fabio und sie den Korallengarten abgetaucht hatten. Dabei lag dieses Erlebnis erst einige Tage zurück.

Als sie später den El Time hinunterfuhren und der Student sie mit Anekdoten über seine Ungeschicklichkeit zum Lachen brachte, hatte sie ihr inneres Gleichgewicht wiedergefunden.

»Hallo allerseits.« Arnulf Ingvison half Nina galant aus der Jacke. »Aus aktuellem Anlass habe ich beschlossen, die Tauchorte für die nächsten Tage zu ändern.«

Auf die fragenden Blicke seines Teams hin bat der Isländer sie mit einer Geste um Aufmerksamkeit. »Vor Kurzem habe ich von der Arbeit des Forschungsschiffes des *Instituto Español de Oceanografía* berichtet. Die Walforscher nehmen Wasserproben, Sie erinnern sich?« Während er sprach, vertieften sich die Falten auf seiner Stirn. »Gestern habe ich mich mit den Kollegen getroffen. Sie waren so kooperativ, mir ihre Studien zu zeigen, und ich sage Ihnen … ich war erschüttert.«

Alle Augen waren auf den Forschungsleiter gerichtet.

»Gerade im Meeresgebiet zwischen La Palma und La Gomera«, fuhr er fort, »haben sie eine beachtliche Zahl abgerissener Fischernetze, sogenannte Geisternetze, gesichtet, die nicht nur die Korallenbänke beschädigen, sondern auch immer wieder Opfer unter den großen

Meeressäugern fordern. Im Laufe der letzten Tage sind bedauerlicherweise mehrere verendete Jungdelfine gefunden worden, die sich in den Netzen verfangen haben und elendig ertrunken sind, weil sie sich nicht aus eigener Kraft befreien konnten, darunter auch eine Delfinkuh.«

Nina stockte der Atem, zu lebhaft war ihr die Erinnerung an die Delfindame, die sie und Fabio umkreist hatte. Sie fing den Blick des Tauchers auf, dem alle Farbe aus dem Gesicht gewichen war. Dachte er wie sie an die besondere Begegnung mit den verspielten Tieren zurück?

»Seitdem haben die Wissenschaftler tonnenweise Müll aus dem Atlantik geborgen, aber da sie bloß zu viert sind, kommen sie nur schleppend voran. Deshalb habe ich den Walforschern unsere Unterstützung zugesagt.« Die stahlblauen Augen des Isländers musterten jeden Einzelnen seines Teams eindringlich. »Es eilt, daher wird es heute nur einen Tauchgang geben, und die Pläne für die nächsten Tage werden verschoben. Herr Vikström und Herr Morales, Sie programmieren bitte den Laborcomputer so, dass in den nächsten beiden Tagen während unserer Mission die Werte direkt auf den Laptop eingespeist werden. Ich brauche auch Ihre tatkräftige Unterstützung, denn wir wollen nicht noch mehr Tiere verlieren. Kann ich auf Ihre Hilfe zählen?«

»Natürlich!«, platzte es aus Nina heraus.

Sie sprang als Erste auf, und auch die anderen zögerten nicht. So beratschlagten sie auf dem Weg zu Ingvisons Wagen das weitere Vorgehen. Der Professor hatte sich von den Walforschern die Koordinaten der bisherigen Fundorte geben lassen, an denen Schlepp- oder

Treibnetze vermutet wurden. Die beiden Teams wollten sich das Forschungsschiff teilen. Fabio und Nina sollten die georteten Stellen abtauchen und die Netze an Haken befestigen, damit sie geborgen werden konnten.

»So weit, so gut«, warf Fabio ein. »Aber wer soll den ganzen Müll heraufholen? Ich meine, Nina und ich tun, was wir können. Aber das schaffen wir niemals allein. Wir brauchen Unterstützung!«

Wortlos zog Ingvison sein Mobiltelefon aus der Jackentasche und entfernte sich, während der Rest des Teams überlegte, woher sie am schnellsten einen Lastwagen bekommen konnten, um den Müll ordnungsgemäß zu entsorgen.

Fabio, der dicht neben Nina stand, wollte sich in der Nachbarschaft umhören. Vielleicht kannten die Leute jemanden, der ihnen ein geeignetes Gefährt zur Verfügung stellte. »Einen Versuch ist es allemal wert, oder?«, meinte er.

»Ich spreche mit Señora Diaz«, schlug Jesper vor. »Die Wirtin hat durch die Pension sicher eine Menge Verbindungen.«

»Gute Idee«, warf Nina zerstreut ein und beäugte Fabio von der Seite.

Er war ihr nahe, viel zu nahe, doch sie traute sich nicht, von ihm abzurücken. Ganz deutlich konnte sie fühlen, wie auch er sich versteifte. Als Fabio sich Jesper zuwendete, berührten sich kurz ihre Fingerspitzen. Er war ihr böse, und sie konnte es ihm nicht verdenken. Da näherten sich Schritte.

»Später erhalten wir Verstärkung aus Teneriffa und La Gomera. Einige Mitarbeiter einer Naturschutzorganisation haben sich bereit erklärt, uns beim Bergen der Netze unter die Arme zu greifen«, berichtete der Isländer und steckte sein Handy wieder in die Jackentasche. Sein Gesicht nahm einen sorgenvollen Ausdruck an, als er Fabio und Nina betrachtete. »Leider ist es mir bisher nicht gelungen, weitere Taucher aufzutreiben, deshalb werde ich euch bei den Tauchgängen begleiten. Zwei Männer unterstützen uns an Bord, die anderen beiden helfen Morales und Vikström beim Abtransport. Ihr müsst also unter Wasser mit mir vorliebnehmen. Ist zwar eine Weile her, seit ich zuletzt da unten war, aber es wird schon gehen«, sagte er zwinkernd, um gleich im nächsten Moment wieder ernst zu werden. »Ich weiß, ich mute euch beiden eine Menge zu. Die nächsten Tage werden anstrengend.«

Inzwischen hatte auch Fabio mehrere Telefonate geführt. Sie hatten Glück, eine Transportfirma aus El Paso wollte dem Team dank der Fürsprache der Pensionswirtin auf eigene Kosten für die nächsten drei Tage einen Lastwagen zur Verfügung stellen. Die beiden Studenten erhielten die Anweisung, ihn abzuholen, außerdem benötigten sie einen Hebesack, Karabinerhaken, Leinen, Messer, Seitenschneider und Scheren zum Bergen des Mülls.

Währenddessen galt es für Fabio und Nina, ihre Arbeit fortzusetzen und Proben vom nächsten Tauchort zu nehmen.

»Unser nächstes Forschungsrevier wird noch einmal Los Cancajos sein«, erläuterte Ingvison, als er den Wagen aus Tazacorte hinauslenkte, um die Route in Richtung Osten einzuschlagen. Vermutlich war ihm Ninas Erstaunen nicht entgangen, denn er lächelte sie über den Rückspiegel an. »Der Wetterdienst hat im Osten, im Gegensatz zur böigen Westseite, Windstärke zwei vorhergesagt, deshalb nutzen wir die günstige Gelegenheit und fahren nach Los Cancajos. Diesmal müsst ihr allerdings direkt vom Strand aus abtauchen, da ich unser Boot an die Kollegen verliehen habe, die bereits in den frühen Morgenstunden mit der Ortung des Mülls begonnen haben. Damit wir bald zu ihnen stoßen und mit der Müllbergung beginnen können, beschränken wir uns heute wie schon erwähnt auf diesen einen Tauchort. Einverstanden?«

»Sicher. Kannst du mir den Tauchgang näher beschreiben, Arnulf?«, fragte Fabio.

»Schau mal ins Handschuhfach. Dort liegt ein detaillierter Plan.«

Der Palmero nahm den Hefter heraus. Seine Stimme klang nüchtern, während er Nina ihr Vorhaben schilderte. Ihr heutiges Ziel war ein Gorgoniengarten, der sich nahe eines Lavabergs befinden sollte.

»Der Monte Lava erstreckt sich zwischen acht und knapp vierzig Metern Meerestiefe«, ergänzte er, ohne aufzusehen.

Vierzig Minuten später erreichten sie den Strand von Los Cancajos – zu Ninas Bedauern, denn sie hatte die Fahrt durch die wie verzaubert wirkenden Lavafelder und Pinienwälder genossen.

Bald darauf wateten die beiden Taucher ins Wasser und verließen die Bucht in Richtung Süden. Am Wellenbrecher angekommen, tauchten sie ab in das glasklare türkisfarbene Wasser, das der Biologin an diesem Morgen tatsächlich ungewöhnlich strömungsarm erschien. Auf sandigem Untergrund hatte sich eine ausgedehnte Seegraswiese ausgebreitet, über der ein Schwarm Goldstriemen auf dem Weg zum nächsten Riff hinwegzog. Zwischen zwei von Seegras überwucherten Felssteinen entdeckte Nina den leuchtend blauen Körper eines Schwarzflecken-Kugelfisches. Rechter Hand schloss sich ein von Seebeben und unberechenbaren Strömungen bizarr geformtes Natursteinplateau an. Es war so friedlich hier, wo nur ihre Atemgeräusche und das Blubbern der Sauerstoffbläschen die Stille zerschnitten, dass sie sich einen flüchtigen Moment lang wie ein Eindringling vorkam.

Immer weiter ging es in die Tiefe, und die Taucher knipsten die Stirnlampen an. Dann ragte der Monte Lava schwarz und majestätisch unter ihnen auf. An seinen zerklüfteten Felsen hatten sich zahlreiche grün und gelb leuchtende Flechten, Moose und Anemonen niedergelassen. Sie folgten dem Bergverlauf. In etwa sechzehn Metern entdeckten sie unter sich ein weitläufiges Sandaalfeld. Bald waren sie bei einer Tiefe von zweiunddreißig Metern angelangt, und ein Meer aus roten und gelben Gorgonien blendete Nina mit seinen leuchtenden Farben. Durch den Schein ihrer Lampen schimmerte der Korallenwald, der sich kaskadengleich an den Monte Lava klammerte, in zartem Rosa bis hin zu intensivem Magenta. Selbst der begnadetste Maler, so durchzuckte es Nina, wäre nicht fähig, die Schönheit und Zerbrechlichkeit der Blumentiere naturgetreu auf Leinwand zu bannen.

KAPITEL 18

Zurück in Tazacorte, waren die beiden Helfer der Naturschutzorganisation aus Teneriffa bereits vor Ort und stellten sich ihnen als Antonio und Carlos vor. Antonio trug eine Tasche mit Spezialwerkzeug bei sich, für den Fall, dass ihr eigenes Equipment nicht ausreichte. Die fünf besprachen sich kurz und gingen zum Hafen, wo das Schiff schon vertäut auf sie wartete. Sie luden die Ausrüstung auf einen Gerätewagen und brachten sie zum Ufer. Ingvison fuhr zehn Minuten in westlicher Richtung, dann hielt er an und schaltete den Motor aus. »Habt ihr den Hebesack, Karabinerhaken und Scheren dabei? Sind eure Leinen fest mit dem Boot verbunden?«

Nina und Fabio nickten.

»Gut.« Der Isländer wies nach Steuerbord. »Laut Koordinaten müsste sich das Netz direkt unter uns befinden. Aber seid vorsichtig. Bringt euch nicht in Gefahr, und behaltet die Uhr im Auge. Außerdem erwarte ich, dass ihr Tauchzeichen gebt. Viermal ziehen, wenn ihr Hilfe benötigt. Alles klar?«

»Wir stehen an der Winde. Die Säcke werden verflucht schwer sein«, ergänzte Carlos.

»Nett, dass ihr uns helft, Carlos und Antonio.« Die offensichtliche Besorgnis des Forschungsleiters reizte

Nina zu einem Lächeln. »Keine Sorge, Professor Ingvison. Wir passen schon auf.«

Fabio und sie speisten die Koordinaten in die Tauchcomputer ein. Kurz darauf steuerten sie auf ihr Ziel zu, das in zwanzig Metern Meerestiefe geortet worden war. Nina bemerkte es zuerst: Oberhalb einer Felsschlucht hatte sich ein Teil eines Geisternetzes von ungefähr vier oder fünf Metern Länge zwischen kantigem Gestein verfangen. Sie sahen einander an und tauchten darauf zu, während sie sich mithilfe der Gestensprache verständigten. Fabio wies sie an, am oberen Ende der Felsnase zu bleiben und dort das Netzgeflecht abzulösen, er selbst wollte in die Schlucht hineintauchen, um das untere Ende in achtundzwanzig Metern zu befreien.

Ihr Vorhaben gestaltete sich schwieriger als erwartet, denn Schwämme, Moose und andere Lebensformen hatten sich auf dem Geisternetz niedergelassen und es an manchen Stellen vollständig bedeckt. Nina konnte nicht umhin, Fabio einen flüchtigen Moment zu beobachten, wie er das Netz geschickt von den Pflanzen trennte und sich Stück für Stück voranarbeitete. Ungewollt drängten sich ihr Erinnerungen auf, in denen sie eine ganze wundervolle Nacht lang hatte genießen dürfen, wie seine langgliedrigen, sensiblen Hände jeden Zentimeter ihres Körpers erkundeten. Gewaltsam riss sie sich von seinem Anblick los.

Nina begutachtete die Stellen, an denen der Müll zu erkennen war. Ihr Teil des Jobs war leichter zu bewerkstelligen als Fabios, da sich das alte Fischernetz am oberen Ende hauptsächlich zwischen kargen Felssteinen verfangen hatte. Nur noch wenige Handgriffe, und sie hatten es geschafft. Das untere Ende legten sie in einen

Hebesack, das obere hängten sie an einen Karabinerhaken. Fabio und Nina warfen sich einen bedeutsamen Blick zu. Der Palmero zog viermal kräftig an seiner Leine, damit die Männer ihnen helfen konnten, das schwere Geflecht mithilfe der Winde an die Oberfläche zu bringen. Wenige Minuten später geriet auch Ingvisons drahtiger Körper ins Sichtfeld der Taucher. Gemeinsam gelang es ihnen schließlich, den Karabinerhaken mit seiner Last an der Kette einer Ankerwinde zu befestigen und das Geisternetz zu bergen.

Schwer atmend kletterten sie wieder an Bord. Ihre beiden Helfer schienen hochzufrieden. Der Wind hatte inzwischen an Stärke gewonnen, und Nina genoss das Gefühl, wie die Sonnenstrahlen ihr Gesicht wärmten. Die Uhr zeigte halb vier.

»Ich schlage vor, wir verschnaufen ein bisschen und gehen dann erneut runter«, sagte Fabio, der sich neben Nina gesetzt hatte und ihr eine Flasche Wasser reichte.

Sie lehnte dankend ab und goss sich aus einer Thermoskanne Tee in einen Becher.

»Einverstanden, aber diesmal werde ich euch von Anfang an begleiten. Gemeinsam sind wir effektiver«, bot sich Ingvison an.

Nina lehnte sich gegen die Reling und schloss die Augen. Fabios und ihr Oberschenkel berührten sich flüchtig, und seine Nähe löste ungeahnte Sehnsüchte in ihr aus. Die Müdigkeit kroch ihr in alle Glieder, und einen albernen Moment lang wünschte sie sich, den Kopf an seine Schulter lehnen zu können. Energisch öffnete sie die Lider und erhob sich.

»Worauf warten wir noch?«

Die drei Taucher teilten die Arbeit untereinander auf. Falls das Radarbild, das die Wissenschaftler des Forschungsschiffes aufgezeichnet hatten, tatsächlich ein Fischernetz darstellte, wollten Ingvison und Fabio die Enden des Netzes lösen, während Nina das Netz vom Untergrund befreien sollte. Bald darauf tauchten sie ab.

An ihrem nächsten Fundort, der sich unweit der Küste La Gomeras befand, trieb es Nina Tränen in die Augen, als sie den Müllberg begutachtete, der sich durch die Strömung am Fuß des Lavaberges in der Nähe eines Höhleneingangs angesammelt hatte. Die drei warfen sich einen bestürzten Blick zu. Eine gute halbe Tonne, schätzte Nina mit wachsendem Entsetzen. Neben dem abgerissenen Teil eines Schleppnetzes jüngeren Datums stapelten sich Ölkanister, rostende Gasflaschen, Getränkedosen mit fröhlich bunter Aufschrift und sonstige Kuriositäten. Ein Hoch auf den Tourismus, durchfuhr es die Biologin bitter.

Mit spitzen Fingern versuchte sie, das Netz von dem Verschluss des Ölkanisters zu lösen. Da erstarrte sie mitten in der Bewegung, als sie auf dem Müllhaufen den Panzer einer jungen Karettschildkröte entdeckte. Der kleine Kopf steckte im Hals einer Plastikflasche. Neugierig, wie kleine Schildkröten sind, hatte das höchstens drei Monate alte Tier in der Flasche wahrscheinlich nach etwas Fressbarem gesucht und war daraufhin jämmerlich erstickt. Fabio, der ihr Innehalten bemerkt hatte, beschwerte das gelöste Ende des Netzes mit einem Stein und kam auf sie zu. Gemeinsam befreiten sie das verendete Tier aus dem Plastikgefängnis und verstauten es in einem Korb, der eigentlich zur Aufbewahrung von Werkzeug diente.

Im Laufe der nächsten Minuten arbeiteten die Taucher verbissen, bis es ihnen mithilfe der beiden Männer an Bord gelang, das Geisternetz mitsamt einem Teil des Mülls langsam auf den Weg zur Wasseroberfläche zu befördern. Zurück auf dem Schiff, notierte Ingvison zunächst den exakten Standort des Unterwasser-Müllplatzes und informierte dann die Walforscher.

»Wir haben entschieden, ein paar der Männer, die uns ab morgen unterstützen werden, noch mal dort hinzuschicken, damit sie den restlichen Müll bergen, den wir nicht mehr unterbringen können. Eine Schande ist das!«, knurrte der Isländer.

Nina konnte den Blick nicht von der leblosen kleinen Schildkröte abwenden.

»Ich gehe jede Wette ein, dass da unten noch eine ganze Menge Schildkrötenkinder liegen«, erwiderte Fabio und nahm das Tier aus dem Korb. »Eine echte Karettschildkröte. Sie kann noch nicht lange tot sein, höchstens einige Stunden.«

Schweigend zogen sie sich um, danach ließ Ingvison den Motor an und steuerte das Schiff auf die Küste von Tazacorte zu, wo Pepe und Jesper sie bereits erwarteten.

Der Lastwagen stand bereit, und um ihn und die Wissenschaftler herum hatte sich eine Traube Neugieriger versammelt, die jede ihrer Bewegungen verfolgten. Gemeinsam beförderten sie die Netze voll Müll aus dem Schiff und in den Lastwagen. Jesper und Pepe machten sich mit den beiden Helfern aus Teneriffa sofort auf den Weg zu einem Müllplatz in der Nähe, während Ingvison die beiden Taucher zum Dank für ihren Einsatz zum Essen einlud. Sie folgten ihm in die Tapas-Bar nahe dem Strand, die Nina von einem Besuch her schon kannte.

An einem Tisch am Fenster nahmen sie Platz. Es duftete herrlich nach frisch gebackenem Brot und Zwiebeln, und aus einem Radio ertönte dezente Musik. Der Professor bestellte offenen Wein und Mineralwasser. Ninas Blick wanderte automatisch zum Ausgang. Fabio jetzt noch gegenüberzusitzen, ohne sich anmerken zu lassen, was sie für ihn empfand, war eine Aufgabe, der sie sich an diesem Abend nicht gewachsen fühlte.

»Wie läuft es denn mit dem guten Herrn Morales, Doktor Michaelis?«, erkundigte sich der Isländer.

Sie stellte ihr Wasserglas ab. »Er ist ein feiner Kerl, allerdings macht er auf mich nicht den Eindruck, als wäre er zum Wachmann geeignet.«

Ingvison horchte auf. »So? Wieso denn? Hört er schlecht?«

»Das nicht«, erwiderte sie lächelnd. »Er macht nur selbst so viel Krach, dass er jeden Einbrecher erschrecken würde. Er schnarcht nämlich zum Steinerweichen.«

Die Männer lachten.

»Sie hatten schon recht«, räumte Nina ein, »ich fühle mich trotzdem sicherer. Vielen Dank nochmals.«

»Keine Ursache, Doktor Michaelis«, versetzte der Isländer. »Wo wir gerade unter uns sind … Könnt ihr zwei euch vorstellen, was die Kerle mit unseren Informationen anzufangen gedenken? Denn darum geht es ihnen ja offenbar. Warum sonst diese Drohungen?«

»Zumal sie ein gehöriges Maß an Logik vermissen lassen«, ergänzte Nina nachdenklich. »Wenn sie nur an unseren Forschungsergebnissen interessiert wären, warum haben sie uns dann bedroht? Ich meine, wenn wir uns aus der Ruhe hätten bringen lassen und abgereist wären, hätten sie jetzt keine Daten, oder?«

Fabio blickte an ihr vorbei, doch sie sah, wie sich die schmale Falte zwischen seinen Brauen vertiefte. »Ähnliche Gedanken gehen mir auch durch den Kopf. Wie auch immer, ich schätze, der Spuk ist jetzt vorbei, und wir können uns zukünftig auf unseren Auftrag konzentrieren. Was sollen die Leute schon mit den Tabellen anfangen?«

Ingvison nickte. »Laien können sie jedenfalls kaum deuten. Aber meinst du nicht, du siehst das ein wenig zu optimistisch, Fabio? Was, wenn wir es hier mit Profis zu tun haben, die sehr wohl die Tabellen verstehen?«

»Ach, komm schon, Arnulf«, winkte der Palmero ab. »Selbst wenn jemand ein Interesse an der Ausdehnung und dem Zustand von Korallenarten oder dem Vorkommen verschiedener Meerestiere haben sollte, was haben wir zu befürchten? Unsere Schutzzone Reserva Marina im Südwesten wird streng überwacht. Ein Schiff patrouilliert vor Ort, und jeder, der dort beim Fischen erwischt wird, hat mit einer saftigen Geldstrafe zu rechnen. Letztlich wird es, gerade außerhalb dieser geschützten Zone, immer wieder Einzelne geben, denen es gelingt, an allen Kontrollen vorbei ihre Netze auszuwerfen.«

»Sicher«, räumte der Forschungsleiter ein. »Trotzdem musste ich die zuständigen Behörden und Organisationen über die gestohlenen Daten informieren. Ich hoffe, ich kann sie davon überzeugen, die Kontrollen zu verschärfen.«

Fabio nickte. »Meine Unterstützung hast du, Arnulf.«

Zwischen ihnen wurde es still. Nina hatte eine scharfe Antwort auf den Lippen, zwang sich jedoch dazu, sich nicht in das Gespräch einzumischen. Nicht zum ersten

Mal wunderte sie sich über Fabios Ansichten. War er einfach nur gutgläubig oder eher leichtfertig?

Eine junge, kurvenreiche Kellnerin mit einer dunklen Löwenmähne steuerte auf den Tisch zu, schwer beladen mit einem Tablett, auf dem sich etliche kleine Schälchen stapelten. Sie grüßte mit einem *Hola* in die Runde und warf Fabio einen langen Blick unter ihren schwarz getuschten Wimpern zu. Während sie die Tapas-Schalen auf den Tisch stellte, konnte Nina beobachten, wie sich Fabio zurücklehnte und der Kellnerin zuzwinkerte. Sie kochte innerlich. Klar, sie hatte nicht das geringste Recht, sich über seinen Flirt aufzuregen. Aber war es nötig, sich in ihrer Gegenwart so ungeniert zu verhalten? Angestrengt blickte sie in Ingvisons Richtung, der offenbar nichts davon mitbekommen hatte. Sie verwickelte ihn in eine harmlose Konversation, bis sich die Kellnerin, deren eng geschnittener Rock etwas zu kurz geraten war, wieder entfernte. Am liebsten wäre Nina gegangen, sie fühlte sich ausgelaugt und müde, und der Appetit war ihr gerade gründlich vergangen.

»Alles in Ordnung, Nina?« Fabio legte den Kopf schief.

Oh, wie gern sie ihm für seine hochmütige Miene eine passende Antwort erteilt hätte! »Ja, alles bestens.«

Der Professor blickte zwischen ihnen hin und her, und die Biologin hätte schwören können, für einen Moment so etwas wie ein amüsiertes Funkeln in seinen Augen gesehen zu haben. »Lasst es euch schmecken. Die *gambas* und der *mojo* riechen wunderbar.«

Weil sie nicht unhöflich sein wollte, nahm sie sich etwas von den kleinen Köstlichkeiten. Nina hatte Mühe, ihre Gefühle zu verbergen. Zu sehr beschäftigte sie die

Frage, ob Fabio diese mit den Hüften wackelnde Person wirklich begehrenswert fand? Oder – und dieser Gedanke brachte sie sofort wieder auf die Palme – er tat das nur, um sie zu provozieren. Das sähe ihm ähnlich! Am meisten ärgerte sie jedoch die Heftigkeit ihrer Reaktion. Der Palmero schien ihre Erregung nicht zu bemerken, und falls doch, genoss er sicher ihre Eifersucht.

Als ihr Handy summte, war sie erleichtert, den Teller beiseiteschieben zu können. Am anderen Ende meldete sich der Mechaniker aus der Autowerkstatt.

»Entschuldigung«, sagte sie zu ihren Begleitern, erhob sich und trat aus der Eingangstür der Tapas-Bar.

Wenig später kehrte Nina zurück. »Bitte seien Sie mir nicht böse, wenn ich mich verabschiede, Professor Ingvison. Ich muss noch mein Auto aus der Werkstatt holen. Vielen Dank für die Einladung.«

Der Isländer erhob sich und reichte ihr die Hand. »Wie schade, aber wir bleiben auch nur noch auf einen Drink, nicht wahr, Fabio?«

»Wir sehen uns dann morgen. Gute Nacht, Fabio«, wandte sie sich dem Palmero zu, der sie kurz betrachtete und den Gruß erwiderte.

Mit langen Schritten verließ sie die Tapas-Bar. Draußen empfingen sie die letzten rotglühenden Strahlen der untergehenden Sonne. Nina blieb stehen und riss sich mit Gewalt von dem Frieden des Augenblicks los. Dann setzte sie sich in den Leihwagen, um sich auf den Weg zur Werkstatt zu machen.

»Die Reifen wurden … was? Sind Sie sicher?«, stieß Nina hervor.

»Natürlich, Señora, würde ich das sonst behaupten? Die Reifen wurden zerstochen. Leider passiert so etwas auch in eher beschaulichen Orten wie diesem hier manchmal.«

Der Mechaniker redete weiter und setzte zu Erklärungen der zunehmenden Kriminalitätsrate an, doch sie hörte kaum noch zu. Allmählich wurde seine Stimme zu einem gleichmäßigen Rauschen, das sie schließlich mit einer Handbewegung unterbrach.

»Schon gut. Wie viel bekommen Sie von mir?«

Als die Biologin wenig später in ihrem Wagen saß, war sie wie betäubt und starrte in die einsetzende Dunkelheit. Alles, was ihr half, ihre zunehmende Furcht im Zaum zu halten, war das beruhigende Wissen, dass sie in ihrem Haus nicht allein war.

KAPITEL 19

Pepe empfing sie schon an der Tür. Er war barfuß, trug schreiend bunte Hosen, ein weißes Shirt – und ein breites Lächeln im Gesicht, das allerdings in dem Moment erstarb, als er sie sah.

»Aber Nina, was ist denn passiert?« Der Student nahm sie am Arm und führte sie ins Innere. »Du setzt dich jetzt schön brav hin und erzählst mir, was los ist. Ich bin sofort bei dir.«

Widerspruchslos ließ sie sich von ihm aufs Sofa drücken. Sie hörte, wie er in der Küche hantierte, gleich darauf trat er mit einem großen Glas Mineralwasser, in dem mehrere Eiswürfel schwammen, ins Wohnzimmer und reichte ihr die Erfrischung.

Unwillkürlich musste sie daran denken, wie sie vor einiger Zeit mit Pepe eine ähnliche Situation erlebt hatte. Nur hatte damals in der Tapas-Bar sie den Studenten aufgefordert, ihr zu erzählen, was los sei. Nina berichtete, was sich zugetragen hatte.

Pepe, der im Sessel Platz genommen hatte, beugte sich vor. »Hast du schon mit dem Chef darüber gesprochen?«

»Nein, um Himmels willen!«, entfuhr es ihr heftig. »Ich möchte dich auch bitten, die Sache mit dem Reifen für dich zu behalten. Sonst gibt es gleich wieder eine

Heidenaufregung. Glaub mir, davon habe ich die Nase mehr als gestrichen voll.«

Pepe sprang auf, verschränkte die Hände auf dem Rücken und wanderte mit gesenktem Kopf im Wohnzimmer umher. Die Minuten verstrichen, ohne dass der Student innehielt. Als er sein Schweigen unterbrach und aufblickte, waren seine Lippen zu einer schmalen Linie verkniffen.

»Weißt du, was du da von mir verlangst? Ich bin nur ein Student, jederzeit austauschbar. Wenn der Chef erfahren sollte, dass ich dem Team den zerstochenen Reifen verschweige, schickt er mich noch am selben Tag zurück nach Hause!«

»Ich verstehe deine Bedenken, aber bitte beruhige dich«, erwiderte sie matt. »Da ich niemandem erzählt habe, warum mein Auto in die Werkstatt musste, sehe ich auch keinen Anlass, es auszuplaudern. Ich möchte hier wohnen bleiben.« Als er nicht reagierte, trat sie auf ihn zu. »Bitte, Pepe.«

»Sag mal, warum ist dir das Haus so wichtig, um eine derart bedeutsame Information zu verschweigen?«

»Du kannst ziemlich neugierig sein«, wich Nina aus und blickte an ihm vorbei.

Der Mond war aufgegangen, und die Ausläufer der Caldera, nur noch schemenhaft erkennbar, hüllten sich in dicke Nebelschwaden. Sie erinnerten Nina an jene Zauberberge, von denen in Legenden oft die Rede war. Zwischen all die Eindrücke schob sich zudem immer wieder Fabios Gesicht.

»Ich überlege, für immer hierzubleiben«, sprach sie aus, was ihr seit Tagen im Kopf herumspukte. »Halte mich ruhig für hoffnungslos romantisch, meinetwegen auch spleenig, Pepe. Aber ich möchte gern im Korallenhaus bleiben.«

Der Student blickte in den Abendhimmel. Als er sich zu ihr umdrehte, wirkte er gefasst. Sein Gesicht hatte die unnatürliche Rötung verloren, aber auf seiner Stirn zeichnete sich eine Sorgenfalte ab. »Okay, Nina. Sollte aber ein neuer Drohbrief auftauchen oder irgendetwas vorfallen, musst du mir versprechen …«

»Versprochen«, antwortete sie hastig. »Danke.«

An diesem Abend zog sich Nina früh zurück. Als sie endlich in ihrem Schlafzimmer ungestört war, fuhr sie den Laptop hoch, um sich einen Spielfilm anzusehen. Sie machte es sich auf dem Bett gemütlich und versuchte, der Komödie zu folgen, fand sie jedoch langweilig. Auf einem anderen Kanal lief eine Dokumentation, der es ebenfalls nicht gelang, sie zu fesseln, weil ihre Gedanken wieder und wieder zu Fabio wanderten. Warum hatte sie sich ausgerechnet in diesen Mann verlieben müssen, der klar erkennbar nicht in ihr Leben passte? Leider war dies nur die Stimme ihres Verstandes, die in Herzensangelegenheiten meist ungehört blieb. Denn trotz allem sehnte sie sich mit einer Macht nach dem Palmero, die es ihr schwer machte, nicht zu ihm zu fahren. Fabio hatte nicht die leiseste Ahnung, was es sie kostete, jeden Tag aufs Neue so zu tun, als wäre er für sie nichts weiter als ein Kollege. Erfahrungsgemäß geht diese Zeit vorbei, versuchte sich Nina zu trösten, außerdem gab es so viel mehr, um das sie sich sorgte. Zum Beispiel die Frage, wer hinter den Drohungen und den zerstochenen Reifen steckte.

Energisch lenkte sie ihre Aufmerksamkeit auf den Film, der von den Ureinwohnern des Amazonas berichtete. Aus den Wurzeln bestimmter Bäume bauten sie Brücken, die ein Leben lang gepflegt werden mussten. Nina blickte an die Decke. Ob die *benhoaritas,* die in den Bergen in schwindelerregender Höhe lebten, ebenfalls Brücken aus Wurzeln gebaut hatten, um Kontakte untereinander zu pflegen oder Neuigkeiten zu verbreiten?

Sie schwang die Beine aus dem Bett und eilte zum Schrank, um die mit Patina besetzte Truhe hervorzuholen. Wenige Momente später schlug sie die Seite des Tagebuchs auf, an der sie stehen geblieben war. Durch den leicht abgedunkelten Raum schien auf einmal der herb-würzige Duft von Heilpflanzen zu ziehen, er kitzelte sie in der Nase und hüllte sie ein, während sie Serenas erste Zeilen las.

Diese Nacht war eine der längsten, an die ich mich erinnere. Der Wind hat nach Regen gerochen, und die Feuchtigkeit ist bis unter die Decke gekrochen. Dino stand vor dem Bett und hechelte. In dieser Nacht ist es mir so vorgekommen, als könnte er meine Gedanken lesen.

Serenas Überlegung, der Bardino könne womöglich ihre Gedanken lesen, zauberte ein Lächeln in Ninas Mundwinkel. Zwar hatte sie nie einen Hund besessen, doch erinnerte sie sich lebhaft an die Berichte ihrer Freundinnen aus Jugendtagen, die steif und fest behaupteten, ihre Hunde seien feinfühlig genug, um die Empfindungen anderer zu spüren. Zumindest war es Dino gelungen, Serena aufzumuntern und abzulenken. Was die Zeilen über die *benhoaritas* betraf – die Demut und Furcht vor den Mächten der Natur schienen denen anderer Naturvölker zu gleichen. Wer so wie dieses Urvolk den

Launen von Himmel und Erde ausgeliefert und von der Gnade der klimatischen Umstände abhängig war, lernte schnell, an eine höhere Macht zu glauben, die die Geschicke lenkte.

Für Madre war es selbstverständlich, das Wissen unserer Ahnen zu bewahren. Sie hat nie anders leben wollen, das hat sie oft zu mir gesagt. Vater hat ihr verboten, Achamán zu opfern. Sonntags wollte er sie immer mit in die Kirche nehmen, damit sie zur Heiligen Jungfrau betete. Das gehört sich für ein anständiges Weib, hat er immer gesagt. Was sollen sonst die Leute von mir denken? Ich habe manchmal gehört, wie sie ihn gefragt haben, ob er seine Frau und die Kinder nicht im Griff hat. Er war wütend und hat uns angeherrscht. Ihr tut, was ich euch sage! Obwohl Madre ihm in allen Dingen gehorchte, hat sie sich in diesem Punkt lautstark geweigert. Niemals, hallte ihre Stimme dann durch unsere Hütte. Alles, nur das nicht! Ich habe meine Töchter christlich taufen lassen, obwohl ich das nicht wollte, damit die Leute nicht mehr über uns reden. Aber in die Kirche gehen wir nicht!

Carla und ich haben uns auf ihre Seite gestellt, als er sie eines Abends verprügeln wollte. Meine Schwester sagte, Vater könnte sie jeden Tag in die komischen weißen Gewänder der Mädchen stecken, die sich mit einem Fest zu dem Glauben bekannten, trotzdem würden aus uns nie gute Christen.

Bei dem Gedanken musste ich weinen. Sie fehlen mir so sehr. Ganz deutlich habe ich die beiden vor mir gesehen, als sie sich so unerschrocken vor Vater gestellt haben. Ich habe sie bewundert, wie aufrecht sie sich vor ihm aufgebaut haben, mit diesem besonderen Blick, in dem sich ihr unbeugsamer Wille gezeigt hat. Natürlich ist er sehr zornig geworden und hat über die ungehorsamen Frauen geschimpft, irgendwann ging er dann aus dem Haus und kam erst in der Nacht betrunken zurück. Seitdem hat er mehrmals versucht, uns umzustimmen, doch am Ende hat er uns in Frieden gelassen.

Eigenartig, kaum las Nina Serenas erste Sätze, schon fühlte sie sich wie eine Zeitreisende. Sie blinzelte, doch alles, was sie vor Augen sah, war diese Szene. Die Hütte war in Dämmerlicht getaucht. Zwei Talglichter erhellten den Raum gerade genug, um die Gesichter der Familie erkennen zu können. Die dunkle Serena hatte sich in ihrer Vorstellung an den Rockzipfel ihrer Mutter geklammert, während diese mit heller, aber bestimmter Stimme ihre Herkunft und Traditionen vor dem Ehemann verteidigte. Carla, deren Haar im Schein der Lichter in einem dunklen Blond schimmerte, legte den Arm um ihre Schwester und gab ihr einen liebevollen Schubs, damit Serena die Mutter losließ und mit ihr vortrat.

Nina spürte den Windzug, der durch morsche Holzbretter drang und die Lichter zum Flimmern brachte, förmlich auf der Haut.

Während die Erinnerungen klar wie ein Nachthimmel vor mir abliefen, schnürte es mir die Kehle zu. Ich habe versucht, mich umzudrehen, damit mich Dino nicht mehr beobachtet, aber es tat zu weh. Ob der Schlingel mit den Schlappohren hören kann, was ich denke? In meinem Kopf zuckte wieder der Schmerz, und meine Zähne klapperten vor Kälte aufeinander. Als ich die Hand vorsichtig ausgestreckt habe, hat er einfach einen Satz gemacht und sich neben mir ausgestreckt. Ganz eng wollte ich mich an ihn kuscheln. Sein Fell hat nach Staub gerochen, aber das war mir gleich. Er war warm, deshalb habe ich den Kopf an seine Schulter geschmiegt und bin eingeschlafen, ohne es überhaupt zu bemerken.

Ein Geräusch hat mich geweckt, und ich bin hochgeschreckt. Mateo stand im Eingang der Hütte und lugte mit einem breiten Grinsen herein. Der Hund und ich waren bestimmt ein lustiger Anblick. Ich wollte mich aufsetzen und musste mir auf die Lippen beißen, weil es mir bei jeder Bewegung vorkam, als ob sich mir Messer in die Rippen bohrten.

Hallo, Serena. Geht es dir besser?, fragte er.

Mateo blieb abwartend im Eingang stehen, bis ich ihn hereingewinkt habe. Nachdem es mir nicht gelungen ist, einen Ton herauszubringen, stellte er sich den Hocker vors Bett, setzte sich und hielt mir eine Schüssel hin.

Das ist gofio. Das habe ich extra für dich frisch mit Ziegenmilch angerührt. Schmeckt bestimmt nicht so lecker wie das von meiner Madre, aber vielleicht magst du trotzdem mal davon probieren? Er setzte ein besorgtes Gesicht auf. Damit du schnell wieder gesund und dicker wirst.

War ihm nie aufgefallen, dass ihm die Kleider wie ein Sack um den hageren Körper hingen?

Danke, krächzte ich.

Das Essen roch gut, vorsichtig habe ich den Löffel hineingetunkt. Es schmeckte süß, weil er getrocknete Früchte dazugetan hatte. Mateo bestand darauf, dass ich die Schale leerte. Warum tust du das für mich?, fragte ich ihn. Wir kennen uns doch gar nicht. Was kümmert dich die Gesundheit einer Fremden?

Er hat mich lange angesehen, fast so, als könnte er nicht glauben, dass ich ihm so eine Frage stelle. Seine Augen sind wirklich das Hübscheste, was ich je gesehen habe, so glänzend, immer irgendwie neugierig und von dem dunkelsten Blau, das ich mir vorstellen kann. Schnell habe ich den Blick gesenkt. Es dauerte eine Weile, bis er mir geantwortet hat.

Hübsche Sirenen muss man retten, oder etwa nicht? Außerdem kenne ich dich sehr wohl.

Ich habe mich aufgesetzt und den Hund aus dem Bett gejagt, weil er sich zu breitgemacht hat. So blieb mir wenigstens ein kleiner Moment, um meine Überraschung zu verbergen. Dann habe ich den Kopf gehoben.

Mateo, du redest Unsinn!

Sein Lachen war tief wie das eines reifen Mannes. Ist mir zwar peinlich, aber ich sage dir jetzt mal was: Ich habe euch nicht zufällig beobachtet. Ich bin extra hier heraufgekommen.

Wieso denn das?

Weil ich dich mag, so einfach ist das. Er stand auf, seine Ohren leuchteten rot im Schummerlicht. Er murmelte etwas davon, später wiederkommen zu wollen, und ging hinaus.

KAPITEL 20

Gemeinsam mit den Helfern der Naturschutzorganisation und weil eine Handvoll Fischer spontan mit anpackte, gelang es ihnen am nächsten Tag, ein Stellnetz, weitere Teile von Geisternetzen sowie tonnenweise Müll zu bergen und ordnungsgemäß zu entsorgen. Leider entdeckten Fabio und Nina noch ein knappes Dutzend verendeter Schildkröten, die Partikel von Plastikmüll gefressen hatten. Zutiefst entsetzt und beunruhigt war Nina jedoch, als sie eine halbwüchsige, etwa acht Meter lange Walkuh sichteten, die zu stranden drohte. Sie nahmen an, dass der Meeressäuger aufgrund des regen Schiffsverkehrs die Orientierung verloren hatte und sich deshalb zu dicht vor der Küste aufhielt.

Ingvison bat die beiden Taucher, weiterhin bei der Müllbergung zu helfen, während er aus Einwohnern und den Naturschützern einen Trupp zusammenstellte, um dem jungen Wal den Weg ins offene Meer zu weisen.

Als sich das Team am Abend im Büro der Pension traf, waren sie verschwitzt und ihre Gesichter von Erschöpfung gezeichnet. Dennoch konnten sie mit ihrer Arbeit hochzufrieden sein, war es dem Trupp doch gelungen, nicht nur die Gefahr für die Walkuh abzuwenden, sondern sie zusätzlich mit einem Peilsender auszustatten, über den sie ihre weiteren Wanderungen durch die Weltmeere verfolgen konnten. Nachdem sie kurz den Ablauf des nächsten Tages besprochen hatten, rief Fabio einen Gruß in die Runde und verließ das Büro.

Die Biologin wollte sich ebenfalls gerade verabschieden, als Pepe sich ihr näherte. »Jesper und ich wollen uns noch einen Kinofilm ansehen. Ist das okay, Nina?«

»Natürlich, viel Spaß.« Sie wendete sich dem Teamleiter zu, der sich herzlich für ihren Einsatz bedankte.

Als er davonging, blickte sie ihm vom Flur aus nach. So drahtig und energiegeladen er normalerweise wirkte, die letzten Tage hatten auch ihm eine Menge abverlangt. Da stellte sich ihr unvermittelt Fabio in den Weg und trat so dicht an sie heran, dass sie die Luft anhielt und ihre Knie weich wurden. In seine Augen trat ein Ausdruck, der ihr das Blut schneller durch die Adern jagen ließ.

»Wo kommst du denn her?«, flüsterte sie und wollte sich an ihm vorbeischlängeln. Aber er hielt sie fest.

»Ich wollte mit dir allein sein, *doctora,* um mich auf meine Weise von dir zu verabschieden.«

Mit diesen Worten zog er sie an sich und küsste sie. Seine Lippen waren weich und voller Zärtlichkeit, während er ihren Mund erkundete. Dann löste er sich von ihr und zog mit seinen Lippen eine heiße Spur bis zu ihrem Schlüsselbein.

Sie seufzte und schloss die Lider. Ihr Körper schien ihr nicht mehr zu gehorchen, denn er schmiegte sich an Fabios Leib, als hätte er nie etwas anderes getan. Seine Finger waren warm, sie schoben sich unter ihr Shirt, um auf Entdeckungsreise zu gehen. Nina schauderte, suchte seinen Mund, wollte ihn erneut schmecken und liebkosen und die Hände in seinem Haar vergraben, bis sich wieder dieser entrückte Ausdruck auf seinem Gesicht zeigte, den sie so an ihm liebte.

Sanft schob er sie von sich und sah sie unverwandt an. »Bevor ich dir eine gute Nacht wünsche, muss ich eins wissen, Nina Michaelis: Vermisst du mich?«

Mehr als ein Stammeln brachte sie ohnehin nicht heraus, deshalb zog sie es vor, seinem Blick auszuweichen.

»Ich weiß, dass du es tust«, stieß er hervor, als sie nicht antwortete, und strich ihr über die Wange. »Ich spüre es ganz deutlich. Aber ich will es aus deinem Mund hören, verstehst du? Oder lässt das dein dämlicher Stolz nicht zu?«

»Mein Stolz?«, krächzte Nina und lachte bitter auf.

Stur starrte sie geradeaus, während sie verzweifelt nach einer Möglichkeit suchte, wie sie sich aus dieser misslichen Lage befreien konnte. Einige Atemzüge später hatte sie sich wieder in der Gewalt.

»Ja, ich mag dich«, gestand sie schließlich. »Aber das tut nichts zur Sache, Fabio. Bitte lass mich gehen! Du findest ganz sicher ein anderes Schätzchen. Vielleicht die Kellnerin aus der Tapas-Bar?«

Sein Lachen klang tief und rau. »Immer eine scharfe Zunge, nicht wahr? Komm mit!«

Sie wollte sich seinem festen Griff entwinden, mit dem er sie zur Eingangstür der Pension zerrte, als sie die kleinen, sich schnell nähernden Schritte von Señora Diaz vernahm. Die beiden eilten hinaus, und Fabio zog Nina hinter das Gebäude. Das schwächer werdende Licht warf lange Schatten auf seine Gestalt. Er spielte mit ihren Fingern, während er sprach.

»So, und jetzt Klartext: Wieso tut das nichts zur Sache, Nina?«

»Weil ich diese Art von Beziehungen satthabe, sie funktionieren einfach nicht, begreifst du denn nicht? Feste Bindungen passen nicht in mein Leben … und in deins ebenso wenig! Außerdem«, sie suchte nach den passenden Worten, aber egal welche sie wählte, jedes würde nicht nur ihn, sondern auch sie verletzen, »ist es in unserem Beruf nur eine Frage der Zeit, bis man sich entfremdet und sich irgendwann nichts mehr zu sagen hat. Warum ersparen wir uns das nicht?«

»Warum?« Fabio ließ sie los. An seinem beschleunigten Atem, der ihr warm über den Nacken strich, waren seine widerstrebenden Emotionen deutlich erkennbar. »Weil es hier nicht um Analysen oder Kosten-Nutzen-Rechnungen geht, sondern um Gefühle, verdammt noch mal!« Seine Stimme klang plötzlich brüchig, als er ihr Gesicht in beide Hände nahm und ihr seinen Blick aufzwang. »Weil es mir nicht reicht, ab und zu eine Nacht mit dir zu verbringen. Ich will dich, mit Haut und Haaren, mit allem was du bist, verstehst du das denn nicht?«

Nina schüttelte wild den Kopf. »Nein! Du erwartest zu viel von mir. Wir kennen uns kaum … Ich … ich kann das nicht, Fabio.« Ihre Stimme versagte.

Er umfasste ihre Schultern. »Wovor hast du Angst, *doctora?* Warum entziehst du dich mir, obwohl ich dir nicht gleichgültig bin? Wer hat dich so sehr verletzt? Rede endlich!«

Er war ihr so nahe, dass sie glaubte, kaum noch Luft zu bekommen. »Lass mich los, bitte«, wisperte sie.

»Nein, diesmal nicht! Oder denkst du, ich nehme es hin, dass du als schöne Verführung eines Abends vor mir stehst und mich am nächsten Morgen abservierst?

Du gehörst nicht zu den Frauen, die nur rücksichtslos ihren Spaß suchen.«

Nina starrte in die Nacht, um nicht seinem Blick zu begegnen. »Was macht dich da so sicher, Fabio?«, flüsterte sie.

Da legte sich sein Mund auf ihren, fordernd, fast verzweifelt. Sie stand da wie festgewachsen und konnte alles Ungesagte, das in seinem Kuss lag, nur still entgegennehmen. Ein heiserer Laut drang ihr aus der Kehle. Als er sich endlich von ihr löste, lehnte sie sich schwer gegen die Hauswand.

»Siehst du, Nina? Genau darum bin ich mir sicher.« Seine Hände wanderten über ihre Arme. »Willst du mir nicht verraten, worum ich dich gebeten habe?«

Vor ihren Augen tauchten Gesichter aus der Vergangenheit auf. Mutter mit ihrer stets beherrschten, distanzierten Miene. Nina sah sich als kleines Kind, wie sie die Ärmchen nach ihr ausstreckte und diese sie nur flüchtig tätschelte. Das Gefühl von Vaters Hand in ihrer bei ihrem ersten gemeinsamen Tauchgang. Jan, der ihr lächelnd versprach, dass sie die einzige Frau für ihn sei.

»Wenn ich einen Menschen zu dicht an mich heranlasse, dann verliere ich ihn«, antwortete sie stockend. »Und ich habe bereits zu viel verloren, Fabio. Es tut mir leid. Ich will uns beiden nicht wehtun, aber mehr … habe ich nicht zu geben.«

Seine Augen waren nur noch schmale Schlitze. »Tja, du müsstest vertrauen, aber dazu bist du nicht bereit. Lieber verkriechst du dich weiter in deinem Elfenbeinturm, habe ich recht?«

Jedes Wort traf sie wie ein Keulenschlag. Alles, was sie in diesem Moment wahrzunehmen imstande war, waren seine Züge, die eben noch sanft gewesen waren und nun wie versteinert wirkten.

»Ich sehe schon, du hast dich entschieden, verehrte Kollegin! Einen schönen Abend noch.«

Mit einem Ruck stieß er sie von sich, drehte sich auf dem Absatz um und eilte den Sandweg hinunter. Nina lauschte auf seine Schritte, bis sie verklungen waren. Mit der Schuhspitze kickte sie einen Stein fort, während sie angestrengt versuchte, die aufsteigenden Tränen hinunterzuschlucken. Sie steuerte auf die Promenade zu. Eine junge Frau mit einem gelben T-Shirt und hochgebundenen Haaren fegte penibel den asphaltierten Weg und grüßte Nina fröhlich, die gedankenverloren den Gruß erwiderte und auf ihren Wagen zuging.

Heilfroh, den Abend allein verbringen zu können, schloss sie eine Viertelstunde später die Tür ihres Hauses auf und warf ihre Umhängetasche auf den kleinen Flurschrank. Aus der Küche holte sie sich ein Glas Wein und das zerknitterte Päckchen Zigaretten aus dem Rucksack, dann setzte sie sich auf die Terrassenbank. Nina fühlte sich, als wäre die Welt um sie wie in Watte gehüllt. Das Rauschen des Meeres, der Wind und das Huschen der Eidechsen im Garten – die Geräusche verbanden sich zu einem gedämpften, dumpfen Ton. Es war vorbei. War dies nicht ein würdiger Augenblick für eine letzte Zigarette? Tief inhalierte sie den Rauch und beobachtete die Fischer, die draußen im Atlantik ihre Netze einholten.

Viel später, inzwischen hatte sich die Nacht in ein tiefes samtenes Blau gehüllt, kehrte sie ins Haus zurück. In ihrem Schlafzimmer öffnete sie das Fenster, um die abgestandene Luft des Tages zu verscheuchen, und legte sich aufs Bett. Frischer Wind bauschte die Vorhänge. Die Arme hinter dem Kopf verschränkt, lag sie da und lauschte auf das gleichmäßige, wiederkehrende Geräusch der sich am Gestein brechenden Wellen, die die einzigen Laute im Haus zu sein schienen. Solange es hell gewesen war, hatte es ihr gefallen, mit sich und ihren Grübeleien allein zu sein. Aber nun schreckte sie bei jedem Ton hoch.

Würde sie es überhaupt bemerken, wenn ein Fremder ums Haus schlich? Selbst wenn, was konnte sie gegen ihn schon ausrichten? Das schien ihr auch der Grund zu sein, warum sich die Palmeros in den abgelegenen Ortschaften Wachhunde hielten. Nina kuschelte sich tiefer in die Kissen.

Irgendwann fiel sie in einen leichten Dämmerschlaf, der jäh unterbrochen wurde, als Pepe das Haus betrat. Danach wollte es ihr nicht gelingen, wieder einzuschlafen. Der Nachthimmel war mit unzähligen Sternen übersät. Tazacorte mit seinen gelblichen Lichtern lag zu ihrer Linken, der Mond spiegelte sich im Meer. Ihre Augen brannten vor Müdigkeit. Ob Serena auch oft in die Nacht gestarrt hatte, mit diesem Brennen in sich, das niemand außer einer ganz bestimmten Person jemals löschen konnte? Nina dachte an den jungen Mann, diesen Mateo, der Serena das Leben gerettet hatte.

Auf Zehenspitzen schlich sie zum Schrank, kramte das Tagebuch hervor und schlug es auf.

Tut dein Kopf weh?, fragte Mateo leise, als er mich das nächste Mal besuchte.

Ja. Bitte, ich mag jetzt nicht reden. Ich schloss die Augen, weil es den Schmerz am Hinterkopf erträglicher machte.

Kein Problem, ich verstehe schon. Soll ich wieder gehen?

Nein. Alles, nur nicht wieder diese Stille ertragen, habe ich gedacht.

Ist gut.

Gleich darauf das knarzende Geräusch von dem Hocker, auf den er sich wieder setzte. Ich kann dir eine Geschichte erzählen. Magst du?

Die Vorstellung gefiel mir. Was für eine denn?

Am liebsten mag ich die alten Legenden. Kennst du die von den drei Piraten von La Gomera?

Ich schüttelte den Kopf.

Er räusperte sich. Dies ist die Geschichte von einem gespenstischen Licht zwischen La Danma und Chipude, in La Vega Abajo, begann er langsam und mit ganz weicher Stimme zu erzählen.

Ich zog die Decke höher.

Die alten Leute berichten noch heute hinter vorgehaltener Hand davon. Das geheimnisvolle Licht war mal hier und mal dort zu sehen. Manchmal schwebte es auf die Menschen zu, an anderen Tagen verharrte es über den Bergen. Ja, und es kam auch vor, Mateos Stimme wurde plötzlich tiefer und leiser, dass es sich in viele kleine Lichter teilte. Unzählige Menschen haben es gesehen und beobachten es auch heute noch, besonders in mondlosen Nächten. Es heißt, dass vor langer Zeit drei Piraten mit einem Boot auf La Gomera gelandet sind, am Strand von La Rajita. Sie trugen eine Kiste mit einem wertvollen Schatz bei sich. Zwei von ihnen wollten ihn in der Nähe von La Vega Abajo vergraben, der andere sollte im Boot warten …

Gebannt lauschte ich ihm. Mir ist es vorgekommen, als wäre Mateo eine Spinne, die um mich herum ein Netz aus goldenen Fäden webt. Ich konnte nicht anders und habe alles um mich herum vergessen, bis da nur noch seine Stimme für mich war. Bisweilen war sie schwach und zögernd, manchmal rau und atemlos. Die Insel kenne ich nicht, aber er hat so farbenfroh davon erzählt, dass ich die Landschaft wie lebendig vor mir gesehen habe. Ich hörte den Wind, wie er die Kiefern zum Singen brachte. Die drei Männer, sie flüsterten in der Dunkelheit durch ihre Zahnlücken miteinander.

Mateo fuhr fort: Da dachte sich einer der Piraten, die den Schatz vergraben wollten, wenn wir nur zu zweit wären, muss ich den Schatz nur noch mit einem teilen, und brachte den anderen um.

Mir wurde ganz kalt.

Am Ende tötete der wartende Pirat den Mörder und stach in See, ohne sich um den Schatz zu kümmern, tief in die Weiten des Atlantiks. Seither gibt es dieses unheimliche Licht. Die Alten sagen, eines Tages kommen drei Jungfrauen, um den Schatz zu bergen, der in einem Versteck auf seine Bestimmung wartet.

Eine aber müsse dort sterben, um die Seele des Gepeinigten zu retten, erst dann wird das Licht für immer erlöschen.

Wie unheimlich!, habe ich gewispert. Ist der Bann inzwischen gebrochen?

Mateo lachte. Nein, welche Jungfrau opfert sich schon freiwillig, nur damit eine verlorene Seele endlich Ruhe gibt und dieses Licht verschwindet?

Stimmt. Ich kicherte, obwohl ich mich eigentlich schrecklich gefürchtet habe.

Danach ist Mateo nicht mehr lange geblieben. Er sagte, er muss seine Ziegen auf eine andere Weide treiben. Aber er will wiederkommen. Das ist schön, denn während er hier war, hab ich zum ersten Mal nicht geweint.

Die Zeilen des Mädchens berührten einen Punkt tief in Nina. Mateo musste Serena etwas bedeutet haben, immerhin hatte sie eine Korallenkette, auf deren Anhänger sein Name eingraviert war, in der Truhe aufbewahrt.

In Momenten wie diesen reizte es sie, die letzte Seite aufzuschlagen, um herauszufinden, wie die Geschichte mit Mateo und Serena ausging. Es fiel ihr nicht leicht zu widerstehen, von jeher hatte sie mit Vorliebe nicht nur den Anfang eines Buches, sondern auch die letzten Zeilen gelesen, bevor sie sich zum Kauf entschloss. Endete es nicht mit dem ersehnten Happyend, legte sie oft genug die Lektüre beiseite. Albern, sentimental – bestimmt, aber ihr genügte es, wenn ihr eigenes Liebesleben kein gutes Ende nahm. Ihre Gedanken wanderten unwillkürlich zu Fabio. Sie hatte ihn verletzt, dabei hätte sie niemals geglaubt, dazu überhaupt in der Lage zu sein. Der attraktive, selbstbewusste Fabio Guantes, ein Mann, der nie vollends zu durchschauen war und offenbar eine empfindsame und hoffnungslos romantische Seite in sich barg. Wer hätte das gedacht?

Sie war eine Idiotin! Wünschte sich nicht jede Frau einen Mann wie ihn? Aber nein, sie musste ihn natürlich abblitzen lassen, obwohl sie ihn liebte. Serena hatte sich Mateo gegenüber allerdings auch abweisend verhalten.

Wahrscheinlich konnte dies nur jemand verstehen, der schon mal am eigenen Leib erlebt hatte, wie es sich anfühlte, wenn alle Träume wie Seifenblasen zerplatzten. Nina starrte in die Dunkelheit. Wann, so fragte sie sich, ist der Zeitpunkt erreicht, an dem es nicht mehr möglich ist, Vertrauen zu anderen zu empfinden, an dem es keine Wahl mehr gibt und die Mauer zu dick wird, um sie einreißen zu können?

KAPITEL 21

Wie soll ich es nur anstellen, Fabio mit Gleichmütigkeit zu begegnen?, fragte sie sich bange, als sie am nächsten Morgen aus dem Badezimmer trat. Allein die Vorstellung ließ Ninas Puls in die Höhe schnellen. Aus der Küche duftete es verführerisch nach dem Kaffee, den Pepe inzwischen gekocht hatte. Kaum hatte sie sich einen Becher von dem heißen Gebräu eingeschenkt, folgte er ihr hinaus an den gedeckten Frühstückstisch und stieß sich dabei das Schienbein an der Bank.

»*Hola,* Nina«, begrüßte er sie mit einem verlegenen Schulterzucken und rieb sich die schmerzende Stelle.

»Hallo, Pepe. Setz dich. Wie war der Kinofilm?«

Er nahm Platz und rollte mit den Augen. »Blutrünstig, aber Jesper hatte sein Vergnügen daran. Immerhin war er ja auch in der Gesellschaft seiner neuen Flamme«, erwiderte er mit betrübter Miene. Er zog die Brauen zusammen. »Du siehst aber nicht gut aus, Nina.«

»Ich habe nur schlecht geschlafen«, wehrte sie ab, »seit dem letzten Vorfall bin ich etwas schreckhaft geworden.«

»Kann ich verstehen. Tut mir leid. War zugegebenermaßen eine rücksichtslose Idee, mit einem verliebten Pärchen auszugehen und dich dafür allein zu lassen.«

»Ach, Pepe, du musst dich nicht entschuldigen. Nur

weil du derzeit hier wohnst, heißt es noch lange nicht, dass du kein eigenes Leben führen darfst. Möchtest du?«, wechselte Nina das Thema und reichte ihm den Brotkorb.

»Gern.« Er bediente sich und bestrich sein Brötchen großzügig mit Butter und Honig. »Glaubst du eigentlich an ein Ende der Drohungen? Fabio scheint sich da recht sicher zu sein.«

»Na ja, bisher ist der Plan, uns zu vertreiben, nicht aufgegangen. Was dafür spricht, dass wir jederzeit mit neuen Aktionen rechnen müssen. Ehrlich, das macht mir Angst. Was werden sich die Kerle als Nächstes einfallen lassen? Ihnen ist es gelungen, unsere Forschungsergebnisse zu stehlen. Vielleicht geben sie ja jetzt Ruhe.«

Pepe blickte auf. »Warum sollten sie? Ich kann dir nicht ganz folgen.«

Nina beugte sich über den Tisch. »Das gesamte Team scheint davon auszugehen, dass die Täter mit den Daten nichts anfangen können. Wieso eigentlich? Niemand stiehlt etwas, das er nicht braucht.«

Der Student wechselte die Farbe. »Es sei denn, sie wussten nicht, was auf den Datenträgern gespeichert war. Aber sprich weiter.«

»Wenn sie es nicht wussten, wieso haben sie dann nicht gleich den ganzen Computer samt Zubehör und noch ein paar andere Wertgegenstände mitgehen lassen?« Ninas Müdigkeit war auf einmal wie weggeblasen, und der eine Gedanke, der ihr seit einer Weile im Kopf umherschwirrte, brach sich Bahn. »Haben sie vielleicht nur deshalb die Pensionszimmer verwüstet, um es so aussehen zu lassen, als wären sie gewöhnliche Diebe?«

Zwischen ihnen entstand ein Schweigen, das nur von dem Zwitschern eines Vogels unterbrochen wurde.

»Pepe, willst du mir etwa weismachen, du hättest nicht ebenfalls mit dem Gedanken gespielt?«

»Schon«, räumte er ein. »Das haben wir wohl alle, einschließlich der Polizei.«

Die Biologin betrachtete ihr Gegenüber nachdenklich. Das Gespräch nahm ihn sichtlich mit, denn er schob seinen Frühstücksteller beiseite, obwohl er noch nicht aufgegessen hatte.

Als sie eine Stunde später den Eingang der Pension erreichten, eilte ihnen der Isländer entgegen. »Gut, dass Sie da sind!«

»Was ist passiert?« Sie musterte den Forschungsleiter, auf dessen sonnengebräunter Stirn Schweißperlen standen.

»Es gibt Anlass zur Sorge.«

Pepe und Nina warfen sich einen beunruhigten Blick zu. »Bitte folgen Sie mir. Ich werde unterwegs berichten.« Damit war er an ihnen vorbei und hielt Nina die Tür auf.

»Was ist mit Jesper und Fabio?«, warf der Student ein.

»Sind unterwegs«, kommentierte der Professor knapp.

Sie stiegen ein. Der Isländer fädelte sich auf der Autobahn Richtung Süden in den Verkehr ein und trat aufs Gaspedal.

»Wohin fahren wir, Professor Ingvison? Könnten Sie uns bitte endlich aufklären?«, fragte Nina mit wachsender Unruhe, als sie seinen angestrengten Blick im Rückspiegel bemerkte.

»Die Polizei hat angerufen«, begann er. »Sie haben zwei Personen gestellt, die sich an der Küste, ich möchte es mal vorsichtig ausdrücken, verdächtig verhielten. Sie waren wohl im Begriff, lukrative Geschäfte zu machen.«

»Ich verstehe nicht ganz«, mischte sich Pepe in das Gespräch ein. »Das ist doch nichts Verbotenes. Um was für Geschäfte geht es denn?«

»Um den Handel mit Tieren, die unter Artenschutz stehen. Korallen, um die Wahrheit zu sagen, lieber Herr Morales«, antwortete der Forschungsleiter scharf.

Nina, die auf der Rückbank saß, krallte die Finger um die Lehne des Fahrersitzes. »Wie bitte? Sie meinen, hier werden Korallenbänke geplündert?«

»Ja, genau so ist es, Doktor Michaelis. Näheres erfahren wir vor Ort.«

Ingvison versank in Schweigen, unterdessen versuchte Nina, Ordnung in ihre Gedanken zu bekommen. Korallenschmuggel? Ihr wurde übel. Pepe, der auf dem Beifahrersitz saß, starrte in die gleißende Morgensonne. Wahrscheinlich traute er sich nicht, nach der heftigen Entgegnung des Professors weitere Fragen zu stellen, die ihr ebenso auf der Seele brannten wie ihm.

Bald kam die Küste in Sicht, Palmen säumten die Straßen und wiegten sich im Wind. Sie fuhren an einer Gruppe von Kindern in Schuluniformen vorbei. Einige Touristen mit Taschen unterm Arm und Hüten auf dem Kopf waren auf dem Weg zum Strand. Schlagartig wurde Nina bewusst, dass sie die Strecke von der Fahrt zu dem Tauchort La Bombilla her kannte. Wenig später hielten sie auf einem Parkplatz in Puerto Naos.

Jesper lehnte sich gegen sein Fahrzeug. Seiner Miene nach zu urteilen wusste er ebenso wenig von dem Vorfall wie sie.

Der Isländer nickte ihm zu. »Wo ist Fabio?«

»Er wird in den nächsten Minuten eintreffen. Hallo, Nina, hallo, Pepe«, grinste Jesper schief.

Das Geschrei von Seevögeln begrüßte sie. Nina sah Fabios hochgewachsene Gestalt auf die Gruppe zukommen. Ihre Knie wurden weich. Nach einem tiefen Atemzug wandte sie sich wieder dem Team zu. Keine fünfzig Meter von ihnen entfernt bemerkte sie einen Mann mit kurzen pechschwarzen Haaren, gekleidet in die Uniform der *Guardia Civil,* der seinen Hut lässig in der Hand hielt. Sie gingen auf ihn zu, und Ingvison lächelte dem Uniformierten höflich entgegen.

»Guten Tag, Señor Hernandez. Danke, dass Sie uns gleich verständigt haben.«

Der Polizist grüßte freundlich, aber ernst in die Runde. »*Buenos días* alle miteinander. Mein Name ist Felipe Hernandez von der *Guardia Civil* in Los Llanos. Señor Ingvison, Señor Guantes und ich kennen uns von der Anzeige, die Sie wegen der Drohungen und des Diebstahls gestellt haben.«

Nina suchte den Blick des Polizisten. »Was genau ist geschehen?«

Fabio gesellte sich zu dem Professor, und sofort drang der Duft seines Aftershaves mit der Meeresbrise zu ihr herüber. Er drehte ihr den Rücken zu.

»Vor etwa zwei Stunden haben wir einen anonymen Anruf erhalten, Señora«, antwortete der Polizist. »Ein Unbekannter hat uns nahegelegt, diesen Strand hier aufzusuchen und den Fang gewisser Fischerboote zu kontrollieren. Die Küstenwache muss natürlich jedem Hinweis nachgehen, also sind wir bis zu einem Tauchort namens La Bombilla gefahren. Sie kennen ihn vermutlich?«

Ein kalter Schauer lief ihr über den Rücken. »Ja, natürlich«, konnte sie nur krächzen.

Ganz deutlich erinnerte sie sich an den Anblick der feuerroten Fächerkoralle, die sie mit ihrem intensiven Rotton geblendet hatte. Dazu der Teppich aus schwarzen Korallen, die sich an Felswände einer Lavaformation krallten und sie mit ihrer Schönheit tief beeindruckt hatten. Es war ihr erster Tauchort auf La Palma gewesen. Nina fühlte, wie ihr das Blut aus dem Kopf wich. Neben sich vernahm sie einen Ausruf des Erstaunens von Jesper.

»Als wir bei La Bombilla eingetroffen sind, war dort nichts Auffälliges zu beobachten, das den Hinweis rechtfertigen würde«, fuhr der Polizist fort. »Trotzdem sind wir weiter bis hierher zur Küste gefahren, wo wir ein Fischerboot nebst zwei verdächtigen Personen entdeckt haben, die voll beladene Körbe aus dem Boot und an Land schleppten. Als sie uns bemerkten, wollte sich der eine mit einem Teil der Körbe aus dem Staub machen, während der andere tat, als würde er den Fang begutachten. Wir sprachen sie an, sie konnten sich jedoch ausweisen und besaßen gültige Lizenzen zum Fischen. Die Männer taten völlig überrascht, sie hätten lediglich ihren Fang verkauft, behaupteten sie und konnten überhaupt nicht verstehen, wieso wir sie von der Arbeit abhielten.« Der Polizist schnaubte, wobei sich sein Bauch bedenklich unter den Knöpfen seiner Jacke spannte. »Ich sage Ihnen, man hat den Typen angesehen, dass sie etwas zu verbergen hatten.«

»Was, glauben Sie, wollten die Männer wirklich?«, vernahm sie Fabios erregte Stimme.

»Da mag sich jeder sein eigenes Urteil bilden. Na ja,

wir haben ihren Fang beschlagnahmt. In den Körben befand sich eine erhöhte Anzahl Muscheln, außerdem kleine Haie, Korallen und dergleichen. Im Verhör sagten die Männer aus, sie wüssten nicht, wieso diesmal eine derart große Menge an Beifang dabei sei. Möglicherweise hatten sie sogar mehr davon, konnten aber noch einen Teil über Bord werfen.«

In Ninas Ohren begann es zu rauschen. »Señor Hernandez, Sie vermuten also einen Zusammenhang zwischen den Drohbriefen, dem Diebstahl unserer Forschungsergebnisse und dem Vorfall von heute Morgen?«

»Was ich annehme oder nicht, zählt leider nicht, Señora. Um eine Verbindung zu Ihrem Team herzustellen, brauchen wir Beweise. Die werden allerdings nicht leicht zu beschaffen sein.« Der Polizist blickte einem nach dem anderen ins Gesicht. »Bitte bedenken Sie, dass den Männern keine Straftat nachzuweisen war. Wir haben ihre Personalien aufgenommen und mussten sie ziehen lassen, da sie nur mit Schleppnetzen gefischt haben. Das mag eine umstrittene Fangmethode sein, aber illegal ist es nicht.«

Arnulf Ingvison wollte etwas einwerfen, doch Hernandez hob eine Hand. »Ich habe die Forschungsergebnisse, die Sie mir nach dem Diebstahl netterweise zur Verfügung gestellt hatten, von meinem Mitarbeiter abgleichen lassen. Ich meinte mich nämlich zu erinnern …«

»… dass der Tauchort La Bombilla darin erwähnt war!«, rief der Isländer gegen den zunehmenden Wind an.

»Exakt.«

Einen Moment lang waren die Mitglieder des Teams sprachlos. Jesper und Nina wechselten einen entsetzten Blick. Pepe wirkte während der Unterhaltung abwesend und sah an ihr vorbei, wobei seine erstarrte Miene Bände sprach. Der Isländer redete mit Fabio, leider waren sie zu leise, um ihrer Unterhaltung folgen zu können. »Was soll das bedeuten, Señor Hernandez?«, entfuhr es Nina mit brennenden Wangen. »Warum halten Sie die Kerle dann nicht fest?«

Der Polizist unterbrach sie bestimmt. »Glauben Sie mir, ich verstehe Ihre Erregung. Dennoch tun Sie mir bitte alle den Gefallen und behalten Ihre Mutmaßungen für sich, okay? Nur weil es hier eine winzige Übereinstimmung gibt, können wir noch lange keine Rückschlüsse ziehen. Wir behalten die Männer im Auge, seien Sie sich sicher.« Er wandte sich Ingvison zu. »Wer hat neben dem Team noch Kenntnisse von den Orten und Ergebnissen Ihrer Forschungen?«

»Unsere Auftraggeber, sonst niemand.« Die Züge des Professors verhärteten sich. »Sie wollen doch hoffentlich nicht unterstellen, dass ein Mitglied meines Teams etwas mit diesen Leuten zu tun hat?«

»Gott bewahre, Señor Ingvison, das liegt mir fern. Nur sieht es momentan so aus, als ob es irgendwo eine undichte Stelle gäbe, immerhin haben wir einen anonymen Hinweis erhalten. Wenn Sie mir einen Rat gestatten, üben Sie strikte Geheimhaltung. Sobald es etwas Neues gibt, hören Sie von mir.«

Nina beobachtete, wie der Polizist, nachdem er dem restlichen Team zugenickt hatte, den Strand gemächlich verließ.

»Was für ein Bullshit«, ereiferte sich Jesper, als der Mann außer Sicht war. Er raufte sich die Haare, und zum ersten Mal, seit Nina ihn kannte, schien es ihm gleichgültig zu sein, dass seine Frisur in Unordnung geriet.

»Selbst wenn diese Typen tatsächlich mit unseren Daten arbeiten sollten, spätestens seit die Polizei sie beiseitegenommen hat, werden sie ihre Taktik ändern. Die sind doch nicht blöd!«

Pepe stieß ihn in die Seite. »Reg dich ab.«

Fabio trat näher. Irgendetwas an seinen Zügen war an diesem Morgen anders. Nina kannte seine Art, sich von allem zurückzuziehen, aber so hatte sie ihn bisher nicht erlebt. Seine Kieferknochen mahlten. Er sah aus wie ein Mann, der kurz davor war, die Beherrschung zu verlieren.

»Wer sollte sie daran hindern, dokumentierte Tauchorte zu verwüsten? Mach endlich die Augen auf, Jesper! Wer kann den Schweinen ihre Machenschaften beweisen, solange sie nicht auf frischer Tat ertappt werden? Nur weil der eine oder andere Ort unserer Forschungen zufällig mit deren Tatorten übereinstimmt?«

»Lasst uns bitte sachlich bleiben«, kommentierte Nina Fabios hitzig ausgestoßene Worte. Dessen sonst so volle Lippen verzogen sich zu einer bleistiftdünnen Linie, trotzdem redete sie weiter. »Hektik ist das Letzte, das wir jetzt gebrauchen können. Obwohl ich Fabio zustimmen muss. Ich glaube auch nicht an einen Zufall. Der Gedanke, dass die Männer einen Korallenfundort nach dem anderen für ihre Zwecke benutzen könnten, macht mich stinkwütend.«

Pepe löste sich aus der Erstarrung. Sein Teint wirkte unter der gebräunten Haut fahl. »Wird die *Guardia Civil* die Kerle wenigstens beschatten, Herr Ingvison?«

»Das glaube ich kaum, Herr Morales. Mit welcher Begründung sollte sie dies tun?«

Ninas Augen wurden feucht, als sie auf dem Absatz

kehrtmachte und den Blick auf die Weite des Atlantiks richtete, der seine Wellen im immerwährenden Rhythmus gegen die Küste spülte. Kinder lachten in der Ferne, doch die Unruhe, die sich mit jedem ihrer Herzschläge verstärkte, ließ die Laute schrill in ihr nachklingen. Abermals verspürte sie jene lähmende Ohnmacht, die sie in solchen Momenten stets überfiel. Wie viel Leidenschaft, wie viel Energie und Liebe hatte sie mit den Kollegen in dieses Projekt investiert. Aber war es genug, würde es jemals genug sein? Sie taten alles, was in ihrer Macht stand, um die Korallengärten und deren Bewohner zu bewahren. Wurden jetzt vielleicht die ersten zarten Erfolge durch habgierige Ganovenhände zunichtegemacht? Ein heftiger Windstoß bauschte ihre Bluse, er trug feine Sandkörner mit sich, die ihr auf der Haut brannten.

»Was sollen wir jetzt tun, Professor Ingvison?«, fragte Nina, nachdem ihre Kollegen weiterhin schwiegen.

Diesmal war die Stille zwischen den Teammitgliedern anders, sie erschien ihr eher wie einer dieser Augenblicke, bevor ein erster Blitzschlag den Gewitterhimmel zerreißt. Unwillkürlich musterte sie Pepes verhärtete Züge. Jesper, der mit umwölkter Stirn einen Stein ins Wasser schleuderte. Fabio, dessen Haltung ungewohnt steif wirkte. Der Isländer, der als Einziger ihren Blick erwiderte.

»Ich erwarte Sie im Büro. Ohne Ausnahme! Wir haben etwas zu besprechen«, war alles, was der Professor antwortete.

KAPITEL 22

Wenn Nina gehofft hatte, der Professor würde unterwegs seine Einsilbigkeit verlieren, sollte sie sich täuschen. Die gute halbe Stunde, bis sie Tazacorte erreichten, zog sich unangenehm in die Länge.

Als sie vor Ort eintrafen, warteten Fabio und Jesper bereits auf sie. Die kleine Gruppe fand sich umgehend im Büro ein und richtete alle Aufmerksamkeit auf den Teamleiter.

»Bitte setzen Sie sich«, eröffnete dieser. »Durch den besorgniserregenden Zwischenfall haben wir eine Menge Zeit verloren. Zeit, die wir nachzuholen haben, um unsere Forschungen rechtzeitig fertigstellen zu können. Deshalb will ich gleich zur Sache kommen.« Ingvisons Stimme verlor ihren sonst so warmen Klang. »Sollte es unter Ihnen jemanden geben, der auch nur die leiseste Ahnung hat, wie unsere gesammelten Informationen weitergetragen wurden oder wer hinter den verdächtigen Personen stecken könnte, der hat genau bis sieben Uhr morgen früh Gelegenheit, sich zu äußern. Ich werde jeden Hinweis vertraulich behandeln. Aber ich will es wissen, verdammt noch mal! Und nein, niemand braucht sich zu ereifern, selbstverständlich verdächtige ich Sie nicht, nur werden die Daten nicht einfach vom Himmel und in deren Hände gefallen sein.« Er brach ab und blickte in die bestürzten Gesichter seiner Mitarbeiter. »Ich schwöre, sollte ich mich in Ihnen täuschen, wird das schwerwiegende Konsequenzen nach sich ziehen. Haben wir uns verstanden?«

Es wurde derart still in dem Raum, dass man eine Stecknadel hätte fallen hören können. Alle nickten.

Ingvisons Miene wurde grimmig. »Gut, damit wäre das geklärt. Wir brechen sofort auf. Unser nächstes Tauchrevier heißt Torre de Malpique. Es liegt an der Südspitze nahe Fuencaliente.« Er wandte sich den Studenten zu, die betreten zu Boden sahen. »Wenn Sie mir bitte beim Beladen des Wagens behilflich wären?«

Ingvison war nicht nur besorgt, die Förmlichkeit seiner Worte sprach dafür, dass er eine Beteiligung seiner Teammitglieder an dem Diebstahl nicht vollständig ausschloss. Nina nahm einen tiefen Atemzug und strebte dem Ausgang der Pension zu. Fabio, der vor ihr herging, blickte sich nicht ein einziges Mal um.

Sie verfrachteten das Equipment in den Geländewagen des Forschungsleiters. Fabio stieg mit Jesper in Ingvisons Wagen, während Nina und Pepe mit ihrem Auto fuhren. Erleichtert lehnte sie sich einen Moment im Fahrersitz zurück, bevor sie den anderen folgte.

Pepe lächelte dünn. »Ist schwer auszuhalten, was?«

»Allerdings«, seufzte Nina und lenkte den Wagen um einen der zahlreichen Kreisverkehre.

»Glaubst du, dass einer von uns etwas damit zu tun hat?«

Nach einem kurzen Blick in den Rückspiegel schüttelte sie den Kopf. »Warum sollte jemand verraten, was wir uns hier so mühsam erarbeiten? Nein, das wäre völlig widersinnig!«

»Wie wahr«, erwiderte der Student und wischte sich Schweißperlen von der hohen Stirn. »Der Boss wird doch nicht ernsthaft an unseren Beweggründen zweifeln, oder?«

Nina fiel es schwer, sich auf die kurvenreiche und steile Straße zu konzentrieren. Glücklicherweise war an diesem Vormittag kaum Verkehr, abgesehen von einigen Lkw-Fahrern, die ein halsbrecherisches Tempo an den Tag legten. Bald darauf passierten sie das kleine Örtchen Las Manchas, und sie fuhr auf die LP-1 in Richtung Süden.

Fünfzig Minuten später erreichten sie die Küste von Fuencaliente. Schon aus der Ferne konnte Nina den Leuchtturm El Faro ausmachen, der sich mit seinen von Weitem sichtbaren roten und weißen Streifen in den wolkenlosen Himmel erhob.

Ingvison lotste seine Mitarbeiter zu einem Ladeplatz gleich neben dem Turm, den unter anderem auch einige Fischer nutzten. Kurz darauf stiegen sie alle zusammen in ein Boot und entfernten sich ungefähr hundert Meter von der Küste.

»Das Gefälle reicht bis an einen Sockel, der senkrecht in eine Tiefe von fünfundzwanzig Metern hinabführt«, brachte der Isländer ihnen ihre Mission näher.

Kleine Sauerstoffbläschen umgaben die Taucher, während sie sich allmählich tiefer sinken ließen. Fabio, der kaum fünf Meter vor Nina schwamm, wirkte mit seinem schlanken Körper, den ausladenden stromlinienförmigen Schwimmflossen und den harmonischen Bewegungen selbst wie ein Meereswesen. Unter sich entdeckte die Biologin im vulkanischen Sand riesige Basaltfelsen.

Ein Schwarm silbrig glänzender Bernsteinmakrelen umschwirrte die Felsvorsprünge, in denen sich gern kleinere Fische vor ihren Jägern versteckten. An einem Schelf angekommen, warteten sie, bis die Makrelen vorübergezogen waren. Hinter dem Steinbogen geriet er dann in einer Tiefe von vierzig Metern in ihr Sichtfeld – der Torre de Malpique.

Majestätisch ragte der Basaltturm vor ihnen auf, über und über von schwarzen Korallen bewuchert. Das Herz wurde Nina beim Anblick des ausgedehnten Riffs weit. Überall Korallen, in deren hellen Verästelungen die schwarzen, aderartigen Skelette schimmerten. Einmal mehr erinnerte sie das dunkle Innere an Blut, das im Rhythmus des Ozeans pulsierte. Zwischen der Antipatharia hatten sich Seeanemonen und einzelne Gorgonien angesiedelt. Sie wirkten wie rötliche Farbtupfer inmitten der gelblich-schwarzen Korallenart. Nina fiel es schwer, sich von der Schönheit und Anmut der unzähligen Blumentiere loszureißen. Fabio befand sich direkt neben ihr, die Kamera auf das Riff gerichtet. Für den Bruchteil einer Sekunde sahen sie sich in die Augen, und ihr kam es vor, als würde sich für diesen winzigen Moment alles, was sie voneinander trennte, mit den Sauerstoffbläschen an der Wasseroberfläche auflösen.

Da stieß Fabio sie an und wies mit ausgestrecktem Arm nach oben, an die oberste Stelle des Basaltturmes. Sie sahen sich fragend an und sorgten für Auftrieb. Dort angekommen, bot sich ihnen ein trauriger Anblick, denn die Verästelungen der Korallen schienen an allen Flächen, die dem Sonnenlicht am nächsten waren, von einem durchscheinenden Weiß zu sein. Ninas Finger zitterten, als sie die von der Korallenbleiche befallenen

Äste und Polypen der Antipatharia vorsichtig berührte. Beim genaueren Betrachten bemerkte sie, dass sich die Krankheit rasant ausbreitete und bereits die oberen zwei Meter des Riffs befallen waren. Ein riesiger Hummer hatte sich auf der Kante niedergelassen. Seine tiefrote Färbung stand im Gegensatz zu dem Weiß der abgestorbenen Korallen und wirkte beinahe spöttisch auf Nina. Sie befestigte wie immer das Unterwassergestell am Riff und holte Werkzeug und ein Gefäß aus der Tasche. Aber als sie einen der kräftigeren Stöcke auswählte, zerfiel er zu Staub.

Nina blickte auf ihre leere Hand und griff nach dem nächsten Ast. Doch auch er war inzwischen zu kraftlos, und seine feinen Partikel sanken lautlos zu Boden. Daraufhin suchte sie nach einem weniger geschädigten Korallenzweig und fuhr mit den Untersuchungen fort. Fabios Kamera war während der ganzen Zeit auf sie gerichtet, aber jetzt ließ er sie sinken. Hinter seiner Tauchermaske erkannte sie einen gequälten Ausdruck. Wie von selbst legte sich ihre Hand an seine Wange, suchten ihre Augen die seinen. Er wehrte sich nicht gegen diesen stillen Moment der Fassungslosigkeit. Plötzlich meinte Nina wieder, die Welt hörte für einen einzigen, gestohlenen Moment auf, sich zu drehen. Dann wandte sich Fabio ruckartig ab, um ihr bei der Suche nach weiteren Proben zu helfen. Wenig später gab sie ihm ein Zeichen, und sie tauchten allmählich auf.

Viel erzählen mussten die beiden an Bord nicht, die Proben sprachen eine allzu deutliche Sprache. Die Sorgenfalten auf Ingvisons Stirn vertieften sich, als er eines der Gefäße näher betrachtete.

Fabio legte die Tauchermaske ab. »Die gesamte obere Kante ist befallen, Arnulf.« Nina fing den Blick des Palmeros auf. »Hat es im letzten Jahr bereits Anzeichen der Korallenbleiche am Torre de Malpique gegeben?«

»Ja, allerdings waren sie minimal, weshalb meine Kollegen vom Vorjahr und ich gehofft haben, die Krankheit würde sich auf einzelne befallene Stöcke beschränken«, erwiderte der Isländer und stellte den Behälter in die Aufbewahrungsbox zurück, in der sie die Proben fürs Labor sammelten.

Pepe und Jesper beugten sich über den Laptop, den der Spanier sich auf den Schoß gelegt hatte.

Der junge Schwede sah auf. »Laut dem Ergebnis des Vorjahres müsste sich die Korallenbleiche nach erster Schätzung um ein Hundertfaches vermehrt haben.«

Betroffen griff Nina nach einer Flasche Mineralwasser und trank, während sie Fabios Augen auf sich gerichtet fühlte. Dabei reizte es sie, seine Locken, die ihm ungebändigt bis in den Nacken fielen, zu berühren.

Die zweite Probenahme, wenige Seemeilen vom Torre de Malpique entfernt, brachte ähnliche Nachrichten, wenngleich die Korallenbleiche dort nicht im selben Ausmaß vorangeschritten war. Aber die Ergebnisse waren alarmierend genug, um die Stimmung innerhalb des Teams erneut auf den Nullpunkt sinken zu lassen.

Inzwischen war es später Nachmittag, und Nina zog sich gerade um, als Pepe sich zu ihr gesellte.

»Auch Lust auf einen gemütlichen Abend? Ich könnte uns was kochen.«

»Heute nicht, Pepe. Lass uns das Essen auf Sonntag verschieben, okay?«

»Gut, wir treffen uns dann später im Haus.«

Nina nickte. Pepe und Jesper unterhielten sich, und

Fabio hatte den Taucheranzug inzwischen gegen eine Jeans und ein Hemd getauscht. Der Teamleiter lehnte sich gegen die Reling des Bootes.

Sie gesellte sich zu ihm. »Ich würde mich gern gleich verabschieden, Professor Ingvison. Es war ein langer Tag.«

Als er sich zu ihr umdrehte, versuchte er ein Lächeln. »Natürlich. Einen schönen Abend wünsche ich Ihnen. Ich werde noch ins Büro fahren. Wir sehen uns morgen früh.«

Sein Händedruck war fest wie immer. Einen flüchtigen Moment lang fragte sie sich, was der Verdacht, dass jemand aus seinem Team Informationen an die Korallenräuber weitergegeben haben könnte, wohl bei ihm bewirkte. Das musste ihn tief treffen.

Kurz darauf legte das Boot in Fuencaliente an.

»Willst du sofort zurück, Nina?«, wollte Pepe wissen. »Jesper hat noch einiges zu erledigen. Wir würden sonst zusammen fahren.«

»Das wäre mir ganz recht. Geht nur. Bis später.«

Nina warf den anderen einen Gruß zu und fuhr die LP-1 in Richtung Norden wieder zurück. Sie war sogar erleichtert, allein zu sein, denn so konnte sie ihren Gedanken nachhängen. Sie passierte die von Palmen gesäumte Straße von Las Manchas mit ihren weitläufigen Lavafeldern. Bald darauf ließ sie den Blick über den herzzerreißend schönen Landstrich der Küste von Tazacorte schweifen, der nun in ihr Sichtfeld geriet. Aus der Entfernung sah der El Time wie eine riesige Tierpfote aus, die sich dem Ozean entgegenreckte. Über dem Aridanetal breiteten sich Nebelfelder aus und hüllten es in einen sanften Schleier.

KAPITEL 23

In Tazacorte angekommen, parkte Nina das Auto und blickte sich um. Fabio und Ingvison mussten gleich nach ihr gegangen sein, denn sie konnte die Gestalt des Palmeros bereits am Strand ausmachen. Kurz schloss sie die Lider, aber was auch immer sie unternahm, um sein Bild wenigstens für einige Zeit aus ihrem Kopf zu verbannen, sie scheiterte kläglich – wie jedes Mal. Bald darauf sah sie ihn die Promenade entlangspazieren, bis er hinter der leuchtend gelben Sonnenmarkise einer Strandbar aus ihrem Sichtfeld verschwand. Wahrscheinlich nahm er dort an einem der im Schatten gelegenen Tische Platz, um bei einer Erfrischung über den ereignisreichen Tag nachzudenken.

Entgegen aller Vernunft schlug sie ebenfalls den Weg zu den bunten Häusern mit den Geschäften und Restaurants ein. Kaum hatte sie den Kiosk an der Ecke passiert, aus dem zwei Kinder mit Eistüten stürmten, da entdeckte sie ihn. Gedankenverloren saß der Palmero auf der Brüstung und ließ die Beine baumeln, den Blick in die Ferne gerichtet. Sie konnte nicht umhin, sein scharf gezeichnetes Profil zärtlich zu betrachten, dann fasste sie sich ein Herz und setzte sich neben ihn. Fabio schwieg. Auch bei ihm hatte der Tag deutliche Spuren hinterlassen, aber gerade diese Verwundbarkeit, die sich in den feinen Fältchen um seine Mundwinkel zeigte, brachte etwas in ihr zum Klingen.

Lange Zeit saßen sie nur stumm nebeneinander und beobachteten die Badegäste mit ihren Kindern. Von der Promenade her erklang Musik, die der böige Wind zu ihnen herübertrug. Später würde sich Nina nicht mehr daran erinnern können, wie es geschehen war – hatte sie tatsächlich nach Fabios Hand getastet, oder war es seine Initiative gewesen? Jedenfalls fühlte sie auf einmal, wie sich seine Finger warm um ihre schlossen.

Hinter sich vernahm Nina Stimmengewirr und das Klappern von Geschirr aus der *taberna*. Eine junge, dralle Kellnerin mit pechschwarzen Haaren jonglierte geschickt mit Tellern und sang dabei eine spanische Melodie. Es roch nach gegrilltem Fisch und Sonnencreme, und Nina streckte das Gesicht der allmählich untergehenden Sonne entgegen. Zart strich sie mit dem Daumen über Fabios Hand, und eine überschäumende Freude breitete sich in ihr aus.

»Komm!«

Sie blinzelte. »Wohin?«

»Wohin wohl?«, erwiderte er, wies zum Strand und zog sie, ohne ihre Antwort abzuwarten, mit einem Sprung in den schwarzen Sand.

Sie zogen Shorts und Shirts aus und ließen sie zu Boden fallen. Als das Meerwasser Ninas Füße umspülte, atmete sie tief durch und tastete sich mit den Zehen über den steinigen Untergrund. Sie warf Fabio einen fragenden Seitenblick zu, doch er führte sie beharrlich weiter, bis das Wasser ihre Schulterblätter erreichte. Plötzlich zog er sie heftig an sich, bis kaum noch ein Blatt Papier zwischen sie passte, und Nina konnte nichts tun, außer in seine Augen zu starren, die an diesem frühen Abend dieselbe Farbe wie der Atlantik zu besitzen schienen. Die Art, wie er sie hielt, war unmissverständlich. Sie schnappte nach Luft.

Fabio dachte nicht daran, unnütze Worte zu verlieren, seine Miene verriet grimmige Entschlossenheit, und im nächsten Moment presste er seinen Mund auf ihren. Sein Kuss war hart, ohne jede Zärtlichkeit, und löste dennoch ein Kribbeln in ihrem Inneren aus. Etwas in ihr warnte sie mit leiser, aber unüberhörbarer Stimme, dass sie ihn abweisen müsse. Sofort. Aber weder ihr Körper noch ihr Verstand reagierten. Dem Palmero war es offenbar völlig gleichgültig, ob die letzten Badegäste sie beobachteten. Wie von unsichtbaren Fäden gelenkt, umschlangen ihre Hände seine Taille und zogen ihn näher, bis sie seine Bauchmuskeln auf ihrer Haut spürte. Hitze schoss ihr durch den Leib. Unbeirrt hielt er sie fest, ließ seine Hände fordernd über ihren Leib wandern, sie fuhren über ihren Rücken und verweilten einen quälenden Moment an den schmalen Seitenbändern ihres Bikinihöschens. Er vertiefte seinen Kuss, und sie erwiderte ihn.

Das Blut rauschte in Ninas Ohren, alle Geräusche und Eindrücke wurden leiser, bis sie nur noch das Pochen ihres Herzens hörte. Irgendwie gelang es ihr nach einem keuchenden Atemzug, sich von seinem Mund zu lösen.

»Halt, du kannst doch nicht …«, kam es heiser über ihre Lippen.

Fabio verengte die Augen. »Ich kann schon, *doctora*. Es sei denn …«

Alles, was Nina außer seiner Gegenwart noch wahrnahm, war die Strömung, die es ihr schwer machte, die

Bodenhaftung nicht zu verlieren. Sie rang um Fassung. »Es sei denn, was?«

»Bitte bleib heute Nacht bei mir.«

Sie machte sich von ihm los. »Das geht nicht. Pepe wartet zu Hause.«

»Du hast die Wahl, *carinã.* Wie immer du dich entscheidest, ich lasse dich heute nicht gehen, ohne dich … ohne dich geliebt zu haben.« Um seine Worte zu bekräftigen, spielten seine Finger mit den Bändern ihres Bikinis und tasteten sich voran, bis sie die weiche Haut an der Innenseite ihres Oberschenkels erreichten.

Auf Fabios Zügen zeichneten sich innere Kämpfe ab, während er diese Worte aussprach, und Nina spürte, wie jeder Widerstand in ihr schwand. Unfähig zu antworten, tastete sie nach seiner Hand.

Gemeinsam verließen sie das Wasser und nahmen ihre Sachen an sich. Unter halb gesenkten Lidern beobachtete Nina, wie er Hemd und Hose über die nassen Badesachen zog und in die Schuhe schlüpfte. Nachdem auch sie sich ihre Bluse übergestreift hatte, stiegen sie die Stufen zur Promenade hoch und schlängelten sich zwischen den Tischen eines Restaurants hindurch. Die Calle Trasera, in der Fabio wohnte, lag auf der gegenüberliegenden Seite der *taberna.* Ein alter Mann mit einer Zigarre im faltigen Mund saß vor einem Hauseingang inmitten von blühenden Blumenkübeln. Er warf Fabio einen kaum verständlichen Gruß zu, den dieser nur knapp erwiderte. Dann hatten sie sein Haus erreicht.

Ninas Knie wurden weich wie Butter, als er sie mit scheinbar gleichmütiger Handbewegung zum Eintreten aufforderte. Die Haustür schloss sich geräuschlos. Fabio ließ sie nicht einen Moment aus den Augen, während sie ihr Handy aus der Hosentasche kramte und eine Nummer wählte.

»Hallo, Pepe, ich bin's, Nina. Ich komme heute spät nach Hause. Bitte warte nicht auf mich, okay? Ja, natürlich bin ich vorsichtig. Bis dann.«

Fabio trat auf sie zu, nahm ihr das Telefon ab und legte es achtlos auf eine kleine Kommode. »Gut gemacht.« Er zog sie an sich und vergrub die Hände in ihrem Haar. Seine Stimme wurde rau. »Und nun, *doctora,* gehörst du mir.«

Im nächsten Moment spürte sie seine Lippen in ihrer Halsbeuge. Sie schloss die Augen, denn die Hitze, die seine Liebkosungen auslöste, sammelte sich in ihrem Leib, und sie reckte sich Fabio atemlos und voller Sehnsucht entgegen. Verflucht, wie sollte sie sich auch gegen diesen Mann wehren, wenn allein sein Geruch nach Meer und dieser Hauch von Aftershave ausreichten, um ihr den Verstand zu rauben?

Hilflos trieb Nina auf einer Welle aus Gefühlen dahin, deren Macht sie bis zu diesem Zeitpunkt nicht einmal im Traum kennengelernt hatte. Plötzlich fand sie sich in Fabios Bett wieder, wo sie beide ungeduldig an ihren Kleidern zerrten. Als sie endlich seine Haut auf ihrer spürte, keuchte sie auf. Dann liebten sie sich wild, einem Ringen gleich, als würden sie gegen einen unsichtbaren Feind antreten. Ninas Augen füllten sich mit Tränen, während sie ihn mit Armen und Beinen umschlang, um ihm so nah wie möglich zu sein.

»Carinã«, keuchte nun auch Fabio, presste seinen Mund wieder auf ihren und wischte ihr die Nässe von der Wange. Dann überließ sie sich ihm.

Eine Weile später schmiegte sich Nina an seine Brust und lauschte seinem sich allmählich beruhigenden Atem. Sie war benommen, bis ins Mark erschüttert, mit welchem Hunger sie sich geliebt hatten. In ihren leidenschaftlichen Umarmungen hatte etwas mitgeschwungen, das einer tiefen Verzweiflung gleichkam. Fabio hielt die Augen geschlossen und ließ eine Hand ihr Rückgrat langsam hinauf- und wieder hinabwandern. Auf seinem Kinn entdeckte sie winzige Bartstoppeln, die feinen Härchen auf seinen Armen stellten sich auf, als sie darüberstrich. Schläfrig hob er die Lider, grinste schief und schloss sie wieder. Was mochte in ihm vorgehen?

Nina ertastete seine festen Bauchmuskeln. Für Zärtlichkeiten, Liebesbekundungen und andere Sentimentalitäten, denen Verliebte sich gern hingeben, hatten sie keinen Raum gelassen, weshalb sich Ninas Körper anfühlte wie nach einem schweren, aber befreienden Gefecht. In dem Schlafzimmer war es warm und stickig, kleine Staubkörnchen tanzten im schwachen Lichtschein, der von einer Straßenlaterne zu ihnen hereindrang. Träge hauchte sie ihm einen Kuss auf die Brust. Sie wollte für immer so still daliegen, auf seinen Herzschlag hören, mit der Wärme seiner Haut auf ihrer, während der Abend allmählich in die Nacht überging und schließlich der neue Morgen anbrach.

Irgendwann überließ sich Nina ihren Fantasien und stellte sich vor, wie es wäre, wenn ihre Berufe sie nicht immer wieder voneinander trennten. Wenn sie diesem Mann ohne die Verletzungen aus der Vergangenheit begegnet wäre. Dann würde sie, sobald ihr die Sonnenstrahlen ins Gesicht schienen, aufstehen und Frühstück machen. Bestimmt sähe er übernächtigt aus, mit wirren Haaren, aber einem glücklichen Lächeln auf den Lippen, wenn er ihr einen Guten Morgen wünschte. Sie könnten diesen neuen Tag mit der selbstverständlichen Gewissheit beginnen, dass sie den nächsten und auch den übernächsten Abend miteinander verbringen wollten.

Das war ein wunderbarer Traum, aus dem sie besser schleunigst erwachte. Sie küsste die weiche Haut auf Fabios Brust bis zu seinen Schulterblättern und fuhr fort bis zu seinen Lippen. Er murmelte etwas Unverständliches und wollte sie auf sich ziehen, aber sie schüttelte den Kopf und seufzte.

»Am liebsten würde ich jetzt hierbleiben.«

Er vertiefte seinen Blick. »Tatsächlich? Ich habe im Badezimmer noch eine Einwegzahnbürste, und wenn ich meinen Schrank durchsuche, finde ich vielleicht auch noch irgendwo einen Damenslip.«

Nina warf das zweite Kopfkissen nach ihm, und er lachte, danach küssten sie sich lange und zärtlich. Mit Bedauern löste sie sich schließlich von ihm.

»Verlockender Gedanke«, sagte sie lächelnd, »aber ich wüsste nicht, wie ich das dem guten Pepe beibringen sollte.«

»Ich gebe es auf.« Fabio schnitt eine Grimasse. »Möchtest du was trinken?«

»Ein Glas Saft wäre toll, danke.«

»Bleib liegen. Bin gleich wieder da.« Flüchtig küsste er sie auf die Stirn, schob die Bettdecke beiseite und huschte hinaus.

Sie schickte seinem nackten Hintern noch ein verträumtes Lächeln nach, dann war sie allein. Lange hielt sie es allerdings nicht in dem plötzlich ungemütlich wirkenden Raum aus. Nina schlüpfte aus dem Bett und tastete sich ins Badezimmer, wo sie sich kaltes Wasser ins Gesicht spritzte. Als sie das Bad verließ, trug sie ihren Bikini. Barfuß machte sie sich auf den Weg ins Schlafzimmer, da kam ihr Fabio mit zwei Gläsern entgegen. Ninas Mund wurde trocken, während sie seinen nackten Körper betrachtete.

»So möchte ich dich gern öfter sehen«, entfuhr es ihm. »Halb nackt und mit geröteten Wangen. Ein wirklich hübscher Anblick.«

Nina warf ein Handtuch nach ihm, er protestierte laut und stellte die Gläser ab. Mit einem Schritt war er bei ihr, seine Fingerspitzen fuhren die Konturen ihres Bikinioberteils entlang.

»Noch immer Appetit auf den Saft?«

»Unbedingt«, entgegnete sie hastig und schlängelte sich, um nicht erneut in Versuchung zu geraten, ins Schlafzimmer, wo sie Hose und Bluse anzog.

Fabio, der sich inzwischen in einen Bademantel gehüllt hatte, wartete in der Küche. Er hatte eine Schale mit Knabberstangen auf den Tisch gestellt und eine dickbauchige Kerze entzündet, deren Licht flackernde Schatten an die Wände warf. Nina gesellte sich zu ihm und trank durstig. Im behaglichen Schummerlicht wirkten Fabios Züge jungenhaft und weich.

Draußen fauchten Katzen und kämpften verbissen um eine in der Dunkelheit nicht auszumachende Beute.

»Wie, glaubst du, wird die Sache mit den Korallenräubern weitergehen?«, entfuhr es ihr unvermittelt. »Denkst du, die Schweine benutzen wirklich systematisch unsere Aufzeichnungen?«

Um seine Mundwinkel grub sich ein harter Zug. »Ich

bin sicher, die Polizei wird die Verantwortlichen bald finden und anklagen.«

»Wie kommst du darauf? Du denkst hoffentlich nicht, dass die Typen, die am Strand beobachtet wurden, tatsächlich die Drahtzieher sind? In diesem Fall wäre es für die Polizei ein Leichtes, alles aufzuklären.«

»Keine Ahnung, ist mir auch völlig egal, solange sie uns in Frieden arbeiten lassen und die Korallen nicht antasten!«, versetzte er scharf und stellte das Glas so hart auf den Tisch, dass es klirrte.

Sie fuhr zusammen. Nur mit viel Selbstbeherrschung gelang es ihr, nicht aufzuspringen, um die Wut und Hilflosigkeit aus seiner Miene zu küssen. Dabei kannte sie genau die richtigen Stellen in seinem Nacken, die jene feinen Linien um seinen Mund glätteten, sobald sie ihn dort berührte.

Über den Tisch hinweg tastete sie nach Fabios Hand. »Hoffen wir das Beste, was sonst bleibt uns übrig?«

Er nickte grimmig, löste sich von ihr, und sie schwiegen eine Weile.

Als er schließlich ihren Blick suchte, war er wieder der selbstsichere Fotograf, der seinem Gegenüber nur das zeigte, was er zu offenbaren bereit war. »Ich habe nachgedacht, weißt du?«

»Ach ja, inwiefern?«

Er schenkte nach und beugte sich vor. »Darüber, was du über uns gesagt hast. Dass feste Beziehungen nicht in unser Leben passen. Du hast recht, wir sollten die Gegenwart einfach genießen, ohne uns über die Zukunft den Kopf zu zerbrechen. Ich meine, wir sind erwachsen und können tun und lassen, was wir wollen.«

Nina umklammerte ihre Glas. »Und weiter?«

»Ich verstehe dich. Im Grunde ist es nur vernünftig, die Sache auf diese Weise zu betrachten. Meine sogenannten Beziehungen haben selten länger als ein paar Wochen gedauert und endeten meist, weil sich einer mehr erhofft hatte. Du hingegen scheust dich, einen Mann allzu nahe an dich herankommen zu lassen.« Fabios Miene wurde weich, als er ihre Hände wieder mit seinen umschloss und sie küsste. »Das ist okay, Nina, wirklich. Was ich damit sagen will: Ich war ein Esel, dich festhalten zu wollen. Du hast einen besseren, einen bodenständigeren Mann verdient. Es tut mir leid, dass ich dich neulich derart angefahren habe.«

»Schon gut«, flüsterte sie, denn der Hals war ihr auf einmal wie zugeschnürt. »Wie schön, dass wir uns einig sind.« Sie schielte auf ihre Armbanduhr. »Ich werde jetzt nach Hause fahren. Es ist schon nach neun, und ich will nicht, dass Pepe sich Sorgen macht.«

»Klar, kein Problem«, sagte Fabio und nickte.

Entschieden schob Nina den Stuhl zurück, machte sich auf die Suche nach ihren Schuhen, die sie schließlich im Badezimmer fand, und schlüpfte hinein.

»Ich bringe dich noch zum Wagen.« Er war schon im Begriff, sich anzuziehen, aber Nina wehrte ab.

»Danke, das ist wirklich nicht nötig. Ein wenig frische Luft tut mir gut, außerdem … wie sagtest du so schön … sind wir schließlich erwachsen.«

Warum nur schwang in ihren Worten Bitterkeit mit?

Fabio reichte ihr die Umhängetasche. »Genau.«

»Bis morgen.«

Sie hauchte ihm einen Kuss auf die Wange, trat hinaus auf die verlassen und still vor ihr liegende Gasse und hörte, wie sich die Tür hinter ihr schloss. Einen schwachen Moment lang lehnte sie sich gegen eine Häuserwand und versuchte angestrengt, das hysterische Lachen zu unterdrücken, das angesichts der Situation in ihr aufstieg. Immerhin kannte sie sich gut genug, um zu wissen, dass auf das Gelächter unweigerlich hemmungsloses Schluchzen folgen würde. Was hatte sie erwartet? Dass er um sie kämpfte und sie auf Knien anflehte, bei ihm zu bleiben? Letztlich hatte er nur ihrem Wunsch entsprochen.

Als Nina sich gefasst hatte, ging sie langsam den Weg bis zur Promenade entlang, vorbei an den Lichtern und dem Stimmengewirr der letzten Gäste der *taberna*. Auf der Brüstung, auf der sie wenige Stunden zuvor noch mit Fabio gesessen hatte, legte eine Seemöwe den Kopf schief und beobachtete sie, um gleich darauf die Schwingen auszubreiten und sich in den nächtlichen Himmel zu erheben.

Pepe begrüßte sie herzlich. Im Wohnzimmer brannten Kerzen und hüllten den Raum in behagliches Licht. Leise Musik erklang aus dem CD-Player, und auf dem Tisch standen Getränke und ein Teller mit Käsehäppchen.

»Setz dich, Nina. Ich hoffe, du hattest einen schönen Abend?« Er nahm ihr die Umhängetasche ab und hängte sie an die Garderobe.

»Danke, ja«, erwiderte sie und nahm auf dem Sofa Platz. Sie fuhr sich über die Lippen, die noch von Fabios leidenschaftlichen Küssen brannten. »Das sieht aber einladend aus.«

Sein Lächeln war verschmitzt. »Nun ja, ich hatte jede Menge Zeit. Aber du hast sicher schon gegessen?«

»Um ehrlich zu sein, nein.«

Nina entschied sich für ein Glas Weißwein mit einem Schuss Mineralwasser. »Vielen Dank für die Mühe.«

Pepe wehrte ab. »Fast hätte ich es vergessen!«, schlug er sich gegen die Stirn. »Dein Anrufbeantworter ist am frühen Abend angesprungen, muss so gegen sechs gewesen sein.«

Die Biologin hörte die Nachricht ab. Die Campbells kündigten für den nächsten Tag am späten Nachmittag ihr Erscheinen an, um die anstehenden Renovierungsarbeiten im Haus mit ihr zu erörtern. Ihre Vermieter baten um Mitteilung, falls sie den Termin nicht wahrnehmen konnte. Aber Nina freute sich auf den Besuch des reizenden Ehepaares.

KAPITEL 24

Wie schnell die Tage seit meinem letzten Eintrag verstrichen sind. Ich weiß nicht, wie es Mateo gelingt, sich von der Arbeit wegzuschleichen. Warum er es tut, verstehe ich schon gar nicht. Aber er kommt fast jeden Tag vorbei. Dabei müsste er das gar nicht tun, inzwischen geht es mir wieder besser.

Ich habe die Perlen aufgefädelt, jetzt ist auch die Kette fertig. Morgen bringe ich die Rosenkränze zum Kloster. Ich brauche dringend das Geld. Wenn ich doch nur nicht so schwach wäre. Manchmal hat Mateo einen Knochen für Dino dabei oder ein Schälchen gofio für mich. Wenn er Zeit hat, setzen wir uns vor die Hütte und betrachten die Wolken, die am Himmel vorbeiziehen. Gestern hat eine wie eine riesige Muschel ausgesehen. Sie ist bis zu den Gipfeln der Caldera gewandert. Bestimmt hat es dort später geregnet.

Ich mag Mateo … Er stellt keine blöden Fragen wie die Frauen, mit denen ich morgens die Läuse von den Kakteen sammele. Nerea und Carmen sind am schlimmsten. Sie tuscheln hinter meinem Rücken und denken, ich bin dumm und merke es nicht. Mateo sagt, ich hätte allen Grund, den Kopf aufrecht zu tragen. Ich weiß zwar nicht genau, was er damit meint, aber es soll ein Kompliment sein, hat er geantwortet. Mir gefällt es, wenn er da ist.

Heute hat Mateo ein Bündel Wolle mitgebracht. Er meinte, seine Familie hat dieses Jahr genug. Da bin ich wütend geworden. Ich will keine Almosen. Schon gar nicht will ich sein Mitleid. Bestimmt war es nicht recht von mir, ihm das Bündel vor die Füße zu werfen, ihm zu verbieten, mir weiterhin Geschenke zu machen, und ihn wegzuschicken. Aber ich konnte nicht anders. Er wollte mir bloß eine Freude machen, hat er gesagt. Im Winter kann es manchmal ziemlich kalt sein. Mateo meint es gut, aber wenn ich etwas von ihm annehme, fühle ich mich jedes Mal klein und schwach. Dabei bin ich das gar nicht, nur allein, und selbst eine warme Decke hilft nicht gegen die schreckliche Stille der Nacht.

Nina kannte dieses Gefühl nur zu gut, wenn nichts die Stille und die Kälte, die sich durch ihr Inneres fraßen, zu verbannen vermochte. Es hatte einmal eine Zeit gegeben, da hatte sie sich eingeredet, dass sie spleenig oder neurotisch sei, schließlich hatte Jan, den sie damals zu lieben glaubte, neben ihr gelegen. Ihre Kolleginnen hatten sie um ihn beneidet, weil er eine vielversprechende Karriere vor sich hatte und blendend aussah. Wenngleich sie verliebt in ihn gewesen war, mit dem, was sie für Fabio empfand, war es nicht vergleichbar. Der Palmero berührte ihre Seele.

Sie kehrte mit ihren Gedanken in die Vergangenheit zurück. Serena musste ein besonders stolzes Mädchen gewesen sein und wusste, was sie wollte. Der arme Mateo, der sich so aufopfernd um sie gekümmert hatte, schien es nicht leicht mit ihr zu haben. Es gehörte schon eine gehörige Portion Mut dazu, ein so kostbares Mitbringsel wie Wolle abzulehnen und den Wohltäter auch noch fortzuschicken. Ob der junge Mann genügend Hartnäckigkeit besessen hatte, um seiner neuen Freundin die Stirn zu bieten und sich weiterhin um sie zu bemühen?

Der Streit mit Mateo ist jetzt schon zwei Tage her, seitdem habe ich ihn nicht mehr gesehen. Ich glaube sowieso nicht, dass er jemals wiederkommt. Als er sich umdrehte und ohne ein weiteres Wort wegging, ist ein Teil von mir mit ihm gegangen. So wie ein anderer Teil mit Carla im Sarg begraben liegt. Nur noch ein kleiner Rest ist von mir übrig und der gehört meinem Hund. Heute hat er ein Kaninchen gefangen. Ich habe ein Feuer gemacht, am Abend gibt es ein Festmahl.

Ninas Hals wurde eng, sie konnte nicht mehr weiterlesen. Sie musste daran denken, wie sie sich gefühlt hatte, als Fabio ihr gestanden hatte, sie nicht mehr an sich binden zu wollen. Im Laufe des Abends hatte sie sich im Stillen gefragt, wie sich dieser Zustand beschreiben ließe. Es war genau das: Ein Teil von ihr blieb für immer bei ihm, selbst wenn er für sie verloren war. Sie ließ die Aufzeichnungen sinken.

Nebenan hantierte Pepe in der Küche, aber es gelang ihr kaum, sich von der Atmosphäre und den Bildern, die beim Lesen vor ihren Augen entstanden, zu lösen. Plötzlich hatte sie den Duft von röstendem Fleisch in der Nase, und ein warmer Windstoß ließ die Glut des Feuers vor der Hütte dunkelrot aufflackern und die Flammen fröhlich züngeln …

Eine der Frauen aus dem Tal hat mir erzählt, dass es im Ort einen neuen Markt gibt, wo die Gutsbesitzer in ihrer reich bestickten Kleidung und den vornehmen Hüten gern einkaufen. Aber ich habe Angst vor dem Tauchen. Am meisten vor mir selbst. Die Versuchung ist groß, mich dem Meer zu überlassen und zu jenen heimzukehren, die ich so sehr vermisse.

Gestern habe ich zufällig Vater getroffen. Er war allein und sah aus, als hätte er nächtelang nicht geschlafen. Dünn ist er geworden. Sein neues Weib sorgt wohl nicht gut für ihn. Er war freundlich und fragte mich, ob ich morgen mit ihm auf den Friedhof gehe. Weil er mich so bittend angesehen hat, habe ich genickt.

Dabei gehört Carla gar nicht in diesen schrecklichen Sarg, der jetzt in der kalten weißen Steinwand eingeschlossen ist. Es wird ihr dort nicht gefallen, habe ich ihm geantwortet. Warum hast du Madre und sie nicht nach den alten Riten bestattet, wie sie es sich gewünscht haben? Auf einem der Berge, eingebettet ins Gestein, damit sie die Sonne sehen können?

Vater hat geseufzt. Dann sind sie weit weg, Serena, und ich kann sie nicht besuchen.

Wo ist deine neue Frau?, habe ich ihn gefragt.

Weg, sagte er, einfach gegangen.

Also gut, ich komme morgen mit, habe ich nachgegeben.

Dabei ist Carla hier bei mir auf dem Hügel, wie früher. Ich kann sie spüren. Oft, wenn ich nachts wach werde, glaube ich, ihren Atem zu hören. Oder wenn ich noch vor dem Morgengrauen mit Dino vor der Hütte sitze. Dann denke ich, sie kommt im nächsten Moment heraus. Sie ist nur vor mir zu den Ahnen zurückgekehrt. Eines Tages sehe ich sie wieder.

Mir ist kalt, ich werde jetzt ins Bett gehen. Dino darf ans Fußende.

Auch Nina fröstelte. Die Einsamkeit des Mädchens aus der Vergangenheit begann auch sie zu erfassen. Dabei war sie wirklich nicht allein, immerhin hatte sie eine Familie zu Hause und eine Arbeit, die sie erfüllte. Das waren zumindest jene Argumente zum Glücklichsein, die sie sich regelmäßig selbst gepredigt hatte. Nur blieb diese Methode seit einiger Zeit ohne Wirkung, ähnlich wie bei täglich eingenommener Medizin, deren Dosis ständig erhöht werden muss, da sie sonst nicht mehr hilft.

Nina blätterte um. Der nächste Eintrag war zwei Wochen später verfasst worden.

Ich bin so aufgeregt, während ich das hier schreibe, dass ich es selbst kaum fassen kann. Mateo hat mich einen Tag später besucht. Mein Herz hat ganz schnell geklopft, als ich ihn den Hügel hinaufkommen sah. Er lächelte nur, und wir haben uns nahe der Klippe hingesetzt und die Fischer beobachtet, wie sie ihre Netze auswarfen.

Bitte verzeih mir. Ich wollte dich nicht kränken, Mateo.

Hätte er nicht einfach antworten können, dass der Streit längst vergessen ist oder etwas in der Art? Aber das hat er nicht getan.

Weißt du, ich kann es nicht ausstehen, immer Geschenke von dir anzunehmen, habe ich angefangen und meinem Dino über den Kopf gestreichelt. Ich will mich nicht abhängig fühlen, weder von Vater noch von dir. Trotzdem danke für alles.

Ich bin dir überhaupt nicht böse, hat er mit dieser Stimme gesagt, bei der einem ganz warm wird, von innen.

Plötzlich hat er mich umarmt und geküsst wie ein Mann seine Frau. In mir hat sich alles gedreht. Er liebt mich, ich bin die Welt für ihn, und er will für immer mit mir zusammen sein. Ob ich ihn auch liebe.

Ja, niemanden so wie dich.

Dann hat er mich ganz fest gehalten.

In den nächsten Tagen besuchen wir meine Eltern, Serena. Sie sollen meine zukünftige Frau kennenlernen.

Mir hat der Kopf geschwirrt. Nein, bloß nicht, Mateo! Die Leute tuscheln sowieso schon hinter meinem Rücken, weil ich allein hier in der Hütte lebe und heidnische Amulette anfertige. Deine Eltern werden nicht mit mir einverstanden sein.

Statt einer Antwort hat Mateo mich nur geküsst. Mach dir keine Sorgen, hat er gesagt. Meine Eltern sind nicht so verbohrt und streng. Wenn sie dich erst kennen, werden sie dich lieben wie eine Tochter. Warte es nur ab.

Leider konnte er nicht länger bleiben. Als wir uns

verabschiedet haben, lag ein Strahlen auf seinem Gesicht. Nachdem es auf dem Hügel still geworden war, habe ich noch vor der Hütte gesessen und gestaunt, wie blau und glitzernd das Meer an diesem Morgen war, und wie weich der Wind.

Nina lächelte versonnen. Serena und Mateo. Aus den Worten des Mädchens sprach die atemlose Freude einer jungen Frau, die im Begriff war, die Liebe zu entdecken. Wie war es Mateo nur gelungen, Serena für sich zu gewinnen? Sicher dank seiner sanften Hartnäckigkeit, mit der er sich um sie bemühte. Er hatte von Anfang an keinen Hehl daraus gemacht, dass er etwas für sie empfand. Warum sonst ließ er sich weder von ihrer Trauer noch von ihrem Stolz vertreiben? Das Mädchen fühlte sich in seiner Nähe geborgen.

Das Gefühl von Fabios Händen um ihre Taille, als er sie nach dem Unfall aus dem Wasser gezogen hatte, geriet wieder in ihr Gedächtnis. *Ich will dich, mit Haut und Haaren, mit allem, was du bist … Du müsstest vertrauen, aber dazu bist du nicht bereit. Lieber verkriechst du dich weiter in deinem Elfenbeinturm.*

Fabio hatte recht. Der Gedanke, eines Tages ohne ihn leben zu müssen, schmerzte unerträglich. Doch mit der Zeit würde sie darüber hinwegkommen. Sie würde ihm für immer dankbar sein, denn durch ihn hatte sie herausgefunden, wohin sie wirklich gehörte: nach La Palma. Sie nahm sich vor, die Campbells nach einem unbefristeten Mietvertrag für das Korallenhaus zu fragen. Sollten sie nicht einverstanden sein, musste sie sich eben eine andere Bleibe suchen, am liebsten hier auf dem El Time.

Jede Affäre verlor irgendwann ihren Reiz, und jene, in denen mehr als Lust mitschwang, endeten sowieso meist in einem Fiasko. Fabio und sie würden sich in aller Freundschaft trennen und jeder seiner Wege gehen. Immerhin konnte sie auch weiterhin die nach Pinien und Kiefern duftende Luft atmen, würde sehen, wie sich die Sonnenstrahlen auf dem Atlantik spiegelten, und durfte die mystisch wirkenden Nebelschwaden am El Pilar bewundern. Außerdem sorgte ihr gemeinsamer unermüdlicher Einsatz für den Naturschutz dafür, dass sie sich auf der Insel öfter über den Weg liefen, als ihnen möglicherweise lieb war.

Nina schwang die Füße aus dem Bett und legte die Truhe mit Serenas Bekenntnissen in den Kleiderschrank zurück. Mittlerweile war es nach Mitternacht. Ob Fabio schon schlief?

Pepe und Nina fuhren ins Büro. Sie spürte sofort, dass etwas nicht stimmte, denn Jesper und Fabio saßen kerzengerade auf ihren Stühlen und blickten bei ihrem Eintreten kaum auf.

»Guten Morgen zusammen«, erhob Ingvison die Stimme und blickte in die Runde. »Wir sind also vollzählig. Bitte setzen Sie sich, Doktor Michaelis.« Zum ersten Mal seit Tagen lag auf den angenehmen Zügen des Forschungsleiters ein Hauch von Gelassenheit. »Es gibt eine neue Spur«, fuhr er fort. »Sie führt nach Teneriffa zu einer Organisation, die sich offensichtlich auf den lukrativen Handel mit unter Artenschutz stehenden Meereswesen spezialisiert hat. Es steht zu befürchten, dass diese Leute Mittelsmänner darauf angesetzt haben, Informationen auszuspionieren, die ihnen den Job erleichtern.«

»Scheißkerle!«, entfuhr es Jesper, und er schlug sich mit der flachen Hand auf den Oberschenkel. »Hoffentlich kriegen sie die Schweine jetzt endlich dran!«

»Ja«, entgegnete Ingvison, »das hoffen wir alle.«

»Aber irgendjemand muss den Typen doch einen Tipp gegeben haben«, ereiferte sich Pepe.

»Genau«, kam ihm Jesper zu Hilfe, »denn wir waren es nicht!«

»Immer mit der Ruhe«, meldete sich Fabio zu Wort. »Zunächst bin ich sehr froh darüber, dass es eine neue Spur gibt.«

»Das sehe ich ebenso, Fabio«, pflichtete ihm der Isländer bei. »Ich schlage vor, wir fahren als Erstes zur Polizei. Dort können wir gleich unsere Zeugenaussagen machen. Danach suchen wir das Gespräch mit Herrn Hernandez. Telefonisch wird er uns sicher keinerlei Auskünfte erteilen dürfen.«

Alle waren einverstanden, und so machten sie sich gemeinsam auf den Weg zum Polizeigebäude in Los Llanos. Wie sich herausstellte, führte die Spur zu einer Familie, die im Süden Teneriffas einen Kiosk besaß – eine jener Buden, an denen es alles zu kaufen gab, was Touristen für ihren Individualurlaub benötigen. Die beiden erwachsenen Söhne betrieben das Geschäft, während der Rest der Familie auf einer der Bananenplantagen arbeitete. Unauffällige Leute, die nie zuvor mit dem Gesetz in Konflikt geraten waren. Da es nur einen unbestätigten Hinweis auf kriminelle Machenschaften gab, wurde die Familie vorerst beschattet, während die hiesigen Küstenwachen angewiesen waren, jede ungewöhnliche Aktivität sofort an die *Guardia Civil* weiterzuleiten. Näheres dürfe er ihnen zum Schutz der verdächtigen Personen nicht mitteilen, erklärte Hernandez. Das Team solle aber ganz beruhigt sein, es sei nur eine Frage der Zeit, bis sie die Hintergründe herausfinden und die Drahtzieher fassen würden.

»Ich möchte Sie alle bitten, sich für den heutigen Tag etwas länger zur Verfügung zu stellen als sonst«, bat Ingvison, nachdem sie das Gebäude verlassen hatten. »Obwohl es fast Mittagszeit ist, möchte ich die geplanten Tauchgänge durchführen und hoffe, damit durchkreuze ich nicht Ihre persönlichen Pläne.«

»Du kannst über mich verfügen, Arnulf«, sagte Fabio.

Jesper hingegen senkte den Kopf, und Nina, die neben ihm stand, bemerkte sofort, wie wenig ihm die Aussicht auf Überstunden behagte.

»Bitte entschuldigt mich kurz«, wandte sie ein und entfernte sich von der Gruppe.

Als sie wenig später zurückkehrte, hatte sie den Termin mit den Campbells auf den Abend verlegt.

Pepe blickte in die Runde, die anderen nickten. »Einverstanden, wir sind dabei«, fasste er zusammen.

»Wunderbar, dann lassen Sie uns gleich aufbrechen.«

Während die anderen ihre Sachen holten, nahm Fabio Nina zur Seite.

»Sag mal, hast du eigentlich schon Pläne fürs Wochenende?«

»Am Samstag nicht«, sie machte sich von ihm frei, »wenn du allerdings vorhaben solltest …«

»Nein, *doctora*«, wehrte Fabio mit entrüsteter Miene ab, »ich werde dich ganz sicher nicht anrühren. Oder besser … ich will mich bemühen, es nicht zu tun. Aber ich möchte dich gern für einen Tag entführen.«

»Du willst den Fremdenführer für mich spielen? Eine

hübsche Idee«, ging sie auf seinen scherzhaften Ton ein. »Wohin fahren wir?«

»Zu einem ganz besonderen Aussichtspunkt. Ich möchte gern mit dir wandern. Bitte nimm feste Schuhe und eine Jacke mit. Was meinst du, morgen um neun hier auf dem Parkplatz?«

Wie sollte sie seinem bittenden Bick widerstehen? Sie schmiegte sich an ihn und verspürte ein neues Glücksgefühl, als er den Arm um sie legte. Es wird Zeit, durchfuhr es Nina, ihm endlich zu zeigen, was er mir bedeutet. Sie wusste auch schon, wie.

Sie sah zu ihm auf und lächelte. »Okay.«

KAPITEL 25

Als Pepe und Nina das Haus erreichten, türmten sich schwere Wolken am Himmel. Der Student trat fröhlich pfeifend hinter ihr ein. Auch die Biologin war guter Dinge, und sie pfiff die Melodie mit, denn die letzten Unterwasseraufnahmen und Messungen hatten keine drastische Zunahme der Korallenbleiche gezeigt.

Es wurde eine angenehme Stunde mit den Vermietern.

»Wissen Sie«, begann Mrs. Campbell und setzte ihre Tasse ab, »wir müssen die Renovierungsarbeiten allerdings vor der regenreicheren Zeit im Winter durchführen. Wie lange genau werden Sie unser Gast sein?«

»Ähm, bis September«, antwortete Nina, »aber bevor wir ins Detail gehen, möchte ich noch etwas mit Ihnen besprechen.« Sie blickte in die freundlichen Gesichter der beiden. »Kann ich Ihnen noch etwas anbieten?«

»Nein, danke.« Die Schottin lehnte sich im Gartenstuhl zurück. »Was haben Sie auf dem Herzen, Doktor Michaelis?«

»Ich möchte Sie fragen, ob Sie mir das Korallenhaus auch auf unbestimmte Zeit vermieten.« Nun war es heraus, und Nina beobachtete, wie die Mienen ihrer Gesprächspartner wechselten.

»Sie wollen dauerhaft auf unserer schönen Insel bleiben? Haben Sie sich das auch gründlich überlegt?«, wandte die Vermieterin ein, da ihr Mann sich an der Whiskyflasche zu schaffen machte und drei Gläser füllte.

»Das habe ich. Ich fühle mich hier zu Hause, verstehen Sie?«

»Ja, aber was ist mit Ihrer Familie?«, fragte Mr. Campbell. »Das ist eine weitreichende Entscheidung.«

»Aufgrund meines Berufs war ich immer viel unterwegs«, wich Nina aus. Ihre Vermieter mussten nicht wissen, wie wenig sie in der Heimat hielt.

Der Schotte verteilte die Gläser. »Das ist natürlich eine völlig neue Entwicklung«, nahm er den Gesprächsfaden wieder auf und wechselte einen Blick mit seiner Frau.

Diese nickte. »Eigentlich spricht nichts dagegen, Doktor Michaelis. Will der junge Mann dort drüben auch hier einziehen?«

»Nein, um Himmels willen. Ich werde allein hier wohnen«, sagte sie mit einem Lachen und wies auf Pepe, der sich ins Wohnzimmer zurückgezogen hatte. »Er ist ein netter Kerl und leistet mir nur für eine Weile Gesellschaft.« Mehr mussten die Campbells nicht erfahren, sie würden sich bloß unnötig sorgen.

Die Schottin musterte sie lange. »Wenn Sie sich also sicher sind, herzlich willkommen! Ich stelle Ihnen den Mietvertrag gerne aus. Allerdings möchten wir das Haus trotzdem auf den neuesten Stand bringen. Wäre es Ihnen recht, wenn wir das wie geplant im September in Angriff nehmen?«

»Selbstverständlich«, entfuhr es Nina mit einem befreiten Lächeln. »Sie glauben gar nicht, welche Freude Sie mir gerade bereitet haben.«

»Dann lassen Sie uns darauf anstoßen«, sagte Mrs. Campbell.

Die Gläser klangen aneinander, und Nina stürzte den Hochprozentigen herunter.

»Freuen Sie sich nicht zu früh. Die Handwerker werden die Idylle noch empfindlich stören«, schloss Mr. Campbell.

Sie besprachen noch die Details, dann verabschiedete sich das schottische Ehepaar, und Nina winkte ihnen nach. Während sie den Blick über den Garten und die halb verfallene Hütte schweifen ließ, fühlte sie ein unbeschreibliches Glücksgefühl in sich aufsteigen. An diesem Abend telefonierte sie mit ihrer Familie. Überraschenderweise meldete sich ihre Großmutter, die fröhlich berichtete, dass sie mit ihrem Mann für einige Tage bei Ninas Mutter zu Besuch sei. »Bleibst du wegen dieses Fotografen auf La Palma, Mädchen?«, fragte sie, nachdem sie eine Weile über Ninas Arbeit geplaudert hatten. »Komm, sag deiner *abuela* die Wahrheit.«

Nina hatte alle Mühe, den Verdacht zu zerstreuen.

Bald darauf drang die helle Stimme ihrer Mutter an ihr Ohr. »Du willst auf dieser einsamen und gottverlassenen Insel bleiben, mein Kind? Wenn es eine andere kanarische Insel wäre, könnte ich dich ja verstehen, aber La Palma?«

»Mama, kommt mich doch mal besuchen. Vielleicht zu Weihnachten? Wenn du siehst, wo ich wohne, wirst du mich sicher verstehen.«

»Mal sehen. Neulich habe ich übrigens Jan im Theater getroffen. Du fehlst ihm.«

Nina hielt es nicht mehr auf ihrem Platz. »Ach ja?

Das hätte er sich überlegen sollen, bevor er mich betrogen hat!«

»Schon gut, ich will mich nicht in dein Leben einmischen«, erwiderte ihre Mutter. »Du tust sowieso, was du willst. Aber hätte er nicht eine zweite Chance verdient gehabt?«

Nina kämpfte um ihre Beherrschung. »Kannst du bitte meine Entscheidung akzeptieren, Mama?«

»Sicher. Ich wollte dir … nun ja, ich wollte dir nur sagen … du wirst mir fehlen, Nina. Es wäre schön, wenn Madleen, Großmutter und ich Weihnachten bei dir feiern könnten.«

»Natürlich. Bis bald und noch einen schönen Abend für euch.«

Danach sprach Nina mit Madleen. Ihre Schwester wollte die Münchner Wohnung vorerst übernehmen, da sie vom WG-Leben genug hatte. Nina beschloss, die Zeit der Renovierung im September zu nutzen, um ihre persönlichen Sachen aus Deutschland abzuholen.

»Toll, Nina!«, rief Madleen ins Telefon. »Mama und Großmutter werden sich auch freuen, wenn wir uns schon zum Umzug wiedersehen. Ciao, große Schwester.«

Später saß Nina noch mit Pepe bei einem Kaffee zusammen und erzählte ihm von dem Gespräch mit den Campbells.

»Du willst tatsächlich hierbleiben? Unglaublich, ich finde deine Entscheidung echt mutig.«

»Ach was, Pepe. Mut ist ein zu großes Wort, es fühlt sich für mich einfach richtig an. Übrigens bin ich morgen den ganzen Tag nicht zu Hause. Ich habe eine Verabredung und werde erst abends zurück sein.«

»Okay, aber du denkst an unser gemeinsames Essen?«
»Klar, ich werde rechtzeitig hier sein.«

Nina lenkte den Wagen den im Sonnenschein daliegenden Hügel hinunter. Ganz entgegen ihrer Gewohnheit wollte sie Fabio ein wenig warten lassen. Ihr Plan scheiterte, sie erreichten den Treffpunkt gleichzeitig. Zur Begrüßung küsste er sie auf die Wange.

»Bist du bereit?«

»Keine Ahnung, was du vorhast, aber ja.«

Er öffnete die Beifahrertür seines Wagens. »Steig ein, *doctora.* Wir besteigen heute das Dach der Insel.«

Sie fuhren zunächst in Richtung Caldera de Taburiente und wechselten dann auf die LP-1. Fabio wirkte trotz des Lächelns, das er ihr schenkte, an diesem Morgen ungewöhnlich in sich gekehrt. Da entdeckte Nina auch schon das Hinweisschild *Roque de Los Muchachos* und staunte.

»Ernsthaft? Du … willst wirklich mit mir auf diesen Berg?«

Er warf ihr einen kurzen Seitenblick zu. »Ja, beruhige dich, es wird dir dort gefallen.«

»Fabio, ich bin nicht schwindelfrei! Bitte, nicht den Roque!«

In diesem Moment lenkte er den Wagen geschickt eine Serpentine hinauf, und Nina starrte angestrengt auf die Felsformationen, die zu ihrer Rechten vor ihnen aufragten.

»Vertraust du mir, *doctora*?«

»Ja.«

»Okay, dann genieße einfach die Fahrt.«

Fieberhaft sah sie sich um. Auf der kurvenreichen

Straße war an ein Wendemanöver nicht zu denken. Fabio stellte das Autoradio an und wählte einen örtlichen Sender. Eine schwungvolle spanische Melodie erklang, und er klopfte mit den Fingern den Rhythmus auf dem Lenkrad mit. Diesem Mann machte die Berg-und-Tal-Fahrt nicht das Geringste aus, ihr hingegen wurden die Hände feucht. Nina presste sich tiefer in den Sitz und beschloss, den kaum einen Meter neben ihnen gähnenden Abgrund, vor dem sie lediglich eine schmale Leitplanke schützte, zu ignorieren. Ebenso wie die Tatsache, dass den ihnen entgegenkommenden Fahrzeugen nur wenige Zentimeter blieben, um an ihnen vorbeizufahren.

Anfänglich waren die schroffen Felsen noch dicht mit Kakteen und Dickblattgewächsen bewachsen, allen voran die unzähligen Kiefern, die sich haltsuchend ans Gestein klammerten. Ihre weit verzweigten Wurzeln ragten an den Stellen heraus, an denen sich Felssteine gelöst hatten. Aber je höher sie kamen, umso kleiner und spärlicher wurde das Nadelgehölz. Nina wagte einen vorsichtigen Blick nach links. Leichter Schwindel überkam sie, während sie tief unter sich kleine Ortschaften ausmachen konnte, die sich in Täler schmiegten.

»Es wird jetzt ein wenig steiler, nicht erschrecken«, hörte sie Fabios leise Stimme neben sich.

Steigungen von sechzehn Prozent, warnte ein Hinweisschild, und sie schloss die Augen.

Der Weg schien kein Ende nehmen zu wollen, sie waren bereits länger als zwei Stunden unterwegs. Bald darauf erreichten sie die Observatorien der Insel, die mit ihren weißen Kuppeln schon von weitem auszumachen waren. Auf einem Parkplatz hielten sie an.

Fabio kramte aus seinem Rucksack eine Thermoskanne hervor und reichte ihr einen Becher. »Trink, damit du wieder Farbe in dein hübsches Gesicht bekommst.«

Nina zog eine Grimasse, nahm den Kaffee aber dankbar entgegen. Die Fahrt war schweigend verlaufen, nur ab und zu hatten sie sich einen kurzen Blick oder ein Lächeln zugeworfen. Auch jetzt schien Fabio dies nicht ändern zu wollen. Nachdem sie die Becher geleert hatten, schnallten sie sich die Rucksäcke auf den Rücken. Er begutachtete ihr Schuhwerk, nickte zufrieden, griff nach ihrer Hand und wies auf ein Schild, auf dem stand: Roque de Los Muchachos, 2426 m.

»Das ist unser Ziel.«

Nina konnte nur heftig mit dem Kopf schütteln.

»Hab keine Angst, ich passe auf dich auf. Der Wanderweg ist selbst für Anfänger zu bewältigen.«

Sie blickte sich um, bis auf eine vierköpfige Gruppe, die sich auf dem Rückweg befand, waren sie allein. »Oh mein Gott«, entschlüpfte es ihr beim Anblick der beiden Vulkanfelsen, die zum Gipfel emporführten.

»Komm, die Aussicht ist grandios«, erwiderte er sanft und ging voraus.

Der Weg war tatsächlich nicht so steil, wie es vom Parkplatz aus den Anschein gehabt hatte. Zögernd setzte sie einen Schritt vor den anderen, während sie sich mit einer Hand an das Vulkangestein klammerte. In mutigen Augenblicken schielte sie nach links, der Abgrund befand sich gerade einen halben Meter von ihr entfernt.

Die Luft wurde spürbar dünner, und Nina blieb schwer atmend stehen. Ihre Haut war schon bald von einem feinen Schweißfilm bedeckt, was allerdings eher an ihrer

Furcht als an der körperlichen Anstrengung lag. Mit zitternden Fingern holte sie eine Flasche Mineralwasser aus dem Rucksack hervor und trank gierig. Warum hatte sie sich nur zu einem derartigen Irrsinn überreden lassen?

Fabio sah sich nach ihr um. »Alles in Ordnung?« Er wartete, bis sie zu ihm aufgerückt war, und strich ihr über den Rücken. »Vorsicht, gleich wird der Weg verflucht eng. Am besten, du bleibst dicht hinter mir.«

Sie warf ihm einen vernichtenden Blick zu, fügte sich aber. Der Wind war böig und zerrte an ihrer Jacke. Himmel, offensichtlich mussten sie um eine Felsnase herumwandern. Nina biss sich auf die Unterlippe und zwang sich, nicht nach unten zu sehen. Aber selbst der Blick geradeaus ließ ihr Herz höher schlagen. Der Himmel war tiefblau, Licht und Schatten spielten mit den steil abfallenden Schluchten, und der Ruf einer Krähe zerschnitt die atemlose Stille. Mit Bedauern löste sie sich von dem Anblick, um sich auf den nächsten Schritt zu konzentrieren. Kaum zwanzig Zentimeter trennten sie von der gähnenden Tiefe. Wenn sie den Fuß falsch aufsetzte …

Nina nahm einen hastigen Atemzug, sprach sich Mut zu und folgte ihrem Begleiter. Dann hatten sie die enge Passage überwunden, und der Weg wurde wieder breiter. Kurz darauf erreichten sie den Gipfel des ersten Felsens. Direkt unter ihnen hatte jemand aus Vulkansteinen das alte Symbol einer Spirale gelegt, vermutlich um die Schönheit und Unendlichkeit dieses Ortes zu würdigen. Dort machten sie eine kurze Rast.

Fabio zog sie an sich. Auf seinen Zügen entdeckte sie nicht zum ersten Mal an diesem Tag eine gewisse Anspannung, und sie ertappte ihn mehrfach dabei, wie sich sein Blick in den Weiten der majestätisch vor ihnen aufragenden Berge verlor.

Eine halbe Stunde später kamen sie auf dem Gipfel des Roque an. Nina näherte sich der Brüstung. Der Ausblick verschlug ihr die Sprache. Die Weite der Bergmassive, an denen in tieferen Lagen Ginsterbüsche wuchsen, diese Giganten aus fernen Zeiten, geformt von Eruptionen und Erosionen, ließen in ihr das Gefühl aufkommen, winzig klein und unbedeutend zu sein. Unterhalb des Gipfels war ein leuchtend weißes Wolkenband zu erkennen. Dies alles, so wurde ihr schlagartig bewusst, konnte sie wiedersehen, wenn sie erst hier lebte, und zwar wann immer sie die Zeit dafür fand.

»Ist es nicht fantastisch?«, murmelte Fabio dicht neben ihr. »Ich wollte dir diesen Ort unbedingt zeigen.«

»Oh ja, es ist überwältigend«, flüsterte sie.

Nina setzte sich auf den Boden und streckte die Beine von sich. Fabio folgte ihrem Beispiel, und sie aßen Sandwiches. Was, durchfuhr es sie, kann schöner sein, als mit dem Mann, den ich liebe, an diesem atemberaubenden Ort zu sitzen? Einem Gefühl folgend, griff sie in die Seitentasche ihrer Jacke und entnahm ihr ein in Seidenpapier gewickeltes Päckchen.

»Du hast mich vor einiger Zeit darum gebeten. Heute möchte ich es dir geben.«

»Was ist das?«

»Warum öffnest du es nicht einfach?«

Fabio war die Verblüffung vom Gesicht abzulesen, als er ein kleines, verwittertes Buch in Händen hielt. »Nina!«

Wärme durchflutete sie, während sie das Wechselspiel seiner Miene beobachtete. »Du wolltest Serenas Aufzeichnungen doch lesen.«

Er ließ die Finger in ihr blondes Haar gleiten und küsste sie. »Ja. Danke für dein Vertrauen. Was hat deinen Sinneswandel verursacht, *doctora*?«

Was sollte sie darauf erwidern, wenn es für das, was sie in diesem Augenblick empfand, gar keine Worte gab? Deshalb zuckte Nina nur mit den Schultern und lächelte. Sie lehnte sich gegen die steinerne Mauer, die den Wind abhielt, wodurch die porösen Papierseiten geschützt waren. Behutsam nahm Fabio das Buch zur Hand, und Nina fand, er sah in diesem Augenblick aus wie ein kleiner Junge, der sein Weihnachtsgeschenk auspackt.

»Tust du mir einen Gefallen, Fabio?«

»Welchen?«

»Lies nur bis zu der Stelle, an der das Lesezeichen steckt. Ich kann es dir nicht genau erklären, aber mir ist es wichtig, als Erste alles gelesen zu haben.«

Er lächelte. »Nina Michaelis, die Wissenschaftlerin, die für alles eine rationale Erklärung sucht, ist doch nicht etwa abergläubisch?«

»Vielleicht ist sie es ja doch«, räumte sie leicht verlegen ein.

»Kein Problem.« Fabio lehnte ebenfalls den Kopf gegen die Brüstung und begann zu lesen.

Wortlos reichte sie ihm ihre Lupe, als sie bemerkte, dass er sich mit schlecht lesbaren Passagen abmühte. Während er versunken neben ihr saß, legte sie den Kopf in den Nacken und schloss die Augen. Die Luft duftete süß nach Blüten. Das Rauschen des Windes, der über die Schluchten wehte, verbunden mit dem Knistern der umgeblätterten Seiten, war das einzige Geräusch. Die Sonne stand bereits hoch, als Fabio endlich das Tagebuch zuklappte.

»Faszinierend. Wie ähnlich ihr beide euch seid!«

»In gewisser Weise schon«, räumte Nina ein.

»In gewisser Weise?« Er lachte, wurde aber im nächsten Moment wieder ernst. »Weißt du, was? Ihr habt das gleiche Temperament. Nach außen hin wirkt ihr energisch und selbstbewusst. Doch je mehr man an eurem Kern kratzt, umso erstaunlicher ist, was man darunter vorfindet.« Fabio strich ihr eine Strähne aus dem Gesicht. »Würden zwischen euren Leben nicht mehr als hundertsechzig Jahre liegen, könntet ihr tatsächlich Schwestern sein.«

Jäh fiel ihr wieder Serenas Erzählung von der Wolle ein, die Mateo ihr hatte schenken wollen. »Stimmt. Seltsam, oder?« Nicht nur das, ergänzte sie in Gedanken. Zuweilen kam es ihr beim Lesen so vor, als läge ein unsichtbarer Schleier zwischen ihren Welten, und sie bräuchte nur den Vorhang beiseitezuschieben, um ins Jahr 1848 einzutauchen.

»Abgesehen davon, dass die Aufzeichnungen des Mädchens ein lebendig wirkendes Zeitzeugnis sind, schreibt es sehr berührend«, ergänzte Fabio. »Was denkst du, wie wird die Geschichte ausgehen?«

Nina blickte an ihm vorbei. »Keine Ahnung. Aber ich wünsche mir, dass sie mit Mateo ein glückliches Leben ohne Not und Hunger führen durfte.«

»Mit Dino an ihrer Seite«, schmunzelte er. »Ein Happyend sozusagen.«

»Ja, natürlich.«

»Jetzt verstehe ich, warum du das Buch keinem Museum zur Verfügung stellen willst. Es ist einfach zu persönlich.« Er gab es ihr zurück.

Für eine Weile hing jeder seinen Gedanken nach und ließ sich von der Mittagssonne wärmen. Andere Wanderer kamen den Roque hinauf und genossen das Panorama, schossen ein paar Fotos und unterhielten sich leise, während die Zeit verstrich.

KAPITEL 26

»Ich muss mit dir reden«, unterbrach Fabio die friedliche Stille, nachdem alle Touristen gegangen waren.

Nina hatte eine Krähe beobachtet, die unweit von ihnen auf einem Stein Brotkrumen entdeckt hatte und sich darüber hermachte. Sie wandte den Kopf. In seinen Augen fand sie einen nicht zu deutenden beunruhigenden Ausdruck.

»Schieß los«, erwiderte sie betont salopp.

Er holte eine Tafel Schokolade aus seinem Rucksack, hielt sie ihr entgegen, und sie bediente sich. Dann tastete Fabio nach ihrer Hand. »Hör zu, Nina. Bevor du es eines Tages aus anderer Quelle erfährst, möchte ich es dir gern selbst erzählen. Falls du dich gefragt haben solltest, woher Arnulf den Tipp wegen dieser Typen aus Teneriffa hat … das war ich.«

»Du? Woher … wieso? Kannst du dich bitte klarer ausdrücken?«

»Vor vielen Jahren habe ich die beiden gekannt.«

»Woher?«

Er seufzte. »Ist nicht gerade ein Thema, über das ich gern spreche. Aber bevor du mich weiter mit Fragen bombardierst, lass mich erst die ganze Geschichte erzählen.«

»Jetzt verstehe ich, Fabio Guantes! Du bist also absichtlich mit mir auf den Roque gewandert, weil ich dir hier nicht ausweichen kann, habe ich recht?«

»Da ist etwas Wahres dran.« Er kratzte sich am Nacken. »Sieh mich bitte nicht so böse an! Ich kenne dich doch. Hätten wir uns in einem Café getroffen, würdest du mich auf deine unnachahmliche Weise zusammenstauchen, um mich daraufhin stehen zu lassen und zu verschwinden. Hier haben wir beide Gelegenheit und Zeit, um über alles zu reden.«

Sie kickte einen Stein fort und starrte zu Boden. Ertappt, dachte sie. »Stimmt, so ähnlich hätte ich wahrscheinlich reagiert. Ich bin ganz Ohr.«

Fabio legte den Arm um sie. »Es fing alles an, nachdem ich vor ungefähr zehn Jahren mein *bachillerato* im Zweig Naturwissenschaften und Technologie bestanden hatte. Ursprünglich wollte ich Meeresbiologie studieren, so wie du, und selbstverständlich von zu Hause ausziehen. Wie alle jungen Leute habe ich von der großen Karriere und einem Haufen Geld geträumt. Aber meine Eltern, die nur eine kleine Boutique in El Paso betreiben, waren finanziell nicht in der Lage, mir ein Studium zu finanzieren.«

»Das ist schade. Du wärst sicher ein guter Biologe geworden«, warf Nina ein und ließ es geschehen, dass er ihre Stirn küsste.

»Mag sein, aber ich habe mich anders entschieden, und das ist gut so. Selbstständig zu sein war mir letztlich wichtiger. Also verzichtete ich auf ein Studium und bezog meine erste Wohnung. Bald darauf fing ich eine Ausbildung als Fotograf an. Ich wollte mich auf Unterwasseraufnahmen spezialisieren, da ich seit meinem siebten Lebensjahr sowieso einen Großteil meiner Freizeit beim Sporttauchen verbrachte. Ich hatte vor, einige Jahre zu sparen, um mir meinen Traum vom Studium eines Tages auf eigene Faust zu realisieren. Deshalb habe ich nebenher jede Menge Jobs angenommen.«

Gebannt lauschte Nina seiner Stimme, in der so etwas wie Wehmut mitschwang. Sie wollte ihn nicht unterbrechen, daher schluckte sie ihre Fragen herunter.

»Bei einem Wettkampf auf Teneriffa habe ich die beiden Brüder kennengelernt, sympathische Kerle, mit denen ich öfter um die Häuser gezogen bin, wenn ich mich dort aufhielt. Bei einem unserer Treffen fragten sie mich, ob ich Lust hätte, mir ein hübsches Sümmchen zu verdienen.« Fabios Augen senkten sich in ihre.

»Was solltest du dafür tun?«

»Nicht viel. Nur eine Kleinigkeit. Ich sollte beim Tauchen die Augen offen halten und ihnen detaillierte Ortsbeschreibungen liefern ...« Er stockte, erhob sich und trat an die Brüstung.

Sie stellte sich zu ihm und erschrak, denn er hielt die Augen geschlossen, als würden ihn die Erinnerungen schmerzen. »Ortsbeschreibungen wovon?«

»Von Korallenriffen.«

Mit einem Ruck drehte sie ihn zu sich um. »Korallenriffe? Fabio, das ist ... das kann nicht dein Ernst sein, oder? »

»Doch, leider. Ich hatte ja keine Ahnung, was die beiden damit vorhatten, verflixt noch mal! Damals dachte ich, was ist schon dabei, wenn du ihnen erzählst, was du unter Wasser beobachtest, und damit sogar noch gut verdienst. Als mir bewusst wurde, was die Schweine mit diesen Informationen anstellten, habe ich natürlich sofort einen Rückzieher gemacht. Nina, ich war einfach zu dämlich, um deren abgekartetes Spiel zu durchschauen!«

Ihr wurde plötzlich die Luft knapp, und sie wendete sich von ihm ab. »Wie lange warst du Informant für die Korallenräuber?

»Ein knappes Jahr, glaube ich.«

»Wie ging es weiter?«

»Eines Abends habe ich zufällig gehört, wie meine angeblichen Freunde tuschelten. Sie sprachen davon, dass demnächst wieder ein Schatz gehoben werden sollte und was dabei für sie rausspringen würde. Als sie Namen nannten, konnte ich sie leider nicht verstehen. Da wurde mir alles klar. Sie haben mich benutzt, um das Meer auszubeuten. Und ich war eins von ihren Schafen, die man mit ein paar Euros ködert!«

»Du bist hoffentlich sofort zur Polizei gegangen.«

»Klar, das war mein erster Gedanke. Aber was wusste ich überhaupt von den Kerlen, abgesehen von ihren Namen und der Tatsache, dass sie mithalfen, Wettkämpfe im Apnoetauchen zu organisieren?« Er umfasste ihre Schultern. »Mensch, Nina, begreifst du denn nicht? Ich war kaum zwanzig und hatte eine Heidenangst, als Mitwisser und Informant verurteilt zu werden und meine Lehrstelle zu verlieren!«

Als Nina den Mund öffnete, hob er die Hand. »Du hast versprochen, mich nicht zu unterbrechen. Ich möchte, dass du mir bis zum Schluss zuhörst.«

Plötzlich hatte die Landschaft jeden Reiz für sie verloren, dennoch setzte sie sich wieder zu ihm. »Na schön.«

»Gleich am nächsten Tag habe ich den beiden mitgeteilt, dass ich aussteige.«

»Hast du ihnen erzählt, was du wusstest?«

»Nein, das war mir zu gefährlich. Oft genug wird in

der Presse von räuberischen Organisationen berichtet, die überall auf der Welt agieren. Die haben nichts als Profit im Sinn. Deshalb beschloss ich, das Wenige zu tun, was mir möglich war.«

»Und das wäre?«

»Ich habe mich dem Meeresschutz verschrieben, auch um etwas von dem, das ich mit meiner Gutgläubigkeit angerichtet hatte, wiedergutzumachen. Außerdem habe ich jeden Cent, den ich durch meine Informationen verdiente, an eine Naturschutzorganisation gespendet. Ich wollte das Geld nicht mehr.« Fabio hielt inne. »Im Laufe der nächsten Jahre geriet alles etwas in Vergessenheit. Aber als vor einiger Zeit der erste Drohbrief eintraf und danach die Sachen mit dem Korallenhaus und den geplünderten Pensionszimmern passierten, sind die Ereignisse noch mal hochgekommen. Ich habe mich gefragt, ob die Kerle von früher etwas damit zu tun haben könnten.«

Nina war fassungslos. Harte Worte lagen ihr auf den Lippen, gleichzeitig konnte sie nur mit Mühe an sich halten, um Fabio nicht zu umarmen und ihn so lange zu küssen, bis der gequälte Zug um seinen Mund verschwand. »Daraufhin hast du dich Arnulf anvertraut«, flüsterte sie.

»Richtig.«

Ihr Herz schlug dumpf und schwer. »Warum hast du es mir nicht vorher erzählt?« Auf seiner Hand entdeckte sie eine Mücke und schnippte sie fort.

»Hätte ich dich unnötig in Unruhe versetzen sollen? Ich habe genau wie der Rest der Truppe erst bei Arnulfs Teamgespräch von den Brüdern erfahren, die jetzt auf Teneriffa einen Kiosk betreiben. Bisher steht noch gar nicht fest, ob sie ihren kriminellen Machenschaften weiterhin nachgehen. Aber zumindest ist es mir gelungen, eine Spur zu legen.« Er strich ihr zart über die Wange. »Jetzt bist du wütend auf mich, stimmt's?«

»Deshalb hast du so optimistisch reagiert, weil du hoffst, mit deinem Tipp eine Fährte zu den Verbrechern gelegt zu haben, damit sie bald geschnappt werden.«

»Ja«, erklärte er schlicht. »Bitte glaub mir, ich bin froh, wenn die Bande endlich auffliegt. Vermutlich wissen die Drahtzieher von meiner Zusammenarbeit mit den Naturschützern und lassen mich deshalb in Frieden.«

Sie schwieg.

»Offenbar habe ich dich ziemlich verschreckt, *doctora*.«

In einer Geste der Hilflosigkeit hob sie die Schultern. »Entschuldige, was willst du von mir hören, Fabio? Dass mir die Geschichte nichts ausmacht? Das wäre eine Lüge. Immerhin hast du früher, wenn auch unwissentlich, auf der anderen Seite gestanden.« Sie stand auf und trank einen Schluck Mineralwasser, um ihre Finger zu beschäftigen.

Mit einem Satz war er bei ihr und riss sie in die Arme. Seine Lippen senkten sich auf ihre, es war ein Kuss voller Fragen. Nina ließ es geschehen, aber nachdem sie sich wieder gefangen hatte, hob sie ihren Rucksack auf. »Mir ist heiß, wollen wir gehen, Fabio?«

»Sicher.«

Zügig schritten sie voran, während die Sonne immer noch unbarmherzig vom Himmel brannte. Nina blieb ihm dicht auf den Fersen und verbot sich jeden Blick in die Tiefe. Trotzdem war sie froh, sich auf den Abstieg konzentrieren und nicht reden zu müssen. Das verschaffte ihr Zeit, sich zu sammeln. Sie schielte auf Fabios Rücken. Ausgerechnet dieser Mann, der so leidenschaftlich für die Artenvielfalt der Ozeane kämpfte, sollte einst Teil einer kriminellen Vereinigung gewesen sein? Unvorstellbar. Die Sache selbst war mit seiner Jugend entschuldbar. Dass er damals nicht zur Polizei gegangen war und die Kerle zur Anzeige gebracht hatte, war es weniger. Vielleicht wäre dann ein Teil der Korallengärten rund um die Kanarischen Inseln von den Räubern verschont geblieben. Aber war nicht das Wissen, an der Zerstörung der Korallenriffe mitgewirkt zu haben, bereits Strafe genug für Fabio? Seine Reaktion hatte deutlich gezeigt, wie sehr er sich wünschte, die Vergangenheit ungeschehen zu machen.

Gedankenversunken machte sie einer Gruppe niederländischer Touristen Platz, die sich auf dem Aufstieg befanden.

Am Auto angekommen, fühlte sich Nina wie erschlagen.

Fabio hielt ihr die Beifahrertür auf. »Wollen wir noch schwimmen gehen? Eine Abkühlung könnten wir gut gebrauchen.«

»Nein, danke. Ich bin später noch mit Pepe zum Abendessen verabredet.« Nina bemerkte den Schatten, der bei ihren Worten über sein Gesicht huschte. »Aber gegen einen Latte Macchiato hätte ich nichts einzuwenden.«

»Gute Idee«, lächelte er dünn und startete den Motor.

Auch während der Rückfahrt sprachen sie nur wenig, denn die abwärtsführenden Serpentinen erforderten Fabios ganze Konzentration. Es wurde Abend, und die Schatten wurden länger. In Tazacorte angekommen, schlenderten sie zur *taberna* hinüber und ließen sich auf einer Bank nieder.

Der Ober brachte die Getränke. Nachdem er an einen anderen Tisch geeilt war, gab Fabio etwas Zucker in seinen Latte Macchiato.

»Wie lautet nun dein Urteil über mich? Ich sehe dir doch an, wie es in dir brodelt.«

»Herrje, Fabio!«, seufzte sie und betrachtete seine feingliedrigen Hände, die sie in diesem Moment gern gestreichelt hätte. »Wie kann ich dir einen Vorwurf wegen eines Ereignisses machen, das weit in der Vergangenheit zurückliegt? Wer von uns ist schon unfehlbar?« Sie mied seinen Blick und rührte in ihrem hohen Glas herum. »Mich hat vielmehr die Tatsache getroffen, dass du mir gegenüber geschwiegen hast.« Er wollte protestieren, aber sie ließ ihn nicht zu Wort kommen. »Nein, lass mich bitte ausreden. Dein Argument, mich nicht beunruhigen zu wollen, kann ich nicht gelten lassen.«

Er hob eine Braue und musterte sie. Sein Gesicht lag im Schatten und ließ seinen olivfarbenen Teint noch dunkler erscheinen. Fabio beugte sich tiefer über den Tisch und senkte die Stimme. »Hast du mich nicht selbst daran erinnert, dass zwischen uns nicht mehr sein kann als eine Affäre, *doctora*? Eine Beziehung ohne Verantwortung und Erwartungshaltung, nur zum Vergnügen und so lange, wie sie eben dauert?«

»Das ist richtig«, flüsterte sie kaum hörbar. »Dennoch habe ich gehofft, dass du mich bei Problemen ins Vertrauen ziehst.« Wie ich dich, als ich dir mit dem Tagebuch mein Innerstes gezeigt habe, dachte sie und schob das Glas beiseite, denn der Latte Macchiato schmeckte auf einmal fade.

»Genau genommen bin ich dir keine Rechenschaft schuldig, ich müsste es dir nicht mal erzählen, oder? Ist das nicht die Konsequenz aus unserer Entscheidung, keine feste Bindung einzugehen?«

»Ich verstehe, und du hast natürlich recht«, entschlüpfte es Nina, dann fügte sie hinzu: »Sei mir bitte nicht böse, wenn ich jetzt gehe. Ich bin hundemüde.« Sie legte ein paar Münzen auf den Tisch und stand auf.

»Lass nur, das geht auf meine Rechnung«, erwiderte Fabio, der sich ebenfalls erhoben hatte, um sie zu umarmen.

Sie entwischte ihm und küsste ihn auf die Wange. »Bis morgen.«

Er sollte nicht sehen, wie tief er sie mit seinen Worten getroffen hatte, deshalb hielt sie sich gerade. Da schoss ihr blitzartig ein Gedanke durch den Kopf, und sie blickte sich mit einem feinen Lächeln noch einmal um. »Ach, bevor ich es vergesse, Fabio. Ich werde München verlassen und ins Korallenhaus ziehen. Der Mietvertrag ist so gut wie unterzeichnet.«

Sie winkte, bemerkte die Verblüffung auf seiner Miene und spürte grimmige Genugtuung in sich aufsteigen. Allerdings gefror ihr Lächeln, kaum dass sie ihren Wagen erreicht hatte. Nina konnte es nicht erwarten, aus Fabios Sichtfeld zu geraten. Bis ins Innerste aufgewühlt, wollte sie rückwärts ausparken, als eine wütende Stimme sie ermahnte, gefälligst besser aufzupassen. Tatsächlich hätte Nina fast den Kotflügel eines entgegenkommenden Fahrzeuges gestreift. Nachdem sie sich von dem Schreck erholt hatte, lenkte sie den Geländewagen den Hügel hinauf.

Dort angekommen, sog sie den Anblick des wie verwunschen wirkenden Häuschens in sich auf. Das Rauschen der Bananenpflanzen, verbunden mit der warmen Abendbrise, übte eine beruhigende Wirkung auf sie aus.

Pepe trug eine Küchenschürze um die Hüften, als er sie begrüßte. »Der Tisch ist gedeckt, alles ist vorbereitet. Magst du dich schon mal raussetzen?«

Nina ließ sich von ihm die Jacke abnehmen und folgte seiner Aufforderung. Der Spanier hatte einen schlichten Grill besorgt, auf dem Holzkohle glühte.

»Da ich nicht wusste, wann du nach Hause kommst, habe ich mich für einen Grillabend entschieden. Ich hoffe, du bist einverstanden?«

»Ja, und wie.«

Er brachte gekühlte Sangria mit Früchten an den Tisch und lächelte. Wirkte es etwas gezwungen, oder war sie heute nur besonders sensibel? Sie beobachtete den Studenten, während er den Grillrost mit frischen Scampi und einer Schale mit kleinen, in Olivenöl getränkten Paprikaschoten bestückte, die er später mit grobem Meersalz würzte. Dazu gab es einen Knoblauchdip und *papas arrugadas*.

»Ich sollte mir ernsthaft überlegen, mit dir eine WG zu gründen, Pepe«, sagte Nina mit einem Schmunzeln, schloss genießerisch die Augen und schob sich eine grüne Schote in den Mund.

Er schnitt eine der schrumpeligen Kartoffeln mit dem Messer durch. »Ich habe dich vorhin mit Fabio gesehen.«

»Ja, wir haben uns zufällig getroffen, daraufhin hat er mich auf ein Getränk in der *taberna* eingeladen.«

Pepe, der in der Sonne saß, wischte sich mit einem

Tuch den Schweiß von der Stirn und befreite danach einen der Scampi von der Schale. »Geht mich natürlich nichts an, aber Fabio … Nun ja, er ist ein ziemlich undurchsichtiger Typ, findest du nicht auch?«

Nina blickte von ihrem Teller auf.

»Er ist der beste Unterwasserfotograf, den ich kenne, ohne Frage«, fuhr er kauend fort, »aber was hinter seiner Stirn wirklich vorgeht, kann ich nicht einschätzen. Oje, schau bitte nicht so streng, ich wollte dir keineswegs zu nahe treten.«

Wieso tust du es dann?, durchfuhr es Nina. Sie lehnte sich zurück und zwang sich zu einer ruhigen Antwort. »Wir sind ein Team, Pepe, und ich mag es nicht, wenn über einzelne Mitglieder geredet wird. Was du im Einzelnen von uns hältst, bleibt dir unbenommen.«

Statt erschrocken oder beleidigt auf ihre Antwort zu reagieren, warf er ihr nur einen langen, nachdenklichen Blick zu. »Gut gebrüllt, Löwe. Sorry. Du bist in ihn verliebt, stimmt's?«

Sie ließ die Gabel sinken. »Was soll das, Pepe? Wird das eine Fragestunde über meine privaten Angelegenheiten?«

»Nein, natürlich nicht. Ich mache mir eben Sorgen um dich. Noch ein bisschen Sangria?«

Nina winkte ab. »Danke, nein. Außerdem ist es nicht nötig, sich Gedanken um mich zu machen, das kann ich selbst. Ich übernehme später den Abwasch, okay?«

»Klar«, erwiderte er zwinkernd.

Als sie eine halbe Stunde später die Tür zum Schlafraum hinter sich zuzog, war sie froh, Pepes Anwesenheit zu entgehen. Bisher hatte er sich als diskreter Kollege erwiesen, eine Eigenschaft, die sie an ihm schätzen gelernt hatte. Im Übrigen nahm sie sich vor, bei nächster Gelegenheit mit Ingvison zu sprechen. Seit den Übergriffen und den Drohbriefen war – wenn man von den zerstochenen Reifen absah – alles still geblieben. Wenn sie es diplomatisch einfädelte, konnte sie ihm eventuell nahelegen, den Studenten wieder aus ihrem Haus abzuziehen.

KAPITEL 27

Er ist alles für mich. Wenn Mateo bei mir ist, kommt es mir vor, als ob alles andere nebensächlich ist. Das klingt kindisch, aber genau so ist es, und wenn ich morgens aufwache, habe ich meist ein Lächeln im Gesicht. Seine Eltern sind freundlich und haben mir keine Fragen gestellt. Heute haben sie mich gefragt, ob ich die freie Kammer auf ihrem Hof bewohnen möchte. Ist doch schwer, ganz allein da oben, sagte Mateos Madre. Ich habe höflich abgelehnt.

Wäre wirklich besser, wenn du hier wohnst. Wir könnten uns viel öfter sehen, meinte Mateo zwischen zwei Küssen, die wir uns heimlich auf dem Weg den Hügel hinauf gegeben haben. Mein Herz hat gleich viel schneller geschlagen. Wie er mich festgehalten hat, wie nah sein Körper meinem gewesen ist. Das Gefühl hat mich ganz schwindelig gemacht, und ich bin stehen geblieben.

Dann muss ich ihnen gehorchen und für sie arbeiten, so ist es doch überall, Mateo. Ich möchte dort nicht leben.

Aber, Serena, du bist bald meine Frau, widersprach er mir. Willst du nicht, dass wir alle zusammen sind?

Nein, ich gehöre hierher, zum Meer und in Carlas

und meine Hütte, verstehst du das denn nicht? Ich habe mich an ihn gelehnt, weil er plötzlich traurig wurde.

Na gut, sagte er nach längerem Schweigen, dann spreche ich mit meinen Eltern, und wir leben oben bei dir.

Ich war überglücklich. Heute hat es lange gedauert, bis wir uns voneinander verabschieden konnten. Er sagte, er mag mich nicht allein zurücklassen. Aber ich habe nur gelacht.

Wir müssen deinen Vater besuchen, meinte Mateo noch. Ich will um deine Hand anhalten, Serena. Dann drehte er sich um und ging heim.

Ich werde ihm nie verraten, wie still es plötzlich auf dem Hügel geworden ist.

Dinos großer Kopf liegt auf meinem Schoß. Heute Nacht rüttelt der Wind an der Tür. Morgen muss ich tauchen, ich kann es nicht länger hinausschieben. Dino winselt, er will aufs Bett. Wenn wir erst verheiratet sind, hat Mateo gesagt, darf der Hund das nicht mehr. Dabei friert er doch so schnell. Ich werde ihm eine Decke auf den Boden legen, damit er es warm hat. Mateo hat erzählt, sein Bruder soll später den Hof ihrer Eltern führen, während er die Ziegen zu hüten hat. Das gefällt meinem Liebsten gar nicht.

Am Sonntag will Mateo zu meinem Elternhaus gehen und um meine Hand anhalten. Ob Vater mit ihm einverstanden ist und uns seinen Segen gibt?

Nina glaubte, den stürmischen Nachtwind auf der Haut spüren, während sie Serenas Zeilen las. Ein stolzes Mädchen wie sie, das jeden Tag aufs Neue um seine Unabhängigkeit kämpfte, hatte im neunzehnten Jahrhundert sicher für Unmut und Misstrauen gesorgt. Ihre ablehnende Haltung gegenüber dem Vorschlag, bei Mateos Familie einzuziehen, kam in jener Zeit einer Beleidigung gleich. Gern hätte Nina Serena anvertraut, wie gut sie verstand, was ihr die Freiheit und die Liebe zu ihrem Zuhause bedeuteten. Außerdem hätte sie ihr ins Ohr geflüstert, dass sie wie Serena einst vor einer Situation gestanden hatte, die ihr fast die Unabhängigkeit genommen hatte.

Jan und sie waren damals erst seit Kurzem liiert gewesen, als er sie gebeten hatte, ihren Posten bei der Fakultät aufzugeben und sich etwas anderes zu suchen, damit sie mehr Zeit füreinander hatten. Heute war sie froh, dass sie sich nicht darauf eingelassen hatte. Wenn Serena sich überreden ließe, auf dem Hof von Mateos Eltern einzuziehen, würde das bestimmt kein gutes Ende nehmen.

Nina legte das Tagebuch beiseite und schloss das Fenster. Oberhalb der Gardinenstange entdeckte sie einen jungen Gecko. Auch für Serena schien das Schicksal tiefgreifende Veränderungen bereitzuhalten. Das Mädchen hatte den Mann gefunden, mit dem es den Rest seines Lebens verbringen wollte. Nina atmete tief, auch sie wusste, wem ihr Herz gehörte. Nur hatte sie im Gegensatz zu Serena alles falsch gemacht.

»Ich habe besondere Pläne und hoffe auf Ihre Zustimmung«, eröffnete ihnen der Isländer am nächsten Morgen. »Mir ist es nämlich gelungen, eine Sondergenehmigung zu erwirken, weshalb wir die einzigartige Möglichkeit erhalten, die Reserva Marina aufzusuchen. Dort werden wir die zuständigen Wissenschaftler bei ihrer Arbeit unterstützen.« Er klatschte in die Hände. »Ihr Interesse vorausgesetzt, rufe ich an und bitte die Experten um einen Termin.«

Nina beobachtete, wie sich Jespers und Pepes Gesichter vor Freude über diese Chance röteten. Sie erinnerte sich noch gut an die eigene Studienzeit und wie aufregend es gewesen war, an solchen Projekten mitzuwirken. Teil eines großen Ganzen zu sein und mit seinen Forschungen die Zukunft mitzugestalten hatte etwas ungeheuer Befriedigendes.

Kurze Zeit später stand eine Verabredung mit dem Expertenteam für den übernächsten Tag. Treffpunkt war die Reserva Marina im Südwesten der Insel.

»Zunächst möchte ich mit Ihnen die Zwischenergebnisse unserer Forschungen besprechen«, ergänzte Ingvison. In diesem Moment klingelte sein Handy. »Wenn Sie mich kurz entschuldigen? Bin gleich wieder da.«

Als er wenig später zurückkehrte, war seine Miene ernst. »Herr Hernandez bittet uns zu einem vertraulichen Gespräch … so schnell wie möglich.«

Während sich Fabio Ingvison anschloss, nahmen Pepe und Jesper in Ninas Wagen Platz. Ihre innere Unruhe wuchs, je weiter sie sich dem Polizeigebäude näherten. Noch an der Eingangstür empfing der Polizist sie: »Bitte folgen Sie mir.«

In seinem Büro angekommen, nahmen sie Platz. Hernandez faltete die Hände auf dem Schreibtisch. Im Raum herrschte erwartungsvolle Stille.

»Zunächst möchte ich mich bedanken, dass Sie meiner Bitte so schnell nachgekommen sind. Es gibt gute Nachrichten zu vermelden. In den frühen Morgenstunden konnten wir eine vierköpfige Gruppe am Tauchort

Ajón de los Petos im Südwesten dabei beobachten, wie sie ihre Schleppnetze auswarfen. Damit haben die Männer einen Fehler begangen. Dank Ihrer Unterstützung war uns der Ort anhand der Daten hinreichend bekannt, und wir konnten ihn besonders im Auge behalten. Der Verdacht, dass die Fischer Ihre mit Korallen belegten Fundstellen eine nach der anderen plündern, hat sich damit erhärtet.«

Jesper sprang auf. »Dann kennen Sie also ihre Identitäten? Wo sind sie jetzt?«

»Sei still, Mann«, zischte Pepe, der bleich wie die Wände des Büros geworden war, und drückte ihn auf den Stuhl zurück.

Nina warf Fabio, der neben ihr saß, einen verstohlenen Seitenblick zu, den er erwiderte.

»Am besten lassen Sie mich erst die ganze Geschichte erzählen«, sprach Hernandez beruhigend auf den Studenten ein. Als dieser nickte, fuhr der Polizist fort: »Bis zu diesem Zeitpunkt hatten die vier noch keine Straftat begangen, und es gab nichts, was wir beschlagnahmen konnten. Glücklicherweise trug einer der Verdächtigen keine Fischereilizenz bei sich, was uns die Gelegenheit gab, sie für eine Weile hier festzuhalten. Die Männer werden in diesem Moment von uns vernommen. Währenddessen prüfen einige Kollegen ihre Identitäten und ziehen Erkundigungen über sie ein. Lange können wir sie aufgrund der Ordnungswidrigkeit nicht hierbehalten. Aber immerhin bewegt sich etwas.« Das gutmütige Gesicht des Polizisten zuckte. »Wenn es Ihre Zeit erlaubt, möchte ich Sie alle bitten zu warten, damit Sie sich die Aufzeichnungen der Verhöre gleich ansehen können. Gut möglich, dass Ihnen die Männer irgendwie bekannt vorkommen. Manchmal sind es Details, die letztlich zur Aufklärung führen.«

»Selbstverständlich, wir sind draußen, wenn Sie uns brauchen«, antwortete Ingvison und verließ mit seinem Team das Gebäude.

Nina und die Studenten warteten in ihrem Wagen, den sie auf der anderen Straßenseite geparkt hatte. Zwischen ihnen entstand eine angespannte Stille. Bald darauf kam eine junge, uniformierte Frau aus dem Polizeigebäude gelaufen.

»Señor Ingvison, bitte folgen Sie mir, schnell!«

Der Teamleiter, der sich mit Fabio an seinem Wagen unterhielt, machte augenblicklich kehrt. Nina gab Jesper und Pepe ein Zeichen, und sie eilten die wenigen Stufen zum Gebäude wieder hoch.

Hernandez kam ihnen auf halbem Weg entgegen. »Bitte hier entlang! Eins unserer Vögelchen hat gesungen!«

»Natürlich«, gab Ingvison zurück.

Nina beschleunigte ihren Schritt. »Könnten Sie bitte konkreter werden?«

»Hier, die Treppe hinunter«, forderte der rundliche Polizist das Team auf. »Einer der Männer hat ein Geständnis abgelegt.«

Im Untergeschoss angekommen, fand sich das Team in einem Nebenraum wieder, dessen Möblierung aus einem halben Dutzend Stühlen, einem Fernseher und einem Aufzeichnungsgerät bestand.

Nina setzte sich zwischen Ingvison und Fabio, Jasper und Pepe nahmen hinter ihnen Platz.

Hernandez blickte in die Runde. »Sind Sie bereit?«

Als sie nickten, legte der Polizist eine CD in das Aufnahmegerät ein und löschte das Licht.

Wie gebannt starrte Nina auf den Bildschirm.

Ein Mann, kaum jünger als sie, saß mit vor der Brust gekreuzten Armen an einem Tisch. Mit seinem ausdrucksvollen Gesicht und der athletischen Figur sah er aus wie ein Model für Männerunterwäsche.

»Fangen wir an«, eröffnete ein junger Polizist die Vernehmung und schaltete ein Diktiergerät ein. »Nennen Sie uns Ihren Namen, das Geburtsdatum und die Adresse.«

Der Fremde verkniff den Mund zu einer schmalen Linie.

»García, Mario Enrique García, geboren am fünfundzwanzigsten August neunzehnhundertfünfundachtzig in Madrid, wohnhaft Santo Domingo, *Tenerife*.«

Hinter sich hörte Nina, wie Pepe scharf die Luft einsog.

»Ihr Beruf, García?«, hakte der Polizist nach.

»Fischer, manchmal helfe ich am Wochenende noch in einer Bar in der Hauptstadt aus.« Der Verdächtige griff in die Gesäßtasche seiner Jeans und zog ein Päckchen Zigaretten hervor.

Der Polizist schüttelte den Kopf. »Hier ist Rauchen verboten.«

Mit finsterer Miene steckte García sie wieder ein.

»Bitte wiederholen Sie noch mal fürs Protokoll, was Sie mir berichtet haben, Señor García.«

»Gestern Abend habe ich einen Anruf von meinem Kollegen Pio bekommen. Um halb vier Uhr morgens sollten wir uns mit den beiden anderen am Ajón de los Petos treffen. Also sind wir an die Küste gefahren. Camile und Hector haben schon auf uns gewartet.« Er stockte, sein Hemd wies unterhalb der Achseln Schweißflecke auf. »Dann sind wir mit Hectors Boot los. Pio hatte genaue Anweisungen, wo wir unsere Netze auswerfen sollten.«

»Wer hat Ihnen den Befehl gegeben?«, unterbrach ihn der Polizist.

Der Schönling schwieg.

»Raus mit der Sprache, García! Wir haben nicht ewig Zeit!«

Der Verdächtige kämmte sich ungerührt das volle Haar. »Vergessen Sie es. Von mir erfahren Sie keinen einzigen Namen.«

Nina und Ingvison warfen sich einen vielsagenden Blick zu.

Ein weiterer Polizist betrat den Raum und reichte dem Kollegen ein Stück Papier. Dieser las kurz und nickte dem anderen zu, der wieder verschwand. »Sind Sie sicher, García?«, setzte der Polizist das Gespräch fort. »Scheint so, als wären Ihre Kumpane gesprächiger.«

Das hübsche Gesicht verzog sich. »Ich glaube Ihnen kein Wort! Sie wollen mich verarschen.«

»Einer Ihrer Komplizen, der gute Hector, wird gerade verhört und verstrickt sich in Widersprüche. Aber wenn Sie meinen, Sie können sich auf die Verschwiegenheit der anderen verlassen, bitte schön.« Der junge Polizist ließ sich von der zunehmenden Aggressivität des Mannes offenbar nicht aus der Ruhe bringen. »Also noch mal von vorne: Weshalb sollten Sie an diesem bestimmten Ort Ihre Netze auswerfen?«

»Na schön … wegen der Korallen. Manchmal fangen wir sogar kleinere Haie oder Schildkröten. Die meiste Kohle bringt uns aber die schwarze Koralle.«

»Sie wissen, dass der Raub von Lebewesen, die unter Artenschutz stehen, strengstens verboten ist und Sie sich somit strafbar gemacht haben?«

Im Fernsehraum war aufgebrachtes Murmeln zu hören, und Nina hatte nicht wenig Lust, dem Fischer die Selbstgefälligkeit aus der Miene zu schütteln. Auch Pepe hinter ihr wurde unruhig und rutschte auf seinem Stuhl hin und her.

»Wie lange plündern Sie bereits den Atlantik?«, hakte der Polizist unbeirrt nach.

Der Verdächtige rang in gespielter Verzweiflung die Hände. »Ist das wichtig? Warum ziehen Sie nicht diejenigen zur Verantwortung, die die Fäden ziehen, die ganz großen Fische? Ach, ich weiß es: Weil Sie ihnen nicht beikommen! Ich bin doch nichts als ein winziges Rädchen im Getriebe und habe keine Ahnung, wer genau dahintersteckt. Natürlich können Sie mich einsperren, aber währenddessen gibt es unzählige andere, die meinen Job übernehmen.« García verschränkte die Arme hinter dem Kopf. »Mehr bekommen Sie nicht aus mir raus.«

Mit einem Satz war der Polizist bei dem Fischer und zog ihn mit einer Kraft, die man dem schlanken Mann gar nicht zugetraut hätte, vom Stuhl hoch und packte ihn am Hemdkragen. »So, Bürschchen, wenn du jetzt nicht sofort Namen nennst«, schrie er dem Verdächtigen wutentbrannt ins Gesicht, »dann werden wir dich und deine feinen Kumpane hier so lange festhalten und verhören, bis einer von euch die Wahrheit ausspuckt!« Er wies hinter sich, ohne den Griff zu lockern.

Garcías Blick flackerte und erinnerte Nina an ein Kaninchen, das in der Hand seines Jägers zappelte.

»Hinter dieser Tür warten eine Handvoll Kollegen nur darauf, mir zu helfen. Sie werden eure Leben auseinanderpflücken, und ich garantiere dir, sie finden einen Grund, euch festzuhalten«, zischte der Polizist. »Du siehst also, deine einzige Chance, hier rauszukommen, ist endlich zu reden!«

»Lassen Sie mich auf der Stelle los!«, presste García zwischen den Zähnen hervor.

»Nicht, bis du endlich auspackst!«

Die beiden Männer standen sich so dicht gegenüber, dass ihre Nasenspitzen einander berührten. Der Polizist, obwohl kleiner und schmächtiger, packte den Verdächtigen fester am Hemdkragen.

»Ist ja gut«, röchelte García. Auf seiner Stirn glänzten hektische Flecken, als der Polizist ruckartig den Griff lockerte. Er sank auf den Stuhl zurück.

»Die Namen der Informanten, und zwar schnell!«

Nina starrte auf den Fischer, dessen selbstbewusste Fassade von Sekunde zu Sekunde weiter bröckelte.

»Natal Serrat.«

»Wer ist das?«

»Hören Sie, ich kann das nicht.«

Der Polizist verstärkte wieder seinen Griff.

Der Verdächtige röchelte, erbleichte und sackte zusehends in sich zusammen. »Natal ist Mitarbeiter bei einer Tauchbase.« Dann murmelte er noch eine Adresse auf La Gomera.

»Weiter!«

Das Gesicht des Fischers wirkte gequält. Kurz schloss er die Augen, und als er weitersprach, waren seine Lippen blutleer. »Entschuldige, mein Freund.« Er vergrub die Hände im Haar. In seinen Augen schimmerte es feucht. »Pepe Morales, Student aus Barcelona, derzeit wohnhaft auf La Palma.«

Schmerzhaft hallte der Name in Ninas Innerem nach. Hinter ihr vernahm sie das Rascheln von Stoff, und sie fuhr herum. Pepe hatte bereits die Finger an der Türklinke, da schoss Jesper auf ihn zu, packte seinen Kommilitonen und stieß ihn gegen die Wand.

»Du? Du warst es?«, schrie der Schwede mit verzerrtem Gesicht und hob die Faust.

Mit einem Satz waren Fabio, Ingvison und Hernandez bei den beiden Studenten, und der Polizist umklammerte Jespers Arm.

»Lassen Sie das, Jesper«, entfuhr es dem Professor. »Machen Sie sich nicht die Finger an ihm schmutzig!«

»Du verlogenes Schwein. Du hast Nina benutzt!«, schrie Fabio, schüttelte Pepe mit wutentbrannter Miene und stieß ihn angewidert von sich.

Ingvison warf Fabio lediglich einen langen, warnenden Blick zu. Indes zog Hernandez Pepe auf die Füße, riss ihm die Hände auf den Rücken und ließ die Handschellen zuschnappen. Währenddessen konnte Nina nur fassungslos auf den wimmernden Spanier starren. Ohne zu wissen, wie ihr geschah, war sie beim nächsten Atemzug bei ihm.

»Pepe, warum verdammt noch mal?« Als er keinen Mucks von sich gab, umfasste sie grob seine Schultern. »Antworte mir gefälligst!«

Mühsam öffnete er die Lider. »Es tut mir schrecklich leid, Nina.«

»Das kannst du dir sparen! Ich will wissen, warum!« Ihre Stimme überschlug sich.

Dann hob Pepe den Kopf. Sein Blick war verschleiert. »Es … es hat nichts mit dir zu tun. Ich wollte das alles nicht, das musst du mir glauben! Aber Mario … er hat damit gedroht, mich zu verlassen, wenn ich ihm nicht weiterhin die gewünschten Informationen liefere.«

»Was? Für diesen Idioten hast du alles verraten, wofür wir hier schuften? Ich habe dir vertraut, Pepe!« Nina wich vor ihm zurück. »Weißt du, wer die Drohbriefe geschrieben hat?

»Ja.«

»Wer?«, zischte Jesper. Der Schwede drehte sich zu Nina um. »Als sie diesen Typen vorhin vernommen haben, da habe ich ihn sofort erkannt. Der war schon im letzten Jahr öfter mit Pepe unterwegs. Er war bestimmt sein Handlanger.«

»So, Señor Morales«, unterbrach Hernandez, »ich werde Sie jetzt zu meinem Kollegen bringen.« Er wies zur Tür hinaus. »Dort werden Sie uns die ganze Geschichte ausführlich berichten.« Damit wollte er den Studenten abführen, da trat Nina auf ihn zu.

»Einen Moment, Señor Hernandez.« Ihre Stimme klang rau wie ein Reibeisen. »Wer hat die Drohbriefe geschrieben, Pepe?«

Der Student presste die Lippen aufeinander und mied ihren Blick.

»Keine Sorge, Señora Michaelis, die Verstocktheit wird er schnell verlieren. Ich melde mich bei Ihnen. Bis dahin werden wir uns mit den feinen Herren beschäftigen. Los, Morales!« Der Polizist drängte ihn zur Tür.

Erschüttert verfolgte Nina, wie sich Pepe widerstandslos abführen ließ. Fabio strich ihr stumm über den Rücken.

»Kommen Sie, Doktor Michaelis.« Ingvison nickte ihr aufmunternd zu. »Wir gehen wieder an die Arbeit. Das wird heute für uns alle nicht leicht sein, aber es bringt uns auf andere Gedanken.«

»Wenn es Ihnen recht ist«, bat Nina, »würde ich Sie alle nach Feierabend zu mir auf einen Kaffee einladen.«

»Gern, wir treffen uns also in einer Stunde vor der Pension. Von dort aus fahren wir zu den nächsten Tauchorten.« Auf dem bleichen Gesicht des Forschungsleiters breitete sich ein feines Lächeln aus. »Ich gehe davon aus, dass Fabio Sie begleitet?«

»Selbstverständlich. Bis gleich, Arnulf.«

Ingvison gab Jesper einen Wink, dann waren sie allein.

KAPITEL 28

Fabio hob ihr Kinn. »Hältst du es für richtig, wenn wir uns heute Abend bei dir treffen? Dort sind noch Pepes persönliche Sachen.«

»Genau deshalb gefällt mir der Gedanke.«

Verflixt, warum nur wurden ihre Augen feucht?

Er reichte ihr ein Taschentuch.

Sie schnäuzte sich. »Ich verstehe das alles nicht, Fabio. Ausgerechnet Pepe. Dabei hatte ich mich inzwischen an seine Anwesenheit gewöhnt.«

Zärtlich nahm er ihr Gesicht in seine Hände. »Du musst nicht allein bleiben. Komm mit zu mir.«

»Nein, nicht heute. Ich kann nicht ständig vor schwierigen Situationen weglaufen. Das habe ich viel zu lange getan.«

Sie blickte an ihm vorbei auf den Gang, wo sich eine junge, grell geschminkte Frau gegen den Griff zweier Polizisten zur Wehr setzte. Nina seufzte. »Ich werde später Pepes Sachen packen und sie euch mitgeben. Was ihr damit anstellt, ist mir gleichgültig.«

»Einverstanden.« Er legte ihr einen Arm um die Schultern und verließ mit ihr das Polizeigebäude.

Nina reichte ihm ihre Autoschlüssel, und sie fuhren zur Pension.

Als Fabio und Nina am Abend das Korallenhaus erreichten, zogen Schäfchenwolken über den Himmel und sammelten sich über der Caldera. Nina schritt durchs Wohnzimmer. Pepes etwas zu süßes Aftershave hing noch im Raum, daher öffnete sie die Terrassentür weit. Fabio folgte ihr.

Wenig später fanden sich auch Ingvison und Jesper ein.

»Hübsch haben Sie es hier, wenn auch etwas spartanisch«, meinte der Professor. »Dafür ist der Ausblick fantastisch.«

»Ja, das ist er.« Sie schenkte ihren Gästen Kaffee ein. »Ich möchte gern noch mal auf deine Andeutung zurückkommen, Jesper. Du sagtest, du hättest Pepe und diesen García schon öfter zusammen gesehen?«

»Ganz genau, Nina. Der Kerl hat Pepe manchmal nach Vorlesungen abgeholt. Sie wirkten sehr vertraut miteinander. Ich habe mich damals etwas gewundert, weil Pepe eigentlich ein eher schüchterner Typ ist, aber García gegenüber taute er förmlich auf und ging Arm in Arm mit ihm durch die Stadt. Als ich den Typen vorhin sah, habe ich ihn sofort erkannt. Da war mir klar, dass Pepe etwas mit der Sache zu tun haben muss.« Der Student hob die Hände. »Wenn ich darüber nachdenke, wundere ich mich eigentlich, warum man weder Pepe noch mich bisher ernsthaft verdächtigt hat. Wir haben gemeinsam die Daten in die Computer eingespeist. Durch diesen Umstand waren wir immer auf dem neuesten wissenschaftlichen Stand. Allerdings war es Pepe, der durch die Wohngemeinschaft mit Nina die Gelegenheit hatte, uns auszuspionieren.«

»Tatsächlich habe ich eine Beteiligung Ihrerseits niemals in Erwägung gezogen, Herr Vikström«, erwiderte der Isländer. »Das war für mich nie vorstellbar.«

»Leider ebenso wenig bei Pepe«, gab der Palmero zu bedenken. »Er hat uns alle mit seiner Liebenswürdigkeit um den Finger gewickelt.«

»Nicht nur das, Fabio«, ergänzte Nina mit kaum gezügelter Wut. »Ich weiß nicht, wie es bei euch war, aber mir gegenüber hat er keine Gelegenheit ausgelassen, um den Verdacht auf die Fischer zu lenken.«

Sie schwiegen betreten.

»In der Universität war Pepe so etwas wie der geniale Einzelgänger«, setzte Jesper schließlich erneut an. »Wir anderen haben uns nur dann an ihn erinnert, wenn wir Hilfe für Diplomarbeiten oder Ähnliches benötigten.«

»Er ist völlig in seinem Studium aufgegangen«, bestätigte Nina nachdenklich. Ihr Blick fiel auf den Grill, vor dem Pepe noch gestern gestanden hatte, die Schürze um die Hüften gebunden und mit einem warmen Lächeln um die Lippen. »Ich weiß noch, wie beeindruckt ich oft von seinem Fachwissen war. In meiner Vorstellung habe ich ihn Jahre später als Dozent gesehen, zu dem die Studenten bewundernd aufblicken.«

»Eben aus diesem Grund frage ich mich, wie er sich mit ganzer Kraft für unsere Arbeit einsetzen und sie gleichzeitig zunichtemachen konnte«, sprach Ingvison aus, was sie wohl alle dachten.

»Wie wird aus einem Naturschützer ein Komplize der Korallenräuber?«, setzte Fabio hinzu.

Nina fröstelte trotz der Wärme.

»Was sein Privatleben betrifft, war er immer einsilbig«, fuhr Jesper fort. »Ehrlich gesagt habe ich ihn vor der Zeit mit García nie in Begleitung anderer erlebt. Deshalb war es für mich eine Überraschung, wie er sich diesem Kerl gegenüber verhalten hat.«

Alle Augen waren erwartungsvoll auf den Schweden gerichtet.

»Pepe war in ihn verliebt und hat ihn vergöttert. Er hing dem Kerl an den Lippen und hat ständig von ihm gesprochen. Für den hätte er alles getan.«

»Selbst wenn es bedeutet hätte, sich selbst aufzugeben?«, entwischte es Nina. »Wobei das letztlich seine Angelegenheit bleibt. Allerdings hat mich sein Verhalten in den letzten Tagen etwas verwundert.«

Fabio stellte die Kaffeetasse ab. »Inwiefern?«

»Na ja, er fing auf einmal an, mir neugierige Fragen über mein Privatleben zu stellen«, erklärte sie ausweichend. Sie wendete sich dem Forschungsleiter zu. »Deshalb hatte ich mir sogar schon vorgenommen, Sie bei Gelegenheit darauf anzusprechen, ob Pepes Anwesenheit in meinem Haus weiterhin vonnöten ist.«

»Ach, das ist ja eine interessante Entwicklung«, antwortete der Isländer und schüttelte den Kopf. »Dabei war er der Erste, der sich nach den bedauerlichen Vorfällen bereit erklärt hatte, bei Ihnen einzuziehen.«

Nun war es an Nina, erstaunt zu sein. Sie wollte etwas einwerfen, aber Jesper war schneller: »Das ist richtig, Herr Ingvison. Wobei ich ehrlicherweise zugeben muss, dass Pepe und ich uns sofort zur Verfügung gestellt haben.« Er zwinkerte. »Schließlich bekommt man nicht jeden Tag die Möglichkeit, eine hübsche Lady zu beschützen.«

Die Männer schmunzelten, Nina dagegen ließen die Aussagen nachdenklich zurück. »Ich dachte immer, Sie hätten das gemeinsam beschlossen, Herr Ingvison.«

»Nein«, wehrte dieser ab, »Herr Morales hatte die besten Argumente, warum er der geeignete Kandidat sei.«

»Tatsächlich? Und welche waren das?«, wollte Nina wissen.

In Fabios Augen schimmerte ein Lächeln. »Er meinte, Jesper sei gänzlich ungeeignet, da er wegen seiner wechselnden Bekanntschaften viel zu selten zu Hause sei.«

»In meiner Funktion als Forschungsleiter stand ich für ihn sowieso nicht zur Debatte«, ergänzte der Isländer, »zudem sei es wichtig, im Büro erreichbar zu sein, argumentierte Herr Morales. Sie sehen also, Doktor Michaelis, dem war nichts hinzuzufügen.«

Nina nickte ernst. »Okay, Pepe ist es also gelungen, sich bei uns einzuschleichen, um sich Informationen zu erschleichen, einschließlich unserer Forschungsdaten. Aber der Sinn der geplünderten Pensionszimmer, meiner durchtrennten Stromleitung, des anonymen Anrufs bei der Polizei und der Drohbriefe leuchtet mir noch immer nicht ein. Wieso machen die Korallenräuber auf sich aufmerksam, obwohl ihnen daran gelegen sein müsste, unerkannt zu bleiben?«

»Oder begehen wir bei unserem Erklärungsversuch einen Fehler?«, wendete Fabio ein.

»Keine Ahnung«, sagte Jesper, »aber ich halte Hernandez und seine Kollegen für Polizisten, die ihr Handwerk verstehen.«

»Da stimme ich Ihnen zu«, erwiderte Ingvison. »Deshalb wäre ich auch dafür, die Polizei agieren zu lassen und uns auf unsere Arbeit zu konzentrieren.«

Ninas Blick wanderte zu dem sauber zusammengelegten Bettzeug, das neben dem Sofa lag. »Was wird jetzt aus Pepe?«

»Ich muss natürlich unseren Auftraggebern Meldung erstatten.« Der Professor hob die Schultern. »Sie werden ihn nach Hause schicken, sobald er aus der Untersuchungshaft entlassen wird. Ob er zu einer Gefängnisstrafe verurteilt wird, entzieht sich meiner Kenntnis. Darüber hat das Gericht zu entscheiden. Ich gehe zudem davon aus, dass er seinen Studienplatz verliert, und rechne ihm kaum Chancen aus, einen neuen zu bekommen.«

»Genau, das steht später alles im Führungszeugnis.« Jesper fasste sich an die Stirn. »Er hat sich seine Zukunft nur wegen so einem Schmierlappen wie García versaut.«

»So kann man es auch ausdrücken«, schloss Ingvison. »Es war ein harter Tag, und wir stehen alle unter Schock. Ich für meinen Teil werde mich jetzt verabschieden. Herr Vikström, kommen Sie mit mir?«

Jesper nickte und suchte Ninas Blick. »Hast du Lust, mich morgen Abend zu begleiten? In Los Llanos hat eine neue Bar aufgemacht. Ein bisschen Ablenkung kann uns nicht schaden. Was meinst du?«

Nina lächelte. »Ein anderes Mal gern, Jesper. Wie wäre es an einem der nächsten Wochenenden?«

»Alles klar.« Der Schwede schnitt eine Grimasse. »Ich hab's wenigstens versucht.«

Fabio wendete sich dem Forschungsleiter zu. »Ich werde Nina helfen, Pepes Sachen zu packen, und bringe sie später bei dir vorbei«, erklärte er und klopfte ihm auf die Schulter.

»Gut, Herr Vikström und ich liefern sie morgen bei der Polizei ab.«

Der Isländer und Jesper brachen auf. Während Nina

Pepes Kleidung in seinen Koffer räumte, suchte Fabio die Kosmetikartikel des Studenten zusammen.

Als alles verstaut war, nahm Fabio seine Jacke über den Arm. »Darf ich dich noch etwas fragen, Nina?«

Sie zog den Reißverschluss des Koffers zu und stellte ihn ab. »Nur zu.«

»Waren deine Worte neulich ernst gemeint, als du sagtest, dass du auf La Palma bleibst, hier im Korallenhaus? Oder wolltest du mir bloß eins auswischen?«

»Das traust du mir zu?« Sie schnalzte mit der Zunge. »Also wirklich! Ja, es stimmt, und ich freue mich so sehr darauf, im September meine Sachen aus München zu holen und endgültig hier einzuziehen.«

Fabios Gesicht nahm einen grüblerischen Ausdruck an, als er nickte. »Die Insel scheint dir gutzutun. Ich freue mich für dich. Ehrlich gesagt würde es mir schwer fallen, mir vorzustellen, dass du in deine Heimatstadt zurückkehrst.«

»Mir auch«, gestand Nina. »Halte mich ruhig für sentimental, aber das alles gehört irgendwie zu mir.«

Er kam auf sie zu, die Hände wie so oft in den Hosentaschen vergraben. Diesmal jedoch erschien es ihr, als verstecke er seine Finger absichtlich, um nicht Gefahr zu laufen, sie nach ihr auszustrecken.

»Die Insel und ihre Geschichten haben dich verändert, Nina. Auch ich entdecke ständig neue Seiten an dir, deshalb überrascht mich deine Erkenntnis nicht.« Sein Blick glitt wie eine zärtliche Berührung über ihren Körper. »Ich glaube, du wirst hier glücklich sein, *doctora.*« Er räusperte sich. »Wirst du die Truhe wieder dort verstecken, wo du sie gefunden hast?«

»Wo sonst, Fabio?«

»Lass die Aufzeichnungen wenigstens digitalisieren und restaurieren, damit sie für die Nachwelt erhalten bleiben.« Er umfasste ihre Schultern. »Oder willst du, dass Serenas Geschichte eines Tages zu Staub zerfällt? Ich kann dir dabei helfen, einen Fachmann zu suchen, der auf die Erhaltung alter Dokumente spezialisiert ist.«

Die Wärme seiner Hände ging ihr unter die Haut. Wie gern hätte sie sich an ihn geschmiegt, aber es war besser, einen kühlen Kopf zu bewahren. Erstaunt registrierte sie seine aufgewühlten Züge.

»Das Buch bedeutet dir ziemlich viel, nicht wahr? Also gut, versuchen wir es.«

»Schön, ich werde mich mal umhören.«

»Danke.« Ninas Blick schweifte zum Koffer zu ihren Füßen, dann sah sie ihm offen ins Gesicht. »Du wirst dich bestimmt über meine Andeutung von vorhin gewundert haben, als ich von Pepes zunehmender Neugier gesprochen habe.« Sie nahm einen tiefen Atemzug. »Er hat sich mehrfach kritisch über dich geäußert, beim letzten Mal habe ich ihm dann aber klargemacht, was ich von Tratsch und Lästereien unter Kollegen halte.«

Seine Mundwinkel zuckten. »Ach ja? Da wäre ich gern dabei gewesen. Darf ich erfahren, was Pepe über mich gesagt hat?«

»Du seist ein undurchsichtiger Typ, und er mache sich Sorgen, weil er eine Verbindung zwischen uns vermutet.«

»Er hat dich vor mir gewarnt?« Zwischen Fabios Augenbrauen entstand eine Falte. »Wie reizend. Wahrscheinlich wollte er jeden Verdacht von sich ablenken und hat deshalb Zweifel gestreut.«

»Oder er hat erfahren, dass du damals in die Geschichte mit den Korallenräubern verstrickt warst«, kleidete sie ihre Gedanken in Worte.

»Das halte ich für unwahrscheinlich, Nina. Arnulf ist sehr loyal, und außer ihm wissen nur die Brüder vom Kiosk von der Sache. Der Professor hat mir übrigens mitgeteilt, dass die beiden längst mit ihren Auftraggebern gebrochen haben. Sie führen inzwischen ein anständiges Leben. Sie sind geständig und wollen die *Guardia Civil* bei ihrer Arbeit unterstützen.«

»Das ist doch mal eine gute Nachricht«, freute sich Nina.

»Genau.« Fabio nahm den Koffer und die Reisetasche. »Wie ich Señor Hernandez einschätze, wird er die Wahrheit schon noch aus Pepe herauskitzeln.«

»Ich kann es nach wie vor nicht glauben, weißt du?« Sie machte einen Schritt auf ihn zu und griff nach seiner Hand. »Die Enttäuschung muss ich erst überwinden. Bisher dachte ich immer, ich verfüge über eine gute Menschenkenntnis. Aber das war wohl ein Irrtum.«

»Er hat uns alle getäuscht, *doctora.*«

»Warum hast du dich eigentlich nicht angeboten, bei mir zu wohnen?«, fragte Nina, was ihr seit dem Gespräch mit den Kollegen nicht aus dem Kopf gegangen war.

»Hätte ich das tun sollen?« Er schüttelte gespielt streng den Kopf. »Du hättest mir bloß vorgeworfen, dass ich mich bei dir einschleichen will. Und glaub mir eins: Genau das ließe *mein* Stolz nicht zu.«

»Chapeau«, sagte sie und lächelte.

»Versuch dich ein bisschen zu entspannen. Ich muss jetzt los. Wir sehen uns morgen früh.« Er küsste sie flüchtig auf die Wange und drehte sich auf dem Absatz um.

Nina folgte ihm zur Haustür. Warum fielen ihr gerade in diesem Moment nicht die rechten Worte ein, um ihn aufzuhalten? Sie könnte ihm sagen, dass sie es sich anders überlegt habe und ihn gern begleiten wolle. Aber etwas in ihr hielt sie zurück, weshalb sie ihm nur winkte und zusah, wie er in seinen Wagen stieg. Langsam kehrte sie ins Haus zurück.

KAPITEL 29

Nina holte die Truhe aus dem Schlafzimmer. Einem Impuls folgend, ging sie auf den Schuppen zu und öffnete ihn. Ihre Tauchutensilien, die ordentlich an Haken hingen, wirkten plötzlich deplatziert. Staub flirrte in der Frühlingsbrise, und die bunten Flickenteppiche, die sie im Baumarkt besorgt hatte, bedeckten den Schacht, in dem Serenas Truhe gelegen hatte. Warum nicht hier weiterlesen, wo das Mädchen einst gelebt und seine Gedanken und Gefühle niedergeschrieben hatte? Außerdem war es in der Hütte angenehm kühl und windgeschützt.

Spontan verteilte die Biologin die Muschelreste, die sie vor einigen Wochen zusammengefegt hatte, gleichmäßig um die ehemalige Feuerstelle und ließ sich mit dem alten Buch auf einem der Teppiche nieder. Die Sonne zauberte längliche Muster auf den Schuppenboden, und Vogelgesang drang ins Innere. Es war ein besonderes Gefühl, sich an diesem Ort aufzuhalten. Einen flüchtigen Moment lang erinnerte sie sich an ihre Kindertage, als sie sich in einem Baumhaus versteckte, um in Zeitschriften zu blättern, die ihre Eltern ihr zu lesen verboten hatten.

Damit schlug Nina das Buch auf.

Heute war ich tauchen. Seit dem Tag, an dem Carla gestorben ist, ist das Meer mein Feind. Anfangs habe ich mich sehr gefürchtet. Das Herz hat mir bis zum Hals geschlagen, als ich tiefer runtergegangen bin. Bald hatte ich die Stelle gefunden, an der die coral negro wächst. Wie in einem riesigen Garten sieht es da aus, am Fuß zweier Felsen. In meiner Brust hat es wie Feuer gebrannt, daher habe ich mir nur ein paar geeignete Korallenäste gesucht und bin schnell wieder aufgetaucht.

Zu Hause hat Dino nicht wie meist unter der Bank gelegen und mich schwanzwedelnd begrüßt. Ob der Schlingel sich die Tür geöffnet hat?, habe ich zuerst gedacht. Aber sie war verschlossen und der Hund nirgends zu entdecken. Bestimmt ist er jagen, weil ich nicht genug Futter für ihn hatte. Natürlich weiß ich, dass er ein kluges Kerlchen ist, doch Streuner wie er werden manchmal mit Steinen beworfen. Hoffentlich ist ihm nichts zugestoßen.

Heute ist es warm, deshalb habe ich die Hütte sauber gemacht und mir meine Korallen genauer angesehen. Für die nächsten Tage habe ich genug Arbeit. Einer der Äste ist besonders schön, daraus mache ich Ketten mit Anhänger. Einer soll für Mateo sein, er soll ihm Glück bringen und ihn immer daran erinnern, wie gut ich ihm bin. Es reizte mich, sofort mit der Arbeit anzufangen, deshalb habe ich schon die Korallensträucher zergliedert und in Stücke geschnitten.

Inzwischen war es Nachmittag, und ich stellte mir gerade ein Licht auf den Tisch, da kam Dino in die Hütte getrottet und stupste mich an.

Wo warst du nur?, habe ich ihn gefragt und ihn hinter den Ohren gekrault, wo er es so gern hat.

Dann hat Dino mir die Hand abgeleckt, als ob er sich für seine Verspätung entschuldigen wollte. Dabei kann ich ihm sowieso nicht böse sein. Kurz nachdem ich anfing, die gleichmäßig geschnittenen Korallenteile zu schleifen, hat er sich unter den Tisch zu meinen Füßen gelegt.

Wo Mateo nur bleibt? Der Sonntag ist vorüber, und ich habe ihn noch nicht gesehen. Was Vater wohl gesagt hat, als er um meine Hand angehalten hat? Ich bin so aufgeregt, wenn ich nur darüber nachdenke.

Heute war ich abermals tauchen. Dino hat mich auf den Weg den Hügel hinunter begleitet, und als ich mich von ihm verabschiedet und gesagt habe, dass ich bald zurück bin, ist er zwischen den Büschen verschwunden. Ich hatte Angst, er kommt nicht wieder, aber das war unbegründet. Jetzt liegt er satt und zufrieden vor der Hütte und schläft.

Mateo war in der Mittagszeit kurz hier. Vater hat ihn ganz ruhig angehört. Er war überrascht, als er von unseren Heiratsabsichten erfahren hat, er stellte Mateo viele Fragen, womit er sein Geld verdient und ob er imstande ist, eine Familie zu ernähren. Du bist nur der zweite Sohn?, hat er gemeint, ihn dabei von oben bis unten gemustert und einen Becher Wein in einem Zug heruntergestürzt. Aber wenn du meine Tochter magst, sollst du sie haben, hat er gelallt. Sie ist ein bisschen seltsam, die Serena, aber sie hat ein gutes Herz. Wann wollt ihr heiraten?

Mateo und er haben sich auf den Sommer geeinigt.

Denkt bloß nicht, ich kann euch die Hochzeit ausrichten. Du siehst selbst, wie es um mich bestellt ist, sagte Vater noch. Kurz darauf ist Mateo gegangen.

Er ist in letzter Zeit oft in sich gekehrt. Seit Vater ihn daran erinnert hat, dass er keine gute Partie für mich ist, liegt über seinem Gesicht ein Schatten. Dabei hat er seine Tiere sehr gern. Aber weil es im Winter zu wenig geregnet hat, sind die Wiesen mager. Deshalb muss er die Ziegen hoch in die Berge treiben, damit sie satt werden. Oft übernachtet er bei ihnen, daher können wir uns nur selten sehen. Manchmal ist er richtig wütend.

Die Herde gehört mir, hat er gestern zu mir gesagt. Meine Eltern haben sie mir geschenkt, damit ich sie vergrößere und genug verdiene, um später gut für eine Familie sorgen zu können. Aber ich will nicht immer Ziegen hüten, Serena. Ich wünsche mir ein besseres Leben für uns. Beim Reden wanderte sein Blick hinaus aufs Meer. Siehst du? Mit dem Finger hat er zum Horizont gewiesen. Weit draußen, viele Tagesreisen von hier entfernt, liegt Amerika. Ich habe ein bisschen Geld gespart. Wenn ich die Ziegen verkaufe, reicht es bestimmt für zwei Passagen für die Überfahrt mit einem Frachtschiff. Die Söhne von unserem Nachbarn Pedro sind im letzten Jahr auch mit dem Schiff nach Amerika gereist, in ein Land, das Kuba heißt.

Ich konnte nur den Kopf schütteln. Mein Mateo kann ein echter Kindskopf sein.

Da hat er meine Hände genommen, und seine Stimme klang mit einem Mal fest. Ich träume seit Jahren davon, von hier zu verschwinden. Beden-

ke nur, die Nachbarssöhne haben auf einer Zuckerrohrplantage Arbeit gefunden. Sie verdienen sogar genug, um ihren Eltern regelmäßig Geld zu schicken. Jetzt sind wir zu zweit, Serena, wir können es schaffen.

Weil er so aufgeregt und traurig war, habe ich mich an ihn geschmiegt und ihn geküsst. Mateo, habe ich ihm geantwortet, wie stellst du dir das vor? Du hast dein Leben lang Ziegen gehütet und gezüchtet, und ich mache aus den Schätzen des Ozeans Schmuck. Was soll ich sonst tun? Ich kann nichts anderes. Was soll ich in Amerika, wenn alles, was ich liebe, hier ist?

In ihrer Vorstellung sah Nina das junge Paar vor sich, wie die beiden genauso wie sie in diesem Moment durch die Schuppentür auf den Atlantik blickten, mit dem Hund an Serenas Seite, und sich fragten, was die Zukunft für sie bereithielt.

Es gefällt mir nicht, wenn du tauchst, Serena. Jedes Mal habe ich eine Höllenangst um dich, weißt du?

Das musst du nicht, habe ich Mateo beruhigt. Ich bin eine sehr gute Taucherin.

Da hat er mich ganz fest umarmt. Ich weiß, trotzdem ist es gefährlich!, hat er geflüstert. Vergiss nicht, was deiner Schwester passiert ist. Ich will dich nicht verlieren.

Wie er mich dabei angesehen hat, Liebe und Sorge standen in seinen Augen geschrieben. Widersprechen kann ich ihm nicht, er sagt ja die Wahrheit. Ich habe ihm nur die Arme um den Hals geschlungen.

Es ist schön, wenn wir uns so nahe sind. Eine Weile später habe ich ihn vorsichtig nach seinen Eltern gefragt.

Er wurde noch ernster. Sie sind nicht damit einverstanden, wenn wir beide nach der Hochzeit hier oben leben, Serena. Um die Tiere gut zu versorgen, muss ich auf dem Hof bleiben, sagen meine Eltern. Sie begreifen nicht, warum du nicht bei uns wohnen willst.

Ich wollte es ihm abermals erklären, aber Mateo unterbrach mich. Ich verstehe dich, Serena. Lass uns fortgehen. Was erwartet uns hier auf der Insel? Nur Pflichten, Verantwortung und Entbehrungen. Willst du tauchen, bis du alt und grau bist? Was, wenn deine Hände zu groß und ungelenk werden, um Schmuck zu machen? Soll ich weiter Ziegen hüten und all meine Träume für immer begraben? Denke nur mal nach, mein Herz. Er hat mich zärtlich geküsst. Sieh mich nicht so ängstlich an.

Ich habe eine Weile gebraucht, um ihm zu antworten. Wenn du unbedingt in die Fremde willst, Liebling, sagte ich schließlich, müssen wir Dino mitnehmen.

Mateo hat ein verdutztes Gesicht gemacht. Er strich mir übers Haar. Serena, niemand nimmt seinen Hund mit auf eine weite Reise! Er lächelte. Ich weiß, dass du Dino gernhast. Aber er ist nur ein Hund.

Was soll das heißen?, habe ich ihn heiser gefragt und wurde zornig. Er ist nicht einfach nur ein Hund, sondern mein Freund. Und damit du es weißt: Ich habe ihm versprochen, ihn niemals wegzuschicken.

Er kann bleiben, solange er will. Ich bin vielleicht dumm und kann nicht viel, Mateo, aber Dino gehört zu mir, und ich werde mein Versprechen halten!

Ich habe mich von ihm losgerissen und bin hinausgerannt. Mein Hund hat unter einem Drachenbaum vor der Hütte gelegen und mich mit seinen Murmelaugen fragend angeblickt.

Im nächsten Moment stand Mateo vor mir und nahm meine Hände. Hör mir zu, Serena. Soweit ich weiß, dürfen nur Tiere auf einem Frachtschiff mitfahren, die der Versorgung der Passagiere dienen.

Mir wurde kalt. Gut, habe ich ihm entgegengeschleudert, dann wird Dino eben das erste Tier sein, das nicht auf dem Teller landet.

Mein Liebster seufzte. Meine Eltern freuen sich bestimmt, wenn sie einen guten Hütehund für den Hof bekommen. Dino braucht eine Aufgabe, Serena. Er wird sich bei ihnen wohlfühlen. Was soll er in der Fremde? Hier kennt er jeden Strauch und jeden Baum und weiß zu überleben. Auf Kuba dagegen ist er allein.

Nein, ich bin dann bei ihm, habe ich ihm widersprochen. Allein der Gedanke, mich von Dino zu trennen, tat furchtbar weh. Ich wollte mich von Mateo abwenden, doch er hat es nicht zugelassen.

Beruhige dich, Serena, bitte weine nicht. Wenn wir zusammenhalten, finden wir einen Weg. Ich muss jetzt gehen. Mach dir keine Sorgen, hat er mir noch lächelnd nachgerufen, als er den Hügel hinunterging.

Genau das tue ich aber, und ich habe mich an die Klippe gesetzt. Die Gedanken kreisten wie wild in meinem Kopf und machten mich traurig, deshalb habe ich mich an meinen Werktisch vor der Tür gesetzt, um die geernteten Korallenstöcke zu zergliedern. Darunter ist auch ein Prachtstück von der schwarzen Koralle. Der Strauch sieht aus wie ein alter Baum mit unzähligen feinen Verzweigungen. Daraus werde ich etwas ganz Besonderes fertigen.

Nina klappte das Buch zu. Verzweifelt versuchte sie, die Bilder der Szene aus dem Kopf zu verbannen, aber es war sinnlos. Die Traurigkeit, die aus Serenas Zeilen sprach, schmerzte auch sie. Nina warf das Buch auf den Tisch, als hätte sie sich daran verbrannt. Mateo verlangte viel von seiner Liebsten. Warum zog ein Neuanfang jedes Mal auch einen schmerzlichen Abschied nach sich? Noch dazu bedeutete es für die beiden einen Aufbruch in eine ungewisse Zukunft, denn das Leben auf einer Zuckerrohrplantage war hart und entbehrungsreich. Dafür musste das Mädchen alles, was es liebte, hinter sich lassen.

Blicklos starrte die Biologin hinaus. Der Gedanke war natürlich absurd, aber mal angenommen, Fabio würde sie bitten, das Korallenhaus zu verlassen, um mit ihm irgendwo ein neues Leben zu beginnen. Wie würde sie sich entscheiden? Das Gezeter von Krähen auf einem der Drachenbäume gellte ihr in den Ohren. Die Freude, die sie bei Serenas letzten Einträgen empfunden hatte, hatte einen gehörigen Dämpfer erhalten. Wie in der Gegenwart, wenn immer gerade dann, da man sich der Menschen in seinem Umfeld sicher fühlte, von einem Tag auf den anderen nichts mehr so war wie zuvor. Nina schloss die Augen, um die Ereignisse des Tages aus dem Gedächtnis zu verbannen.

In ihrer Fantasie malte sie sich aus, sie sei ein unsichtbarer Gast in der Hütte auf den Klippen und beobachte, wie Serena und Mateo eng umschlungen voreinanderstanden und über ihre Zukunft nachdachten. Zwischen den Liebenden empfand sie eine Zartheit, die sie berührte. Zwei Menschen, die ihre Bestimmung noch nicht kannten, die nichts besaßen außer der sicheren Gewissheit, dass sie zusammengehörten.

KAPITEL 30

Nina kam gerade aus der Dusche, als das Telefon klingelte. Sie schlang sich ein Badetuch um und eilte barfuß ins Wohnzimmer. Es war Hernandez.

»*Buenos días,* Señora Michaelis. Ich hoffe, ich störe nicht?«

»Nein. Was kann ich für Sie tun?«

»Señor Morales hat den Wunsch geäußert, Sie zu sprechen, allein.«

Die Biologin hatte Mühe, ihre Überraschung zu verbergen. »Wieso das? Ich verstehe nicht ganz.«

»Wir haben ihn gestern Abend noch dem Haftrichter vorgeführt, und er hat ein umfassendes Geständnis abgelegt. Bevor ich nun Professor Ingvison und das restliche Team informiere, bittet er Sie um ein Gespräch unter vier Augen.«

Nina blickte auf die kleine Pfütze, die ihre Füße auf dem Fußboden hinterlassen hatten. »Ich halte es für keine gute Idee, meinen Kollegen Informationen vorzuenthalten.«

»Um Himmels willen, das ist auch nicht nötig. Ich werde Ihren Kollegen eine Kopie der Aufzeichnung zur Verfügung stellen.« Hernandez hielt kurz inne. »Señora Michaelis, wenn Sie ablehnen, ist es nur verständlich. Sie sind keineswegs verpflichtet, der Bitte nachzukommen.«

»Gut, Señor Hernandez«, antwortete sie schließlich. »Ich werde die Angelegenheit mit meinen Kollegen besprechen und melde mich später wieder bei Ihnen. Vielen Dank für Ihren Anruf.«

Geistesabwesend legte sie das Telefon beiseite. Der Gedanke, Pepe nochmals gegenüberzutreten, löste Widerwillen in ihr aus. Was immer er einwenden könnte, um ihr Verständnis zu gewinnen, war zum Scheitern verurteilt. Wozu also das Ganze?

Ingvison, Jesper und Fabio hörten aufmerksam zu, als sie ihnen kaum eine Stunde später im Büro von dem Telefonanruf des Polizisten berichtete.

»Was werden Sie tun, Doktor Michaelis?«, wollte der Professor wissen.

»Mir anhören, was Pepe zu sagen hat, obwohl es mir eigentlich widerstrebt.«

»Wir begleiten Sie«, entschied der Isländer.

Fabio warf ihr einen langen Blick zu. »Wir warten in der Nähe. Aber ich bin sicher, während des Gespräches wird ein Polizist anwesend sein. Du bist also nicht allein mit ihm.«

»Das Schwein will doch nur sein Gewissen erleichtern«, wandte Jesper ein. »Oder sich bei dir anbiedern.«

Ingvison schmunzelte. »Am besten, Sie kündigen uns nach Feierabend an, Doktor Michaelis. Zunächst wollen wir die neuesten Laborergebnisse erörtern.«

Wie erwartet, wiesen die Korallenproben, die sie in geringerer Tiefe entnommen hatten, einen erhöhten Befall der Korallenbleiche auf, während es bei jenen Riffen, die unterhalb von dreißig Metern dokumentiert waren, keinen nennenswerten Anstieg der Krankheit zu verzeichnen gab. Unter dem Mikroskop hatten sie allerdings etwas Erstaunliches entdeckt. Die Proben der Gorgonien schienen bei Temperaturen um die fünfundzwanzig Grad Celsius Ansätze für Ableger zu bilden, während bei den schwarzen Korallen noch keine Veränderungen erkennbar waren. In den Becken mit höheren Temperaturen konnte bisher kein Wachstum nachgewiesen werden. Gegen Ende ihres Forschungsauftrages sollten die Becken mit den Fragmenten in ein Institut gebracht werden, in dem Zukunftsszenarien im großen Stil simuliert werden sollten. Sie erhofften sich Aufschluss darüber, wie man den Blumentieren helfen könnte, damit sie trotz des Klimawandels eine Chance hatten zu überleben.

Danach nahmen Fabio und Nina noch im Westen der Insel Proben an verschiedenen dokumentierten Tauchorten, bevor sich das Team am späten Nachmittag auf den Weg zum Polizeigebäude in Los Llanos machte.

Im Laufe des Tages hatte Nina dem anstehenden Gespräch mit Pepe gelassen entgegengesehen, doch je näher der Augenblick rückte, in dem sie ihm gegenübertreten sollte, desto heftiger bereute sie, sich darauf eingelassen zu haben. Fabio hielt ihr die Tür zum Polizeirevier auf und warf ihr einen bedeutungsvollen Blick zu.

»Hör dir an, was er zu sagen hat, *doctora,* und lass dich von ihm nicht aus der Ruhe bringen.«

»Alles klar.« Sie verzog das Gesicht.

Dann begleitete sie ein Polizist bis zum Vernehmungsraum. Sie nickte den Kollegen zu und öffnete die Tür.

Pepe erhob sich, als sie den Raum betrat. »Hallo, Nina. Vielen Dank, dass du gekommen bist.« Er streckte ihr die

Hand entgegen, doch sie ignorierte die Geste und nahm ihm gegenüber Platz.

Der Student machte einen übernächtigten und nervösen Eindruck.

Nina warf einen kurzen Blick auf den Polizisten, der sich an der Tür postiert hatte und sie mit seiner starren Miene an die Beefeater erinnerte, die Torwächter des Londoner Towers. »Was willst du von mir? Komm zur Sache, damit wir das hier möglichst schnell hinter uns bringen«, entgegnete sie kühl.

»Ich bin dir noch eine Erklärung schuldig.« Pepe faltete die Hände auf dem Tisch. »Deshalb wollte ich mit dir reden. Glaub mir, auch mir fällt es nicht leicht …«

»Verschone mich mit dem Mitleidsgetue, Pepe. Weshalb willst du mich sprechen?«

Der Spanier fuhr sich übers Gesicht. »Ich habe deine gestrige Frage im Hinblick auf die Drohbriefe noch nicht beantwortet.« Er stockte, sein Blick ging unruhig im Raum umher.

Die Biologin konnte nichts als Abwehr für ihn empfinden. Nur mit eisernem Willen gelang es ihr, ruhig sitzen zu bleiben.

»Ich habe sie selbst geschrieben, Nina.«

Sie presste die Lippen aufeinander, um ihn nicht rüde zu unterbrechen, und fixierte die gegenüberliegende Wand, an der Fliegen neben einem Kalender umherschwirrten.

»Mario hat mir den Auftrag gegeben, die wissenschaftlichen Erkenntnisse ebenso im Auge zu behalten wie die persönlichen Belange der Kollegen. Deshalb war es für mich eine günstige Fügung, dass alle bis auf Fabio in der Pension Catalina untergekommen waren.

So konnte ich eure Gewohnheiten und Persönlichkeiten studieren.«

Nina kämpfte um Gelassenheit. »Und weiter?«

»Solange sich Professor Ingvison und Jesper in meiner Nähe aufhielten, war ich zwar in der Lage, die Entwicklung unserer Forschungen zu beobachten, aber nicht, Duplikate anzufertigen, wie ich es Mario versprochen hatte.« In Pepes verquollene Augen trat ein heller Schimmer. »Er sollte doch stolz auf mich sein.«

Über Ninas Arme kroch eine Gänsehaut.

»Daraufhin ist mir die Idee mit den Drohbriefen gekommen, da ich so die Aufmerksamkeit auf diejenigen lenken konnte, die das Team ohnehin als Gegenspieler unseres Projektes betrachtete.«

»Die Fischer«, kommentierte Nina tonlos.

Pepes rundes Gesicht verzog sich zu einem freudlosen Grinsen. »Genau. Wie du siehst, genügen ein paar Zeitungsschnipsel zum richtigen Zeitpunkt, um alle in helle Aufregung zu versetzen. Somit konnte ich jedes Verdachtsmoment von mir ablenken.«

Unter dem Tisch ballte sie die Hände zu Fäusten. »Fahr fort, bevor ich dir den Hals umdrehe!«

Seine Züge nahmen einen bekümmerten Ausdruck an. »Wie gesagt, das Ganze ist mir äußerst unangenehm. Du warst immer fair und liebenswürdig zu mir. Leider musste ich ebendies zu meinen Gunsten ausnutzen.« Pepe pustete sich Luft zu. »Die Gelegenheit bot sich, als Jesper eines Tages sein Lauftraining absolvieren wollte und Professor Ingvison mit einem alten Freund verabredet war. Ich schrieb den Drohbrief und brachte ihn persönlich bei dir vorbei, du erinnerst dich? Du warst sogar so freundlich, mich in dein Haus einzuladen.«

»Wie könnte ich das vergessen?«, murmelte sie.

»Mein Plan ging auf, das Team dachte nicht daran aufzugeben. Nun musste ich nur noch unauffällig an die Daten gelangen, was sich allerdings als schwierig herausstellte.«

»Wieso?«, erwiderte Nina spitz. »Du hattest doch tagtäglich mit dem Computer zu tun.«

»Richtig, nur wäre Jesper ein zusätzlicher Datenträger am PC sofort aufgefallen. Also ließ ich mich eines Abends von einem Taxifahrer bis zu dem Sandplatz an deinem Haus bringen. Er liegt zu meinem Glück inmitten der Bananenpflanzen versteckt, deshalb bat ich den Mann zu warten. Deine Fensterläden waren geschlossen, und du hast Musik gehört, so konnte ich unbemerkt die Hauptstromleitung durchtrennen. Danach ließ ich mich in die Pension zurückfahren. Ich wusste, Jesper wollte später noch mit seiner Freundin einen Kinofilm ansehen, und Ingvison war ebenfalls unterwegs. Nachdem alle aus dem Haus waren, inszenierte ich den Einbruch.«

Es dauerte einen Moment, bis die Betäubung von Nina wich und die Bedeutung seiner Worte zu ihr durchdrang. »Inszenierte?«, wiederholte sie und richtete sich kerzengerade auf. »Du willst mir allen Ernstes erzählen, dass es nie eine Bedrohung gegeben hat?«

»Du hast es erfasst, Nina. Es war ganz einfach, die Türen mit meiner Kreditkarte zu öffnen. Die Sicherheit in der Pension lässt wirklich zu wünschen übrig. Ich habe Jespers Festplatte mitgehen lassen und sie in einem Schließfach deponiert, um die Daten bei Gelegenheit zu kopieren.« Pepes Gesicht nahm wieder jenen ungesunden Rotton an, den sie kannte, wenn er erregt war. »Angesichts der Tatsache, dass du die Einsamkeit des Hauses der Pension vorgezogen hast, war es nur eine Frage der Zeit, bis es zu einem Gespräch kommen würde. Genau das geschah, und das Team war sich einig, einschreiten zu müssen. Dabei ist es mir gelungen, mich als dein persönlicher Bodyguard zur Verfügung zu stellen.«

Erschüttert betrachtete sie den jungen Studenten, den sie zu kennen geglaubt hatte. Wo war nur seine Fröhlichkeit geblieben, wo war die Gutmütigkeit auf den Zügen? Wann hatte sich diese Verschlagenheit in seinen Blick geschlichen? Was, dachte sie mit wachsendem Entsetzen, hat dieser García bloß aus ihm gemacht?

»Liebe Nina«, unterbrach Pepe ihre Überlegungen, »du hast es mir verflucht leicht gemacht, weißt du? Dein Laptop lag für jedermann sichtbar auf der Ablage unterm Couchtisch. Vertrauensselig, wie du bist, hast du dir nicht mal die Mühe gemacht, ihn mit einem Passwort zu sichern.« Er schüttelte den Kopf. »Deshalb war es kein Problem für mich, die Daten zunächst auf deinen Computer und dann auf einen USB-Stick zu speichern.«

Sie wollte etwas entgegnen, aber aus ihrer Kehle drang kein Laut.

»Für mich war das ein unschätzbarer Vorteil. Wenn man deinen Computer untersucht hätte, wäre herausgekommen, dass die Daten von dort aus gespeichert worden sind.«

»Du Schwein!« Ninas Herz hämmerte. »Wieder so eine Möglichkeit, eine weiße Weste zu behalten. Niemals hätte ich gedacht, dass du derart durchtrieben bist. Du widerst mich an!«

»Aber, aber …« Pepe hob beschwichtigend die Hand.

»Bitte reg dich nicht auf! Das alles hat nichts mit dir persönlich zu tun.« In seinen Augen schimmerten plötzlich Tränen. »Eben aus diesem Grund habe ich dich gebeten zu kommen. Ich wollte verhindern, dass du die Wahrheit lediglich von einem Blatt Papier erfährst, und finde, ich bin dir ein paar aufrichtige Worte schuldig. Auch wenn es sich in deinen Ohren falsch oder abgedroschen anhören mag, ich danke dir herzlich für alles und bedaure sehr, was ich dir angetan habe.«

Die letzten Worte klangen eher wie ein Schluchzen, und Nina fragte sich schaudernd, wie viele Persönlichkeiten sich in der Gestalt ihr gegenüber wohl befanden. Es drängte sie, den Raum auf der Stelle zu verlassen, um der spannungsgeladenen Atmosphäre zu entfliehen. Einzig das sichere Gefühl, Fabio, Ingvison und Jesper in der Nähe zu wissen, hielt sie noch auf dem Stuhl. Ihre Gedanken kreisten, schmerzten fast. Sie mied Pepes Blick, denn anders ertrug sie seine Gegenwart nicht.

»Eins muss ich noch wissen«, presste sie unter Anstrengung hervor, »warum hast du sofort gestanden? Es hätte Aussage gegen Aussage gestanden, du hättest vielleicht deine Haut retten können.«

»Weil Marco mich und alles, was je zwischen uns war, verraten hat! Weil er nicht mal versucht hat, mich zu schützen, obwohl er es mir fest versprochen hat. Ich habe gedacht, zwischen ihm und mir existiere etwas Besonderes, Nina. Ich habe ihn geliebt! Aber jetzt will ich, dass er für seine Taten bezahlt, auch wenn ich mich dadurch selbst anklage. Ich werde der Polizei alle Informationen übergeben.« Pepe stockte, und nur ihre Atemzüge durchbrachen die Stille zwischen ihnen. »Auch das mit den Reifen tut mir Leid.«

Minuten vergingen, und Nina wollte sich bereits erheben, als er schließlich weitersprach.

»Dabei habe ich das alles doch nur für ihn getan.« Pepe brach in hemmungsloses Schluchzen aus, und sie sah sich unangenehm berührt um. »Er hat von einer gemeinsamen Zukunft gesprochen, irgendwann, und dass er unsere Liebe niemals verraten würde. Ich Idiot habe ihm geglaubt.« Er brach ab und bedeckte mit den Händen sein Gesicht.

Nina erhob sich mit steifen Gliedern, warf der zusammengesunkenen Gestalt ihr gegenüber einen letzten Blick aus den Augenwinkeln zu und wendete sich wortlos ab.

Die Mienen ihrer Kollegen, die sie auf dem Flur erwarteten, waren angespannt, als sie den dreien von dem Gespräch mit Pepe berichtete.

Ingvison tätschelte ihr den Arm. »Sie haben sich tapfer geschlagen, Doktor Michaelis. Kommen Sie.«

Hinter der *Guardia Civil,* nur eine Querstraße weiter, befand sich der repräsentative Eingang der örtlichen Markthalle, der von mächtigen Lorbeerbäumen und ihren ausladenden Baumkronen beschattet wurde. Dort nahmen sie auf einer langen Bank Platz. Nina beobachtete das rege Treiben der Passanten und wartete darauf, dass das Gefühl der Betäubung endlich von ihr wich. Fabio hatte sich zu ihr gesetzt, es tat gut, ihn so nahe bei sich zu spüren.

»Das hat Pepe ja fein eingefädelt«, sprach er wie zu sich selbst. »Aber eins muss man ihm lassen, jedes Wort von ihm war bis ins letzte Detail durchdacht.«

»Er wäre sogar bereit gewesen, mir die Sache mit der Datenkopie in die Schuhe zu schieben«, antwortete Nina.

»Schäbig«, quittierte Jesper mit Verachtung in der Stimme.

»Wobei ich ihm zugutehalten möchte, dass er Ihnen die Wahrheit selbst gestanden hat«, warf Ingvison ein. »Er scheint seine Taten immerhin zu bereuen. Die Untersuchungshaft gewährt ihm jetzt die Chance, sich innerlich von diesem García zu entfernen. Er wird psychologische Hilfe benötigen. Ich hoffe, er nutzt die Zeit.« Die Miene des Professors spiegelte seine Enttäuschung über Pepes Verrat wider. »Die Universität ist mittlerweile informiert. Man war dort tief bestürzt und wird ihm den weiteren Zugang zu allen Gebäuden verwehren.«

»Wie geht es jetzt mit den Korallenräubern weiter?«, hakte Fabio nach. »Wie hoch schätzt du die Aussicht ein, die eigentlichen Drahtzieher der Organisation zu fassen, Arnulf?«

»Nun, ich bin kein Polizist, befürchte aber, García hat recht. Da sich die eigentlichen Verbrecher im Hintergrund halten und daher nur schwer zu ermitteln sind, liegt es an der Beharrlichkeit der Ermittler, ob und wann sie gefasst werden. Bisher ist auch nicht bekannt, wer der *Guardia Civil* den Tipp mit den Schleppnetzfischern bei La Bombilla gegeben hat.«

»Das heißt, eigentlich hat sich nichts geändert«, warf Nina frustriert ein. »Die Ozeane werden unvermindert geplündert, die Handlanger wechseln zwar, aber die Ausbeutung der Meere geht weiter.«

»Sieht ganz so aus«, bestätigte Jesper. »Mit jedem neuen Hinweis steigen jedoch auch die Chancen ... bitte verzeih mir den Vergleich, Nina ... eines Tages einen der großen Fische an Land zu ziehen.«

»Zumal die Regierungen und Behörden ihre Maßnahmen gegen die Räubereien drastisch verstärken«, ergänzte Fabio und warf ihr einen langen Blick zu. »Es besteht also durchaus Grund zur Hoffnung.«

Ingvison erhob sich. »Da ich heute noch Besuch bekomme, muss ich mich allmählich auf den Rückweg machen. Wollen Sie mich begleiten, Jesper?«, sagte er und zwinkerte dem Studenten zu.

»Gern.«

»Besuch, Arnulf?«, fragte Fabio noch.

Der Professor lächelte. »Ja, meine Frau landet heute mit der letzten Maschine. Sie bleibt zwei Wochen.«

»Wie schön!«, sprudelte es aus Nina heraus. »Einen angenehmen Abend für Sie beide und bis morgen.«

Sie sah dem Forschungsleiter nach, wie er leichten Schrittes mit Jesper den Platz verließ. Wie wundervoll, sich auch nach so vielen Jahren Ehe noch aufeinander freuen zu können. Nina suchte Fabios Blick, plötzlich hielt es sie nicht mehr auf dem Stuhl.

»Ich brauche dringend frische Luft und Meeresrauschen. Kommst du mit?«

Sie brachen auf und fuhren den Weg nach Tazacorte zurück. Wortlos legten sie die wenigen Schritte bis zum Strand zurück. Die Sonne stand schon tief, weshalb sich nur noch wenige Besucher am Meer aufhielten. Nina ließ sich auf den Boden sinken, zog die Schuhe aus und vergrub die Zehen im warmen Sand. Es war fast windstill an diesem Abend, und der Atlantik spülte träge Wellen an den Strand.

Die Zeit verstrich. Irgendwann zog sie die Beine an und beobachtete eine Gestalt, die sich mit kraftvollen Schwimmbewegungen weit aufs offene Meer hinauswagte. Nur wenige Meter von ihnen entfernt suchte eine

Möwe den Sand nach Essbarem ab. Fabio lag neben ihr, die Arme hinter dem Kopf verschränkt, die Augen geschlossen. Sie rückte näher an ihn heran und konnte der Versuchung nicht widerstehen, seinen entspannt wirkenden Mund zu küssen.

Er öffnete die Lider, lächelte und küsste sie erneut. »Ich kann nicht lange bleiben, ich habe später noch eine Verabredung.«

»Mit der kurvigen Kellnerin aus der Tapas-Bar?«, platzte es aus ihr heraus. Im nächsten Moment hätte sie sich für ihre vorlauten Worte am liebsten auf die Zunge gebissen.

»Ach, du meinst meine Cousine Andrea?« Fabio grinste eine Spur zu breit. »Nein, ich treffe mich mit meinen Eltern.«

»Alles klar.«

Das war geschwindelt. Aber wie sollte sie ihm mitteilen, dass sie jetzt seine Nähe brauchte, um nach dem aufwühlenden Tag in den Schlaf zu finden?

Nina stand auf und klopfte sich den Sand von den Füßen. »Für mich wird es auch langsam Zeit.« Sie hauchte ihm einen Kuss auf die Wange. »Wir sehen uns.«

»Du hast doch nicht etwa eine Verabredung mit irgendeinem gutaussehenden Kerl?«, fragte er schmunzelnd, dennoch schwang in seiner Stimme ein ernster Unterton mit.

»Nein, mit einem Mädchen aus dem neunzehnten Jahrhundert«, erwiderte sie.

»Erzählst du mir, wie es mit Serena weitergeht?«

»Du kannst es bei Gelegenheit selbst lesen«, antwortete Nina und wendete sich zum Gehen.

In ihrem Haus angekommen, setzte sie sich mit einem Buch aufs Sofa und versuchte sich auf die Handlung zu konzentrieren, aber der actionreiche Krimi machte sie nervös, weshalb sie ihn wieder fortlegte. Wieso war es heute so bedrückend still? Nina öffnete die Terrassentür, selbst das Meer rauschte an diesem Abend nur träge. Deshalb stellte sie das Radio an und holte das Tagebuch aus der Truhe. Schade, dass Fabio an diesem Abend keine Zeit hatte, sie hätte die nächsten Seiten viel lieber mit ihm gemeinsam gelesen. Wie war es nur möglich, ihn jetzt schon zu vermissen? Mit einem tiefen Seufzen setzte sie sich schließlich mit dem Tagebuch hinaus.

Weil ich nicht schlafen konnte, habe ich die ganze Nacht über an Mateos Kette gearbeitet. Erst habe ich den Anhänger mit meiner Schleifscheibe kreisrund geformt. Dann habe ich auf der Vorderseite mit dem schmalen Stichel zwei sich umschlingende Spiralen hineingemacht. Das war nicht einfach, weil ich in dem flackernden Licht der Lampen nicht gut sehen konnte. Das uralte Symbol meiner Ahnen drückt aus, was ich Mateo mit dem Geschenk sagen will: Ich gehöre dir, für immer. Auf der Rückseite habe ich noch meinen Namen eingraviert, damit er mich nie vergisst. Ob er sich darüber freut? Die einzelnen Steine der Kette habe ich in unterschiedliche Formen geschliffen und gefeilt, genau so mag ich es.

Danach habe ich eine ähnliche Kette angefertigt, auf deren Anhänger ich seinen Namen gravierte. Die wollte ich tragen. Als die Sonne langsam aufging, war ich mit der Arbeit fertig. Dino lag zusammengerollt auf dem Bett und hat geschnarcht. Meine

Augen brennen von der Anstrengung, aber wenigstens hat mich die Arbeit vom Grübeln abgelenkt. Beim Gedanken, Dino zu verlassen, krampft sich alles in mir zusammen. Ich weiß nicht, wie ich das ertragen soll. Ich kann ihn doch nicht wieder sich selbst überlassen.

Wenn ich morgens die Augen aufschlage, sehe ich die Feuerstelle und den kleinen Garten. Ich kann das Meer riechen und den Wind hören. Was würde ich sehen, wenn ich in diesem fremden Land bin, das Kuba heißt? Huschen dort Eidechsen durchs Gras, und kann ich in der Ferne Lavaberge sehen, die meist weiße Hüte aus Wolken tragen? Ziehen dort auch riesige Wale vorbei, springen die Delfine mit ihren schönen schlanken Leibern so hoch, dass ich sie von weitem erkennen kann? So viele Fragen sind in meinem Kopf. Warum können Mateo und ich nicht auf diesem Hügel bleiben?

Die Liebe bringt nichts als Probleme mit sich, dachte Nina. Erst sehnt man sich nach dem einen Menschen, mit dem man sein Leben verbringen möchte. Hat man ihn endlich gefunden, werden die Gefühle ständig von Neuem auf die Probe gestellt. Arme Serena, sie befand sich wirklich in einer Zwickmühle. Genauer betrachtet, erschien ihr das Leben des Mädchens trotz aller Widrigkeiten einfacher als ihr eigenes. Serenas und Mateos Alltag war nicht von Jobs bestimmt, die sie rund um den Globus führten und Beziehungen zwangsläufig erschwerten. Als Hirte Arbeit zu finden dürfte für den jungen Mann überall möglich gewesen sein, und wer wie Serena kunstvollen Schmuck herzustellen wusste, musste sicher auch in der Fremde nicht die Hände in den Schoß legen.

Was wohl mit Dino ist? Seit dem Morgen, als er mich den Hügel hinunter begleitet hat, ist er täglich mehrere Stunden weg. Wenn er wiederkommt, sucht er meine Nähe und rollt sich dann irgendwo in der Hütte zusammen. Er beobachtet mich, seine klugen Augen sprechen zu mir, aber ich verstehe nicht, was er mir sagen will. Er legt den Kopf auf meinen Schoß und atmet tief, es klingt wie ein Seufzer.

Geht es dir nicht gut?, habe ich ihn gefragt. Dein Fell ist schön, alle Wunden sind verheilt, und dünn bist du auch nicht mehr.

Du machst genauso ein besorgtes Gesicht wie meine Madre früher, wenn ich mir wehgetan habe, hat mich Mateo gestern Abend geneckt, nachdem ich ihm von Dino erzählt habe. Weißt du, ob er schon längere Zeit herumgestreunt ist, bevor er zu dir kam?

Ja, das kann sein, habe ich geantwortet.

Bestimmt war er mal ein Hütehund, Serena, und ist es nicht gewohnt, am Haus zu bleiben.

Wenn du nur recht hast, habe ich gesagt.

Mateo roch an diesem Abend nach frischem Gras und Sonnenschein. Wie er sich über die Kette mit dem Anhänger gefreut hat! Er hat gesagt, er will sie nie wieder ablegen. Ich zog ihn zu mir aufs Lager, ertastete die feinen Härchen in seinem Nacken und schmiegte mich an ihn. Wie sehr ich mich danach gesehnt habe, ihn berühren zu dürfen. Sein liebes Gesicht sollte das Erste sein, was ich am Morgen er-

blicke. Er lächelte, vergrub die Hände in meinem Haar und bettete meinen Kopf an seiner Schulter. Ich kann fühlen, dass es ihm genauso geht.

Plötzlich hat er mich angesehen. Serena, fing er an, ich habe gestern lange mit meinen Eltern geredet. Sie waren traurig, als ich ihnen von meinem Wunsch erzählt habe, mit dir fortzugehen. Madre hat geweint, sie hat Angst, mich vielleicht nie wiederzusehen. Bei den Worten klang Mateos Stimme hohl. Aber sie verstehen mich und würden uns sogar etwas Geld zugeben, damit wir die Schiffspassagen kaufen können.

Ich löste mich aus seiner Umarmung. Du hast es hoffentlich abgelehnt, Mateo?

Natürlich! Denkst du, ich nehme das mühsam Ersparte von ihnen an? Das will ich auf keinen Fall.

Ich hob den Kopf und küsste ihn auf die Nasenspitze. Die Reise hat doch noch Zeit, Liebling.

Er wurde ganz still und starrte lange Zeit ins Nichts.

Ich weiß, dass du dir um den Hund Sorgen machst. Vaters Hütehund ist alt, er wäre froh, wenn er ein so kluges Tier wie Dino bekommen würde. Meinst du nicht, wir sollten es versuchen? Bitte denk mal darüber nach. Seine Augen bekamen plötzlich einen dunklen Schimmer. Sonst müssen wir den Traum von einem besseren Leben begraben. Willst du das?

Das würdest du für mich tun, Mateo? Das ist nicht gut. Wenn wir keine Träume mehr haben, ist das Leben ohne bunte Farben. Das will ich nicht.

Da lachte er heiser. Du verstehst das falsch, mei-

ne hübsche Sirene. Es ist nicht wichtig, ob ich unter einem Stroh- oder einem Holzdach schlafe, ob ich in der Ferne den Horizont oder die Gipfel hoher Berge sehe, solange du bei mir bist, hörst du? Wir bauen uns ein Heim, nur fort von hier. Aber ich muss es jetzt wissen: Wirst du mit mir kommen?

Ich schloss die Augen und konnte trotzdem jede Einzelheit in der Hütte vor mir sehen. Meinen Arbeitstisch mit dem Talglicht und den sauber aufgereihten Werkzeugen. In den Ritzen des alten Holzes sammelt sich immer der Staub vom Feilen, Bohren und Sägen. Die Truhe neben dem Bett, in der meine Kleider liegen. Der Reisigbesen, der an der Tür lehnt, und die Feuerstelle, die Carla und ich mit schönen Muscheln verziert haben. Ja, ich konnte sogar den Luftzug spüren, der durch die undichte Stelle in der Wand dringt. Die Aussicht, wenn ich vor die Hüttentür trete, stand mir klar vor Augen. Ich glaubte, den Wind hören zu können, wie er durch die Drachenbäume und Sträucher streicht.

Dinos rechtes Ohr zuckte im Schlaf. Der Schmerz in meinem Inneren wurde so schlimm, dass ich nach Luft schnappen musste. Mateos Gesicht war ganz nahe an meinem. Er blickte ernst, und ich wusste sicher, egal wie ich mich entscheide, es ändert nichts an der Liebe zwischen uns. Sie währt ewig. Da habe ich ihn geküsst, aber gleichzeitig kullerten mir Tränen über die Wangen.

Ich meine es ernst, Serena, hat er leise gesagt. Bisher war es nur der Traum von einem besseren Leben, aber jetzt musst du wählen.

Lange Zeit habe ich mich an ihn gelehnt und sei-

nen Atemzügen gelauscht. Als ich endlich antworten konnte, waren all meine Tränen geweint. Ja, ich komme mit dir, Mateo. Ich will nicht mehr ohne dich sein. Wir zeigen Dino die Herde. Vielleicht hast du recht, und er fühlt sich dort wohl. Ansonsten finden wir anderswo ein gutes Zuhause für ihn.

KAPITEL 31

Kurz bevor das Team am nächsten Tag zur Reserva Marina aufbrechen wollte, öffnete sich die Tür, und eine attraktive Blondine mit einer sportlichen Figur betrat lächelnd das Labor.

»Darf ich euch meine Frau Stine vorstellen?« Der Professor legte den Arm um ihre Taille. »Sie wird uns zum Meeresreservat begleiten.«

Fabio, der neben Nina stand und sich leise mit ihr unterhalten hatte, sowie die Studenten begrüßten den Neuankömmling.

Die Biologin reichte ihr die Hand und stellte sich vor. »Ich freue mich, Ihre Bekanntschaft zu machen, Frau Ingvison. Ihr Mann hat mir schon einiges von Ihnen erzählt.«

»Wissen Sie, die Zeit ohne Arnulf ist mir zu lang geworden«, antwortete diese mit einem charmanten skandinavischen Akzent. Der Blick aus ihren dunklen Augen war herzlich. »Ich werde Ihre Forschungen auch ganz bestimmt nicht stören.«

»Natürlich nicht, Liebes«, fuhr der Forschungsleiter fort. »Ich denke, wir werden einige angenehme Stunden in der Reserva verbringen. Die Abwechslung wird uns allen guttun. Wir treffen uns in der Nähe von Los Llanos mit den Kollegen. Seid ihr bereit?«

»Klar«, erwiderte Jesper. »Fabio und Nina, darf ich euch mitnehmen?«

Die beiden Taucher blickten sich an und nickten. »Nett von dir, Jesper«, erwiderte der Palmero und ließ Nina an der Tür den Vortritt.

Bald darauf erreichte das Team den Küstenabschnitt, an dem sich der Professor mit den Experten verabredet hatte. Die beiden spanischen Wissenschaftler, die mit ihnen einen Teil der Reserva abtauchen wollten, empfingen sie an der Bucht.

»Wir freuen uns über Ihre Unterstützung«, eröffnete ein kräftig gebauter Mann in den Vierzigern das Gespräch. »Seit die Regierung das Gebiet zum Reservat erklärt hat, erholt sich die Unterwasserwelt zusehends. Davon werden Sie sich gleich selbst überzeugen können. Das geschützte Gebiet erstreckt sich über dreizehn Kilometer und umfasst eine Oberfläche von fast dreitausendfünfhundert Hektar. Mit eintausend Metern Meerestiefe ist es das tiefste in ganz Spanien.«

Nina blickte sich an dem Küstenabschnitt um. Offensichtlich wurde er ausschließlich von Fischern genutzt. Unweit von ihnen entdeckte sie einige Einheimische, die ihre Angeln auswarfen.

Der Wissenschaftler mit dem dünnen Haarkranz war ihrem Blick gefolgt. »In diesem Abschnitt darf selbstverständlich nur von Hand und unter bestimmten Auflagen gefischt werden.«

»Wir hätten da noch eine Bitte«, übernahm sein jüngerer Kollege das Wort. »Seit einiger Zeit herrscht in der Reserva Marina eine Plage von Diademseeigeln, die uns Sorgen bereitet. Sie bedrohen unsere Seegraswiesen, weil sie kaum noch natürliche Feinde besitzen. Derzeit führen wir Zählungen durch. Wir wären Ihnen sehr verbunden, wenn Sie uns dabei behilflich wären.«

»Gern«, erwiderte Ingvison.

»Derweil mache ich mich mit Herrn Vikström an Bord nützlich, wenn Sie es mir gestatten«, ergänzte seine Frau.

»Wunderbar, dann kann es ja losgehen.« Der ältere Wissenschaftler wies auf ein größeres Boot.

Kurz darauf tauchten Fabio, Ingvison und Nina mit den spanischen Kollegen ab. Die Taucher waren angewiesen, neben den Diademseeigeln auch die Anzahl diverser anderer Meeresbewohner mittels eines Quadranten zu zählen. Ninas innere Erregung wuchs, während sie Fabio folgte, der sich eng an dem steil abfallenden Gelände langsam in die Tiefe gleiten ließ. Das Wasser erschien ihr grüner und planktonreicher als an den anderen Tauchplätzen.

Unter ihnen breitete sich in etwa zwanzig Metern zwischen felsigem Untergrund eine ausgedehnte Seegraswiese aus. Eine größere Gruppe von Papageifischen suchte an Felsvorsprüngen nach Algen. Ihre leuchtend blauen Körper mit den Schnäbeln, die denen ihrer Namensgeber ähnelten, bildeten einen hübschen Kontrast zu den zarten Grüntönen des Seegrases. Ein stattlicher Ziegenbarsch zog lautlos über ihre Köpfe hinweg. Nina staunte, ein derart großes Exemplar war ihr zuvor nicht begegnet.

Bald darauf gab ihnen der spanische Kollege einen Wink und führte sie zu einigen mannshohen Felsbrocken am Rande der Wiese. Sie wirkten wie wahllos hingeworfen, hatten sich aber wahrscheinlich bei einem Seebeben von einem der Lavaberge gelöst. Dann entdeckte Nina sie: Die Felsen waren über und über mit den schwarzen Seeigeln bedeckt. Ingvison und der jüngere Spanier machten sich am Rand der Wiese, wo ein verzweigtes Höhlensystem begann und die stacheligen Plagegeister schon von weitem erkennbar waren, an die Arbeit. Während Nina den Quadranten nutzte, um die Meerestiere zu zählen, notierte Fabio die Ergebnisse auf einer Schreibtafel, die er mit einem Clip an seinem Anzug befestigt hatte, und machte Fotos.

Aus einer Spalte zwischen mit violettfarbenen Seeanemonen und gelblichen Flechten üppig bewachsenem Felsgestein schlüpfte ein achtarmiger Krake aus seinem Versteck, ein Meister der Tarnung, denn er hatte die Farben seiner Umgebung angenommen und maß über zwei Meter. Fabio zückte erneut seine Kamera, was dem Kraken gar nicht gefiel, denn auf einmal hatte das Tier es ziemlich eilig, sich aus der ungemütlichen Lage zu befreien. Nina und Fabio blickten ihm nach, wie es mit scheinbar tanzenden Armen aufwärts schwamm. Der Palmero lächelte und strich Nina zärtlich über den Rücken.

Nachdem sie alle nötigen Daten gesammelt hatten, führten sie die Kollegen vom Meeresreservat in einen Korallengarten in fünfunddreißig Metern Tiefe. Die leuchtenden Farben der roten Koralle, die sich dort in verschwenderischer Fülle ausgebreitet hatte, blendete Nina beinahe. Zu dieser hatten sich zahlreiche Korallenarten gesellt. Mit ihren stark verzweigten Ästen bildeten sie einen dichten bunten Teppich auf einem Lavafelsen. Nina ließ das Bild auf sich wirken. Wohin sie auch schaute, entdeckte sie Kleintiere, Fische und Schnecken, die das Riff zu ihrem Revier erklärt hatten.

Doch am eindrucksvollsten blieb für sie der Anblick des empfindsamen Riffs. Könnte sie die zarten Bewegungen, mit denen sich die Blumentiere in der Meeresströmung bewegten, doch nur für die Ewigkeit festhalten.

Fabio gesellte sich zu ihr und dokumentierte alles mit der Kamera. Zum Schluss tauchten sie noch durch einige Höhlen, die einem undurchdringlichen Labyrinth glichen. Langusten in großer Zahl saßen still auf Gestein. Als sie allmählich aufstiegen, konnte Nina aus der Entfernung eine Schule Großer Tümmler ausmachen. Eine Delfindame mit ihrem höchstens zwei Wochen alten Jungtier war von vier Artgenossen flankiert. Sie schienen Mutter und Kind beschützen zu wollen, denn sie beäugten jede Regung der Taucher aufmerksam. Dabei entdeckte Nina, dass die Meeressäuger GPS-Sender trugen. Die Biologen würden also auch in Zukunft das Leben dieser Schule verfolgen können. Fasziniert beobachtete sie die Tiere, bis sie zu Ninas Bedauern aus ihrem Sichtfeld gerieten.

Das fünfköpfige Team war inzwischen bis auf fünfzehn Meter gestiegen und näherte sich gerade einem Felskamm, als die Delfine abermals vor ihnen auftauchten. Die Bewegungen des Jungtieres, das sich dicht neben seiner Mutter hielt, wirkten träge. Es schien sich im Halbschlaf zu befinden, da es ein Auge geschlossen hatte.

Nina stupste Fabio an. Er nickte und hielt inne.

In diesem Moment meinte sie für den Bruchteil einer Sekunde, unter sich einen Schatten wahrzunehmen. Sie blickte hinunter, und ihr wurde eiskalt. Keine dreißig Zentimeter unterhalb von Fabios Brust entdeckte sie den flachen Leib eines Stachelrochens.

Der ist zu dicht, durchfuhr es sie, viel zu dicht.

Sie packte den Geliebten, der sich verwirrt nach ihr umsah, ohne zu bemerken, in welcher Gefahr er schwebte, und riss ihn beiseite. Aber es war bereits zu spät. Sie spürte den Ruck, der durch seinen Körper ging, dann sackte er in sich zusammen. Fassungslos starrte sie in sein stilles Gesicht, suchte nach einer Regung, aber es wirkte wie in Stein gemeißelt. Währenddessen reagierte ihr Gehirn mechanisch, wie ferngesteuert, sie kontrollierte Fabios Sauerstoffversorgung und umklammerte seinen Nacken, um ihn nach oben ziehen zu können.

Nur einen Moment später war Ingvison an ihrer Seite. Ninas wild hämmerndes Herz übertönte selbst das blubbernde Geräusch ihrer Sauerstoffbläschen. Es gelang ihr nicht, den Blick von dem schlaffen Körper in ihren Armen zu wenden. Der Isländer berührte sie am Arm und gab ihr ein Zeichen, den Bewusstlosen loszulassen, damit er ihn nach oben bringen konnte. Sie wehrte entschieden ab.

Wieso hatte sie nur das Gefühl, dass die Sekunden sich endlos hinzogen? Nina sorgte für stärkeren Auftrieb. Das Bild Serenas, wie sie mit blinder Verzweiflung versuchte, ihre Schwester an die Wasseroberfläche zu bringen, drängte sich ihr auf. Wieso dauerte es so lange, bis …

Dann habe ich ihr einen Arm um die Taille gelegt und bin mit ihr hoch. So schnell, dass mir ganz schwindelig wurde, meinte sie plötzlich Serenas Stimme zu hören. Jemand hielt Nina mit eisernem Griff fest und regelte ihre Auftriebsgeschwindigkeit herunter. Sie ließ es widerstandslos geschehen.

Die Biologin nahm kaum wahr, wie die anderen sie an

Bord des Bootes zogen. Das Leben um sie herum schien wie von waberndem Nebel von ihr getrennt zu sein. Einzig Fabios reglose Züge, als ihm jemand die Tauchermaske abnahm, hatten die scharfen Konturen nicht verloren. Überdeutlich nahm sie die Bläue seiner Lippen wahr, die Abdrücke der Maske über der Nase. Hände griffen nach ihr, zogen sie hoch und setzten sie nieder.

»Alles in Ordnung mit Ihnen?«, fragte jemand und drückte ihr ein Glas Wasser in die Hand.

»Ja. Was ... ist mit Fabio?«

»Ein Arzt ist bei Herrn Guantes. Ganz ruhig, Doktor Michaelis. Hier, trinken Sie etwas. Mein Mann hat uns über den Tauchcomputer ein Notfallsignal gesendet, und Herr Vikström hat sofort den Rettungsdienst gerufen.«

Schritte aus weiter Ferne näherten und entfernten sich wieder. Eine dunkel gekleidete Gestalt beugte sich über den Bewusstlosen und versperrte ihr die Sicht. Dann eine Stimme.

»... Puls ist schwach ... brauche eine Kanüle ... Atropin ...«

Sonnenlicht fiel auf Fabios Körper.

»Verflixt ... höhere Dosis ... schnell!«

Eine beklemmende Stille setzte ein. Das Glas in ihrer Hand fiel klirrend zu Boden. Nina zählte ihre Herzschläge, um nicht vollends verrückt zu werden.

»Sein Zustand ist vorerst stabil«, erklang nach einer Ewigkeit eine männliche Stimme.

Da legte sich ein Arm um ihre Schulter. »Doktor Michaelis, Sie haben gut reagiert und alles getan, was Sie konnten. Er ist jung und stark, das wird schon wieder.«

Sie wendete den Kopf und versuchte, den dichten Nebel zu durchdringen. Als es ihr nach einer gefühlten Ewigkeit gelang, sah sie blonde Haare und dunkle Augen, die sie musterten. Frau Ingvison.

»Er darf … nicht sterben.«

Hatte sie tatsächlich gesprochen, oder war es nur ein Traum, der sie in seinen eisigen Klauen hielt? Das Rauschen in ihren Ohren verstärkte sich, wurde zu einem hellen Ton. Nur ein Gedanke beherrschte sie, hatte sich ihr eingebrannt und ließ sich nicht vertreiben: Ich habe ihn abgelenkt, es ist meine Schuld. Von irgendwoher hörte sie ein Schluchzen. Vor sich sah sie plötzlich die Gestalt eines Mädchens, das mit einer leblosen Gestalt, deren Haare wie feine Fäden im Wasser schwammen, eilig an die Oberfläche drängte. *Ich bin schuld, meinetwegen ist das Meer wütend, und Carla liegt in einem Sarg.*

Nina stöhnte auf. Zwischen den schrillen Ton in ihren Ohren mischte sich der Klang einer Mädchenstimme. *Bleich lag sie neben mir, die Augen zum Himmel gerichtet, als würde sie da etwas suchen. Ich habe ihren Namen gerufen, sie geschüttelt, geschrien. Immer wieder, bis ich heiser war. Ihre Lippen waren so blau, sie musste doch frieren. Deshalb habe ich sie mit meinem Körper gewärmt.*

Mit einem Ruck wollte sich Nina erheben. Sie musste zu Fabio. Da begann der Boden unter ihr zu schwanken.

»Hoppla«, entfuhr es der Isländerin, »werden Sie mir ja nicht ohnmächtig. Kommen Sie, legen Sie sich ein bisschen hin. Herr Vikström, helfen Sie mir mal bitte?«

Gleich darauf legten sie Nina auf den Schiffsboden und schoben etwas Weiches unter ihren Kopf.

»Tief atmen, meine Liebe. Der Krankentransport ist inzwischen angekommen und wartet an Land. Die Ärzte werden sich gut um Ihren Kollegen kümmern.«

»Ich möchte ihn begleiten«, erklärte Nina matt, aber bestimmt.

Sie stand langsam auf, wartete bis der Schwindel nachließ, und trat auf die beiden Sanitäter zu, die Fabio in diesem Moment auf eine Trage betteten. Ohne eine Antwort abzuwarten, folgte sie dem Rettungsdienst an Land und stieg in den Krankenwagen.

KAPITEL 32

Fabio war noch immer bewusstlos, als sich der Rettungswagen in Bewegung setzte. Hilflos musste Nina mit ansehen, wie sie ihn an blinkende und piepende Geräte anschlossen, die Herzschlag und Puls kontrollierten. Unter der Sauerstoffmaske wirkte sein Gesicht blass und fremd. Schweißperlen bedeckten seine Stirn. Aber er atmete.

Sie tastete nach seiner Hand, sie war kalt. »Hat der Rochen ihn ins Herz getroffen?«, wagte sie schließlich ihre größte Sorge auszusprechen.

Einer der Sanitäter, der eine Elektrode des EKG-Gerätes neu auf Fabios Brust platzierte, blickte auf. »In der Klinik werden umfangreiche Untersuchungen folgen, Doktor Michaelis, die Aufschluss über seine Verletzungen geben. Derzeit steht Ihr Kollege noch unter den Einwirkungen des Schocks. Sie wissen, dass der Stachel giftig ist, nicht wahr? Wir halten vorerst seine Vitalfunktionen stabil und haben ihm starke Medikamente verabreicht, die seine Schmerzen lindern. Sie haben Señor Guantes beim Tauchgang begleitet, nicht wahr?«

Nina nickte.

»Können Sie mir genau berichten, wie der Unfall passiert ist?«

Mit stockender Stimme begann sie zu erzählen, ohne

Fabio aus den Augen zu lassen. »Ich wollte ihm etwas Ungewöhnliches zeigen«, begann sie. »Den Stachelrochen, der direkt unter uns auf einem Felskamm saß, habe ich erst im letzten Moment bemerkt. Vermutlich hat er sich von unserer Nähe gestört gefühlt. Ich habe Fabio … zwar noch zur Seite schubsen können, aber im nächsten Augenblick war er auch schon bewusstlos.« Ein Zittern überlief sie.

Das helle Piepen des EKG-Geräts drang ihr durch Mark und Bein. Da wandelte sich das gleichmäßige Geräusch auf einmal in ein durchdringendes Warnsignal.

»Machen Sie Platz, schnell!«

Nina fuhr hoch und drückte sich in eine Ecke. Die beiden Sanitäter sprachen leise miteinander, woraufhin einer eine Spritze aufzog und sie seinem Kollegen reichte.

»Komm schon, nicht schlappmachen, Mann«, fluchte der andere und verabreichte dem Bewusstlosen das Medikament direkt in die Vene.

Nina presste eine Hand auf den Mund, um den Schrei zu unterdrücken, der sich ihrer Kehle entringen wollte, und starrte auf Fabios reglose Gestalt.

Bitte bleib bei mir, formten ihre Lippen wie von selbst. *Ich muss dir doch noch sagen, wie sehr ich dich liebe. Wir gehören zusammen. Warum habe ich das nur so spät erkannt?*

Mit angehaltenem Atem verfolgte sie die routinierten Bewegungen der Sanitäter. Kurz darauf kehrte das gleichmäßige Piepen der Apparatur zurück, und Fabios wächserne Haut bekam allmählich wieder einen Hauch von Farbe. Nina ließ sich auf eine Bank sinken und schickte das erste Stoßgebet ihres Lebens gen Himmel.

»Es ist alles in Ordnung, Doktor Michaelis. Geht es,

oder soll ich Ihnen etwas zur Beruhigung verabreichen?«, fragte einer der Sanitäter mitfühlend und legte ihr eine Wolldecke um die Schultern.

»Danke, ich … ich brauche nichts. Sind wir bald da?«

»Wir fahren in dieser Sekunde auf das Krankenhausgelände.«

Kaum dort angekommen, wiesen sie Nina an, im Flur zu warten. Man werde sie verständigen, sobald es Neuigkeiten gebe. Sie sah den Sanitätern nach, die Fabio im Laufschritt den Gang entlangschoben. Gleich darauf nahm ein Trupp Ärzte den Verletzten in Empfang. Eine Schwingtür schloss sich geräuschlos und verschluckte alle Laute. Die schmucklose Uhr auf der gegenüberliegenden Wand zeigte halb zwei.

Zwei Krankenschwestern gingen an ihr vorüber, die von einer untersetzten Frau in einem modischen Kostüm aufgehalten wurden.

»Sie haben mich angerufen. Mein Sohn hatte einen Unfall«, überschlug sich die Stimme der Frau beinahe. »Fabio Guantes. Was ist mit ihm?«

»Bitte beruhigen Sie sich«, erwiderte eine der Schwestern. »Die Untersuchungen sind noch nicht abgeschlossen. Vielleicht setzen Sie sich zu der jungen Dame dort drüben? Sie wartet ebenfalls. Wir benachrichtigen Sie, sobald wir Näheres wissen. Darf ich Ihnen etwas zu trinken bringen?«

Fabios Mutter winkte ab. Ninas und ihr Blick begegneten einander, und die Dame mit dem roten Kostüm setzte sich zu ihr.

Die junge Biologin sah, wie die Frau mit den Tränen kämpfte. »*Buenos días,* Señora Guantes. Ich bin Fabios Kollegin.«

»Nina, nicht wahr?« Señora Guantes versuchte zu lächeln.

Die Biologin nickte geistesabwesend.

»War er unvorsichtig?«, fragte Fabios Mutter endlich leise. »Wenn er sich in eine Sache verbeißt, neigt er nämlich dazu, wissen Sie?« Aus einer Handtasche holte sie ein Taschentuch hervor und schnäuzte sich.

»Nein, ihn trifft keine Schuld«, presste Nina mühsam hervor.

Die beiden Frauen versanken in dumpfes Schweigen.

Irgendwann legte Señora Guantes ihre Hand auf Ninas. »Sehen Sie mal. Wir bekommen Gesellschaft.«

Schon von weitem erkannte die Biologin Ingvison und Jesper, die sich ihnen mit langen Schritten näherten.

»Wie geht es Fabio?«, wollte der Isländer wissen, nachdem die beiden sich vorgestellt hatten.

Nina hob die Schultern. »Keine Ahnung, sie untersuchen ihn immer noch.« Plötzlich versagte ihr die Stimme.

Ingvison zwang ihr seinen Blick auf. »Ich habe Sie beide da unten beobachtet und ahne, was jetzt in Ihnen vorgeht. Sie haben sich nichts vorzuwerfen, hören Sie? Das hätte jedem von uns passieren können.«

Sie schüttelte den Kopf. Wie sollte er auch wissen, dass sie nicht zum ersten Mal unaufmerksam gewesen war? Dass der Anblick des jungen Delfins sie so verzückt hatte und sie deshalb für einen winzigen Moment alles um sich herum vergessen hatte?

Viertel nach drei. Nina betrachtete die Zeiger der Uhr, die sich viel zu langsam zu bewegen schienen.

Jesper räusperte sich, murmelte etwas Unverständliches und kehrte eine Weile später mit einem Tablett Kaffee und Gebäck zurück. Er drückte jedem einen Becher in die Hand.

Nina stellte ihn dankend ab, als sie eine hochgewachsene, weiß gekleidete Gestalt auf sich zukommen sah.

»Mein Name ist Doktor Jorges, ich bin der behandelnde Arzt.« Der junge Mann reichte ihnen die Hand und sah in die Runde. »Guten Tag, allerseits. Ich bringe gute Neuigkeiten. Señor Guantes hatte großes Glück, der Stachel hat den Herzmuskel nur um Haaresbreite verfehlt. Wie ich hörte, haben Sie geistesgegenwärtig gehandelt, Doktor Michaelis.« Er lächelte. »Seine Verletzungen sind lediglich oberflächlicher Natur, große Gefäße wurden nicht beschädigt. Dennoch ist aufgrund der Vergiftungserscheinungen durch den Stachel Vorsicht geboten. Deshalb möchten wir ihn noch ein oder zwei Tage zur Beobachtung hierbehalten. Immerhin ist sein Kreislauf zweimal zusammengebrochen.«

Nina wollte übersetzen, aber Ingvison gab ihr ein Zeichen, dass er alles verstanden hatte. Sie wandte sich dem Arzt zu. »Natürlich. Ich danke Ihnen, Doktor Jorges.«

Tränen der Erleichterung schossen ihr in die Augen, dann fühlte sie plötzlich die weiche Umarmung von Fabios Mutter.

»Er ist jetzt wach, braucht aber noch Ruhe«, schloss der Arzt seinen Bericht.

»Darf ich zu ihm?«, sprudelte es aus Nina heraus.

»Ja, er hat sogar ausdrücklich darum gebeten. Danach dürfen Sie zu ihm, Señora Guantes. Aber bitte nur kurz. Die anderen gedulden sich bitte bis morgen.«

Nina blickte Fabios Mutter fragend an.

»Gehen Sie nur.«

Fabio hielt die Augen geschlossen, als sie an sein Krankenbett trat und sich einen Stuhl heranzog. Über eine Dauerkanüle bekam er Infusionen, während sich die Manschette eines Blutdruckmessgerätes in kurzen Intervallen aufpumpte. Er trug einen Verband um den Brustkorb, dunkle Ringe unter seinen Augen zeugten von dem Überlebenskampf, den er ausgefochten hatte. Sein Gesicht war von Schmerzen gezeichnet, und er schwitzte noch immer stark.

»Hallo, Herr Meistertaucher.«

Auf dem Nachttisch stand eine Schüssel mit kaltem Wasser. Sie nahm ein Tuch, das daneben lag, und wischte ihm zart über Stirn und Wangen.

Mühsam hob er die Lider. Sein Blick flatterte, und es dauerte einige Momente, bis er reagierte. »Nina.«

Sie beugte sich zu ihm hinunter, um ihn zu küssen. Tränen rollten ihr über die Wangen, aber sie machte sich nicht die Mühe, sie fortzuwischen. »Fabio. Gott sei Dank. Wie geht es dir? Ich hatte solche Angst um dich.«

»Du weinst ja.« Seine Stimme klang verwaschen, aber er streckte vorsichtig den Arm aus, um ihr die Feuchtigkeit von den Wangen zu wischen. »Es wird alles gut. Die Brust schmerzt nur noch ein wenig, und ich bin todmüde. Sie sagen, ich hätte einen Schutzengel gehabt.« Fabio zog eine Grimasse. »Mach nicht … so ein Gesicht, *carinã*. In ein paar Tagen bin ich wieder fast der Alte.«

Sie lächelte unter Tränen. »Schön zu hören. Ich brauche dich doch! Außerdem gibt es da noch so einiges, was ich dir zu sagen habe.« Sie küsste seine Stirn. »Erinnerst du dich, was passiert ist?«

»Schwach. Ich weiß nur, dass du mir etwas zeigen

wolltest. Dann fühlte ich einen stechenden Schmerz. Die Ärzte meinen, es war ein Stachelrochen.«

Nina schloss gequält die Augen. »Sprich nicht so viel, Fabio. Du bist am Leben, alles andere ist jetzt unwichtig«, entgegnete sie heiser und schmiegte ihre Wange an seine.

»Wenn du immer … so zärtlich zu mir bist, sobald du Angst um mich hast, lasse ich mich gern noch mal von dem Biest piksen«, sagte er und grinste schief.

»Untersteh dich!« Nina tat, als wollte sie ihn in die Wange kneifen, und machte Anstalten, sich zu erheben, aber er hielt sie fest und musterte sie.

»Einen Moment noch, *doctora.* Ich will die Situation schamlos ausnutzen und mich von dir küssen lassen, bevor du gehst. Diesen Wunsch kannst du einem schmerzgeplagten Kranken nicht verwehren.«

Nina schüttelte nur den Kopf, denn ihre Kehle war plötzlich wie zugeschnürt. Sie küsste ihn auf den Mund und schluchzte leise auf. *Beinahe hätte ich dich verloren. Das Schicksal hat mir eine zweite Chance gewährt, und dieses Mal werde ich es ganz bestimmt nicht vermasseln.*

Für einige Augenblicke versank sie in der Wärme seines Kusses, dann machte sie sich widerstrebend von ihm los. »Ich muss jetzt gehen. Deine Mutter wartet draußen schon ungeduldig und möchte dich sehen.«

»Okay.« Der Blick, den er ihr zuwarf, glich einer zarten Berührung. »Was willst du mir denn erzählen?«

Nina lächelte und küsste seinen Handrücken. »Dazu haben wir noch genügend Zeit. Werd erst mal wieder gesund.«

Mit weichen Knien ging sie hinaus, um sich auch von

den anderen zu verabschieden. Ingvison bot sich an, sie nach Hause zu fahren, und sie nahm das Angebot dankend an.

Vor dem Korallenhaus angekommen, redete er ihr ernsthaft ins Gewissen, sich auszuruhen. »Sie sehen mitgenommen aus, Nina. Wir sehen uns dann morgen früh.«

Nachdem das Motorengeräusch seines Geländewagens verklungen war, fühlte sie sich wie zerschlagen. Leicht schwankend steuerte sie auf ihr Schlafzimmer zu, zog sich aus und sank aufs Bett.

Sie hatte tatsächlich länger als zwei Stunden geschlafen, stellte Nina fest, als die tiefstehende Sonne sie weckte. Die Erinnerung an die vergangenen Stunden kehrte mit Macht zurück, und ein überschäumendes Glücksgefühl ergriff von ihr Besitz. Ihr Gebet war tatsächlich erhört worden. Was sie jetzt am dringendsten brauchte, war Entspannung, deshalb ließ sie sich ein Schaumbad ein. In ihren flauschigen Bademantel gehüllt, setzte sie sich auf ihre Terrasse und nahm Serenas Tagebuch zur Hand.

Jäh durchfuhr Nina eine bittere Erkenntnis: Es enthielt nur noch wenige beschriebene Seiten.

An diesem Abend ist Mateo noch lange bei mir geblieben.

Bist du getauft, Serena?, fragte er mich irgendwann.

Ja, das schon, habe ich geantwortet. Du willst zum Heiraten mit mir in die Kirche gehen? Mein Mund wurde ganz trocken.

Natürlich, das ist doch so üblich. Oder willst du das nicht?

Da habe ich mich von ihm weggedreht und kurz meine Augen geschlossen. Dann ging ich zu ihm und küsste ihn. Wenn du und deine Familie es so möchtet, werde ich es tun, Mateo.

Trotzdem habe ich Angst bekommen. Was bleibt von den Bräuchen meiner Ahnen, wenn wir sie nicht leben? Wie lange wird es dauern, bis sich niemand mehr an uns erinnert?

Du bist traurig, mein Herz, sagte er und umarmte mich. Wir machen einfach zwei Zeremonien, eine christliche und die der benhoaritas. Was hältst du davon?

Das ist eine schöne Idee, Mateo, habe ich gesagt, gelächelt und mir heimlich die Wange getrocknet.

Mein letzter Eintrag ist schon wieder zwei Wochen her. Bis auf die Kette mit den Muscheln habe ich alles verkauft. Ich habe das Werkzeug schärfen lassen und neuen Talg für die Lampen besorgt.

Seit gestern Morgen ist Dino weg. Ich bin tauchen gegangen, und als ich wiedergekommen bin, war er fort. Bisher ist er noch jedes Mal zurückgekommen. Aber gestern Abend war es anders, auch am nächsten Morgen, als ich aus der Hütte getreten bin, war er nicht da. Ich habe immerzu nach ihm Ausschau gehalten und ihn gerufen. Kurz vor Sonnenuntergang habe ich endlich ein Rascheln gehört. Ich konnte ihn sehen. Er war nicht allein. Bei ihm stand ein zweiter Hund, ein bisschen kleiner als er. Ich habe ihn voller Freude gerufen. Dino legte den Kopf schief, die beiden kamen näher und blieben mit ein paar Armlängen Abstand stehen.

Was ist denn, habe ich ihn gefragt. Hast du einen

Freund gefunden, den du mir vorstellen willst? Schau, ich habe dir Fisch gebraten. Doch er hat mich nur angesehen, und seine Ohren zuckten dabei. Etwas an der Haltung und an seinem Blick war anders als sonst. Er fiepte leise. Ich weiß nicht, wie lange wir voreinander standen, aber dann erkannte ich, was sein Verhalten zu bedeuten hatte. Er nahm Abschied.

Ich habe geweint und versucht, ihn mit dem Fisch zu locken. In meiner Hütte ist auch Platz für euch beide, habe ich gesagt und ihm den Fisch zugeworfen. Dino blickte mich mit seinen Murmelaugen an, nahm den Fisch und ging mit dem anderen Hund fort.

Lange Zeit saß ich nur auf der Bank und konnte es nicht fassen. Es wurde dunkel, dann verstand ich. Dino war mein Hütehund, mein guter Geist, der zu mir gekommen ist, um in der schwersten Zeit an meiner Seite zu sein. Wie der Pilger aus der alten Geschichte. Er hilft und tröstet, und wenn seine Mission beendet ist, geht er.

Jetzt bin ich nicht mehr allein, Dino hat es wohl gespürt. Der Gedanke tut weh, heute Nacht werde ich bestimmt nicht einschlafen können, denn Dino wärmt nicht mehr meine Füße.

Bestürzt stand Nina auf, das Tagebuch noch immer in der Hand, und ging ins Wohnzimmer. Dieser Tag war einfach zu viel für sie, Höhen und Tiefen hatten einander in schwindelerregender Folge abgewechselt. Nina wusste kaum noch, wie ihr geschah. Als sie sich selbst weinen hörte, legte sie das Tagebuch behutsam in die Truhe zurück, bevor eine der Seiten nass werden konnte. Doch sie vermochte den Blick nicht abzuwenden. Kurz überlegte sie, die letzten Zeilen zu lesen, aber sie entschied sich dagegen. Fabio war auf dem Weg der Besserung, nichts in ihrem Leben konnte je so bedeutend sein wie das.

Nina hatte versprochen, Fabio nach Hause zu fahren. Als es zwei Tage später endlich so weit war, dass er das Krankenhaus verlassen durfte, war sie aufgeregt wie ein kleines Kind und sang lauthals die Melodie aus dem Autoradio mit. Die Reisetasche stand schon bereit, als sie eintraf, und er kam ihr mit ausgebreiteten Armen entgegen. Obwohl noch etwas blass um die Nase, war sein Lächeln wie immer.

»Schön, dass du da bist.« Er küsste sie innig. »Dann können wir ja aufbrechen.«

Da hielt Nina ihn fest. Ihr Herz schlug schneller. »Warte.«

»Was gibt es noch, *doctora*?«

Sie befeuchtete die Lippen. »Kannst du es dir nicht anders überlegen? Ich meine, was willst du allein zu Hause? Wenn du bei mir wärst, könnte ich mich um dich kümmern, bis du wieder arbeiten darfst.«

Fabio kniff die Augen zusammen und grinste. »Hoppla, habe ich mich gerade verhört, oder hast du mich wirklich zu dir eingeladen?« Sein Blick drang in ihren. »Hat dich die Bitte große Überwindung gekostet?«

»Ja«, räumte sie freimütig ein.

Er musterte sie.

»Die Wahrheit ist …« Sie stockte, aber dann reckte sie das Kinn. »Es hat lange gedauert, bevor ich es mir eingestehen konnte. Aber jetzt wird es Zeit, es dir zu sagen. Ich liebe dich nämlich über alles, Fabio Guantes.«

Für einen kurzen Moment weiteten sich seine Augen. »Ach, tatsächlich? Das trifft sich gut, ich liebe dich nämlich auch.«

»Gemeinsam können wir versuchen, die letzte Zeit einfach hinter uns zu lassen. Was meinst du?«

Seine Züge wurden weich. »Okay, fahren wir zu dir.«

»Und wenn du wieder gesund bist«, wisperte sie zwischen zwei Küssen, »finden wir noch mehr Möglichkeiten, um uns abzulenken.«

Er strich ihr über den Rücken. »Denkst du an etwas Bestimmtes? Ich hätte da sonst eine Idee.«

»An den Strand gehen? Mir ein neues Geheimversteck zeigen und mit mir flirten?« Sie umschlang seine Taille.

»Nein, obwohl das ein geradezu unwiderstehlicher Vorschlag ist. Besonders, wenn ich mit der *doctora* allein sein kann.«

Sie stieß ihn spielerisch in die Seite.

In seine Miene trat ein grüblerischer Ausdruck. »Jetzt mal im Ernst: Ich wüsste nur zu gern, wie es Serena ergangen ist.«

Mit allem hätte Nina gerechnet, aber nicht mit dieser Bitte. »Du möchtest im Tagebuch lesen?«

Er hob die Schultern. »Ja, ich denke viel an das Mädchen. Serenas Geschichte hat mich gepackt, und ich finde es faszinierend, ihr Leben zu verfolgen, das sich wie bei dir auch auf dem Hügel abspielt. Ich fühle mich ihr irgendwie verbunden, vielleicht weil wir dieselben Wurzeln haben, oder auch weil ihr euch so ähnlich seid. Aber wenn du das nicht möchtest, ist es okay. Es ist dein Fundstück.«

Gebannt betrachtete Nina sein wechselndes Mienenspiel. »Gut, lass uns gehen.«

Hand in Hand verließen sie das Krankenhausgebäude. Als sie das Haus auf dem Hügel erreichten, lag es in hellem Sonnenschein vor ihnen.

Nina führte Fabio zum Sofa. »Setz dich, und mach es dir gemütlich. Ich hole das Tagebuch.«

»Ja, gern. Hast du etwas dagegen, wenn ich dort beginne, wo ich zuletzt aufgehört habe zu lesen?«

»Nein, natürlich nicht«, sagte sie und lachte.

Kurz darauf saßen sie nebeneinander, und Nina betrachtete Fabio, während er Serenas Eintragungen las. Seine Miene wirkte entrückt, und an manchen Passagen stockte er, bevor er fortfuhr.

»Dino ist also tatsächlich gegangen«, murmelte er, als er mit der Lektüre fertig war. »Mein Gefühl sagt mir, dass der zweite Hund ein Weibchen und seine Gefährtin war. Bestimmt haben sie weiter in Freiheit gelebt. Oder kannst du dir Dino als Hütehund vorstellen, der einem Herrn zu gehorchen hat?«

»Nein, überhaupt nicht«, erwiderte sie. »Er war ein Streuner, der zu überleben wusste.«

»Ob Serena und Mateo wirklich nach Kuba ausgewandert sind?«

»Keine Ahnung, ich bin auch gespannt, wie die Geschichte der beiden endet.« Nina blickte auf die letzte verbliebene Seite. »Lies sie laut vor, Fabio.«

»Es ist nicht viel.«

»Ich weiß, deshalb bin ich froh, wenn wir es gemeinsam lesen. Serena wird mir fehlen.« Nina lehnte den Kopf an seine Schulter und schloss die Augen.

Dies werden meine letzten Zeilen in meiner Heimat sein. Morgen ist unsere Hochzeit. Ich bin sehr aufgeregt. Mateos Madre hat mir ein schönes Kleid genäht. Zum Abschied, hat sie gesagt, denn in ein paar Tagen gehen wir an Bord eines Frachters, der uns nach Kuba bringen wird. Ich fürchte mich ein wenig, aber was soll uns schon geschehen, solange wir zusammen sind?

Mir wird das Herz schwer, wenn ich daran denke, von hier fortzugehen. Werde ich die Hütte, das Meer und die Lavaberge jemals wiedersehen? Ich glaube es nicht, zu weit ist die Reise. Gestern war ich bei Vater, um mich von ihm zu verabschieden. Er sah aus, als hätte er geweint.

Gehst du noch einmal mit mir zum Friedhof?, hat er mich leise gefragt, dann kannst du auch Madre und Carla Adios sagen.

Unterwegs haben wir kaum gesprochen, aber er hat den Arm um meine Schultern gelegt. Ich glaube, auf seine Art hat er mich lieb, und ich bin froh, dass wir nicht im Groll voneinander scheiden. Auf die Gräber habe ich Blumen gelegt, Madre und Carla einen stillen Gruß geschickt, und kurz darauf machten wir uns auf den Rückweg.

Wir sehen uns auf der Hochzeit. Und wir kommen dich besuchen, sobald wir genug Geld gespart haben, Vater, sagte ich zum Abschied.

Er hat nur genickt und mich auf die Stirn geküsst. Was sollte ich auch tun? Ich konnte ihm nicht alle Hoffnung nehmen.

Oben auf meinem Hügel habe ich noch lange gestanden und aufs Meer geblickt. Ich weiß, selbst wenn ich für den Rest meines Lebens fern meiner Heimat sein sollte, den Ausblick auf die Caldera, die schäumenden Wellen und die Gärten meiner corales tief unten werde ich niemals vergessen, ebenso wenig wie Carla und Madre, die hier gestorben sind.

Später musste ich schweren Herzens Dinos Sachen wegwerfen. Seine Decke, die noch nach nassem Hund gerochen hat, und die abgekauten Knochen, die er so gern in der Hütte versteckt hat. Als ich mit allem fertig war, blieb mir nur ein Bündel mit meinen Kleidern und der Werktisch. Mein Tagebuch verstecke ich an einem sicheren Ort, auch meine Kette mit Mateos Namen lege ich dazu. Es soll ein Symbol dafür sein, dass er zu mir gehört. Ich brauche all diese Dinge nicht, um mich zu erinnern. Jeder Tag, jeder Augenblick auf dem Hügel lebt in meinem Herzen weiter, denn die Liebe zu meiner Heimat bleibt für immer.

Deshalb wird das Buch meine geheimsten Gefühle sicher bewahren, bis es eines Tages zu Staub zerfällt. Mein Leben mit Mateo wartet.

Sie blickten auf die altmodische Schrift, dann klappte Fabio das Tagebuch zu.

»Die beiden sind bestimmt glücklich geworden«, wisperte Nina und spielte mit Fabios Fingern.

Auch er wirkte bewegt. »Und was wird aus uns, *doctora*?«

Sie fuhr ihm mit beiden Händen durchs Haar. »Ganz einfach. Ich frage dich irgendwann, ob du zu mir ziehen möchtest. Mein Haus ist schließlich viel schöner als deins.«

»Findest du?«, schmunzelte Fabio.

»Gar kein Vergleich. Die Aussicht kannst du nicht toppen.«

»Na schön, aber sagtest du nicht erst neulich, du wärst nicht an festen Beziehungen interessiert? Ja, und da war doch auch noch dein Einwand, dass wir durch unsere Jobs viel zu lange voneinander getrennt wären?«

»Hm, stimmt«, wehrte Nina nachdenklich ab. »Was macht es schon, wenn du an dem einen Ende der Welt arbeitest und ich am anderen? Unsere Aufgabe ist wichtig, und es gibt noch so viel zu tun. Du wirst mir schrecklich fehlen, wenn wir getrennt sind. Doch wir besuchen uns eben, so oft es geht, wie Professor Ingvison und seine Frau es handhaben. Sobald unsere Projekte beendet sind, treffen wir uns hier wieder. In unserem Korallenhaus. Eines habe ich nämlich für mich erkannt: Ich möchte nie mehr ohne dich sein.« Sie schmiegte sich an ihn und lauschte auf das gleichmäßige Pochen seines Herzens.

Fabio hielt sie ein Stück von sich weg. »Woher weißt du das so sicher, Nina?«

Sie lächelte. »Ein wunderbares Mädchen aus dem neunzehnten Jahrhundert hat es mir zugeflüstert, wie vieles andere ebenso. Was ist … nimmst du nun mein Angebot an?«

In seine Augen trat ein Schimmer. »Oh ja, bevor du es dir anders überlegst und dir einen x-beliebigen gutaussehenden Kerl suchst.« Er wurde ernst. »Unter einer Bedingung: Wir lassen Serenas Tagebuch restaurieren, und es bekommt in unserem Haus einen Ehrenplatz.«

»Die Bedingung kann ich akzeptieren«, sagte Nina lachend und besiegelte ihr Versprechen mit einem zärtlichen Kuss.

GLOSSAR

Achamán (auch Achuhuran): das höchste Wesen in der Mythologie der *benhoaritas*

Antipatharia: lat. Bezeichnung für die schwarze Koralle

Apnoetauchen: älteste und ursprünglichste Form des Tauchens; dabei wird der letzte Atemzug zum Tauchen ohne weitere Hilfsmittel genutzt.

Aridanetal: Tal auf La Palma, das die Gemeinden El Paso, Los Llanos und Tazacorte einschließt; gilt als eine der schönsten Landschaften des Archipels.

Bachillerato: Abitur

Bardino: Hütehunderasse der Kanarier

Belleza colorida: spanisch für bunte Schönheit

Benhoaritas (auch auaritas): Ureinwohner von La Palma, unter anderem Altkanarier genannt

Caballero: spanisches Wort für einen Herrn oder Gentleman

Caldera de Taburiente: Nationalpark auf La Palma

Calima: Wüstenwind aus Afrika

Carinã: spanisch für Liebling

Cochenille: Schildlaus, aus der der beliebte Farbstoff Karmin gewonnen wird

Coral negro: spanisch für schwarze Koralle

Coraleros: spanisch für Korallenfischer

Cueva: spanisch für Höhle

El Hierro: westlichste und kleinste der Kanareninseln

Geisternetze: über Bord gegangene Teile von Fischernetzen, die in Unmengen in den Weltmeeren vorkommen, sich in Korallenriffen verfangen und somit Tiere und Umwelt bedrohen

Gambas: Garnelenart

Guardia Civil: spanische paramilitärische Polizeieinheit

Gofio: das älteste Nahrungsmittel der Kanarier, Getreidegericht

Guanches: Bezeichnung der Ureinwohner auf der Insel Teneriffa

Iruene: die teuflische Gottheit der *benhoaritas,* die in der Gestalt eines zotteligen Hundes gefürchtet wurde

Karettschildkröte: eine im Atlantik heimische Meeresschildkrötenart, die noch immer stark wegen ihres Fleisches und des Panzers bejagt wird

Korallenräuber: Schmuggler, die die unter Artenschutz gestellten Korallen dem Meer rauben und auf dem Schwarzmarkt verkaufen

Mojo rojo: spanische rote Soße, die aus roten Paprikaschoten und Knoblauch hergestellt wird

Papas arrugadas: typisch kanarisches Gericht; runzelige Pellkartoffeln mit Meersalzkruste

Patina: eine durch Alterung entstandene Oberflächenschicht

Rauzahndelfin: Delfinart, die häufig im Atlantik vorkommt und besonders für ihr Synchronschwimmen bekannt ist

Schleppnetzfischerei: Fischfang mit Netzen, die hinter einem Schiff hergezogen (geschleppt) werden. Sie sind die wichtigsten Fanggeräte der Tiefseefischerei. Diese Fangart ist in Schutzzonen verboten. Einen der größten Kritikpunkte stellt die erhebliche Menge an Beifang dar, denn bei der Grundnetzschlepperei werden nicht nur Fischarten getötet, sondern auch Korallenriffe zerstört.

Reserva Marina: Meeresschutzzone

Schule: Gruppe einer Tierart

Tapas: Appetithäppchen, zu denen meist Wein oder Bier gereicht wird

Teufelsrochen: gehören zu den Rochen und leben in tropischen und subtropischen Meeren

ANMERKUNGEN

Meine lieben Leser werden sich während der Lektüre meines Buches des Öfteren die Frage stellen, ob die in diesem Roman geschilderten Ereignisse fiktiv oder real sind.

Soweit es mir möglich war, habe ich alles wahrheitsgetreu wiedergegeben. Das schließt die Beschreibungen der örtlichen Gegebenheiten ebenso ein wie die klimatischen Bedingungen, da ich ein möglichst originalgetreues Bild von La Palma zeichnen wollte.

Auf die Legende der drei Fischer, die Mateo Serena erzählt, stieß ich bei meinen Internetrecherchen. Sie gefiel mir so gut, dass ich sie gern verwenden wollte. Auch die angedeutete Geschichte des armen Pilgers ist echt, ich entnahm sie einem alten Buch, dessen Quelle im Anhang genannt ist.

Es gibt tatsächlich Häuser, die mit versteinerten Korallen verputzt wurden, allerdings nicht mehr auf La Palma. Ich habe mich dennoch entschieden, aus Ninas Haus ein Korallenhaus zu machen, weil es so wunderbar zu meiner Geschichte passt.

Das Forschungsschiff des *Instituto Español de Oceanografía* mit den Walforschern kreuzte tatsächlich vor La Palma, allerdings erst ein Jahr später als in meiner Geschichte, nämlich im April 2012.

Ein paar Worte zur Schleppnetzfischerei: Das Bedürfnis, die Meere zu schützen, wächst überall auf der Welt. Auch auf den Kanarischen Inseln gibt es immer mehr Fischer, die inzwischen von Schleppnetzen absehen und andere Fangmethoden wie zum Beispiel Grundnetze verwenden. Natürlich ist mir bewusst, dass die streng geschützten Korallen in der heutigen Zeit hauptsächlich von Tauchern geplündert werden. Aus dramaturgischen Gründen habe ich mich bei den Korallenräubern aber für Schleppnetzfischer entschieden.

Außerdem möchte ich gerne noch etwas zur Recherche für *Das Korallenhaus* erzählen. Die gestaltete sich nämlich schwierig, da ich aufgrund der brisanten Situation der weltweit operierenden Schwarzmarkthändler von Korallen und anderen Kostbarkeiten bei meinen Anfragen auf eine Mauer des Schweigens stieß. Offenbar war die Befürchtung zu groß, in kriminelle Machenschaften verwickelt zu werden. Dass ich dennoch offene Fragen klären konnte, habe ich besonders meiner wunderbaren Lektorin Eléonore Delair und Christiane Winkler von Blanvalet zu verdanken, die mich mit ihrer unermüdlichen Unterstützung wirklich gerührt haben.

Ein paar Worte zu den Delfinen: Wer glaubt, meine Beschreibungen seien meiner zugegebenermaßen recht ausgeprägten romantischen Fantasie entsprungen, der irrt. Einer Gruppe Tierschützer auf den Kanaren ist es sogar gelungen, zu beobachten, wie ein ausgewachsener Delfin einem Artgenossen half, der sich in einem Geisternetz verfangen hatte und zu verenden drohte. Das ist nur ein Beispiel für die unglaubliche Intelligenz von Meeressäugern. Im Januar 2013 machten Berliner Verhaltensbiologen eine außergewöhnliche Entdeckung:

Auf den Azoren ist ein missgebildeter, aber nicht lebensgefährlich verletzter Großer Tümmler von einer Gruppe Pottwale adoptiert worden. Warum sich die Tiere zueinander hingezogen fühlen und den kleinen Delfin umsorgen, ist aber derzeit noch Spekulation.

Zu den Korallen: Das Fischen von und Handeln mit Korallen ist seit 1875 verboten. Die rote und die schwarze Koralle gehören inzwischen zu den meistbedrohten Tierarten der Welt und sind laut Kontrollverordnung im Rahmen des Washingtoner Artenschutzübereinkommens seit 1975 streng unter Schutz gestellt.

LITERATUR UND QUELLEN

Die Urbewohner – Alles über die Kanarischen Inseln von Juan Francisco Navarro Mederos, Centro de la Cultura Popular Canaria, 2006.

Unter dem Drachenbaum von Horst Uden, Johann Schönleitner Verlag, 1946.

Wale und Delfine der Kanarischen Inseln von Fabian Ritter und Katrin Wähner, Projekte-Verlag Cornelius GmbH, 2011.

Techniken der Schmuckherstellung von Jinks McGrath, Haupt Verlag, 1997.

Die Korallen – Das Rote Gold der Meere von Basilio Liverino, Elio de Rosa Verlag, 1991.

DANKSAGUNG

Bis aus meiner Idee für *Das Korallenhaus* ein Manuskript wurde und daraus schließlich ein druckfähiges Buch, war es ein langer, unglaublich spannender Weg. Ohne die Hilfe vieler fleißiger und hilfsbereiter Menschen wäre dies nicht möglich gewesen.

Ich danke Frau Nicola Bartels, Verlagsleiterin bei Blanvalet, für das Vertrauen in meine Fähigkeiten. Frau Doktor Berit Böhm, zuständig für Veranstaltungen, für ihr Engagement und viele nette Gespräche. Und natürlich meiner lieben Lektorin Eléonore Delair ein herzliches Dankeschön für alles! Meiner Redakteurin Angela Troni für das einfühlsame Endlektorat. Sie versteht es immer, den Finger auf die richtige Wunde zu legen.

Außerdem danke ich meiner Agentin Frau Lianne Kolf für alles, was sie für mich getan hat.

Ein herzlicher Dank geht an die Tauchbasis *Buceo Sub La Palma Los Cancajos.* Als ich unangemeldet dort auftauchte und um einige Informationen bat, wurde ich sehr freundlich und offen empfangen. Mit unendlicher Geduld hat man mir die Ausrüstung der Taucher samt Equipment erklärt. Außerdem erhielt ich die Erlaubnis, einige Tauchortskizzen für meinen Roman zu übernehmen. Nur so war es mir möglich, Ninas Tauchgänge plastisch und realitätsnah zu beschreiben.

Doktor Charlotte Wolf aus Colorado danke ich fürs Testlesen. Sie war mir mit ihren hilfreichen Anmerkungen und der Freude, mit der sie sich meinem Manuskript gewidmet hat, eine große Hilfe.

Herrn Kim Detloff vom Naturschutzbund danke ich für die Beantwortung meiner zahlreichen Fragen rund um die Bergung von Geisternetzen. Er hat mir angeboten, ihn jederzeit anzurufen, sollte es weiteren Informationsbedarf geben. Seine Hilfsbereitschaft hat mich beeindruckt.

Ein lieber Dank geht an die Journalistin, Regisseurin, Produzentin und Autorin Susanne Aernecke, die sich zudem noch mit den Ureinwohnern der Kanarischen Inseln beschäftigt. Sie lud mich spontan in ihr wunderschönes Haus am Meer ein, zeigte mir einige Guanchenhöhlen und brachte mir das Leben der Urkanarier nahe. Das Erlebnis wird mir für immer in Erinnerung bleiben.

Bei Herrn Fabian Ritter von Meer e. V. möchte ich mich herzlich für die Informationen zum Müllproblem im Atlantik und dessen Auswirkungen auf die Meeresbewohner bedanken.

Meinem Freund und Kollegen Peter Hoeft habe ich nicht nur für das Erstlektorat zu danken, denn er hat mich während des gesamten Schreibprozesses unterstützt und immer an mein Korallenhaus geglaubt.

Ein dickes Dankeschön geht auch an Anoukh Foerg und Andrea Zimmermann für die netten Gespräche, den schönen Abend im Biergarten und das Interesse, mit dem sie meinen Weg verfolgen.

Familie Matthias und Ingrid Siebold danke ich für das schöne Ferienhaus und ihre Bemühungen, etwas über die Schmuckverarbeitung der Korallen herauszufinden.

Ein lieber Dank geht an Pedro und Carol für ihre Gastfreundschaft und die liebevolle Betreuung während unseres Aufenthaltes auf La Palma.

Ein herzliches Danke auch an Simone Kühle-Wind fürs Korrekturlesen. Ihrem aufmerksamen Auge entgeht nichts!

Vielen Dank an meine Schwester Gabriele Schermer, der ich die ganze Geschichte vorlesen durfte und die mich mit ihrer Begeisterung und Freude immer wieder bereichert hat.

Meinen Töchtern Sina und Enya sowie meinem Mann Michael danke ich für ihre Liebe und Unterstützung.

Und – last but not least – ein besonderes Dankeschön an meine Freundin Claudia »Mausi« Hermann, die mir »ihr« La Palma gezeigt hat. Für sie ist ohnehin jeder Dank zu klein.